박화성 앤솔러지

나는 여류작가다

박화성 앤솔러지

나는 여류작가다

인쇄 · 2021년 4월 15일
발행 · 2021년 4월 20일

지은이 박화성
엮은이 서정자 · 김은하 · 남은혜
펴낸이 한봉숙
펴낸곳 푸른사상사

등록 · 1999년 7월 8일 제2-2876호
주소 · 경기도 파주시 회동길 337-16(서패동 470-6) 푸른사상사
대표전화 · 031) 955-9111(2) | 팩시밀리 · 031) 955-9114
이메일 · prun21c@hanmail.net /prunsasang@naver.com
홈페이지 · http://www.prun21c.com

ⓒ 서정자 · 김은하 · 남은혜, 2021

ISBN 979-11-308-1783-5   03810
값 20,000원

박화성 앤솔러지

나는 ~~여류~~작가다

서정자

김은하

남은혜 엮음

Park Hwaseong Anthology

푸른사상
PRUNSASANG

"나는 작가다"

한국 근대문학의 문을 연 소영 박화성

지금도 1920~30년대 신문·잡지를 뒤지면 박화성 선생의 글이나 인터뷰가 종종 새로 발굴되어 나온다. 박화성 선생은 1925년에 등단하면서 이어 명문 니혼(日本)여대 영문과 유학 경력을 쌓았고, 『동아일보』에 여성 최초로 장편소설을 연재하여 화제의 주인공이 되었을 뿐 아니라 「하수도 공사」를 비롯하여 시대적 주제를 형상화한 선구적 작가로서 당시 문제작가의 순위에 들었기에 여기저기 청탁에 따른 글이 1920년대로부터 계속 실렸다. 또한, 1920년대 등단 여성작가 중 자서전을 쓴 유일한 작가이기도 하고 한국전쟁으로 일실된 자료를 제한 평생의 문학활동 자료를 차곡차곡 정리해 둔 유일한 작가이기도 하다. 작가의 이런 자료들은 박화성 문학 연구뿐만 아니라 동시대의 작가 연구나 우리 문학 연구에 도움이 되는 귀한 것들이다. 그러나 해방 이후로부터 40여 년 문학작품 외에 신문이나 잡지에 쓰인 짧은 글이나 좌담 등은 아직 면밀한 조사가 되지 않은 문제가 있다. 박화성의 문학 연구는 아직도 식민지 시기에 집중되어있는 형편이고 그의 전 문학은 아직 1차 정리도 다 되지 않았다.

한편 박화성 문학 연구나 작가론은 문학세계가 방대하다 보니 작가의 기록에 준해온 느낌이 없지 않다. 나는 이 점을 요즘에야 새삼 깨닫고 있다. 박화성 문학과 작가 연구에 좀 더 고민해야 했다는 반성도 절실하게 하는 한편으로, 작가와 작품 연보도 작가의 기록에 의존한 경우가 적지 않아 발표 지지(紙誌)와 시기 등 원본을 찾아 확인하고 원본을 저본으로 하지 않은 전집의 작품들을 대조하여 교정표를 만들어 첨부해야 할 필요가 있다고 절실하게 느끼고 있었다. 며칠 전에 일본의 야마다 요시코 교수가 "『백화』를 다섯 번 고쳐 썼다는 글이 인터넷에 떴더라"면서 사실이냐고 물어왔다. 『동광』지의 박화성 선생이 쓴 「소설 『백화』에 대하야」를 찾아 "목포에서 혹은 경성에서 평양에서 두 번 세 번 네 번 금년 여름 일부러 번잡한 집을 떠나 여행 중에 다섯 번째 수정한 것이 겨우 『동아』[1]지에 게재된 『백화』 그것이었다."를 보내주었다. 「여류작가가 되기까지의 고심담」에는 네 번이라고 썼는데 네 번 고쳐 쓰고 마지막 한 번은 수정이라고 보면 될 것이다. 야마다 교수는 그 대목을 찾아 확인했다면서 밑줄까지 그어놓고 잊었다고 했다. 야마다 교수는 사실 박화성 연구에 큰 힘이 되고 있다. 현립 니가타대학에서 한국어와 한국문학을 강의하면서 일본 문부성 프로젝트에 박화성 문학 연구로 참가했고 그 일이 계기가 되어 박화성연구회 창립 발의를 해서 박화성연구회를 시작하게 됐으며 한국작가의 소설들을 일본어로 번역한 책에 박화성 선생의 「홍수전후」를 번역해 싣기도 했다. 올해에는 하타노 세스코

---

1 동아 : 원문대로. '동아일보'를 가리킴.

(波田野節子) 등이 편저로 낸 『韓國文學を旅する60章(한국문학을 여행하다 60장)』(明石書店, 2020.12.16.)에 '목포와 박화성'을 맡아 집필했다.

1932년에 쓰인 「소설 『백화』에 대하야」를 다시 읽어보니 『동아일보』에 『백화』를 연재하면서 박화성이 겪은 수난에 새삼 분노가 느껴졌다. 이 글은 여성 최초로 역사소설을 써서 『동아일보』에 연재되는 일이 영광스러울지언정 없는 사실을 지어내고 부풀려 한 번도 아니고 『여인』지 8, 9, 10월호에 세 차례 연달아 비난의 글을 쓴 데 대응한 글이다. 그 비난의 초점은 『백화』는 박화성이 지은 것이 아니라 오빠 박제민이 쓴 것이라는 무고한 주장이었다. 박화성은 그런 주장이 나오게 된 이유로 시대적 배경을 찾아준 것과 〈침부사〉라는 노래는 오빠가 도와준 것이 사실이나 도움은 거기까지라고 해명하면서 다섯 번 고쳐 쓴 『백화』 탄생의 전말을 썼다. 사실 『동아일보』에 게재한 『백화』에는 〈침부사〉에 '시풍초'라는 단어가 들어있다. 시풍은 박화성 선생 오빠인 박제민의 호인데 시풍(時風)이 시풍(詩風)으로 표기가 되었다는 문제가 있으나 분명히 시풍초라고 밝혔건만 이런 사달이 난 것이었다. 작가의 고향 사람이 도리어 고향 출신 작가를 비난한 것은 박화성과 사상적 경향이 다른 이광수의 추천으로 소설을 발표하였기 때문이라고 한다. 진영 논리의 편협함과 비정함이 안타까울 뿐이다.

그뿐 아니라 『백화』 연재가 결정되는 단계에서 『동광』지가 박화성에게 소설을 청탁한 것은 작가의 자질 시험쯤 될 것이나 장편소설을 마친 지 얼마 되지 않은 시일에 단편소설을 청탁한 것은 박화성으로서는 상당한 부담이었을 것이다. 「여류작가가 되기까지의 고심담」에는 이때의 고생담이 자세하게 쓰여 있다. 그런 청탁에 140장이 넘는 역작(당시 240자 원고지 120장)

을 써서 발표한 박화성의 작가적 능력이 존경스러울 따름이다. 그 짧지 않은 중편소설 「하수도 공사」에 다시 '이광수 추천 소설'이라는 단서를 붙여 원고료를 주지 않았다고 한다. 경제적으로 어려운 시기에 그 원고료를 얼마나 기다렸으랴.

이뿐만 아니라 해방공간의 긴 침묵을 거쳐 창작을 재개했던 작품인 『고개를 넘으면』 연재가 8월부터 시작되고 있는데 9월에 단편 「부덕」이 『새벽』지에 실리고 있다. 1955년 8월부터 1956년 4월까지 연재된 장편소설 『고개를 넘으면』은 『백화』와 달리 전작소설이 아니었으니 장편을 쓰면서 단편을 써서 보내야 하는 형편이었다. 이 역시 너끈하게 써서 발표한 박화성은 진정 대단한 작가가 아닐 수 없다고 생각된다. 이 두 경우를 놓고 보면 편집자 등은 작가의 능력을 시험한 듯 느껴지며 그것이 여성작가이기 때문이 아니었을까, 하는 의구심을 뿌리칠 수 없다.

이런 여성으로서 활동하기 지극히 어려운 현실에서 문단에 등장하고 활동했던 박화성은 페미니즘 소설을 쓰지 않았다. 그렇다고 가부장주의 제도를 용인했던 것도 아니다. 그의 등단작 「추석 전야」에서도 의식 있는 여주인공을 내세웠고, 장편 『백화』에서도 "남자 중엔 사람다운 사람이 없다."고 일갈하는 대목도 나온다. 이런 단정적인 말을 하기까지에는 그의 체험이 있었으련만 그런 그가 페미니즘 소설을 쓰지 않은 데는 "계급해방이 여성해방"이라는 사회주의 여성해방 사상이 원인이라고 볼 수 있다. 그러나 한편 여성문인 첫 세대인 페미니즘 실천가 김명순, 나혜석, 김일엽의 뒤를 잇는 소설을 쓰지 않은 것은 그들이 스캔들의 주인공이 되어 사회로부터 비난과 조롱의 대상이 된 것을 목도한 탓이 아닐까 생각한다. 김주연 평론가는 박화성을 20세기 한국 근대문학의 문을 연 작가라고 높이 평가하면서 박화성은 남녀 차이에 애당초 무심한 성평등 의식이 상당했다고 본다. "박화성은 '여성'이라는 에피세트가 불필요한 글자 그대로의 본격적 작가였다, 박화성의 첫 작품 「추석 전야」부터 「홍수전후」 「하수도 공사」 등등의 대표작들이 모두 사회의식이 강렬한 현실주의 소설들이라는 점에서 근대 한국 문학의 출발점에 큰 시사점을 던진다."고 하였다. 한국소설의 성격적 특성, 사회성 현실성을 처음으로 구현한 작가라는 점에서 박화성은 선구적이며 그러므로 박화성은 20세기 한국문학의 문을 연 작가라 평가된다고 하였다.

작가 자신은 여성작가에게 여성다운 글쓰기를 종용하는 김문집, 안회남, 김남천, 김기림 평론가들의 글에 대하여 좌담회 등에서 공개적으로 항의 비판했으며 자신을 여류작가로 분류하는 데 강력한 불만을 표시하였다. 그는 동시대의 남성작가와 치열하게 '싸웠다(문학으로)'고 말했다. 그런 박화성이 해방 후 페미니즘 소설을 쓰기 시작했고 나아가서 1965년 결성한 여류문인회 회장에 선출되었다는 것은 이해하기 쉽지 않다. 그러나 이는 한국 여성작가의 현실을 말해주는 것이자 박화성이 문단 활동을 통해서 여성 문인의 소외를 얼마나 뼈저리게 실감한 결과였는지를 반증하는 사실이라 하겠다.

『박화성 문학전집』을 출간하고 박화성연구회를 창립하여 박화성 문학 연구 활성화를 위해 몇 권의 단행본을 내기도 했으나 박화성 문학의 앤솔러지를 내는 것은 이번이 처음이고 작품 해설을 더하여 출간하는 경우도 처음이다. 이번에 앤솔러지를 내면서 중고생 독자들도 읽기 쉽도록 다소 과할 정도로 많은 단어풀이를 했다. 또한 작가연보와 작품연보도 전집 이후 처음으로 적지 않게 보완을 했다. 여류작가가 아니고 '작가'인 박화성 문학의 대중화에 작으나마 도움이 되기를 바란다. 또한 기획위의 의견에 따라 박화성 문학의 이해에 도움이 되도록『홍수전후』(푸른사상사, 2009)에 실었던「박화성의 문학 지도」를 수정 보완하여 재수록하였음을 밝혀둔다.

박화성 문학 페스티벌 행사를 지원해주신 목포시의 김종식 시장님께 감사를 드리며 2021년 10월, 목포문학박람회라는 대대적인 문학 행사를 기획 선포하시어 박화성을 비롯하여 김우진, 차범석, 김현 등 목포의 문학을 전국에 널리 알리는 계기를 만들어주심에 거듭 심심한 감사를 올린다. 박화성 문학 앤솔러지 발간 기획과 작품 해설을 함께 해준 박화성연구회 연구이사 김은하 교수와 남은혜 강사, 그리고 멀리 니가타에서 늘 응원해주는 야마다 요시코 교수에게도 깊은 감사를 드린다.

2020년 10월 박화성연구회 회장

서정자

추석 전야

추석 전야

1

방적공장의 오후 6시 기적(汽笛)이 뛰– 하고 울자 벤또[1] 싼 흰 보(褓)를 옆에 낀 여공들이 우르르 몰려나온다. 수건 쓴 십오, 육 세의 처녀들로부터 얼굴 누르스름한 삼십 미만의 젊은 부인들이 별세계에나 온 듯이 숨을 내쉬며 좌우를 돌아다보면서 참았던 이야기를 지껄인다. 오전 7시부터 종일을 기계와 싸움하기에 고달픈 그들의 기계의 노예가 되었던 연한 그 몸들이 이제 그 자리를 떠나 자유의 몸이 된 것이다.

해풍으로도 유명하거니와 풍경으로도 굴지(屈指)하는[2] 목포의 석양은 면화가루에 붉어진 그들의 눈을 위로해주며 해안의 양풍(凉風)[3]은 땀에 전 그

---

1 벤또 : '도시락'이라는 뜻의 일본어.

2 굴지(屈指)하는 : 매우 뛰어나 수많은 가운데서 손꼽히는.

3 양풍(凉風) : 시원한 바람.

들의 얼굴을 곱게 씻어준다. 그러므로 종일토록 귀가 드끈거리는 기계의 소리와 머리골이 터질 듯이 심한 기름 냄새에 숨이 턱턱 막히는 먼지 속에서 눈을 부비며 땀을 흘리면서 무의식으로 기계의 종이 되어 나(自我)를 잊었던 그들도 오후 6시가 되어 공장 문을 나서서 바다 저편 월출산 위에 붉게 타는 저녁 구름을 바라보며 포구로 돌아오는 흰 돛대의 움직이는 긴 그림자를 돌아보면서 양풍이 머리카락을 흩날리는 해안을 걸을 때는 잊었던 나를 다시 찾은 듯이 정신을 차려 시원함을 느끼며 자유의 몸이 된 것을 기뻐한다.

그러나, 그 기쁨은 잠깐이요, 돌아온 어선에서 우물거리며 소리치는 사람의 소리와 선두(船頭)가로 쌓아놓은 수박, 생선(生鮮), 건물에서 개미 떼같이 덤비며 눈이 벌게서 날뛰는 사람 틈을 걸어올 때는 가슴이 뻐근해지고 머리가 무거워지면서 집에서 기다릴 주린 식구들이 눈에 보이자 한숨을 쉬면서 고개를 쑥 빠치고[4] 젊은 여자들의 마음을 사려는 듯이 거리거리에 벌여놓은 모든 것, 보기만 해도 침이 흐르는 먹을 것들이 벌여 있는 것을 아니 보려는 듯이 바쁘게 발을 옮긴다. 그들은 오전 7시에 나온 자기의 집에 들어갈 때까지 이러한 일과를 매일매일 계속한다. 그러나 집에 들어만 가면 각각 일어나는 풍파는 날마다가 다르다.

2

제일 뒤떨어져 나온 영신(瑛信)의 두 눈가는 붉어지고 그의 왼편 팔뚝 적

---

4 빠치고 : 빠트리고.

삼에는 피가 드문드문 묻어 있다. 그는 벤또 보를 든 채로 왼편 팔뚝 어깨 아래를 꽉 붙잡으며 얼굴을 찌푸린다.

"아이고 아야— 이렇게 몹시 다쳤을까. 아이고, 이 팔자야."

하는 한숨과 함께 손을 떼인다. 눌렸던 당저[5] 적삼이 피에 착 달라붙었다. 그의 매일 위로거리인 석양은 의구히 붉고 바람은 여전히 서늘하건만 흰 돛대는 더욱 한가히 돌아오건만 오늘은 그것도 그의 눈에 띄지 않아지고, 다만 비분과 원한에 숨을 시근거리며 발만 재게 놀린다.

"인제야 오지요. 나는 벌써 나온 줄 알고, 암만 찾아도 있어야지."

하고 축(築)에서 기다리고 섰던 이웃집 옥례 어머니가 반갑게 다가오며 벤또를 빼앗는다.

"이때까지 기다렸습데까. 늦은데 먼저 가실 것이지."

하며 영신은 팔을 붙잡는다.

"참, 실없이 많이 다쳤소. 아이고 저 피— 어쩔까. 발가니 묻은 것이 참 보기 싫은데 끌끌. 이놈의 목구멍이 무엇이라고 그저 허대다가 별꼴을 다— 당한단 말이오."

하며 영신의 얼굴을 쳐다보더니

"울었소. 눈까지 벌거요. 어머니가 또 깜짝 놀라시겠소. 어서 나아야 쓸 것인데."

"글쎄 말이오. 어머니가 놀라실 것이 딱하지. 이왕 이런 몸이야 팔이 부러지거나 말거나……."

말을 마치지 않고 입술을 꽉 문다. 눈에서는 눈물이 한 방울 뚝— 떨어진다.

---

5 당저(唐紵/唐苧) : 중국에서 나는 모시라는 뜻.

"기어코 그놈이 일을 저지르고 만다니께. 하필 요새사 말고 팔을 다쳤으니. 아이 원수의 자식."

하고 옥례모도 눈을 씻는다.

영신은 아까 공장에서 당하던 일이 문득 눈에 보인다. 곧 조금 전이다. 공장 감독이 와서 돌아다니다가 양금이라는 처녀의 긴 머리를 쭉 잡아다렸다. 양금이는 깜짝 놀라 돌아보다가 감독인 줄 알고는 다시 고개를 돌렸다. 이러한 짓이 한두 번 아닌 까닭이다. 그자는 다시 양금의 머리를 쓰다듬으며

"이쁜 사람이 머리가 좋소."

하고는 또 한 번 잡아다리고는 뺨을 만지려 하였다. 참았던 양금이도 두 번째는 못 견디겠든지 머리를 툭 채어 잡아 빼며

"왜 이래. 그것 미친놈이네."

하며 영신에게로 피해 왔다. 양금이는 여공 중 제일 어여쁘며 귀여운 처녀인 데다가 영신을 따르는 고로 영신 역시 사랑하는 까닭이다. 징그럽게 빙긋이 웃고 섰던 감독은 무안한 얼굴에 두 눈이 벌게지며

"무어? 내가 미친놈이? 이놈의 가시내 나쁜 말이 했소지바리[6]."

하며 양금이를 때리려는 듯이 쫓아왔다. 양금이는 영신의 뒤로 돌아가며

"그래 어째 왜 남을 건드려."

벌써 감독의 검은 주먹은 양금이의 붉고 연한 뺨을 휘갈겼다.

"요놈의 가시내(계집애) 또 말이 해봐라. 내가 어째 미친놈이냐 말이다."

하며 또 한 번 주먹이 올 차례다. 영신은 빨리 주먹을 어깨로 받아 휙 – 뿌

---

6 이놈의 가시내 나쁜 말이 했소지바리 : 일본인 감독이어서 우리 말에 서툴다는 것을 보여준다.

리치고 몸을 돌릴 때 기계를 건드리자 북[7]이 튀어나와 적삼을 뚫고 왼편 팔을 찔렀다. 양금은 얼른 두 손으로 팔을 꽉 잡으며

"아이고머니, 경아 어머니가 다쳤네."

하며 엉-엉- 울고 있다. 다른 여공들도 고개를 돌리고 혀를 끌끌 차나 감히 가까이 오지는 못한다.

감독은 놀란 눈으로 분이 찬 영신을 나려다보면서

"당신이 왜 참견했소."

하며 미안한 듯이 적삼에 묻은 피를 바라본다. 영신은 전일부터 빈부와 계급에 대한 반항심을 잔뜩 가지고 있었으며 더구나 감독의 평일 행위를 몹시 미워하던 터라 떨리는 입술로

"그러면 당신이 왜 먼저 그 따위 짓을 하느냐 말이야. 감독이면 점잖게 감독이나 하지 어린애들 머리를 잡아다리며 부인들을 건들며 그 따위 못된 짓을 하니 누가 좋다고 하겠소. 그래놓고는 당신이 도리어 때려, 응. 그게 무슨 짓이야. 왜 우리는 개만도 못하게 보이오? 우리도 사람이야, 사람. 기계에 몸이 매였을지언정 이러한 당신과 꼭 같은 사람이란 말이야. 우리는 당신같이 나쁜 짓은 하지 않는 좋은 사람이란 말이야."

그는 독이 가득 찬 눈으로 감독을 쳐다보며 소리를 버럭버럭 지른다.

"저- 주인에게 갑시다. 내가 당신이 하던 짓을 다 말하고 결단을 낼 터이니……."

---

7 북 : 본래 '북'은 베틀에서, 날실의 틈으로 왔다 갔다 하면서 씨실을 푸는 기구를 뜻한다. 여기서는 섬유 원료로 실을 뽑아 피륙을 짜 내기까지의 모든 일을 담당하는 방적 기계의 세부 명칭으로 보면 될 듯하다.

감독은 어이없다는 듯이 섰다. 다른 여공에게 같으면 오히려 뺨을 갈기며

"나가거라. 너 아니 와도 좋다."

하겠지만 여공 중 제일 나이 많은 (많대야 이십구) 사람이요 평시에 어렵게 보고 꺼리던 사람이며 주인도 신용하던 터이므로 영신에게는 어쩔 수가 없다는 듯이 지갑을 꺼내더니 일 원짜리를 내어

"여보, 이것 가지고 고약 사서 발러. 하면 곧 낫소."

하고 영신의 어깨를 건드린다. 영신은 더욱 분이 나서 목까지 막힐 지경이다. 일 원을 받아서 감독에게로 다시 던지며

"이것은 왜 이래, 돈 귀신 당신이나 잘 처먹우. 일 원 주고 내 어깨를 산단 말이오. 돈만 보면 아무것도 다 잊어버리는 줄 아오. 이게 무슨 개 같은 짓이야. 자, 갑시다. 주인에게든지 파출소에든지. 나만 건드려만 보오. 돈 있는 당신이 이기나 죄 없는 내가 이기나 해봅시다."

하며 숨을 식은거린다.[8] 여공들은 나 같으면 받겠다는 듯한 눈으로 땅에 떨어진 종이돈을 아까운 듯이 바라본다. 감독은 머리를 슬슬 만지고 입맛을 다시며

"여보, 내가 잘못했소. 다시는 안 그러지. 참말이오. 오늘은 내가 잘못했소."

하며 돈을 집는다.

"그래 잘못했지. 천 번 만 번 잘못했어. 그러니 가잔 말이야."

하고 나선다. 감독은 웃으며

---

8 식은거린다 : 원문대로. '시근거린다'.

"여보, 가도 소용없소. 당신 잘이했다고 아니해 내가 잘못했다고 하니 그만두시오."

하고 저쪽으로 가버린다. 영신은 더 억지를 쓰려고 했으나 그놈 말같이 나를 잘했다고도 아니할 것이요 그리 도척이 같은 감독 녀석이 오늘은 잘못했다고 쩔쩔매는 것을 보고

"에라, 내버려두어라. 부득부득 억지 쓴다고 별 좋은 일 있겠니."

하고 수건으로 상처를 동이며 양금이를 찾느라고 돌아볼 때 여섯 시 기적이 뛰 하고 운다. 눈이 부은 양금이는 빨리 제자리로 가더니 조금 있다가 영신을 돌아보고는 휙– 나갔다. 다른 여공들도 일을 끝 지우고 나 먼저, 나 먼저 하며 나가버렸다. 영신은 나가는 그들의 뒷모양을 보자 참았던 설움이 북받쳐 그대로 서서 우느라고 조금 늦었던 것이다. 여기까지 생각한 영신의 눈에서는 다시 눈물이 뚝뚝 떨어지며 한숨이 길게 나왔다. 뒤에서 자동차가 뿌–뿌 소리친다.

"왜 자꾸 이러시오. 그만 울고 치나시오."

하는 옥례 어머니 말에 다시 정신을 차려 길을 비키며 돌아보니 벌써 사거리에 왔다. 앞으로 사흘밖에 남지 않은 추석 대목을 그저 넘기지 않으려고 송방⁹마다 걸어놓은 댕기와 대님이 영신의 젖은 눈을 깜짝 놀래인다.

"아– 저 당기 좀 보시오. 대님도 많고……."

이때까지의 설움은 댕기와 바꾸었다.

"올해는 흉년이라고 해도 호사 치렛거리들은 더 사는갑디다만 우리 같은 것들이야……."

---

9 송방 : 주단, 포목 따위를 팔던 가게.

하며 옥례 어머니도 맞장구를 친다. 영신의 눈은 거리 양편에 수없이 걸어 놓은 댕기에서 떠날 수 없다.

"우리 경아 하나만 사주었으면. 영이도 밤낮 고운 허리끈 대님 그 노래만 부르는데……."

아픈 것도 잊어버리고 추석(秋夕) 지낼 궁리에 가슴은 잔뜩 부풀어 오른다.

3

"아이고, 저것이 웬일이냐 응 피가 웬일이고 응 무슨 일이냐."

좁쌀에 안남미(安南米)[10] 싸라기를 섞어 바가지에 씻고 있던 영신의 늙은 시어머니가 들어오는 영신을 보자 부르짖는다. 칠십이나 되어 보이는 노인은 허리를 구부리고 영신에게로 오더니 영신의 눈과 적삼의 피를 번갈아 보며 대답을 기다리느라고 입술만 바라보고 섰다.

"아니올시다. 조금 다쳤습니다. 북이 튀어나와서……."

하며 빨리 방으로 들어갔다. 어머니는 다시 구부리고 가서 바가지를 들며

"그저 이런 팔자는 어서 죽어야지 이 꼴 저 꼴 다- 못 보것다. 응-응-."

입술이 실룩실룩하자 기침이 쿨럭쿨럭 나온다. 조금 있다가 헌 적삼을 갈아입고 나온 영신은 양철[11]에 불을 지피며

"왜 저 계집애는 누웠답니까?"

---

10 안남미(安南米) : 인도차이나반도의 안남 지방에서 생산하는 쌀.

11 양철 : 양철로 만든 아궁이.

어머니는 그 말대답도 않고 급(急)히 오더니 영신(瑛信)을 떠밀며

"오라- 저리 가거라. 얼른 봐도 어깨가 많이 다쳤는데 왜 이러냐. 저리 가거라. 저리 가-"

하며 자기가 불 앞에 앉아서 나무를 꺾는다.

"어머니- 경아가 왜 누웠어요."

하며 재차 물었다.

"아침에 학교에 가니께 월사금[12]을 안 갖고 온 사람은 못 온다고 그러더라냐 어쩌더라냐. 그래서 부끄러워서 그냥 왔다고 이때까지 방에서 뒹굴고 울고만 있더니 아마 자는가 부다."

영신은 툇마루에 벌떡 주저앉았다. 다시 더 말할 기운이 없음이다. 어깨가 몹시 저린다. 뛰는 발소리가 나며 여섯 살 된 영이가 막대기를 끌고 들어와 영신의 무릎에 가 턱 안기며

"어머니, 내 허리 끈 대님 사 가지고 왔어요. 응- 어디 봐아. 어무니 누님은 울었어. 어서 내 허리끈 내놔야-"

하며 엄마의 팔을 비틀려고 한다.

"아이고, 가만 있거라. 엄마가 팔이 다쳐서 아프다. 허리끈은 내일 모레 사다 주마."

하고 달래는 말도 영의 귀에는 쓸데없다는 듯이

"안 해- 거짓말쟁이 오늘 꼭 사다 주마 하더니 막- 때릴란다."

하며 막대기를 들어 때리려다가 하-하- 웃고 방으로 뛰어들어가더니

"누님! 아이 어무니 왔네. 어서 댕기랑 월사금 달라고 하소. 어이 일어나

---

12 월사금 : 다달이 내는 수업료.

야 일어나."

하며 깨우는 모양이다.

　"아이고, 아야!"

　끙끙거리는 경아의 소리가 들리자 남매는 방에서 나왔다.

　"왜 낮잠은 자느냐. 할머니 혼자 하시게 내버려두고 왜 – 그 모양이야."

하며 영신은 퉁퉁 부은 딸의 얼굴을 흘겨본다. 밥이 부글부글 넘으며 좁쌀
알이 솥에서 흘러내린다. 영신과 경아는 부엌으로 들어갔다. 이웃집에서
다듬이하는 소리가 듣기 좋게 장단을 맞춘다.

4

　음력 팔월 열사흘 달이 동천[13]에 훨씬 나왔다. 전등이 빛나는 시가는 거듭
달의 빛을 받아 기와집과 초가지붕이 아슬하게 보인다. 유달산은 별을 뿌
린 듯 붉은 눈들이 깜박인다. 하늘에 별, 시가에 전등, 산 밑에 불, 세 가지
구슬들이 밤빛 속에서 각기 제멋대로 반짝이고 있다.

　목포의 낮(晝)은 참 보기에 애처롭다. 남편으로는 늘비한 일인의 기와집
이요. 중앙으로는 초가에 부자들의 옛 기와집이 섞여 있고 동북으로는 수림
중에 서양인의 집과 남녀 학교와 예배당이 솟아 있는 외에 몇 기와집을 내
놓고는 땅에 붙은 초가뿐이다. 다시 건너편 유달산 밑을 보자. 집은 돌 틈에
구멍만 빠–히 뚫어진 돼지막 같은 초막들이 산을 덮어 완연한 빈민굴이다.
그러나 차별이 심한 이 도회를 안고 있는 자연의 풍경은 극히 아름답다.

13　동천 : 동쪽 하늘.

동북으로 비스듬히 누운 성당산(聖堂山) 숲속에서 십자가를 머리에 꽂고 아련히 내다보는 성당은 멀리 서해에 떨어지는 낙조를 바라보며 느린 종소리를 검어가는 시가에 고요히 흘린다. 앞산 달성사의 새벽 종소리에 눈뜬 목포는 뒷산 성당의 저문 종소리에 눈을 감는 것이다. 옛 절의 새벽 종소리, 사원의 만종은 목포가 홀로 가진 자랑거리이며 성당 이북으로는 밭 가는 소의 풍경 소리가 한가하고 논두렁길로 풀을 지고 오는 농부와 밭 매는 아낙네들의 흥글 타령이 흐르는 농촌이요, 북편 바닷가에서 자리를 잡고 앉은 기와가마(동리 이름)는 어촌이다. 감자배, 수박배, 나무배, 고깃배, 돛대가 들어선 해변에서 김칫거리를 씻고 있는 부인은 어부의 아내인 듯 유달산 북편은 구멍만 뚫어진 돌 틈 초막이요, 남편의 유달산은 푸른 밭뿐이므로 산 밑은 산촌을 보는 감이 있다. 하루에 네 번씩 나가고 들어오는 기차를 보내며 맞은 정거장을 중심으로 선인(鮮人)[14]과 일인(日人)의 상점이 즐비한 중앙은 조선의 몇째 안 가는 도회로 부끄럽지 않으며 크고 작은 섬이 둘러 있는 푸른 바다에 점잖은 기선과 어여쁜 흰 돛대, 방정스러운 발동선들이 들고나는 항구의 특색은 남편 해안에 있다. 주위의 풍경은 그림 같고 농촌과 어촌, 산촌과 도회와 항구의 각색 맛을 겸하여 가지고 있는 목포는 매일 움직이고 시시각각으로 자라가건만 그 이면에 잠겨 있는 빈민의 생활은 다른 곳에서 볼 수 없을 만한 비참한 살림이 숨어 있는 것이다. 그러므로 낮(晝)에 높은 곳에서 이 저자를 내려다볼 때는 그렇듯 여러 가지 느낌이 일어나거니와 밤의 도회(都會)는 다만 아름다울 뿐이다.

제일 보기 싫은 산 밑 구멍집은 어둠에 묻히고 생기 있는 불들만 전등불

---

14 선인(鮮人) : 조선 사람이라는 뜻.

빛에 안 지겠다는 듯이 황홀거리고 있어 별밤에는 하늘과 땅에 별과 불을 가릴 수 없이 붉은 구슬들만 빛나고 있을 뿐이다. "木浦の夜は美い[15]" 이것은 뜻 있는 사람의 밤 시가(市街)를 보면서 부르짖는 언구(言句)이다.

5

여덟 시 기차가 쉰 듯한 소리를 지르며 야단스럽게 정거장에 닿을 때 달을 가리고 있던 엷은 구름은 흔적 없이 스러지고 달은 전보다 더욱 깨끗한 얼굴로 웃고 있다.

해안에서부터 일어난 바람이 슬슬 여러 집을 거쳐 호남정(湖南町) 영신의 집 뒤 포플러 잎을 제멋대로 뒤척이다가 병든 잎 하나를 영신의 머리 위에 뚝 떨어뜨렸다. 오늘 떠도[16] 못 갈 것을 추석은 닥쳐 겨우 아픈 팔을 끌고 종일 일을 마치고 온 영신이 간호부인 자기 동무의 집에 가서 약을 얻어 바르고 와서 달을 쳐다보고 잠깐 섰는 중이다. 머리에 떨어진 버들잎을 주어[17] 내리며

"어머니, 벌써 나뭇잎이 떨어집니다. 가을은 아주 왔습니다그려."

하며 나뭇잎을 어머니에게 보인다. 툇마루에 걸터앉아 긴 담뱃대를 물고 앉았던 어머니는

"모레가 추석이 아니냐. 그런데 참 이 애야, 아까 땅세 받으러 왔드라. 그

---

15 木浦の夜は美い : 목포의 밤은 아름다워.

16 떠도 : (바람이) '떠나도'라는 뜻으로. 어디로도 가지 못한 채 가난한 살림에 추석을 맞이하게 되었다는 의미.

17 주어 : '주워'의 오기인 듯 보임.

래서 주인이 없다고 하니께 이따가 오마고 가드라. 또 어쩌잔 말이냐. 영이
아범만 있었더라면……."

　노인은 삼 년 전에 죽은 자기의 아들을 생각하며 한숨을 쉰다. 그의 아
들은 얼굴도 참말 잘났었다. 학교하고는 보통학교 졸업뿐이거니와 일본말
잘하고 똑똑하므로 어떤 일본인의 집에 있을 때에도 착실하고 부지런하
다 하여 주인이 매우 사랑하였다. 그래서 과부인 어머니와 외아들이 살기
에 아무 괴로움이 없었다. 아들이 십구 세 되던 가을이다. ××여학교 사
년급에서 인물이나 공부로 첫손가락을 꼽는 단정한 처녀이나 다만 가세
의 형편으로 부득이 들어앉게 된 십칠 세의 영신을 며느리로 맞아 귀한 손
자 남매를 두 팔로 어르며 얌전한 아들 부부의 효성으로 아무 일 없이 재
미있게 살아왔다. 그러나 운명의 변덕은 헤아릴 수 없는 것이다. 든든하고
착실한 그의 아들은 우연히 병이 들어 폐병이라는 이름 아래에서 삼 년 전
오월에 북망산 한 덩이 흙무덤을 이룬 후로 여간한 저축은 약값으로 없어
지고도 집까지 **빼앗겨 곁방**[18]으로 돌아다니며 홀며느리가 바느질을 품을
팔아 남매의 학비를 대며 네 식구 목을 축이는 중, 금년 사월부터 새로 생
긴 방적공장에 들어가 일급 사오십 전으로 겨우 목숨만 이어가는 이 집 형
편이 어떠하랴. 이 집도 영신의 친정 부모가 자기의 살던 집을 가련한 딸
에게 내어주고 자기로는 신작로 오막살이를 얻어가지고 죽 장수를 하므로
노인은 사돈에게도 미안함을 말할 수 없다. 매일 며느리의 애쓰는 모양을
볼 때는 항상

　"내 아들이 살았더라면."

18　곁방 : 남의 집 한 부분을 빌려 사는 방.

하는 말뿐이 구제책이나 같이 생각된다. 지금도 모르는 사이에 쑥 나온 것이다. 영신은 얼굴을 찌푸리며

"어머니, 또 그런 소리를 하십니다그려. 쓸 데 있어요? 그런 말 한대야 서로 속만 상하지요. 그저 사는 대로 살지요. 설마 산 사람 목구멍에 거미줄 칠랍데까요."

하며 여전히 달만 바라보고 있다. 말은 이렇게 대범히 했거니와 사실 어머니 입에서 그 말이 나올 때는 영신의 가슴이 찢어지는 듯 터지는 듯 아직도 남편 생시에 자기를 사랑하여주며 정답게 해주던 그 사람은 뼈에 깊이 깊이 새겨 있다.

어느 때 남편을 잊으랴. 그는 죽었거니와 그의 사랑은 내가 흙이 될 때까지는 나를 떠나지 않을 것이다. 밤이 깊어 홀로 바느질하고 있을 때는 은연히 자기 남편이 곁에 앉아서

"그만하고 잡시다."

하며 바느질감을 빼앗는 듯하여 곁을 돌아보면 희미한 등불만 창 틈으로 새어 들어오는 바람에 춤추고 있음을 볼 때는 그냥 그 자리에 엎더져 울며 밤을 새우는 것이 예사이었다. 그러나 참고 견디어 늙으신 어머님 생전에 남편의 그 효성을 내가 대신하려니, 우리는 못 배워서 끝을 못 이루었거니와[19] 남매는 기어코 내 팔이 부러지더라도 남부럽지 않게 시켜보려니 결심하고 경아는 ×××여학교에 입학시켰던 것이 열두 살 되는 금년에 고등과 1학년이며 영이는 유치원에 보내어 매일 재롱이 늘어가는 고로 남매를 낙으로 삼고 기막힌 고생과 아픔을 달게 받고 지내는 중 이번에는 더

---

19 끝을 못 이루었거니와 : 공부를 다 마치지 못했다는 뜻으로 짐작된다.

욱 형편이 어렵게 되었다. 그리 부득부득 조르지는 않지만 경아는 동무들의 모양낸 의복이나 댕기를 몹시 부러워하는 모양이다. 그것도 무리는 아니다. 삼 년을 되는대로 흰 옷만 주워 입고 남보다 더 길고 검은 머리에 기름때 묻은 흰 댕기만 매고 다니던 어린것이 아니냐. 지난 오월에 복(服)을 벗자 동무들의 고사[20]나 갑사[21]의 붉고 긴 댕기를 보고 와서는 여러 번 붉은 댕기 말을 하였다. 더구나 남편이 사랑하던 경아, 높이 선 콧대와 가느스름한 눈과 귀염 있는 입모습이 자기를 닮았다고 항상 거울로 나란히 비치며 사랑하던 경아! 지금도 경아의 웃는 입모습을 볼 때에는 가슴의 쓰림을 이기지 못한다. 그러한 경아의 소원인 붉은 댕기를 추석에는 꼭 해주마고 하여왔다. 어제도 월사금 때문에 학교에서 그냥 와서 오늘도 못 가고 있으면서도 행여나 어머니가 댕깃감을 사가지고 오시나 물어보고 싶지만 그보다도 더 큰 월사금 때문에 입도 못 벌리고 눈치만 보며 처분만 기다리는 모양이 코가 시도록 애처로우며 철없는 영이는 유치원에서는 부잣집 도련님의 양복과 구두보다도 윗집에 사 온 고운 허리끈과 대님만 부러워서 조르니 그것도 사주어야 할 것이다. 그뿐인가. 이번에는 참으로 늙은 어머니 당목 적삼이라도 해드려야 할 것이다. 새벽이면 다섯 시에 모르게 일어나서 밥 지어놓으시고 저녁이면 양식이 없어서 못 하는 저녁 외에는 꼭 손수 지으시고 기다린다. 그러한 어머님이 떨어진 광포[22] 적삼만 입고 계시는 것이 얼마나 불안한지, 그러나 제일 급한 것은 경아의 월사금이다. 영이는 처음

---

20 고사 : 여름 옷감으로 쓰는 비단의 하나.

21 갑사 : 품질이 좋은 비단. 얇고 성겨서 여름 옷감으로 많이 쓴다.

22 광포 : 폭이 넓은 삼베.

에 오 원 빚내어 들여논 뒤로는 아직도 아무 말이 없으니 내버려두더라도 또 땅세가 있다. 그러면 돈이 얼마나 있어야 되나 경아의 월사금이 이 원 여기까지 생각하자 밖에서 주인 찾는 소리가 들린다.

"주인 있수."

하는 것은 영감의 소리다.

"이 애야, 왔다. 저— 땅세 받으러."

하며 어머니가 은근히 소리친다. 영신은 벌떡 일어나서 나가며

"네, 있습니다. 땅값이 얼마나 되나요?"

하고 단도직입으로 물었다.

"아, 생각해보시구려. 한 달에 일 원 오십 전인 데다가 석 달을 못 냈으니 사 원 오십 전 아니오. 이번에는 꼭 받아야 하겠수다. 도모지 군색해서[23] 살 수가 있어야지."

하며 늙은 서울 노인은 달빛에 더 해쓱해 보이는 영신의 얼굴을 바라본다.

"글쎄요. 난들 좀— 얼른 해드리고 싶으리까마는 없으니까 그렇지요. 오늘도 없는데 어쩔까요?"

하며 조심스럽게 가만히 노인을 본다.

"어쩔까요가 다 무엇이오. 나도 이번은 꼭 받고 말겠소. 없으니 못 낸다고만 하면 나중에는 어쩔 터이오."

"그렇지만 없으니까 없다지 있는 걸 없다고 합니까? 지금은 수중에 한 푼도 없으니 말이지요."

영신의 입술은 바르르 떨린다.

---

23 군색해서 : 필요한 것이 없거나 모자라서 딱하고 옹색하다는 뜻.

"여보, 그래 못 내겠단 말이오. 못 내겠으면 나가구. 집을 팔아버리오그려. 못 내겠으니 받지 마오. 이건 세를 부리나."

빚 받기에는 박사가 된 듯한 노인은 손을 벌리며 경판을 붙인다.[24]

"아이구, 노인이 무슨 말씀을 그렇게 하십니까? 못 내는 사람이 세는 웬세요. 돈 있는 사람이나 세 부릴 세상에 이런 가난뱅이가 세가 웬 말입니까? 그만두고 가십시오. 내일은 꼭 드리리다."

툭— 내던지듯이 하고 영신은 들어와 그 전 자리에 다시 앉아 달을 바라본다. 달은 여전히 평화롭게 웃고 있다.

"그러면 내일 저녁에 올 터이니 해놓고 기다리시우."

하고는 지팡이의 소리만 점점 멀리 들린다.

영신은 두 손을 가져다 얼굴을 가리고 몸을 두어 번 흔들었다. 어머니의 한숨 소리가 산이 무너져라는 듯이 들린다. 영신은 깜짝 놀라 고개를 들었다. 어머니의 계신 것을 잊어버린 것이다. 영신은 북받치는 비(悲)와 분(憤)을 참고 천연히[25] 앉아 아까 생각을 계속한다. 경아의 월사금 이 원 댕기 대님 모두 합하여 삼 원가량이다. 땅세가 사 원 오십 전. 내일은 다시 좁쌀과 싸라기를 팔아야 할 것이다. 또 명일이라고 고기는 못 해드리나마 백미 한 되는 팔아야 될 터인데, 일 원만 있으면 될 것이다. 그러면 얼마이냐. 십일 원이다. 십일 원만 있으면 우선 발등의 불을 끄겠다. 십일 원! 영신은 아까 공장 시찰하러 왔던 당지 부자의 아들 감독이 눈에 보인다. 그 부자의 아들은 죽은 자기 남편과 한 동창생이다. 그러나 빈부의 차로 하나는 고생만 하다

---

24 경판을 붙인다 : 서울 말씨를 쓴다. '경판'은 서울말이라는 뜻.

25 천연히 : 생긴 그대로 조금도 꾸밈이 없이.

가 죽어버리고 하나는 공부를 계속하여 마친 것이다. 그 심술궂은 감독 녀석이 굽실굽실하며 차례로 구경시킬 때 그는 아무 기색이 없이 평범하게 보기를 마치고 나갔다. 그는 부자랄망정 과히 호사는 아니하였으나 그가 가진 야광주[26] 시계는 분명히 고가일 것이다. 그 시계, 아니 그에게는 아니 부자라는 놈의 주먹 속에는 철갑 속에는 몇천 원 몇만 원이 있으렷다. 지금도 술을 마시며 한 자리에서 몇십 원씩 기생의 웃음값 주기에 얼마나 없어질 것이다. 그 흔한 돈이 왜 이런 몸에는 이리도 귀한가. 내일은 공장에서 돈을 준다고 하였다. 십일급이 오 원이니 육 원이 모자란다. 육 원, 육 원, 육 원만 있으면. 무엇 팔 것이 있나, 팔 것도 없다. 그러면 어쩌랴. 영신은 고개를 숙이고 방침을 생각한다. 아까 순임(간호부 이름)이네 집에 갔을 때 바느질품 파는 순임의 시어머니가 바느질감이 너무 많다고 하였다. 그것은 갑사 저고리 하나와 적은 관사 저고리 두 개이었다. 그렇다. 그것을 가져오자. 삯은 세 개에 일 원 십 전이다. 십일 원이라면……. 가져오자. 그는 바쁜 듯이 벌떡 일어났다. 어깨가 다시 아프기 시작한다. 저린다, 쑤신다. 이 어깨를 가지고 어떻게 하랴. 그러나 가져오자. 영신의 발은 무의식으로 문을 향하여 옮겨진다.

"이 애야, 어디 갈래?"

하는 어머니의 소리에 깜짝 놀라며

"저 저기 좀 갔다오겠습니다."

하고 쑥─ 나왔다. 어쩐지 정신이 희미하여지고 머리가 감감하며 아득한 것 같다. 밤 저자에는 모든 실과가 불빛에 반짝인다. 바느질하며 전방 지키는 부인들이 눈에 띈다. 어디선지 시계가 열 시를 땡─땡 친다. 하늘 가운데서

---

26 야광주 : 어두운 데서 빛을 내는 구슬이라는 뜻.

꿈으로 들어가는 도회(都會)를 애달픈 듯이 내려다보는 달의 얼굴은 더욱 웃음에 맑아진다.

6

모레 새벽에 보내기로 한 저고리 세 개를 오늘 밤과 내일 밤으로 해서 일 원 십 전을 벌겠다는 욕심으로 바쁘게 손을 놀리는 영신은 가끔 오른손으로 왼편 팔을 꽉 잡고는 눈살을 찌푸린다. 이것을 해서 일 원 십 전을 가진대야 무엇 할 것이 생각나지도 않는다. 그는 생각지도 않으려 하며 바늘 든 손만 바쁘게 놀린다. 어디선지 귀뚜라미가 쯕쯕쯕쯕 하더니 그 소리조차도 뚝 끊어지고 닭의 소리가 처음으로 들린다. 어머니는 두어 번 일어나서 그만두라고도 하시고 이야기도 하시더니 이제는 천지를 모르고 주무신다. 두 번째 닭이 울었다. 솜씨 곱고 손 빠른 영신의 손에서 갑사 저고리는 빚어 나왔다. 관사 저고리 거죽을 붙일 때까지 닭은 세 번째 울었다. 영신은 못 참겠다는 듯이 불을 툭 끄고 쓰러졌다. 느끼는 부인을 위로하려는 듯이 희미한 달빛과 날빛이 모기장 바른 창으로 새어 들어오며 박명한 과부의 젖은 눈을 새벽별 하나가 들여다본다.

7

열나흗날 밤이건만 달은 둥글 대로 둥글었다. 종일 집집에서 나던 떡방아 소리가 달 뜨기 전까지도 나더니 달의 세계가 되자 달을 보며 송편을 먹는 아이들이 불어간다. 기름 냄새, 칼판 소리, 심지어 병원 아래 움집에서

맛난 내음새가 나건만 영신의 집만 비로 쓴 듯이 쓸쓸하다. 뜰에서 남매의 '강강술래'를 부르며 뛰는 소리가 겨우 적막을 깨뜨린다. 영신은 저고리를 밤으로 보내려고 공장에서 나오자 저녁도 먹지 않고 끝마치려 한다. 그는 가끔 입에서 더운 김을 훅—훅— 뿜으며 손을 머리에 얹었다가 팔을 잡았다가 한다. 그의 팔은 부어서 적삼 위로 불룩하게 나타난다. 시근거려지는 숨을 입으로 불며 아홉 시 후에 기어코 마쳤다.

심부름 갔던 경아가 손에 일 원 십 전을 가지고 돌아왔다.

"이것으로 내 댕기……."

하며 어머니의 얼굴을 힐끗 보자 무안한 듯이 몸을 틀고는 다시 밖으로 쪼르르 나간다.

"이 영감님이 왜 이때까지 아니 오나요?"

영신은 공장에서 받은 피 값 땀 값 눈물 값 오 원을 주머니에서 꺼내며 어머니를 돌아보고 물었다.

"안 오기는 왜 안 와야 그 깍정이가……. 곧 올 걸이요."

말이 마치자마자

"주인 있소."

하는 서울 영감의 소리.

"네 있소."

하고 영신은 나아가 영감과 마주 섰다.

"자— 되었으면 주시오."

하고 뼈만 남은 손을 내민다.

영신은 내미는 손을 탁 때리고 오 원을 얼굴에다가 갈기며('십팔'자 삭제) 하고 싶었다. 그러나 없는 놈은 유구무언이다. 에라, 참아라 하고

"네, 되었는데. 다는 못 드리겠습니다. 두 달 것이나 먼저 받으시지요."

영감은 눈귀가 실쭉해졌다.

"아, 또 잔소리로구려. 오늘 저녁에는 다 준다고 아니 했소."

턱이 달달 떨린다.

영신은 미움과 원망과 더러움과 분함에 몸을 떨었다.[27]

"여보시오. 좀 생각을 해보시오그려. 오늘 내가 오 원 받기는 했소이다. 자─ 이것이 오 원 아니오. 그러나 영감님도 생각을 해보십시오. 이것이 열흘 것인데, 사 원 오십 전을 영감께 다 드리고 보면 하루도 못 살 오십 전을 가지고 어쩔 것입니까? 부득부득 다 달라면 드리리다마는 그럴 수야……."

말소리에 힘 있기로 유명한 영신이건만 지금 말소리에는 힘도 없이 떨리기만 한다. 그의 손은 다시 이마로 올라갔다. 영감은 까딱하지도 않은 기색으로

"여보, 이 세상이 어떤 세상이라고……. 내 몸 다음에 남이야. 석 달이나 용서해주었으면 그만이지. 인 내오, 오 원."

하며 손을 내민다. 영신은 벌컥 내주었다. 영감은 지갑에서 오십 전 은화를 내어 영신의 손에 놓았다. 은전이 달빛을 반사하여 영신의 눈을 찌른다. 영신은 은화가 더럽다는 듯 얼른 땅에 떨어쳤다. 영감은 간다 보아라 하고 지팡이를 끌며 천천히 내려간다.

영신은 그만 땅에 퍽─ 주저앉는다.

"아, 세상은 이렇구나. 아, 사람은 이렇구나. 아, 더러워, 이 세상."

주먹으로 땅을 치며 몸부림을 한다.

---

27 강조 표시. 원문대로.

"이럴 줄이야 몰랐다. 이렇게 세상이 나에게 독하게 할 줄 몰랐다. 그전에도 좀 독했느냐마는. 아이고, 요렇게까지, 흑흑."

그는 땅에 엎드려 궁근다. 숨이 더운 김에 턱턱 막히고 입술이 탄다. 몸이 불덩이 같고 어깨가 쑤신다. 어머니가 나왔다.

"이 애야, 그러지 마라."

하는 끝말소리가 떨리며 붙들어 일으킨다. 영신은 정신을 잃은 듯이 다시 엎디어졌다. 많은 생각을 더욱 분명히 연속코자 한다. 사흘 전부터 팔을 다친 데다가 (그것도 타인 같으면 별 치료를 다할 만큼 많이 다쳤다) 이틀이나 공장에를 이를 갈고 다녔다. 게다가 어젯밤은 꼬박 새우고 오늘 저녁은 굶었다. 일 원 이십 전을 벌려고 어깨가 붓고 머리가 어지럽고 입안이 불같고 속이 메슥메슥한 것을 참았다. 그래서 땅세를 삼 원만 주게 되면 이 원 육십 전을 가지고 불덩이 같은 이 몸을 끌고 저자에 나가 생각하던 대로 해보려고 하였다. 그리하더니 아— 요런 일까지도 야속하게 몹시도 나를 볶는 이 세상, 영신은 생각을 마치고 죽은 듯이 엎디어져 있다. 어머니의 주름잡힌 얼굴을 흘러내리는 늙은 눈물이 달빛에 반짝인다.

"이 애야, 일어나거라. 네가 이러면 나는 어쩌겠냐."

어머니의 울음이 툭 터졌다. 입술을 불며 혀를 마시면서 소리가 커진다. 경아가 영이를 데리고 오다가 우는 할머니의 얼굴과 엎디던 어머니를 번갈아 바라보다가 어머니 위에 엎드리며 으악 소리친다. 영이도 운다. 영신은 소스라치며 일어난다. 그중에서도 남부끄러운 생각이 난 것이다.

"아이고, 무슨 소리들이냐. 남부끄럽게."

말할 때마다 입에서 더운 김이 훅— 끼친다. 입술이 부었다. 얼굴이 붉은 물 들인 듯이 벌겋게 달았다. 적삼 위로 부유스름한 물이 팔에서 스며 나왔다. 무심한 달은 빛난 웃음을 영신에게 보낸다. 떨어진 은전이 말없이 희게 빛난다. 이것을 본 영이는 울음을 그치고 얼른 은전을 집으며

"어머니, 돈 여기 있소."

하고 빨리 집어 든다. 어머니에게서 더럽다고 배척을 받아 떨어진 은전은 아들의 손에서 더욱 곱게 빛나고 있다.

"아ー 영아 버려라. 내버려라. 더러운 그 은전을. 아, 버려라. 더럽다."

하고 몸서리를 치며 다시 엎디어진다. 별안간 기침이 시작되었다. 그는 몸을 빙빙 틀며 괴로워한다. 어머니는 며느리를 붙들고 들어왔다. (○자 삭제)[28] 어머니의 눈이 둥그레지며 얼굴이 노랗게 질린다. 어린 남매의 울음소리가 다시 터졌다. 막차가 처량한 소리를 지르고 달려온다. 영이가 내버린 은전은 마당에서 여전히 찬란하게 빛나고 있다.

(1924. 9. 14.)[29]

『조선문단』, 1925. 1.)

---

28 원문에 '(字 削除)'로 표시.

29 작품 창작 날짜.

1920년대 여공의 눈에 비친 식민지 근대의 모순

서정자

이 작품은 추석이라는 배리어 타임(장벽의 시간)을 설정하고 추석 사흘 전부터 하루하루 추석이 다가옴에 따라 일어나는 가난한 '영신'의 비극적 삶을 뚜렷이 부각하는 구조다. 추석은 민족의 명절로서 아이들에게나 어른에게나 중요한 날이다. 새 옷 입고 음식을 마련해 성묘도 하고 송편 등 풍성한 음식을 들며 즐기는 것이 당연한 풍속이었고 섣달그믐만이 아니라 명절이면 밀린 빚을 청산하는 것이 불문율이었다. 아이들에겐 명절이 무한히 기대되고 즐거운 날이지만 가난한 부모로서는 명절 빔이며 음식 장만에 들어갈 적지 않은 비용마련과 빚 갚기에 추석이 도리어 근심거리다. 남편을 잃고 홀로 된 영신은 일당 4, 50전(오늘날 금액으로 환산하면 약 2천 원)의 여공 생활을 하면서 두 아이와 시어머니를 모시고 산다. 일본인 감독이 여공 '양금이'를 성희롱하자 꾸짖으며 말리다 어깨를 다친 데다 명절이 다가오건만 딸 '경아'의 월사금은 두고라도 새 댕기도, 아들 '영이'가 간절히 조르는 새 대님이나 허리끈조차 사줄 수가 없어 마음이 더욱 서글프다. 모시고 사는 시어머니의 떨어진 광포 적삼 대신 당목 적삼이라도 해드려야 하건만 남의 땅에 지은 집에 사는 탓에 다달이 내야 하는 땅세(地貰)는 석 달 치나 밀려 있는 형편이다.

1897년 고종의 칙령으로 개항한 목포에는 일본인들이 몰려와 육지면(陸地綿), 쌀 등을 수출하면서 식민지 호경기를 누리며 만여 명이 거류지를 형성하고 있었으며 조선인들도 부두, 상가, 유흥장에 취직하러 몰려들어 급격히 인구가 늘어난다. 소설은 도시계획에서부터 잘 정비된 일본인 거류지와 조선인의 산밑 움막의 삶을 대조적으로 묘사함으로써 빈부격차를 극명하게 드러낸다. 당시 새로 들어선 방적공장 여공의 눈에 비친 목포를 식민지 근대의 모순을 드러내는 도시로 부각했다. 1925년 1월 『조선문단』에 '이광수 추천'으로 실린 작품으로 신경향파 문학이 등장하던 무렵 계급의식을 지닌 여공을 그려 현실주의적 작가의식을 드러냈다. 작가는 이 작품을 미숙한 작품으로 치고 어느 소설집에도 수록하지 않았으나 연구자들이 발굴 소개하여 재평가되고 있으며 식민지 시기 목포의 풍광과 삶의 현장을 파노라마 수법으로 그린 기록적 가치도 높다.

하수도 공사

하수도 공사

격분된 삼백 명의 노동자들은 중정대리(中井代理)[1]를 끌고 경찰서에 쇄도하였다. 보안계 위생계의 넓은 사무실 안에 있는 사람이란 사람은 급사들까지 모조리 나와서 눈들을 둥그레가지고 마당에 겹겹이 들어서 살기가 등등하여 날뛰는 군중을 둘러본다.

"자 — 서장에게 면회시켜주시오."

"중정대리란 놈을 끌고 들어가자."

하며 낭하로 우르르 몰려 들어가는 군중을 밖에 섰던 자들이 두 손을 벌리고 막는다. 사법계실에서도 뛰어나오고 고등계 주임까지 층계에서 궁글어 내려오듯이 뚱그적이고 내려왔다. 서장은 체면을 유지하느라고 나오지는 않으나 서장실에서 섰다 앉았다 하며 좌우를 시켜서 무슨 일인가를 알아

---

1 중정대리(中井代理) : '중정(中井)'이라는 이름의 일본인 하청업자를 대신하는 관리자를 지칭.

오라고 하였다. 보안계 주임의 뚱뚱한 얼굴이 나타났다. 금테 안경 너머로 마당에 빽빽하게 박혀 선 군중을 둘러보며

"무슨 일이 있으면 조용히 말해라. 시끄럽게 하면 안 된다."

"조용히 할 말이 못 되오, 자 두말 말고 서장에게 면회시켜주시오."

경찰서가 떠나갈 듯이 삼백 명의 소리는 외쳤다. 고등계 주임과 형사들이 한편에서 수군수군하더니 보안계 주임을 불러가지고 다시 머리를 맞대고 수군거린다.

"당신들 의논은 나중에 하고 어서 우리 청이나 먼저 들어주어."

한쪽에서 주먹을 들었다 놓았다 하며 소리친다. 보안계 주임이 다시 이쪽으로 오더니

"그러면 대표를 내어야 서장께 면회시켜준다. 이렇게 몰려와서는 아니 되어."

하며 눈자위를 불량하게 굴려 군중을 좌우로 훑어본다.

"자 그러면 대표를 내어 세우자."

군중은 흩어져 무더기 무더기로 둘러선다.

"장덕삼이 자네 하소."

"김병수, 이재표……."

소리가 끝나지 않아 키가 호리호리한 사법계 주임이 점잖게 걸어와서 손가락으로 이 사람 저 사람을 가리키며 대표를 뽑기에 신이 나서 소리치는 장덕삼의 어깨를 두 손가락으로 톡톡 치면서

"여보, 대표를 네 사람만 뽑으시오. 너무 많아도 재미없으니……."
한다.

말소리가 부드럽고 조용하였다.

"서동권이 뽑게."

"서동권이가 빠져 되겠는가."

소리가 여기저기서 난다.

"자 그러면 네 사람 다 되었네. 서동권이 김병수 이재표 다 이리 나오소."

장덕삼이는 자기가 먼저 한편으로 따로 서며 세 사람을 부른다. 보안계 주임이 앞장을 서고 중정대리와 네 사람이 뒤따라 서장실로 들어가는 뒤를 바라보며 그들은

"이 사람들 하나도 빼지 말고 자세히 이야기하소."

"그 도적놈에게서 단단히 다짐받아가지고 나오게."

"어떻게든지 오늘은 끝나도록 해가지고 나오게."

이러한 소리로 대표들의 마음을 격려하여주었다. 보안계 주임의 안내로 그들은 서장과 마주 앉게 되었다. 사십여 세나 되어 보이는 서장은 몸을 들어, 교의[2]를 다가놓고는 무겁게 덜퍽 주저앉았다. 그리고 무테안경을 한 손으로 고쳐 쓰면서 헛기침을 두어 번 하더니

"자네들 국어[3] 할 줄 아는가?"

하고 네 사람을 번갈아 본다. 제일 나이 젊은 서동권이가 머리를 굽실하며

"네, 나는 좀 알아듣습니다마는 다른 세 사람은 잘 못 알아듣습니다. 통역을 한 분 세워주십시오."

하는 그의 말이 너무나 유창하므로 서장은 의외라는 듯이 주의하여 보며 보안계 주임에게 무어라고 하니까 그는 나가더니 키가 작고 얼굴이 넓적한 형

---

2 교의 : 의자.

3 국어 : 당시에는 '일본어'를 국어라고 하였다.

사 비슷한 자가 들어왔다. 서장은 그자를 통하여 무슨 일로 온 것을 물었다.

"네, 우리는 아시는 바와 같이 하수도 공사 일하는 노동자들이올시다."

하고 제일 나이 지긋한 장덕삼이가 먼저 말을 꺼내었다.

"작년 십이월부터 일을 하기 시작하여 지금까지 넉 달이 되도록 돈이라고는 삼십 전 한 번 받고 쌀 두 되 받아먹은 것밖에는 삯이라고는 받아보지를 못하였으니 이런 노릇이 어디 있겠소?"

손바닥을 뒤집어 보이며 말하는 말소리가 차차 거칠어진다.

"그럴 리가 있는가?"

서장은 가볍게 말마디를 무지른다[4].

"그럴 리가 있다니요? 그러니까 중정이란 놈이 도적놈이란 말이오."

하고 성질이 급한 이재표는 소리를 버럭 지르며 중정대리를 노려보더니 다시 말을 계속한다.

"처음에는 삯이 하루에 칠십 전이니 얼마니 하던 것들이 칠십 전은 고사하고 삼십 전 받은 사람, 삼십오 전 받은 사람, 제일 많이 받은 사람이 오십 전 받았는데 이것도 꼭 한 번밖에 받은 일이 없고 삯전 대신으로 쌀을 받아먹었다 해야 그게 어디 쌀이랍데야? 흉악한 싸라기 두 되 받은 일밖에 없으니 그래 죽도록 일하는 놈은 죽어가며 외상 일만 하라는 법이 어디 있단 말이오?"

그는 서장이 그의 상대자인 청부업자(請負業者)나 되는 듯이 눈을 부릅뜨며 얼굴에 핏대를 올려서 말하였다.

"그것이 정말이오?"

4　무지른다 : 말을 중간에 끊는다는 의미.

서장은 한풀 죽어 앉았는 중정대리에게 물었다.

"네, 어찌 그렇게 되어버려서……."

그는 머리를 득득 긁으며 말끝을 흐려버린다.

"이놈 너도 속은 있어서 말을 우물쭈물하는구나. 넉 달 동안에 돈 한푼 안 주는 벼락 맞을 놈이 어디 있단 말이냐?"

이번에는 김병수가 그 우렁찬 목소리로 대어들었다.

"싸움하듯이 그런 욕 하면 안 돼."

서장은 점잖게 병수를 제재한다. 저편 유리창 밖에서는 동무들이 왔다 갔다 하며 방 안을 들여다보기도 하고 말소리를 들으려는 듯이 귀를 기울이기도 한다.

"그러니까 말이오. 서장 영감 제 말을 좀 들어봅시사. 그래 넉 달 동안 일은 시키고 삯은 안 주니 누가 그놈의 일만 할 수가 있겠느냐 말이지오. 전표만 날마다 주면 종이를 씹어 먹고 살 수 없고 그 전표를 팔든지 잡히든지 해 먹었자 결국은 손해뿐이지, 입에 들어오는 것은 없이 공으로 일만 하면서도 감독과 십장들에게 까딱하면 두드려 맞고 잔소리 듣고 거 무어 압제라니 말할 수가 없소. 우리 같은 사람은 객지라 싸라기 밥⁵이나마 한바(飯場)⁶에서 얻어먹고 일했지마는 덕삼이 재표 같은 처자 있는 사람들은 거참 굶기가 일쑤지라우. 인제는 일도 더 할 수 없고 속기도 그만 속아 넘어갈 터이니 이 도적놈에게서 이때까지 일한 우리 삯이나 받게 해주시라고 이렇

---

5 싸라기 밥 : 부스러진 쌀알로 지은 밥.
6 한바(飯場) : 건설 현장에 마련되어 있는 식당.

게 밝고 밝은 법 밑으로 원정[7] 온 것이올시다."

합장하듯이 손을 합하여 능청맞게 허리를 구부리며 병수는 말을 마치었다. 간간이 밖에서 떠드는 소리가 들린다.

서장은 빨아들였던 담배 연기를 천천히 뿜으며 기침 한 번을 크게 하더니 두 손을 깍지 끼어 테이블 위에 올려놓으며 중정대리를 돌아보면서

"그러면 그것이 정말이라니 어째서 그렇게 되었단 말이오?"

하고 묻는다.

중정대리는 휘청휘청하도록 큰 키와 몸에는 어울리지도 않게 방정맞게 고개를 연방 조으며

"네 네, 저 역시 남의 밑에 있으니까 시키는 대로 할 뿐이지, 어찌 제 마음대로 할 수가 있겠습니까? 일이 이렇게 된 이면에는 내용이 있습니다."

하고 손수건으로 이마의 땀을 씻는다. 삼월 하순이라 서장실 한쪽 난로에는 아직도 불이 피어 있는 일기이언마는 그는 속이 쪼들려 그런지 이마와 콧마루에 땀방울이 솟아올랐다.

"그러면 그 내용이라는 것은?"

서장이 묻는 보람도 없이 중정대리는 말하기를 꺼리는 듯이 입맛만 다시고 있다. 서장은 다시

"자 그 내용을 말해보시오."

재촉하여도 그는 오히려 주저하더니 마지못하여

"처음에 중정이가 부청과 계약하기는 칠만팔천 원에 청부[8]하기로 하여

---

7 원정 : 사정을 하소연한다는 뜻.
8 청부 : 일을 완성하는 대가로 일정한 보수를 받기로 약속하고 그 일을 떠맡음.

금년 오월 말일까지 준공하기로 계약이 되었었습니다."
하고 말을 시작하였다.

통역을 통하여 말을 하게 되는 자리인지라 서동권이는 속으로 합당치 못하게 생각하였다. 서장이 자기 동무들에게는 하대하는 말을 쓰고 중정대리에게는 경어를 사용하는 것이 대단히 비위에 거슬렸다. 더구나 통역이 서툴러 일본말로 듣고 나서 통역을 듣게 되면 시간도 지리할 뿐 아니라 긴장미가 몇 배가 감하여 마음대로만 한다면 동권이 자기가 나서서 통역도 하고 싶고 말대꾸도 하고 싶었지마는 말할 기회가 오기까지는 참을 수밖에 없었다. 그러노라니 십구 세밖에 되지 않은 동권으로는 이 자리에 차분히 앉아 있기가 몹시 안타까웠다. 서장의 무표정한 뚱뚱한 얼굴을 건너다보다가 세 동무의 긴장한 눈들을 돌아보기도 하고 중정대리의 얍슬거리는 입을 노려보다가 잔뜩 빼면서 길게 말하는 통역하는 자를 눈 흘겨 보기도 한다. 마음에 마땅치 못한 말마디에 가서는 헛기침도 하고 손도 비비어보았다. 유리창 밖에서는 동무들이 추운 듯이 팔짱을 끼고 여전히 왔다 갔다 하며 혹은 주먹을 휘둘러 보이기도 한다. 날이 갑자기 흐려지며 바람이 일어나는 모양이다.

삼백 명의 노동자들이 동맹파업을 단행하고 이처럼 격분하여 경찰서에 쇄도하게까지 된 하수도 공사의 내막은 이러하였다.

실업(失業) 노동자들을 구제하기로 목적한 하수도 공사가 근년에 유행과 같이 각처에 일어났다. 목포부에서도 실업 구제의 하수도 공사를 시작하게 되어 중정이라는 자와 칠만팔천 원의 경비로 육 개월간에 공사를 준공시키기로 청부 계약이 성립되었다. 중정이는 칠만팔천 원의 사할(四割)은 자기 주머니 속에 딱 떼어놓고 나머지 사만칠천 팔백 원으로 공사를 끝마칠 예산을 세웠다.

그러나 그는 돈이 없는지라 산본(山本)이라고 하는 자를 전주(錢主)[9]로 하여 우선 일만팔천 원을 얻어가지고 보증금으로 전부 경비의 십분의 일 즉 칠천팔백 원을 목포부청[10]에 납입하고 나머지로 목포 등지에서와 나주(羅州) 등지에서 삼백 명의 노동자를 모집하여 공사를 시작하되 삼부로 나누어 판구(坂口) 복부(服部) 영정(永井) 세 사람에게 삼조감독(三組監督)을 시켜 각각 십장[11]과 노동자들을 두어 시작하게 하였다. 처음 부청과의 계약에 노동자의 임금(賃金)은 기술 노동자와 십장은 매일 일 원 이상이요, 보통 노동자는 최하 칠십 전으로 정한 것이나 중정의 비밀 주머니 속으로 들어간 삼만 일천 이백 원의 큰 구멍을 감쪽같이 때우는 오직 한 가지의 길은 가련한 노동자의 피땀의 삯전에서 착취하는 수단밖에 없었다. 그러므로 그들은 오십 전 이하 삼십 전까지의 적은 삯에 목을 매고 유달산에서 사정없이 내려 닥치는 찬바람과 뒷개 벌판에서 몰려오는 눈보라를 맞으며 꽁꽁 얼어붙은 땅을 파기 위하여 종일 곡괭이질과 남포질[12]로 흙을 파며 돌을 뜨기 시작한 지 석 달 동안에 삯이라고는 돈으로 한 번 받고 십이 전짜리 (보통 쌀 십칠 전 할 때) 싸라기로 한 번 받은 일밖에 없었다. 중정이는 목포 공사 외에 보성(寶城) 벌교(筏橋)에 다시 하수도 공사 청부를 맡아 그곳에 현금을 쓰느라고 노동자들의 임금 지불의 기한을 내일이니 모레이니 미루어 속여오는

9　전주(錢主) : 사업 밑천을 대는 사람.

10　부청 : 일제강점기에, 부(府)의 행정 사무를 처리하던 관청.

11　십장 : 일꾼들을 감독·지시하는 우두머리.

12　남포질 : '남포(다이너마이트)'를 터뜨려 바위 따위의 단단한 물질을 깨뜨리는 일.

한편 중정의 전주인 산본의 서기 등촌(藤村)이가 중정이를 몰아내기 위하여 산본에게 권고하기를

"중정에게 자본을 대어주다가는 나중에 한 푼도 받지를 못할 것이니 차라리 당신의 이름으로 청부 명의를 하는 것이 옳다."

하므로 산본이가 출자하기를 그치어 중정의 돈 길이 끊어졌었다. 죄 없는 노동자들은 삯은 받지 못하고 전표만 매일 받아가며 고픈 배를 움켜쥐고 뼈가 닳아지도록 외상 일을 하되 얼풋하면 십장과 감독에게 두들겨 맞으며 압제만 당할 뿐이니 그들도 종시 피가 있는 젊은 사람들인지라 어찌 영구한 허수아비가 될 뿐이랴. 석 달째 되면서부터는 태업(怠業)[13]하기를 시작하여 기분이 불온하다가 넉 달 되는 삼월 하순에는 삼조의 동맹파업 기분이 농후하여졌다. 부청에서 이 소식을 듣고 현장 시찰을 하기 위하여 북천(北川) 토목과 주임이 출장하여 보니 오월 말에 준공한다는 공사가 아직 호리가다[14]도 끝나지 못하고 있으며 게다가 좋지 못한 말까지 있으매 중정의 청부 계약을 해약시켜버렸다. 이러한 내막을 자세히 알게 된 노동자들은 이 뜻밖에 해약된 소문을 듣자 일제히 동맹파업을 단행하고 중정조 사무실에 몰려가 중정대리를 붙잡고 이때까지의 임금을 지불하라고 격렬히 육박하다가 결국 경찰서에까지 이르게 된 것이었다. 서장에게 그간의 내용을 말하는 중정대리는 비밀한 사기 행동의 말은 물론 하지 않고 다만 산본의 말과 청부 계약의 해약당한 말만 대강 이야기하여 동맹파업의 동기를

---

13 태업(怠業) : 노동 쟁의 행위의 하나. 겉으로는 일을 하지만 의도적으로 일을 게을리하여 사용자에게 손해를 주는 방법이다.

14 호리가다(掘り方) : 집을 지을 때 기초가 되는, 땅 끝까지 파는 작업.

말하였다.

　참을 수 있을 때까지 참느라고 애를 쓰던 동권이는 더 참을 수 없이 감정이 폭발되었다.

　"거짓말 말아라. 너도 중정이와 한 놈이 아니냐. 왜 더 비밀한 말까지 할 수 없느냐. 너도 양심은 있어 옳고 그른 것은 아는 모양이지, 그러면서도 우리 노동자들에게는 그러한 사기 수단을 쓰지 않았느냐?"

　주먹을 쥐어 중정대리를 겨누며 유창한 일본말로 직접 대어들었다. 통역자가 깜짝 놀란 듯이 눈을 크게 떠서 동권이를 훑어본다.

　"하여간 그만큼 들으셨으니 부윤[15]을 불러다 주십시오. 오늘 우리가 서장께 면회한 목적도 부윤과 직접 담판하여 그 책임을 물으려고 온 것입니다."

　처음에는 조선말로 동무들 알아듣게 해놓고 다시 일본말로 서장에게 청하였다. 덕삼이와 재표, 병수도 말끝을 달아 부윤 불러주기를 청하였다. 서장은 통역자를 쳐다보며,

　"좌우간 한번 쌍방의 말을 잘 들어보아야 알겠으니 부청에 전화를 걸어 토목과 주임을 오도록 하여주게."

하니까 그는 나갔다가 들어오더니 허리를 굽실하며

　"북천 주임이 곧 오시겠다고 하십니다."

하고 여쭈었다.

　십 분쯤 지난 후 밖에서 갑자기 떠드는 소리가 나며 중정대리와 거진 비슷한 키와 몸 부피를 가진 북천 주임이 서장실에 나타나 서장과 상대하여 앉았다. 서장은 노동자 측의 요구와 중정대리의 변명의 내용을 말한 후

15　부윤 : 지금의 시장(市長)에 해당하던 직책.

"중정과의 정식 해약이 되었습니까?"

하니까 북천이는 큰 눈을 황당하게 더 크게 뜨며

"아닙니다. 아직 정식 해약의 선언은 하지 않았습니다."

한다.

"그렇다면 해약 송달을 하기 전에 노동자들의 임금을 먼저 지불하여야 되지 않겠소?"

"그렇지만 어디 그렇게 할 수가 있겠습니까?"

"아니 그러나 이때까지 한 번밖에 받지 않았다는 것은 너무나 지독하지 않소. 중정의 보증금에서라도 임금 지불을 하도록 하시구려."

"그러나 해약하게 된다면 중정의 보증금은 몰수하는 것이니까 그럴 수도 없게 되지요."

동권이 외의 세 사람도 말을 약간 알아듣기는 하는지라 북천이와 서장의 말하는 입만 바라보고 있던 네 사람이 주임의 성의 없는 말을 듣자

"그것은 안 될 말이오"

하고 소리쳤다. 동권이는 자리에서 벌떡 일어서며

"여보 주임 참 당신은 너무 책임 없는 말을 하오그려. 그래 그것이 실업 구제라는 이름 좋은 하수도 공사의 내막입니까? 중정이는 칠만팔천 원의 사할을 혼자 떼어먹고 나머지로 역사하느라고 칠십 전 이상의 임금을 삼사 십 전으로까지 감하여놓았지요. 그나마 매일 지불도 하지 않고 전표만 줄 뿐이었고 받은 것은 돈으로 한 번 쌀로 한 번, 두 번뿐이었소. 그뿐인가 삼 십이 전짜리 전표를 가지고 쌀을 받을 때는 한 되 십이 전짜리 싸라기를 십 오 전에 주면서도 두 되에 삼십 전이면 이 전이 남는데, 그 이 전까지 집어 먹어버리는구려. 전표가 많거나 적거나 다 그렇게 당하였소. 그래 하루 종

일 굶어가며 죽도록 당신네 일만 하는 것이 노동자의 실업 구제 목적인 하수도 공사이오?"

하는 그의 목소리는 흥분된 나머지 떨리기까지 하였다. 서장이 무슨 말을 하려 할 때 동권이는 얼른 다시 말을 계속한다.

"그래 그놈의 돈도 못 받는 전표는 무엇에 쓰란 말이오? 정 군색할 때는 삼십오 전이면 삼십 전에 잡혀먹고 사십칠 전이면 사십 전에 팔아도 먹어보았소. 그래서 한 사람 앞에 수십 장씩 다 가지고 있는 전표를 감쪽같이 사루어버려[16] 주었으면 아주 고맙겠지요? 당신네가 중정이를 해약시킬 터이면 우리의 임금 지불을 끝내놓고 하여야 정당한 처리가 아니오? 당신네 손해 보지 않을 일만 생각하고 수백 명의 굶는 일은 생각지 못하오? 보증금에서 주라니까 무어, 그것은 압수니까 안 되어? 그래 당신네 먹을 것은 칠천팔백 원 딱 떼어놓고 삼백 명의 임금은 모른 척하려 드니 정말 책임자인 부청 당국자는 중정이와 합동하여 삼백 명의 목을 졸라매어도 관계없습니까? 서장! 이런 불법자들도 가만두어야 옳습니까?"

그는 주먹으로 책상을 치며 입으로 불을 뿜는 듯이 북천이와 서장에게 질문하였다. 북천이가 오자 밖에 있는 노동자 측의 태도가 불온한 것을 보고 서장실에는 보안계 외의 각계 주임과 형사들이 들어왔다가 동권이가 책상을 치며 힘 있는 말소리를 계속할 때 방 안은 잠잠하였고 밖에 있는 군중은 유리창으로 몰려가 들여다보다가 동권이가 말을 마치자

"옳다! 그렇고말고. 어서 삯을 내놓아라. 안 준다는 법이 어디 있느냐."

"버러지같이 보이는 우리라도 너희가 와락 그렇게는 못 할 것이다."

---

16 사루어버려 : 불에 태워 없앤다는 뜻.

하며 떠들어대는 것을 형사들이 밖으로 나가 제재하였다. 북천이는 동권이를 건방지다는 듯이 노려보더니

"나 역시 나 한 사람의 결정으로 못 하는 것이니까 딱합니다마는 임금은 전부 얼마나 된다 합니까?"

정작 상대자는 그만두고 서장에게 향하여 묻는다. 네 사람은 삼백 명의 전표 계산서를 내어놓았다. 북천이는 앞으로 다가보며

"일천사백 원……."

하고 잠잠하게 앉았다. 북천이는 서장 이하 모든 사람 앞에서

"닷새 이내로 중정이로 하여금 임금을 전부 지불하게 하되 만일 중정이가 할 수 없을 경우에는 부청에서라도 책임지고 지불하겠다."

는 선언을 하였다. 삼백 명은 북천의 그 선언을 듣고서야 경찰서에서 몰려갔다.

삼부 노동조합 사무소를 나온 동권이는 심한 피로를 느끼었다. 계모의 야단치는 서슬에 아침밥도 받았다가 그냥 내놓고 점심도 굶은 데다가 저녁 때도 지난 황혼이 되고 보니 시장기가 몹시 들 뿐 아니라 경찰서에서 너무 흥분하였던 탓인지 열까지 오르는 듯하여 오늘 밤은 집에 가는 길이 더 험하고 돌멩이도 많은 것같이 생각되었다. 사립문을 힘없이 젖히고 들어서는 동권이를 보자

"오늘은 돈푼이나 생겼는가 부다. 인자사 어슬렁 어슬렁 들어오게……."

하며 계모는 밥상을 마루 밑 부엌에 서 있는 딸에게 내어주더니

"그래 오늘은 돈을 꼭 탄다고 하더니 얼마나 가지고 왔나?"

하고 마루에 걸어앉은 동권이를 휙 돌아본다.

"흥 돈?"

하는 소리가 동권의 입에서 새어 나왔다.

"무어? 어째? 흥 돈? 아따 이놈 봐라. 이놈이 인자 조소까지 하는구나 그래 돈 돈 하니께 돈에 미쳤다고 조소하는 셈이냐?"

계모는 넓적한 입을 악물고 요망스럽게 생긴 눈을 똑바로 떠 동권이를 보며 체머리를 살살 흔든다.

"누가 조소했소? 돈도 못 탔는데 돈 하니께 얼척 없어 그랬지."

"옳다, 말대답 잘한다. 돈을 타서 까먹어버리고 조소를 하는지 참말로 못 탔는지 뉘 아들놈이 네 말을 곧이들어."

동권이는 말할 기운도 없거니와 조석으로 얼굴만 대하면 언제나 당하는 노릇이라 시들하다 싶은 듯이 잠자코 앉았다.

"돈도 못 타고 일도 안 하면서 진즉 와서 밥이나 퍼먹을 것이지 어디 가 자빠져 놀다가 인자사[17] 깔대와. 딴 상 차리기 좋은 사람은 어디가 있냐. 종년이나 하나 데려다 놓았는가 보구만 응 아니꼽게……."

하면서 방정맞게 작은 제 키만 한 담뱃대에 불을 붙이려고 부엌으로 들어간다.

"어머니 무슨 그런 말을 다 하시오. 그만해두시오. 오빠는 어서 방으로 들어가서 밥 먹우."

계모가 데리고 온 딸인지라 어머니 하는 말이 온당치 못하게 생각된 딸은 자기 어머니에게 은근히 소리하며 밥상을 들고 섬돌[18]로 올라온다.

---

17 인자사 : '이제야' 라는 뜻의 방언.

18 섬돌 : 집채의 앞뒤에 오르내릴 수 있게 놓은 돌층계.

"무엇이 어째? 주제넘은 년 너는 가만히 자빠졌어, 편들어주면 고마운 줄 알께비?"

하고 담배를 뻑뻑 빨아 붙이더니 다시 고개를 돌려 동권이를 흘겨보며

"이때까지 키워놓은 공 갚음하느라고 흥 돈? 하면서 코웃음 치는 것 봐. 이놈아, 뉘 공으로 큰 줄 알고 인자는 조소까지 해. 되지 못한 건방진 놈의 자식."

하면서 담뱃대를 들고 일어선다.

"그만저만 해두소. 종일 굶은 놈 저녁이나 먹으라고……."

방에 들어앉았던 동권의 아버지가 듣다 못하여 말하였다.

"무어? 종일 굶은 놈? 누구는 배 터지는 사람 보는가? 이녁[19] 아들이라고 편짜놓는구만. 그만저만 해두제. 누가 제 아들 뜯어먹는다고."

"어머니 그만두시란 말이오. 큰방 아주머니 부끄럽소. 오빠는 들어가 밥 먹으라니께야."

"이 가스낭년이 왜 이렇게 볼게진다냐. 늙은 것 젊은 것 나 하나 가지고 지랄들을 하네. 에− 내가 죽어사 요런 놈의 꼴을 안 보지."

하면서 방으로 들어간다. 아버지는 동창으로 고개를 내어 밀고

"이놈아 들어와서 밥 먹으라는 말이다. 배가 안 고픈 것이로구나. 그렇게 넋 빠치고 앉았게……."

한다. 고개를 수그리고 앉았던 동권이는 그제야 일어나서 방으로 들어와 밥상을 받아 막 한 숟가락을 떠서 입에 넣으려니까

"어멈 보고 비웃던 아가리라 밥은 잘 들어가는구나."

---

19 이녁 : 듣는 이를 조금 낮추어 이르는 이인칭 대명사.

하는 소리가 나자 아버지에게서 재떨이가 날아와 종알거리는 계모의 어깨를 툭 치고 떨어진다.

"빌어먹을 년 그만두라고 해도 너무 지랄한다. 요망스럽게 계집년이 왜 그리 지랄이냐?"

계모는 악이 나서 파랗게 질린 입술을 악물고 재떨이를 집어 영감에게 도루 던진다는 것이 동권의 밥상에 떨어져 김치 그릇이 왁자지끈하고 깨어지며 김칫국물이 쏟아진다. 동권이는 벌떡 일어나며

"에이 참 해도 너무 한다. 원 사람을 볶아도 분수가 있어야지."

하면서 밖으로 나가니까 계모는 앉은걸음으로 문턱까지 쫓아 나오면서

"무어 너무 해? 사람을 볶아? 저 사람 잡어먹을 놈이 제 애비[20] 잡어먹고도 못마땅해서 생사람 잡어먹으려고 볶는다는 것 봐, 에이 못된 놈 이놈! 이놈!"

하고 깨어진 쇠그릇 소리 같은 목소리를 힘대로 놓아서 악을 쓰며 마룻바닥을 친다.

"이년 요망스럽게……."

하고 동권이의 아버지가 벌떡 일어서 발길로 차니까 딸이 뛰어오고 큰방 사람이 몰려온다. 계모는 영감에게 덤비어 물어뜯으며 주거니 받거니 잠시 간 격투가 계속되었다. 동권이는 말없이 운동구쓰[21]를 신고 계모의 포악스러운 울음소리를 뒤로 사립문 밖에 나와서 불만 반짝이는 기와가마 동리를 내려다보고 한숨을 휘 내어 쉬노라니까 계모의 데리고 온 딸 희순이가 따

---

20 애비 : '어미'의 오기인 듯.
21 구쓰 : 구두.

라 나와 소매를 잡아당기며

"오빠! 어디 가지 말고 거기 좀 섰다가 밥이나 먹고 나가요. 종일 굶고 저녁까지 안 먹어서는 안 돼요."

하면서 고개를 수그리고 손으로 눈물을 씻는다. 약혼한 처녀인지라 치렁치렁한 검은 머리와 발육 좋은 등허리 어깨는 처녀의 황금시대의 아름다움이 서리어 있다.

"어머니가 그러시는 것은 항상 하는 말이지만 도무지 대꾸를 말고 그저 지나가는 사람의 짓으로만 알으란 말이오. 그러니까 너무 속상하지 말고 밥이나 먹고 나가요."

그는 오늘 저녁에 분투하고 온 오빠를 먹이려고 바느질품을 팔아 모아놓은 귀한 돈에서 그가 좋아하는 저육[22]을 사서 찌개 해놓았던 것이다. 모처럼 들여놓은 정성이 깨어지게 될 때 처녀의 마음에는 애닯게 생각되었다. 동권이 역시 밥상에서 잠깐 본 저육 생각을 하든지 몸을 지탱하지 못하도록 시장함이라든지 사실 그렇게 할까도 생각하여 망설이는 차에 안에서 들리는 울음소리가 뚝 그치더니

"희순아! 이년 어데 갔냐."

하고 부르는 소리가 들린다. 희순이는 놀라

"꼭 그러소 응? 조금만 있으면 조용해질 것이니까 큰방으로 들어와서 밥 먹고 나가요."

하고 가만히 소리하며 안으로 들어갔다.

"무엇 하려 깔대 다녀? 서방 찾아 다니냐?"

---

22 저육 : 돼지고기.

동권이는

"에익 더러운 여편네."

하며 기침을 한번 칵 하여 더럽다는 듯이 침을 탁 뱉고 발걸음을 옮기었다. 윗길로 사무소에를 갈까 용희의 집 앞으로나 지나보게 아랫길로 갈까 망설이다가 아랫길로 발길을 돌리어서 두어 걸음 내려오다가 보니 용희의 집 대문 처마 밑에서 검은 그림자 하나가 나오더니 마주 올라온다.

동권이는 그냥 지나치려고 지나오는데

"동권 오빠 아니여?"

하는 소리는 용희의 소리다.

"응? 이게 누구여 용희?"

극한 반김에 동권이는 하마터면 용희를 안을 뻔하였다. 그는 스스로 놀라 조금 물러서며

"그래 어디 가는 길이여?"

하고 처녀의 둥그스름하고 하얀 얼굴을 내려다본다.

"아니 하도 희순이 집에서 야단이 나길래 여기까지 와보았어. 그런데 밥도 안 먹고 어디 가는 길이여?"

하고 쳐다보는 그의 눈은 캄캄한 속에서도 반짝인다.

"밥을 먹었는지 안 먹었는지 어찌 알아?"

두 사람의 발길은 용희의 대문 앞으로 향한다.

"내가 그 집 문 앞까지 가서 다 들어보았지 어째."

그는 한 손을 입으로 올리며 웃는 모양이다. 대문 앞까지 와서 용희는 싹 돌아서 대문을 달각달각 밀더니

"자, 우리 집에 좀 들어가."

한다.

"무어? 집에 들어가? 다들 어디 가셨길래."

"할머니하고 어머니는 오늘이 큰댁 제사라고 아침부터 계순이 데리고 가시고 종일 나 혼자 있었는데⋯⋯. 어머니는 새로 한 시에나 오시고 할머니는 내일 오시니까 오늘 밤에는 용기하고 나밖에 없어. 들어가 어서."

응석하듯이 재촉한다. 동권이는 오히려 들어가기를 주저한다.

"용기도 아까 큰댁에 보내면서 놀다가 오라고 했으니까 어머니하고 같이 오기나 할꺼, 어서 들어와. 남들 지나다가 보겠구만 그래."

이제는 대문 안에 들어가서 손을 잡아끌듯이 재촉한다. 동권이는 마지못하여 들어가면서도 어쩐지 서먹서먹하여진다. 용희는 팔짱을 끼고 앞서서 대청마루를 지나 자기 방인 뜰 아랫방으로 들어간다. 걸음 걸을 때마다 용희의 머리채가 발뒤꿈치에 치렁거리는 뒤태도가 안방에서 비이는²³ 불빛에 보인다.

전등불이 환한 방 안에 들어선 동권이는 먼저 이상한 향기에 취하는 듯하였다. 용희는 아랫목을 가리키며

"거기 앉어요."

하고 부끄러운 듯이 손으로 입을 가린다.

"앉어요."

란 말이 서투른 까닭이다. 그는 동권에게 경어를 마음 놓고 한 번씩 쓰게 되면 쓴 후에는 반드시 이렇게 부끄러운 태도를 가지면서 손으로 입을 가리고 웃는 것이 그의 버릇이다. 동권이는 앉으라는 자리로 앉으니까

---

23 비이는 : '비치는'의 오기인 듯.

"잠깐만 혼자 앉았어. 나 얼른 밖에 갔다 올게."

하고 옥색 저고리 소매를 걷으며 분홍 치맛자락을 걷어지르면서 문을 닫고 나가더니 발자취 소리가 저편 모퉁이로 사라진다. 동권이는 방 안을 둘러보았다. 이 집에 오기는 여러 번이었으나 이 방은 처음이다. 처녀의 방인 만큼 방에 놓인 것이 모두가 고운 것이었으나 제일 눈에 띄는 것이 불란서 자수 바탕으로 만들은 책상보와 그 위에 모양 있게 꽂아놓은 많은 책이었다. 어떻게 언제 저렇게 많은 책을 구하였는가 동권이는 속으로 놀랐다. 벽에는 사진틀이 하나 걸리었고 이쪽저쪽으로는 남치마 노란 저고리 등이 걸리었다. 나무 꺾는 소리가 들리면서 어느 틈으로인지 연기가 새어 들어온다. 책상 위에 놓인 시계는 여덟 시다. 동권이는 일어나 책을 검사하여 보니 한편으로 독본[24]과 일본말 부인잡지가 몇 권 있는 외에 모두가 고등 정도의 문학 서류였다. 아무래도 전문 정도의 누구가 배경에 있구나 생각을 할 때 어쩐지 마음이 좋지 못하였다. 좀 더 뒤적이려니까 문이 열리며 용희가 들어오는 모양이다. 돌아다보니 그는 밥상을 무거운 듯이 들어다가 아랫목에 놓으며

　"자 밥 먹어. 아까 희순이가 그러는데 아침도 안 먹었다니 얼마나 배가 고플까?"

하면서 밥그릇 뚜껑을 벗겨놓는다.

　"무어? 밥? 아니 잠깐 놀다가 갈 터인데 밥이 무어야. 그러다가 누구나 오면……."

하면서도 김이 무럭무럭 나는 밥과 국이며 상으로 가득한 반찬을 볼 때 발

24　독본 : 글을 읽어서 그 내용을 익히기 위한 책.

걸음은 저절로 아랫목에 와 밥상 앞에 앉아졌다.

그만큼 동권이는 극도로 배가 고팠던 것이다.

"오기는 누가 와. 아무도 오지 않을 것이니 안심하고 밥이나 잘 먹어. 또 오면 어째? 밥 먹는 것이 무슨 죄인가. 안 그럴 것 같아도 겁이 퍽 많네."

하며 흘기는 듯이 동권이를 보더니

"어서 자 숟가락 들어. 식는구만 그래."

하고 숟가락을 들어준다. 동권이는 받아서 먹기 시작하였다.

"반찬이 퍽 걸다[25]. 용희는 항상 이렇게 먹는가?"

하고 용희를 보고 빙긋이 웃으며 우선 곱게 썰어놓은 저육을 집어다가 맛있는 듯이 먹는다.

"다른 반찬은 어머니가 나 먹으라고 먼저 보낸 것이고 그것만이여."

하고 손가락으로 집어 가는 저육을 가리키며

"그것은 아까 희순이가 오빠 제일 좋아하니까 준다고 사기에 나도 장사 데리고 와서 샀지."

하면서 싱긋 웃는다.

"내가 좋아한다니까 나 주려고 샀어?"

"그럼. 아까부터 희순이 어머니가 막 욕을 하고 오면 죽이니 어쩌니 하도 벼르기에 또 야단이 나서 저녁도 못 먹을 줄 알고 내가 차려두었다가 주려고 마음 먹고 샀는데."

"저런, 참 용하네. 어찌 그리 잘 알까?"

농담과 같이 말은 던졌으나 아닌 게 아니라 정성을 다하여 미리 준비하

---

25 걸다 : 음식 따위가 내용물이 많고 푸짐하다는 뜻.

여두었던 밥상이라는 것을 영리하고 예민한 동권이가 모를 리가 없었다.

"하여간 고맙네. 용희가 아니면 누가 나를 그렇게 생각하겠는가?"

하며 동권이는 의미 있게 용희를 바라본다. 용희도 마주 바라보다가 부끄러운 듯이 눈을 물 주전자 위에 떨어뜨리며 손으로 주전자 몸뚱이를 만져본다.

밝은 불 밑에 가까이 앉혀놓고 보니 열일곱 살 된 처녀로는 한 살 위인 희순이보다도 더 처녀답게 예쁘고 의젓하였다. 작년 추석 때 일본서 막 나와서 얼마 안 되어 동권이의 아버지는 섬으로 일하러 가고 계모는 동권의 누님의 아기 받으러 가고 희순이와 둘만 있을 때 보름 동안을 날마다 두 처녀에게 가르치노라고 한방에 앉아 놀아보았고 그 후로도 가끔 만나기는 하였으나 말조차 변변히 건너보지 못하다가 일 시작한 이후로는 새벽에 나가고 밤에야 들어오게 되므로 마음으로만 간절히 사모하였을 뿐이요, 마주 보지도 못하였다. 그러던 두 사람이 오늘밤 빈집 안, 밝기 낮과 같은 방 안에 단둘이 앉아서 밥을 먹으며 농담까지 하게 되니 동권이나 용희는 꿈과도 같이 생각하였다. 용희는 동권이의 밥 먹는 모양을 옆으로 바라보면서 가슴이 쓰리었다. 작년 이래 과연 그는 얼굴이 몹시 파리하여지었다. 나가서는 힘에 겨운 일이요, 들어오면 계모의 달달 볶는 솜씨, 놀 때는 논다고 잔소리요, 일하니 돈 타오지 않는다고 성화이다. 그에게 오직 위안을 주는 희순이가 없었던들 그는 가정의 매일을 견디지 못하였을 것이요, 마음으로 생각하는 용희가 없었던들 그의 생활은 너무도 황량하였을 것이다. 이 두 처녀의 숨은 위안과 동정으로 그는 윤택 있는 정신의 생활을 하였을망정 심한 고역에 그의 얼굴과 손은 터지고 거칠어져 어려서의 귀엽던 모습과 상업학교 시절의 활발하던 기상이며 일본서 막 나왔을 때와 같은 한창의

청년미는 사라지고 빛나는 눈만은 그대로 있으나 이제는 검은 얼굴에 광대
뼈까지 보이게 되는 한 건장한 노동자에 지나지 못한 것을 볼 때 처녀의 가
슴은 터지는 듯이 아프며 눈물까지 핑 돌았다.

맛있게 한 그릇 밥을 다 먹고 난 동권이가 물을 달라려고 그릇을 들고 용
희를 건너다보니 그의 예쁘고 맑은 눈에는 눈물이 고여 있지 않은가? 동권
이는 그릇을 든 채 놀란 표정으로 용희를 바라보다가 그 표정은 차차 긴장
하여지며 용희를 주목한다.

"용희?"

"……."

"웬일이여, 응?"

용희는 종시 말을 아니하고 주전자를 들어 물을 따르며

"아이 물이 다 식었네."

하고 주전자를 놓으면서 저고리 고름을 가져다가 가만히 눈물을 씻는다.
동권이는 이때까지 경험하여보지 못한 야릇한 감정의 충동을 받았다. 그의
가슴에는 무엇이 쓰리게 내려가는 듯하며 목구멍이 갑자기 아픈 듯하여 물
을 마실 때 기침을 두 번이나 하였으되 가슴은 더욱 쓰리며 두근거리기까
지 하였다. 그는 마음을 가라앉히기 위하여 숨을 깊이 내어 쉬며 상을 힘있
게 밀쳤다. 그러나 전에 없는 부끄럽고 침울한 태도로 다소곳하게 고개를
수그리고 치맛자락을 만지락거리고 앉아있는 용희를 볼 때 가슴의 고동은
더욱 높아지며 그의 숨결까지 가빠지는 듯하였다.

"용희!"

그의 목소리는 가늘게 떨리었다. 그러나 용희는 대답이 없다. 웬일인지
"응?" 하고 대답할 수도 없고 "네?" 하고 대답하기도 부끄러웠다.

"왜 그래요."

눈살을 잠깐 찡기는 듯하며 그는 고개를 들었다.

"무슨 생각을 하고 눈물지어? 무슨 속상하는 일이 생기었어?"

한 손을 그의 어깨에 올려 용희의 얼굴을 들여다보며 가만가만 흔들었다.

"말을 해. 왜 그렇게 가만히만 있어?"

"아니 무슨 별일이 있는 게 아니라 저……."

"저……. 무어 응?"

"어릴 때 지내던 일과 지금의 일을 생각하니까 공연히 눈물이 나요."

그는 다시 손을 올려 입을 가리고 웃으나 눈에는 새로운 눈물이 고여 있다. 용희의 비단결같이 고운 심정을 살핀 동권이는 더욱 견딜 수 없이 가슴이 뜨거웠다.

"용희! 그 심정을 내가 잘 알고 있소. 좌우간 나는 용희를……."

그 다음 말의 대신으로 억센 그의 손은 부드러운 처녀의 손을 잡았다.

"몇 번이나 그러지 말자 하면서도 점점 더 용희가 그리워만 지니 이것이 몹쓸 생각이 아니고 무어요?"

그는 더욱 힘 있게 꽉 쥐고 용희를 들여다보며

"그렇지? 몹쓸 생각이지?"

하는 남자의 손을 살짝 뿌리치며 용희는 일어났다.

"쓸지, 못 쓸지, 왜 나보고 물어. 생각해보면 알 터인데……."

성낸 듯한 표정을 보이며 그는 상을 들고 나간다. 그의 뒷모양을 보며 동권이는 한숨을 깊이 내쉬고 시계를 보니 아홉 시나 되었다. 몹시 시장한 데다가 배불리 밥을 먹고 격렬히 흥분한 나머지 더운 방에 앉았으니 몹시 피곤하게 땅속으로 들어가는 듯하며 머리가 무겁고 정신이 몽롱하여진다. 그는 펄썩 주저앉아서 몸을 벽에 기대고 갈래갈래의 생각을 환상의 날개에 맡기고 눈을 감았다.

동권이와 용희는 죽동(竹洞)서 위아래 집에서 살며 어려서부터 친한 동무였다. 여덟 살 때에 동권의 어머니가 죽고 그 이듬해 희순의 어머니가 여덟 살 된 딸을 데리고 계모로 들어왔다. 그때는 가세도 넉넉하였다. 희순이와 용희는 한 해에 함께 보통학교에 입학하므로 동권이와 셋이 학교에 같이 다니고 모르는 것도 배워가며 항상 정답게 놀았다. 동권의 누님이 시집가던 해 동권이는 보통학교를 졸업하고 상업학교에 입학하였으나 동권의 집안 형편은 차차 말 못 하게 되어 오직 목수인 그의 아버지의 날품팔이만으로 네 식구 호구[26]를 계속하게 되었다. 동권이가 삼 학년 되는 열일곱 살 되는 해 용희와 희순이는 보통학교를 졸업하였다. 얼굴도 쌍둥이같이 아름답거니와 재주까지 비슷하여 석차를 서로 다투는 것에도 불구하고 그들은 가장 친한 동무였다. 용희는 경성으로 가기를 부모에게 청하였으나 그들은 귀한 딸을 떼어놓을 수 없다는 조건하에서 정명학교에 입학을 시키므로 동권이와 용희는 아침이면 같이 학교에 가게 되고 올 때도 흔히는 나란히 오게 되었다. 집에 들어 앉게 된 희순이는 오빠와 용희의 학교 가는 뒷모양을 바라보며 마음 깊이 부러워하였다. 그는 자기 어머니와는 정반대의 너그럽고 유순한 성질을 가져 동권이만 보면 잡아먹을 듯이 으르렁거리는 어머니를 속여가며 동권이를 극히 동정하고 이해하여주매 동권이 역시 친누이같이 사랑하여 계모만 같고 보면 한시도 집에 있지 못할 것으로되 희순이라는 영리하고 의젓한 위안의 대상이 있기 때문에 평화한 심정을 가질 수 있

---

26 호구 : 겨우 끼니를 이어감.

었던 것이다.

그러나 이 학기가 될 때 현재 그의 가정 상태로는 도저히 학교를 계속할 수 없으므로 퇴학하고자 하는 때 학교에는 의외 사건이 일어나 존경하는 상급생과 동무들이 모조리 잡히매 열정적인 동권이는 남몰래 몇 번이나 주먹을 부르쥐다가 친한 상급생의 원조로 그해 겨울에 말 많은 가정과 고향을 떠나 동경으로 갔다. 그는 신문 배달을 하면서 아직 일정한 학교를 정하지 못하고 있을 때 어떠한 기회로 정이라는 한 지도자를 만나게 되었다. 그는 동권이와 동향인이요 상업학교의 선배로서 일찍부터 머리가 명석한 수재라는 말을 동권이가 여러 번 들었던 터이다. 매일 방문하여 여러 가지를 배우는 동안 그의 머리와 성격에 깊이 열복하게²⁷ 되었다. 그는 자기 아내와 고학을 하면서 사회과학 연구에 전력을 다하는 사람으로 동권의 유망한 소질을 사랑하여 정성껏 가르치며 지도하였다. 어린 몸으로 신문 배달을 하며 어학과 주의 서적 연구에 힘쓸 때 고생도 심하였거니와 병도 여러 번 났었다. 그러다가 작년 여름에 어떠한 사정으로 정의 전 가족이 귀국하게 되매 그도 얼마 안 되어 뒤따라 돌아왔다.

그가 이 년간 동경 생활을 하면서 여학생들을 볼 때면 희순이와 용희의 천질을 아까워하여 편지로써 항상 격려하여주었고 신문과 잡지 같은 것을 보내기도 게을리하지 않았다. 그렇게 잠시도 잊지 못하던 그들을 이 년만에 다시 만날 때 먼저 놀란 것은 처녀답게 발달한 그들의 자태이었고 다음에 그들의 말 없는 진보였다. 키가 크다는 죄로 학교까지 중지당하고 들어앉아 있는 용희를 대할 때는 희순에게 대할 때와 별다른 감정이 움직

27　열복하게 : 기쁜 마음으로 복종한다는 뜻.

이었다.

용희 아버지는 여전히 죽동에서 포목 장사를 하면서 그들의 가족은 죽교리에 새집을 지어 이곳으로 왔으며 동권의 부모는 용희 어머니의 소개로 이웃집 방 한 칸을 얻어 이사 온 것이었다. 동권이는 귀국하여 보니 정든 자기 집은 없어지고 한 칸 방에서 부모와 자기 남매가 거처하게 된 고로 심한 불편을 느끼고 있는 한편 아버지의 일자리까지 드물게 되고 보니 집안 형편이 더욱 말이 못 되어 그의 계모는 밤낮으로 동권이를 달달 볶기 시작하여 어느 날이나 풍파가 나지 않는 날이 없으매 동권이는 견디다 못하여 정의 양해를 얻어 십이월 하순부터 하수도 공사의 노동자의 한 사람이 된 것이었다.

희미한 추억의 갈림길에서 헤매던 동권이는 갑자기 찬 것이 손에 닿을 때 깜짝 놀라 눈을 떠보니 자기 앞에 용희가 조심스럽게 앉아 그의 손을 자기의 손 위에 얹은 것이었다. 동권이는 몸을 일으키어 바로 앉으며

"추운데 무얼 하고 들어왔어 응?"

하고 용희의 찬 손을 꼭 쥐어주었다. 그는 동권이를 쳐다보며

"글쎄 아까 무어라고 했어?"

하고 손을 잡힌 채로 동권의 무릎을 지그시 누른다.

"또 듣고 싶어?"

동권이는 빙긋이 웃고 한 손으로 마저 용희의 남은 손을 잡으며

"최용희 씨를 생각지 말자 하면 그럴수록 더 그립고 보고 싶어 견디기 어려우니 나 같은 노동자가 부잣집 영양[28]에게 짝사랑하는 것이 온당치 못한

---

28 영양 : 윗사람의 딸을 높여 이르는 말.

일이 아니냐고 여쭈었습니다."

하니까 용희는 동권이를 물끄러미 바라보며

"그것이 농담이오? 참말이오?"

한다.

"내가 물은 말을 먼저 해야지 글쎄 당하냐 못 당하냐 그러는 말이여."

"글쎄 그것이 농담이냐 진담이냐 그러는 말이야."

"나는 진담이지 왜 내가 용희에게 농담을 해."

"그렇다면 나는 말하지 않을 터이니 알아서 하지 무엇 하러 내게 물어."

하고 손을 빼고 물러앉으려고 하는 것을 동권이는 더욱 힘 있게 잡으면서

"아니 그러니까 말을 해보란 말이여."

하며 용희의 몸을 흔든다. 용희는 고개를 수그리며

"글쎄 나보고 물을 것 없이 알아서 하라는데 왜 그래요."

하는 그의 말소리는 약간 떨리는 듯하였다. 머리에 불티가 앉은 것이 별다르게 아름다웠다. 동권의 감정은 다시 용솟음치기 시작한다.

"용희! 나는 용희를 정말로 사랑하오. 그러나 나는 우리의 사랑이 현재 우리 정세에 합당하지 못하기 때문에 항상 스스로 억제하는 때가 많소. 그러나 용희는 어쩐지 누가 아오?"

"어쩌면 사람이 그래요. 번연히 알면서도 공연히……."

용희는 고개를 들어 원망스러운 듯이 동권이를 흘겨본다.

"그러면 용희도 나를 사랑한단 말이오?"

동권의 말소리는 떨리면서 모르는 사이에 그의 팔은 여자의 어깨를 안고 있다.

"나는 당신이 없이는 참말 살 수 없어요."

하고 그는 머리를 동권의 가슴에 묻으며 손으로 얼굴을 가리운다. 용희를 안고 있는 동권의 팔이 흔들리도록 처녀의 심장의 고동은 잦았다.

"그런데 말이오, 어째 우리의 사랑이 합당하지 못하다고 그래요?"

하고 남자의 가슴에서 풀려 나와 바로 앉으며 물었다.

"그것쯤이야 용희가 생각해보면 알겠지. 지금 우리의 사랑이."

말을 마치지 않고 동권이는 귀를 기울이며

"누가 대문을 지긋거리지 않나?"

하니까 용희도 고개를 갸웃하자

"누님! 누님!"

하는 소리가 난다.

용희는 약간 놀란 표정으로

"용기가 왔어, 어쩔까?"

하며 동권이를 본다.

"어찌기는 어째. 어서 가서 열어주지."

하고 그는 일어서서 시계를 본다. 용희도 따라서 보니 벌써 열 시다.

"그러면 그 말은 숙제로 두어요. 내가 지금 묻던 말은……."

그는 방문을 열고 나가며 말한다. 동권이도 따라 나왔다.

삼월 이십오일―이날은 북천 주임이 삼백 명 노동자의 전부 임금을 책임지고 지불하겠다 하던 닷새 되는 날이다. 오전에 과연 영정조 사무실에 북천 주임에게서

"정거장 앞 ×상점으로 가서 받으라."

는 엽서 한 장이 왔다. 그들은 일제히 ×상점으로 달려가 엽서의 내용을 말

하였다. 의외로 많은 방문객을 맞은 상점 사람들은 무슨 영문인지를 몰라 황망하다가 그 내용을 듣고는 눈들이 둥그래서 그런 일이 없다고 하였다. 이 말은 들은 삼백 명은 극도로 흥분하여 중정대리를 끌고 부청으로 몰려갔다.

"거짓말쟁이 북천이를 내놓아라."

"민중을 속이는 관청을 없이 하여라."

"부윤을 끌어내어라."

과히 넓지도 않은 부청 마당에 물샐틈없이 박혀 서서 각각 한마디씩 소리를 치며 와 하고 사무실 문으로 들어갔다. 사무원들은 깜짝 놀라 자리에서 일어나고 이 층에서도 우당퉁탕하고 내려왔다. 부청 앞에 있는 도서관에서 책을 읽던 사람들도 뛰어나왔다. 부윤은 이 층에 숨은 듯이 앉았고 다른 계원들은 경찰서에 전화를 거느니 노동자들의 침입을 막느니 하고 요란스러웠다. 정복 사복의 순사와 형사가 오륙 명이나 달려와서 군중을 위협하였다.

"잔소리 말아라. 우리는 정당한 방법으로 우리의 임금을 찾고자 하는 것이다."

"대중을 속이는 것이 불법이지. 왜 우리가 불법이냐. 오늘은 세상 없어도 우리의 피땀의 값을 찾고야 말리라."

"어서 북천이를 내놓아라 부윤을 끌어내어라."

위협도 권유도 그들에게는 아무 효력이 없었다. 고등계 형사의 한 사람이 현관 마루에 올라서서 두 손을 입에 대고 큰 소리로

"대표가 나오너라. 저번 날 서장에게 면회한 대표 네 사람이 나와."

하니까, 잠깐 조용하여지며 네 사람의 대표가 나섰다. 형사는 네 사람을 보고

"자, 자네들 네 사람이 들어가서 북천 주임과 직접 면대하여 처리할 것이지 이렇게 몰려 들어가면 되지도 않을 것이고 또 법에도 걸리게 되는 것이니 모쪼록 조용조용히 하게."

한다. 경어를 쓰지 않는 것에 언제나 비위가 틀리는 동권이는

"건방진 놈."

하고 속으로 비웃었다. 네 사람은 토목과에 갔다. 북천 주임은 속으로는 놀랐을망정 겉으로는 흔연한 태도로

"중정이가 돈을 가지고 그 상점으로 한 시까지 오마고 하였으니 그때까지 기다려 볼 것이지 왜 이다지 야료하느냐[29]."

고 도리어 책망하듯이 말을 던져버리고는 다른 일만 하고 있다. 네 사람은 하는 수 없이 한 시까지 기다리기로 하고 나왔다. 이날은 아침부터 날이 흐리고 추우므로 밖에서 몇 시간이나 기다리기가 어려운 일이었다. 부청 바로 위에 오포산(午砲山)에서는 깜짝 놀라도록 큰 소리가 터져 나왔다. 오포는 전 시가에 울리며 각 공장의 기적도 따라 울리었다. 음식점 아이들이 각각 주문 들어온 음식을 들고 자전거로 왔다 갔다 하며 사무원들이 식당에 들락날락하는 동안에 점심시간도 끝난 모양이었다. 한시가 되자 군중은 다시 끓기 시작하였다. 북천 주임이 나타나 그 큰 눈을 일부러 가늘게 떠서 좌우를 살피며 아첨하는 듯한 어조로

"지금 광주에서 전화가 오기를 세 시 차에 꼭 도착하마고 하였으니 미안하지마는 잠깐 더 기다려달라."

하였다.

---

29 야료하느냐 : 까닭 없이 트집을 잡고 함부로 떠들어 대느냐.

"거짓말 말아라. 오늘도 또 속일 것이냐."

"오냐 또 거짓말만 하여보아라."

하고 무더기로 외치는 소리를 뒤에 두고 북천이는 다시 들어갔다. 밖에서 기다리는 그들은 춥기도 하려니와 배가 고파서 견딜 수 없었다.

"밥을 내어라. 너희만 배부르게 먹고 우리는 누구 때문에 생[30]배를 졸리고 있는 것이냐."

하고 군중은 와글와글 떠들다가 형사들의 제어로 겨우 그쳤다. 형사와 순사는 그동안 두 번이나 번갈아들었다. 도서관에서 글 읽던 사람들 중에서도 몇 번이나 나와 군중에게서 내막의 이야기를 듣고 놀란 사람들도 많이 있었다. 동권이는 정이 그의 친구인 김이라는 사람과 도서관에서 나오는 것을 보고 그에게 달려갔다. 그는 반기면서

"그래 차분히들 기다리고 있네 그려. 퍽 얌전들 하이."

하고 그는 의미 있게 웃는다.

"어떻게 여기 오셨어요?"

"좀 틈이 있기에 와보았지. 그런데 언제까지 이러고들 있을 것인가?"

"글쎄요. 세 시 기차로 온다니까 할 수 없이 그때까지 기다릴 작정이올시다."

동권이는 추운 듯이 손을 싹싹 비비며 말하였다.

"이렇게 추운 날 밥들을 굶고 밖에서……. 에익 참."

하고 정은 입맛을 쩍쩍 다시며 시계를 꺼내어 보더니

"벌써 세 시 십 분 전이 아닌가? 또 언제와 같이 슬그머니 늘어져서는 안

---

30 생 : '억지스러운' 또는 '공연한'의 뜻을 더하는 접두사.

되어 모쪼록 끝까지……."

하고 다음 말을 계속하려 할 때 고등계 형사가 가까이 오매 그는 슬쩍 말을 돌리어

"우편국에 왔다가 여기 누구 만나러 좀 왔었네. 자 먼저 가니 천천히 오게."

하고 그는 김과 천천히 오포산으로 올라가는 뒷문으로 향하면서 군중을 슬슬 돌려보고 간다. 네 시가 거의 되어갈 때 군중은 다시 움직이었다. 대표들은 주임에게 갔다.

"주임의 책임 여하요? 우리는 이 이상 더 기다릴 수가 없소. 돌로 만든 사람이 아닌지라 춥기도 하려니와 배도 고플뿐더러 교활한 그대들의 수단을 생각하니 더 참을 수 없이 감정이 폭발되오. 이제도 우리에게 변명할 말이 있소?"

동권이는 힘 있게 들이대었다. 북천이는 머리를 득득 긁으며

"오늘에는 내라도 꼭 주선해서 지불하려고 하였으나 지금 현재 수중에 사백 원밖에 없으니 어떻게 하면 좋겠소?"

하며 네 사람을 본다.

"안 돼요 안 돼. 다 내어야 되오."

병수는 주먹을 흔들며 반대하였다.

"아니 세 시까지 온다던 중정이는 어찌 되었기에 또 딴말이오?"

동권이는 다시 질문하였다. 주임은 한 계원을 시켜 다시 전화를 걸게 하였다. 중정의 대답은

"지금 대리가 돈을 가지고 자동차로 떠났다."

는 말이다. 대표들은 나와서 동무들에게 그 뜻을 전하였다.

위아래층 사무원들도 각각 돌아가고 어느덧 전등도 켜지었으나 북천이는 군중의 기분을 아는 고로 돌아가지 못하고 있었다. 종일을 굶으며 찬 곳에서 기다리는 그들은 이제는 순사나 형사의 만류도 듣지 않고 떠들기 시작하였다. 자동차 소리가 뛰 하고 나며 정문으로부터 악마의 두 눈 같은 전등불을 가진 자동차 한 대가 천천히 올라오다가 소리치며 마주 달려가는 군중을 보자 딱 멈추며 키가 자그마하고 똥똥한 사람이 한 손에 가방을 들고 사무실로 들어갔다. 북천이와 중정대리는 그들 앞에 나타났다.

"오늘 피하지 못할 사정으로 현금 육백 원만 가지고 왔으니 먼저 받으라."

하였다. 군중은 다시 동요하였다. 북천이는 기침을 한번 크게 하며 소리를 높여

"떠들어서는 안 된다. 하여간 오늘 안으로 얼마든지 지불하게 되는데 왜 떠드느냐?"

하며 힐책하는 듯한 어조다.

"아니다. 네가 말하기를 오늘 안으로는 책임지고 전부 지불한다고 하였다. 우리는 전부 지불을 승인한 것이었고 일부의 지불을 서약한 것은 아니었다. 안 된다. 대중을 속이려고만 하는 너의 수단을 모르는 바는 아니로되 이렇게까지 속인다는 것은 너무나 지독하지 않으냐, 전부 지불을 하지 않으면 우리는 여기서 야경할지언정 부청과 너희를 떠나지 않을 것이다."

우렁찬 목소리로 연설하는 듯이 힘 있게 부르짖는 소리가 동권의 소리임을 알자 그들은 일제히

"옳다. 안 된다 안 되어. 전부 지불이다. 사람을 밤중까지 기다리게 하고 이것이 무슨 개소리냐. 차라리 내놓고 도적놈처럼 떼어먹어라."

하고 소리소리 친다. 중정대리는 의외의 강경한 노동자 측의 태도를 보고

북천이와 먼저 대리와 무어라고 한참 하더니 키 큰 먼저 대리가 군중의 앞에 와 허리를 굽실굽실하며

"여러분 참 면목이 없소이다. 오늘 전부를 지불한다는 것이 피하지 못할 사정으로 이렇게 되었으니 먼저 전표를 많이 가진 사람부터 받으면 삼 일 이내로 꼭 전부를 지불하겠습니다."

하고 머리를 쫀다.

"안 된다. 너희가 어떠한 말로 달랠지라도 곧이들을 우리는 아니다. 우리는 넉 달 동안 굶어가며 외상 일을 하여왔고 서약 이후 닷새 동안 또한 오늘 종일을 이와 같이 추운 밖에서 이 시간까지 몇 번이나 양보해가며 기다린 것이 아니냐. 아무리 철면피의 너희이기로 너무도 지독한 사기 수단이다. 어떠한 수단으로라도 전부를 지불하여라."

동권의 소리는 다시 외쳤다. 군중도 따라 소리쳤다. 한동안 강경히 반항하다가 너무도 돈에 주리고 시달린 그들은 전표 적은 사람부터 받겠다는 조건하에서 두 사람의 중정대리를 데리고 그들의 삼조 노동조합 사무실로 향하였다. 동권이는 양보하게 된 것을 홀로 눈물이 나오도록 분해하였다. 이를 갈고 주먹을 쥐며 그는 마음에게 맹세하였다.

그날 밤 육백 원의 지불을 받기 위한 삼백 명의 노동자들은 혈안이 되어 날뛰었다. 대리며 감독과 십장들이 아무리 권력을 쓰려 하였으되 그들은 선후를 다투느라고 몇 사람의 머리가 깨어지고 옷이 찢어지며 서기가 얻어맞고 바뀌는 등 돈 때문에 일어나는 한 비절 처참한 광경이 연출될 때 동권이는 뒤에서 몇 번이나 눈물을 흘리며 현 사회 ××× ××[31]하였다. 그는

---

31 XXX XX : 원문대로. 이후 창작집에 수록될 때 '제도를 저주'로 표기 됨.

밤으로 정에게 달려가 모든 정세를 일일이 보도하고 많은 배움을 받고 돌아왔다.

삼 일 이내에 전부 지불하겠다는 것은 그들의 무기로 가지는 대중 기만의 한때 수단이었고 근 보름 동안이나 걸리어 나머지 팔백 원의 임금을 받게 되었던 것이다. 중정이와의 청부 계약은 표면 해약이 되고 이견(二見)[32]이가 그 뒤를 이었다. 이견이는 더욱 수단이 교묘하여 밀가루 몇 푸대만 대어주면 말없이 일 잘하는 청국 노동자를 칠십 명이나 사용하였다. 공사는 다시 시작되었다. 남포와 곡괭이질로 파내는 흙과 돌로 정거장 앞바다를 매축하느라고 삼부의 철로는 바다로 향하여 놓이었다. 동권이는 보통학교 후면 공사지에서부터 학교 앞을 지나 고무공장 시장 등지를 뚫고 지나는 구루마에 철로 타는 일을 하는 동안 꽃 지는 봄과 잎 피는 첫 여름도 지나 칠월이 되었다. 그동안에 남포에 해 받은 사람과 집이며 구루마에 친 사람의 수효가 많이 있었다. 그중에는 과부 떡장사가 떡을 해서 이고 팔기 위하여 막 나가려는 판에 지붕 위로 넘어오는 돌에 치여 넘어지며 떡은 개천에 빠지고 그는 발이 종신 병신이 된 일이 있었고 여덟 살 된 독자 아이가 구루마에 치여 두골이 깊이 상한 일까지 있었다. 그들 피해자의 치료 비용에 대하여 동권이가 감독에게 격렬히 반대한 일이 있은 후로부터 감독은 동권이를 미워하였다.

폭양이 미련스럽게 내리쪼이는 한낮에 하루에 몇 번씩 왕래하는 구루마 일을 하는 것은 몹시 힘든 일이었다. 그러나 흙과 돌을 가득히 싣고 손잡이를 턱 잡은 후 쭉 내려가다가 커브를 슬쩍 돌아 내려갈 때에는 더욱

---

32 이견(二見) : '중정'이 해약된 뒤 새로 계약을 맺은 하청업자의 이름.

때인 만큼 시원하고 유쾌한 맛이 그럴 듯하나 빈 구루마를 둘이서 밀고 팔 정[33]이나 되는 쇠길을 걸어 돌아올 때는 내려갈 때 시원한 맛 몇 배의 심한 고역이 되는지 모른다.

동권이는 구루마 위에서 아는 사람을 만나면 언제나 쾌활하게 웃고 목례하며 지나갔다. 정의 아내를 세 번 보았고 용희도 두 번이나 보았다. 흙땀에 착 달라붙은 잠뱅이[34]를 입고 밀대 모자를 쓴 흙빛같이 검은 동권이가 청국 노동자와 함께 구루마를 밀고 오는 것을 보고 용희는 그날 밤에 잠을 못 자고 울었다는 말을 희순에게서 들었다. 희순이도 일부러 그 계모의 눈을 속여 흙 싣고 내려가는 자기 오빠를 보러 갔다 와서는 오빠가 올 때까지 울고 있는 것을 본 동권이는 두 처녀를 데려다 놓고 준열히 가르친 일까지 있었다.

며칠 동안 장맛비가 계속되어 동권이는 일터에 나갈 수가 없게 되매 이러한 날을 이용하여 읽고 싶은 책을 읽으려 하였으나 비 오는 날은 아버지조차 놀게 되니 계모의 잔소리가 더 심할 뿐 아니라 무덥기는 한데 좁은 방안에 네 식구나 들어앉아 있을 수도 없어 그는 책을 들고 병수의 한바(飯場)로 갔다.

한방에는 고역에 지친 그들이 낮잠을 자느라고 좁은 방 속에서 발을 맞춰 누워 코를 골고 있으며 다른 방에는 잡담하는 자도 있고 버둥버둥 누워 육자배기 가락을 길게 빼어 노래하는 사람도 있어 조용이 읽을 만한 곳이 없었다. 그들은 동권이를 보고 반가이 웃으며

---

33 정(町) : 거리의 단위. 1정은 1간(間)의 60배로 약 109미터이다.
34 잠뱅이 : '잠방이'의 방언. 가랑이가 무릎까지 내려오도록 짧게 만든 홑바지.

"우리 선생님 오시는가. 어서 들어오게."

하며 다투어 자리를 내어준다. 동맹파업 이래로 그들은 동권이를 유일의 지도자로 생각하게 되어 작은 일이라도 동권의 의견을 물으며 그의 말이라면 무슨 일이든지 청종[35]할 만큼 신임하고 존경하는 것이다.

"자네는 비 오는 날이면 꼭 책을 가지고 다니니 제갈량의 호풍환우[36]하는 비결책이나 되는가?"

서당 선생 노릇을 한 일이 있었다는 나이 지긋한 나주 사람이 농담 비슷이 말한다.

"참 나는 자네가 책 가지고 다니는 것이 제일 부럽네. 저렇게 책이라도 마음대로 보면 얼마나 행복할까?"

보통학교 삼 학년에서 퇴학하였다는 병수는 부러운 듯이 말하며 동권의 책을 잡아당기어 표지에 박혀진 사람을 손가락으로 짚으며

"이 사람이 누군가? 이마가 벗어진 듯하니 참 잘났네."

하고 동권이를 쳐다본다.

"그 사람의 이름이 부하린[37]이라고 하는데 저 아라사[38] 사람이지요. 우리 같은 노동자의 제일 친한 동무고 선생인 줄만 아시오."

"부하린? 부하린? 이름도 별스런 이름이 다 있다. 거 유물사관[39]이라고

---

35 청종 : 이르는 대로 잘 듣고 좇음.

36 호풍환우 : 요술로 바람과 비를 불러일으킨다는 뜻.

37 부하린 : 소련의 정치가 · 철학자 · 경제학자.

38 아라사 : 러시아.

39 유물사관 : 사회의 제현상의 성립 연관 발전을 유물론의 입장에서 설명한 마르크스주의의 역사관.

썼네그려."

하며 나주(羅州) 사람이 몸을 좌우로 가만가만히 흔들고 앉았다. 동권이는 비 오는 날이면 이렇게 여러 한바를 방문하여 알아듣기 쉬운 말로써 잉여가치(剩餘價値)[40]의 이야기로 하여 계급적 초등 지식을 넣어주기에 남모르는 힘을 써 왔다. 오늘도 무슨 이야기나 좀 하여볼까 하는 차에 점심이 되었다고 한다. 세상모르고 자던 사람들도 어느 틈에 일어났는지 검고 누르스름한 밥 한 사발과 소금에만 절인 무 몇 쪽을 담은 접시 하나씩 들고 들어온다. 병수도 자기 밥을 가져오며

"동권이 좀 떠먹어 보려는가?"

한다.

"아니 별소리를 다 하오. 나는 지금 막 먹고 왔으니 어서들 잡수시오."

동권이는 좌우를 돌아보며 권하였다.

"그것도 일할 때는 모르겠더니 자고 난 입이라 그런지 밥이나 반찬이나 너무 하잖하네."

한 사람이 얼굴을 찡그리며 불평을 말한다.

"그것도 십 전씩이니 놀면서도 삼십 전씩 까먹는 생각해서 참아두게. 김치나 좀 담아주면 좋겠네. 항상 이것만 먹으니 진저리가 나네."

하고 한 사람이 무 쪽을 집어먹는다.

"참 말이 났으니 말이지 너무 비싸다니께……. 종일 벌어도 잘난 이 밥값밖에 못 하고 게다가 이렇게 비 오는 날은 외상까지 지게 되니 참 소위 생

---

40 잉여가치(剩餘價値) : 자본가가 노동자에게 지불하는 임금 이상으로 노동자가 생산하는 가치를 말한다.

불여사[41]로군."

하고 나주 사람이 한탄한다. 이 사람은 옥편이라는 별명을 듣는 만큼 문자를 잘 쓰는 것이다.

"그러기에 그렇게 한탄들만 할 것이 아니라 당신들도 생각이 있어야 한단 말이오."

한마디를 남기고 동권이는 일어서 한바를 떠났다. 아까보다도 비가 더 쏟아지며 공사하다가 둔 하수도에 누른 물이 폭포같이 기운 좋게 내려간다. 동권이는 정의 집에 또 물이 났겠구나 생각하며 발길을 정의 집으로 돌리었다. 파란 칠한 유리창을 열어젖히려니까 문이 안으로 걸리어 있었다. 그는 다시 문을 뚝뚝 두드렸다. 그제야 안에서 미닫이 소리가 나더니

"누구?"

하는 소리가 나며 잠깐 지체하다가 문을 연다.

"아아 동권인가? 이 빗속에 웬일인가?"

"오늘은 안 가시었습니까?"

동권이는 우산을 세우며 말하였다.

"응, 몸이 좀 불편해서……."

하며 정은 깔아놓은 요 위에 앉으라고 권하였다. 미닫이를 모조리 닫고 다 다미방 한편 구석에 책상을 놓았으며 그 밑으로 요를 깔아놓았다. 아마 무엇을 썼나 보다 생각하며 동권이는

"정해는 할머니에게서 아니 왔습니까?"

---

41 생불여사(生不如死) : 살아 있음이 죽는 것만 못하다는 뜻으로, 몹시 어려운 형편에 있음을 이르는 말.

하는 소리가 끝나자마자 온돌방과의 사잇문이 가만히 열리며 정해의 작은 고개가 내어다본다.

"아빠가 이놈 해. 가면 못써 아빠가 매 때려."

하며 샛별같이 맑은 눈을 동그랗게 뜨고 납작스름한 작은 머리를 좌우로 흔들면서 누구에게 향하는지도 모르게 말한다. 정해의 머리 위로 정의 아내의 탐스러운 얼굴이 나타나며

"서 군 오셨소? 이리 들어오지요."

하고 자기 남편의 눈치를 살핀다. 남편은 동권이를 데리고 방에 들어왔다. 어린 아기가 곤하게 잠들어 있다. 정해는 동권이가 다다미방에 두고 온 책을 가져와서

"아찌(아저씨) 이거 부하린 부하린이어."

하며 작은 손가락으로 가리킨다.

"아하 참 용하다. 어째 그걸 다 알까?"

하는 칭찬을 듣고 정해는 손가락을 들어 벽에 걸린 사진을 가리키며

"저거 레닌[42] 레닌이어."

레자를 길게 빼어 고개를 앞으로 내밀며 말하는 정해를 동권이는 귀여워 못 이기는 듯이 안으며

"아이 참 어쩌면 그렇게 잘 알까?"

하고 정해를 들여다보더니 자기 책 속에 끼워놓았던 책표를 빼어 그 위에 박히어진 사람을 가리키며

---

42 레닌 : 소련의 혁명가 · 정치가. 마르크스주의 이론의 혁명적 실천자로 소련 공산당을 창시하였으며, 러시아 혁명을 지도했다.

"이것은 누군고?"

"이것은 막츠(맑스)[43]."

하고 얼른 대답한다.

"세 살 먹은 게 어쩌면 이렇게 영리할까요?"

하고 미소를 띠고 있는 정의 부부를 돌아보다가 다시 정해에게

"누가 가르쳐주던?"

하니까

"엄마가……."

하고 동권에게서 일어나서 엄마에게 가서 안기며

"내가 아찌 보고 막츠 기어(그랬어)."

한다.

"어디 에이 삐나 해보아라."

아빠가 말하니까 정해는 에이 삐 하며 끝까지 하나 틀리지 않게 발음한
후에 하나 둘도 일어와 영어로 열까지 다 헤아렸다. 그러고 나서 엄마를 쳐
다보며

"엄마 나 비스킷 주어."

하고 두 손을 겹쳐놓는다. 엄마는 일어나 비스킷을 내어놓고 동권에게도
권하였다. 밖에서 똑똑 소리가 나자 정은 나갔다. 누구와 무엇을 하는지 부
스럭거리는 소리가 나며 가만가만히 말하는 소리도 나다가 손은 가고 정은
다시 들어왔다.

"비가 하도 오기에 혹 또 물이나 안 드는가 하고 와보았습니다."

---

43 막츠 : 칼 마르크스. 독일의 정치경제학자, 과학적 사회주의의 창시자.

"글쎄 퍽 걱정이 되는구먼, 인제 있다가 저녁 때쯤 또 들겠지. 저 보아 곧 넘치겠는데."

하고 정의 아내는 뒤 미닫이를 열고 개골창[44]을 가리킨다. 동권이와 정도 일어서 본다.

"물이 들면 무슨 걱정이오. 내가 다 퍼내어주는데 자기는 까딱 않고 화풀이나 하고 있으면서……."

아내를 보고 빙긋이 웃으며 말한다.

"말은 좋지. 누가 할 말이오? 내가 죽는다고 혼자 하면 마지못해 하는 척 하면서……."

하며 아내는 남편에게 애교 있는 웃음을 보이며 눈을 흘긴다.

"엄마, 아빠 밉다 응."

하며 엄마의 눈치를 챈 정해는 엄마를 쳐다보며 엄마의 편을 든다. 어린 아기가 깨었다. 가난한 살림에서도 항상 화기[45]가 뚝뚝 듣는 이 가정을 동권이는 오기만 하면 떠날 마음이 없으되 어째 오늘은 자기가 있는 것이 무슨 방해나 되는 듯하여 만류도 듣지 않고 정의 집을 나왔다. 문을 나올 때 정은

"일간 한번 오게."

하고 뒤에서 소리쳤다.

각색 과실과 참외, 수박이 밤과 낮으로 길거리에서 썩어나는 듯싶게 한

---

44 개골창 : 수채 물이 흐르는 작은 도랑.

45 화기 : 화목한 분위기.

창 흔하였으나 제법 수박 한 통을 온전히 맛보지 못한 노동자들의 여름은 지나가고 추석도 멀지 않은 구월 십팔일이 되었다. 동권이가 아침 여섯 시에 시작하는 일터에서 흙과 돌을 가득 싣고 첫 구루마를 타고 내려갈 때 보통학교 앞길에서 구루마 통행을 기다리고 섰는 정을 보았다. 언제나 학생 시절의 교복만을 걸치고 새벽이면 항상 산에서 돌아오는 정을 여러 번 보았으나 온 여름을 줄곧 겨울 양복과 겨울 모자로 지내온 정은 오늘도 그 양복 그 모자에 넥타이까지 매고 나선 것을 보면 어디 급한 출입이나 하지 않는가 하여 다시 돌아보다가 깜짝 놀란 동권이는 하마터면 넘어질 뻔하였다.

그것은 고등계[46] 형사 한 사람이 정의 뒤에 섰는 것이다. 그러면 이렇게 일찍 경찰서에서 데려가는 것이나 아닌가 하여 동권의 가슴은 공연히 두근거리기 시작하였다. 구루마가 고무공장의 모퉁이를 돌아올 때 저편 길로 고등계 형사 네 사람이 정의 집으로 향한 길로 몰려가는 것을 보았다. 갑자기 다리의 힘이 없어지며 떨리기까지 하였다. 심술궂은 일본 형사 둘과 조선 형사 둘이 좋은 수나 난 듯이 달려가는 것을 본 동권이는 정의 아내가 어린것들과 얼마나 놀랄까를 생각하고 구루마에서 뛰어내려 곧 달려가고 싶었으나 그러한 용기도 나지 않았다.

두 번째 구루마가 내려갈 때 정의 아내가 옥색 양산을 높이 들고 책을 잔뜩 묶어 들고 서 있는 형사 두 사람과 구루마 지나기를 기다리고 섰다가 동권이를 보자 반가운 듯이 쳐다보며 눈짓하는 것을 보고 동권이는 더욱 놀

---

46 고등계 : 일제강점기에 한국의 독립운동 및 정치적·사상적 동향을 감시하고 탄압하는 일을 맡아보던 경찰 부서이다.

라 가슴을 태우며 안타까워하다가 겨우 점심시간을 타서 정의 집으로 달려 갔다. 정의 장모는 아기를 업고 있다가 동권이를 보고 눈물을 흘리며

"아들조차 잡혀간 지가 이레나 되었는데 아침에 일본 것 하나 하고 조선 것 하나 하고 둘이 와서 막 집 안을 뒤지더니 딸을 데려갈 터이니 가서 아기들을 보라고 하기에 그만 다리가 덜덜 떨려 겨우 와서 보니 온 집안이 이 모양이로구나."

하고 그는 난리 난 뒤끝같이 함부로 뒤적이고 흩트려놓은 고리짝들이며 문까지 떼어놓은 일본식 벽장과 두 방을 가리키며 눈물을 씻는다.

"그래 아이 어멈이 그제야 세수하고 머리 빗고 아이 젖 좀 주고 저놈들하고 갔는데 이때까지 아니 오니 애기는 보채며 울고 어멈도 밥도 안 먹고 갔으니 아이구 저놈들이 어쩌려고 저러는지 모르겠다. 어서 내가 죽어야 이런 꼴을 안 볼 것인데……."

하고 소리를 내어 느끼니까 정해도 따라 운다.

동권이는 무엇이라고 위로할 말이 없었다. 아들과 딸과 사위를 경찰서에 들여보낸, 머리가 하얗게 백발이 된 노인이 젖 달라고 울며 보채는 어린 손자를, 허리를 구부정하고 어르며 정해를 달래다가 자기도 다시 눈물을 흘리는 것을 볼 때 동권이는 이것이 다 무엇을 말하는 것이냐를 생각하고 주먹을 부르쥐며 벌떡 일어났다.

"너무 근심 마십시오. 정 선생은 모르겠습니다마는 김 선생(정해 어머니)은 곧 오실 것입니다."

하고 뛰어나오려다가 다시 안으로 향하여

"이따가 밤에 또 오겠습니다. 일하다가 와서."

하는 소리를 남기고 일터로 뛰어갔다. 오전 동안에는 힘이 없이 가슴을 태

우는 동권이가 오후에는 씩씩한 전대로의 태도를 가지고 일을 하였다. 지리하게 기다리던 오후 일곱 시가 되자 그는 빨리 집으로 돌아가 옷을 바꾸어 입은 후 저녁을 먹는 둥 마는 둥 하고 정의 집으로 걸음을 바삐 하였다.

유리문을 드르륵 열자

"누구?"

하며 바삐 나오는 사람은 행여나 자기 남편이나 아닌가 하고 바라는 정의 아내다.

"아이고, 김 선생님 나오셨습니다그려."

동권이는 이때같이 김이 반가운 때가 없었다.

"인제 곧 나왔지. 어서 올라오시오."

그는 아기를 안은 채 앞서서 안으로 들어간다.

"싱거운 자식들 공연히 종일 앉히어놓고 말 몇 마디를 물으면서 공연히 내 아들 배만 곯렸지."

하고 어린애 뺨에다 자기의 뺨을 댄다.

"참 아기 젖은 어쨌어요 인제야 먹었나요?"

"글쎄 열두 시가 되기에 몇 번이나 청해도 네 시까지 아기를 안 데려다 주는구려. 젖 먹은 지가 여섯 시간이 넘었으니 얼마나 어머니가 애를 태우시며 아이가 보채는가를 생각하니 견딜 수가 있어야. 막 들이대었더니 고등계 주임이 그제야 전화를 걸어 어머니가 정해 데리고 아이 업고 오셨든구려. 그래 어머니와 정해는 먼저 오시고 나는 애기 데리고 있는데 일곱 시가 되니까 내일 오라고 슬그머니 내보내는구려."

그는 분이 나는 듯이 소리가 높아진다.

"정 선생은 못 보셨지요?"

"글쎄 분해 죽겠소. 고등계실에서 애기를 업고 뚜걱뚜걱 내려오는데 보안계실 한가운데 의자에 와이셔츠만 입고 얼굴이 벌게서 가만히 앉았는데 머리까지 헝클헝클합데다. 그런데 밥집 아이가 담배 재떨이 같은 데다가 밥하고 무 쪽하고 담고 뚝사발에 멀건 물 좀 떠서 그 앞에다 놓아주겠지. 그는 나를 보자 깜짝 놀라서 서로 쳐다보고 망설이다가 그냥 나오는데 내가 돌아다보니까 자기도 가만히 돌아다봅데다. 말이나 몇 자리 하고 나올 텐데 그냥 나와서 생각할수록 분해 못 견디겠소."

그는 자기 남편의 그때 태도를 그리는 듯이 천장을 멀거니 바라본다. 동권이도 그때 가보았던 경찰서 보안계실과 고등계 주임의 인상이며 아침에 정이 말없이 자기를 눈 주어 보던 그 침착한 태도를 연상하면서 잠자코 앉아 있었다.

목포에는 그간 세 번째나 격문 사건이 있었다. 메이데이[47]와 반전데이와 국제무산청년데이 이 세 날을 기념코자 시내 각 학교 공장과 각 요처에 과격한 선동 격문이 산포되었다. 그 내용의 심각한 것이라든지 산포 방법의 극히 교묘한 것이라든지가 재래 목포 운동자의 소위가 아니고 타처에서 들어왔던 것이라는 소문이 돌았다. 고등계에서는 혈안이 되어 표면 운동자는 모조리 잡아다가 이십여 일 혹은 십여 일씩을 검속[48] 취조하였으나 결국 헛일밖에 되지 않았던 것이다. 세 번째 일이 났을 때에는 운동자 외에 외국에만 갔다 온 자이면 누구든지 잡아가는 통에 정의 친구인 김까지 검거되

---

47 메이데이 : 매년 5월 1일에 여는 국제적 노동제=노동절.

48 검속 : 공공의 안전을 해롭게 하거나 죄를 지을 염려가 있는 사람을 경찰에 잠시 가두던 일.

었단 말을 정에게 들었다. 그러자 구월 십팔일에 정마저 잡힌 것이다. 정이 검거된 몇 날 후에 검속된 자들이 하나씩 나오기 시작하여 정의 처형까지 마지막 석방이 되고 그동안 목포신문에는 몇 번이나 격문 사건의 기사가 나는 동시에 정의 가정을 비웃는 말까지 있었다.

시월 구일－이날은 정을 주범으로 한 격문사건의 혐의자 여섯 명이 자동차 두 대에 나누어 송국되는 날이다. 오랫동안 갇히어 창백해진 자기 아들이 쇠사슬에 묶이어 가는 것을 본 그의 부모들은 재판소 마당에서 울며 몸부림하였다. 정의 아내는 정해를 데리고 아기는 업어, 지독한 ××[49]에 변형까지 된 자기 남편의 말 없는 주목을 받으며 자기 역시 마주 바라볼 뿐이었다. 그날 신문에는 격문 사건의 발단이 한 장의 연애 편지라는 제목하에서 김이라는 자의 실책에 대한 기사가 게재되었다.

동권이는 정을 잃어버린 후로는 자기의 온몸을 지지하고 있던 골격이 부서진 듯이 마음을 지탱할 수가 없었다. 자기의 매일의 노동은 한 무의미한 호구의 수단으로밖에 생각되지 않았다. 밤이면 가끔 정의 가정을 방문하기도 하나 돌연한 정의 입감(入監)으로 그의 아내가 어린것들과 생활난에서 허덕이는 것을 볼 때에는 항상 자기의 무능력한 것을 한탄치 않을 수 없으리만큼 언제나 무거운 가슴을 안고 돌아오는 것이다.

연발되는 그 사건이 있을 때마다 그는 글의 내용을 보고 목포에서는 정이외는 할 수가 없다고 생각은 하였으나 그처럼까지 구체화할 줄은 생각지 못하였던 것이다. 언젠가 비 오는 날 그의 집을 방문하였을 때의 정의 태도라든지 새벽에 산에서 돌아올 때는 그 먼저 몇 사람의 청년이 하나씩 내려

---

49 ×× : 이후 창작집에 수록하며 작가가 '고문'으로 표기.

오던 것이라든지 밤 아홉 시경에 보통학교 마당에서 세 번이나 만났을 때마다 항상 김이라는 사람이 같이 있는 것이라든지를 이제 생각하여보면 의미 있게 생각되는 바가 없는 것도 아니나 그때는 이렇게까지 할 줄은 짐작 못하였던 것이다. 정이 반드시 동권이에게 시키었을 만한 일이어늘 감쪽같이 빼어놓은 것은 자기의 무자격한 탓이라 생각하매 몹시도 섭섭하였다. 이 일이 있은 후로 동권이는 이곳을 떠나야 하겠다는 결심을 가지게 되었다.

십일월 하순 만 일 년 만에 하수도 공사는 완전히 끝을 마치었다. 뒷개에서부터 보통학교 뒤로 ×××[50]의 대궐 같은 뒷담을 감돌아 유달산록[51]의 허리띠와 같이 목포의 하수도는 굉장하였다. 최후까지 일을 계속한 이백 명의 노동자들이 흩어질 때는 그립던 처자를 만난다는 기쁨보다도 눈 날리고 꽃 피며 푸른 그늘 가을 달이 번갈아 가고 오는 일 년 동안 공동의 이해(利害)에서 같이 일하고 함께 싸우며 동고동락하던 동무들의 우정을 떼이기를 더 어려워하였다. 혹독한 추위와 폭염에 배를 주리며 뼈가 닳아지고 살이 깎이도록 일한 것은 누구를 위함이었던가? 그들의 돌아오기를 고대하는 처자들에게 가지고 갈 것은 빈주먹밖에 없었다. 그러나 그들에게는 동권에게서 받은 선물이 있었다. 떠나는 그들 중에는 동권이와 장래의 ××[52]을 언약하는 뜻 있는 굳은 악수를 교환한 사람도 많이 있었다.

---

50 ××× : 이후 창작집에 수록하며 '김장자'로 표기 됨.

51 유달산록 : 유달산의 기슭이라는 뜻.

52 ×× : 이후 창작집에 수록하며 '투쟁'으로 표기 됨.

희순이의 결혼 날이 십이월 오일이라고 희순의 모녀는 빨래와 다듬이질로 한동안 일삼다가 이제는 밤낮으로 바느질하기에 눈 뜰 사이도 없이 바빴다. 희순의 남편 될 사람의 선물인 장롱과 경대가 윗목으로 자리를 차지한 것이 눈이 뜨이면 어쩐지 섭섭한 마음이 들었다.

공사가 끝난 후부터는 펀들펀들 놀며 공밥을 먹는다고 계모의 잔소리는 몇 배가 늘었다. 동권이는 한시도 집에 있을 수가 없이 하루바삐 떠나고 싶으나 그 역시 마음대로 되지 않았다. 밤에는 남의 집에 가서 자고 조석이면 밥을 얻어먹으려 다닌다는 것이 얼마나 무의미하고 추근추근[53]한 짓이냐? 현재 그에게는 정의 아내 이외에 절친한 사이도 없었고 밤이면 잠을 붙여자는 그 동무도 마음에 싫은 자였다. 더구나 며칠만이면 희순이가 집에서 없어진다는 것―이것은 그의 유일의 위안을 빼앗아버리는 것이다―이 가장 괴로웠다. 그의 마음을 머무르게 할 만한 것은 이곳에 용희가 있다는 것이다. 그러나 용희 역시 어려운 문제에서 고통을 받고 있는 것이다.

동권이는 계모에게서

"용희를 욕심내던 당지 권력가의 대학생 아들이 있어 용희 부모에게 청혼하니 부모는 허락하고자 하나 용희가 저사하고[54] 듣지 않아서 그의 어머니가 딴 곳에 마음이 있어 그러지나 않는가 한다."

는 말을 들었다. 그리고 그 말끝에

"언젠가 용기가 보니께 용기 집에서 저 자식하고 용희하고 둘이만 놀더라 하더라고 용기 어머니가 저놈을 의심한단 말이여. 창자 빠진 놈 그래도

---

53 추근추근 : 성질이나 태도가 검질기고 끈덕진 모양.

54 저사하고 : 굳세게 저항하고.

사내 자식이라고 계집에는 욕심나던가 부구만, 정신 차려 남 못 할 짓 하지 말고……. 네까짓 것이 가당이나 하냐?'

하고 소리 지르니까 희순이가 방 속에서 자기 어머니에게 핀잔주다가 계모에게 머리채를 잡히고 얻어맞은 일까지 있었다. 그러므로 동권이는 사실을 알기 위하여 희순의 혼인날 그 집에 사람 없는 틈을 타서 겨우 용희에게 만나자는 뜻만을 통하매 용희는 닷새 후면 자기 집에 아무도 없을 터이니 그날로 정하자고 대답하였다.

닷새 후에 그는 용희의 방에서 용희와 마주 앉게 되었다. 삼월에 이 방에서 만날 때는 까닭 모르게 기쁘기만 하더니 웬일인지 오늘 밤은 그날과는 별다른 감정과 기분이 두 사람을 지배하였다. 동권이는 계모에게서 들은 말을 다 하고 그것이 사실이냐 물었다. 용희는 말없이 고개만을 까딱이어 보인다.

"그것이 사실이라면 왜 용희는 반대하오? 당자가 그만하니 용희에게는 그만한 행복이 없을 터인데……."

"나는 그렇게 사랑 없는 결혼은 할 수 없어요."

그는 고개를 숙인 채로 대답한다.

"교제하여 가노라면 사랑은 생기지. 처음부터 어떻게 사랑이 생기오?"

"누가 교제 아니 해보았나? 알고 나머지이지. 저 책은 다 누가 사 보낸 것인데 그 녀석이 저 혼자 미쳐서 사 보낸 것들이지."

동권이는 깜짝 놀라는 표정으로

"무엇? 교제해보았어? 이것 보아라. 책까지 사 보내주었다? 옳지 옳지 그래 내 짐작이 옳구나."

하고 이제야 알았다는 듯이 고개를 끄덕끄덕하더니

"어느 틈에 교제까지 해보았소. 참 용희도 무던하신데. 대학생과 교제까지 해보고⋯⋯. 그래 편지 내왕도 물론 있었겠구만."

하는 약간 비꼬는 어조이다. 용희는 고개를 들어 한참이나 동권이를 원망스럽게 바라보며

"그렇게 비웃을 것까지 무엇 있소? 우리 먼 촌 고모 되는 사람의 시아재인데 어려서부터 잘 알고 있었다는 말이지 편지 내왕은 다 무어야, 저 혼자 용기 이름으로 책만 보냈지."

하더니 다시

"그만두어요. 그 입에서 그러한 말이 나올 줄은 정말 몰랐소. 누구 입으로 사랑하네 마네 해놓고 또 누구더러 어떻게 하라고?"

하며 그는 동권이를 똑바로 쳐다보며 대어들면서

"아마 이제는 사랑이 식었는 게지. 그만두어요."

하고 흘겨보는 눈에는 눈물이 고인다. 동권이의 가슴은 울렁거리기 시작한다. 그는 용희의 손을 잡아끌며

"용희! 이만큼 와요. 그러면 어쩌겠다는 말이오?"

하고 용희를 들여다본다.

"글쎄 왜 물어요?"

하고 잠깐 가만히 있다가

"나는 서동권이라는 사람에게 내 사랑의 전부를 바쳤을 뿐이오. 그 사람 외에는 나의 남⋯⋯."

그 뒷말이 나오려다가 깜짝 놀라며 고개를 수그린다. 동권이는 눈을 감고 숨을 길게 쉬며 잠잠하다.

"용희! 전에도 한 말이지마는 우리의 사랑은 현재의 우리 정세에 합하지

못하다는 말이오."

"왜요? 참 그것은 숙제로 두었지. 왜 불합당해요?"

그는 고개를 들어 남자를 쳐다보며 핍박하는 듯이 물었다. 동권이는 용
희의 그 태도를 귀여운 듯이 내려다보며 천천히 그리고 힘 있게 말하였다.

"글쎄 생각해보면 알지 않소? 결혼할 수가 없는 사랑이 어찌 합당한 사
랑이겠소. 내가 내 몸 하나도 변변히 처리 못 하는 못난인데 어떻게 용희까
지……. 무어 나는 아무리 생각해봤자 열에 하나도 좋은 조건이 없으니 영
원한 사랑을 계속할 수는 없다는 말이요."

"결혼만 하면 좋은가? 사랑만 하면 그만이지."

"그런 막연한 말이 어디 있소? 항상 하는 말이지마는 인제 그런 생각 방
법은 하지 말아요. 결혼은 아니 해도 사랑만 하면 그만이라니 그런……."

"아니 나도 알아요. 그것은 공연한 말이고……. 그러면 어떻게 하면 좋겠
소? 어머니는 이번 동기 방학에 그자가 나오면 혼인해버리겠다고 지금 야
단들인데……."

"무어? 문제가 그렇게 급하게 되었는가? 단단히 욕심이 나시는 모양이로
군. 그러니까 어머니 말대로 하구려."

"또 그런 말을 해. 참 기막혀 죽겠네. 나는 죽으면 죽었지 존경할 수 없는
자와 결혼할 수는 없어."

"그러나 용희! 나는 여기 있을 사람이 못 되오."

"응? 그러면 어디로 가요?"

그는 깜짝 놀라 고개를 들어 동권이를 쳐다본다.

"글쎄 어디로 가든지."

"그러면 나도 가지."

하는 용희의 눈은 반짝인다.

"될 말인가. 나는 내 일이 따로 있어 가는 게야."

"나도 같이 일하러 따라가지. 희순이가 시집으로 갈 때 우리는 결혼한 후에도 언제든지 오빠와 같이 일하자고 내 손을 잡고 그러던데……."

"그렇게 문제는 쉽게 되지 못하는 것이오. 내게는 지금 한가한 결혼 문제보다도 더 급한 문제가 있으니까……."

자기를 따라가겠다는 여인을 앞에 앉혀놓고 이러한 말을 하는 동권이는 십구 세의 청년으로는 지나칠 만큼 그의 머리와 의식이 단련된 것이다. 동권이의 이러한 이지적 태도와 성격에 그는 더욱 열복하는 것이다.

"나는 용희를 애인보다도 한 동지로 생각하기 때문에 용희 같은 유망한 여자와 떨어지고 싶은 생각은 더구나 없소. 그러나 정세가 허락지 않는데야 어찌 하겠소. 만일 용희가 나를 끝까지 사랑한다면 용희 스스로 용희 자체를 개척할 수가 있으리라고 생각하오. 그렇지 않소, 응? 용희!"

그는 용희의 어깨를 안으며 말하였다. 용희는 그의 가슴에 엎더지며 눈물지었다.

"내 일평생 사랑하는 용희."

그는 속으로

'이것이 이별의 포옹이다. 언제 다시 만날 줄 알랴.'

하매 더욱 뜨겁게 힘껏 안으며

'어서 하루바삐 떠나지 않아서는 아니 되겠다.'

고 생각하였다.

내일 떠나기로 결심한 동권이는 금년의 처음 추위인 쇳끝 바람에도 겁

내지 않고 일 년 동안 자기-보다도 삼백 명 동무들의 노력으로 된 하수도를 굽어보며 그 언덕을 걸었다. 초생달이 유달산봉에 걸리어 고향의 마지막 밤을 지내는 그의 가슴을 홀로 알아주는 듯이 내려다본다. 그는 팔짱을 끼고 천천히 뒷개로 향하여 걸어온다. 이 굉장한 하수도를 보는 자, 돈과 문명의 힘을 탄복하는 외에 누가 삼백 명 노동자의 숨은 피땀의 값을 생각할 것이며 죽교의 높은 이 다리를 건너는 자 부청의 선정을 감사하는 외에 누구라 이면의 숨은 흑막의 내용을 짐작이나 하랴. 동권이는 이러한 생각으로 흥분하여 못한 끝에서 불어오는 바람의 추운지도 모르고 발을 돌려 정의 아내가 살고 있는 셋방 동창 앞에까지 왔다. 방 안에서는 정해의 창가 소리가 들린다. 그것은 그의 아빠가 항상 무릎 위에 올려놓고 손가락으로 박자를 맞추며 가르치던 메이데이의 노래다. 정해도 이것만을 부르려면 작은 손가락으로 박자를 맞추는 것이다. 그의 아내는 정해에게 항상 이 노래를 불린다.

> 기께 방고꾸노 로ー도ー샤 도도로끼 와다루 메ー데ー노
> 시아샤니 오꼬루 아시도리또 미라이오 쯔구루 도끼노 고에[55]

정해의 어린 목소리가 힘껏 소리쳐 부르는 소리를 모진 바람이 휩싸 지나간다. 그는 그 집 대문 앞을 지나 높은 잔등에 올라 멀리 바라보았다. 검

---

55 기께~고에 : 원문에는 "8행 略"으로 표시. 이후에 창작집 수록시 삽입됨.
    기께 방고꾸노 로ー도ー샤 도도로끼 와다루 메ー데ー노 : 들어라 만국의 노동자 울려 퍼지는 May-day의
    시아샤니 오꼬루 아시도리또 미라이오 쯔구루 도끼노 고에 : 힘차게 움직이는 발걸음과 미래를 만들 때의 소리

은 벌판은 가없이 열렸는데 정미장에 조는 듯이 서 있는 전등불조차 바람 통에 깜박이는 듯 멀리 감옥 편을 바라보니 크고 큰 함굴이 있는 곳이나 같이 컴컴하고 음침한 기분이 떠돌았다.

"저 속에는 나의 오직 신임할 수 있는 지도자가 그의 모든 자유를 잃고 갇히어 있구나. 그는 아내와 면회할 때 내 말을 뜻있게 묻더라 하니 오! 정이여, 나는 그 뜻을 아나이다. 그대가 감옥에서 나올 때 나는 그대가 믿을 수 있는 한 ××[56]가 되어 기쁘게 하오리다."

그는 컴컴한 곳에서 주먹을 들고 맹세하였다. 눈발이 펄펄 날리기 시작한다.

그 이튿날 첫눈은 목포 시가와 산, 들에 고르게 쌓이며 내리는데 용희는 한 장의 편지를 받았다.

모든 객관적 정세가 나를 이곳에 머무르게 하지 않으므로 나는 이곳을 떠나고야 만다. 사랑하는 사람을 두고 떠나는 나도 종시 사람인지라 어찌 한 줄기의 별루[57]가 없으랴마는 나는 보다 더 뜻 있는 상봉을 위하여 떠나는 것이다. 군이 만일 나의 뜻을 알고 나를 사랑할진대 그대 스스로 모든 환경을 돌파하고 자체를 편달하여 나아갈 수 있는 용기를 가진 자라고 나는 생각한다. 굳세인 벗이 되어지라. 오직 바라는 바이니 원컨대 오직 끝까지 건강하라.

1931. 12. 13, 떠나는 동권

---

56 ×× : 이후 창작집 수록시 '동지'로 표기 됨.

57 별루(別淚) : 이별할 때 슬퍼서 흘리는 눈물.

애인의 주고 간 글을 읽고 또 읽던 그는 동창 미닫이를 열었다. 나비 송이 같은 눈송이가 펄펄 춤을 추며 날린다. 그는 빛나는 눈으로 내리는 눈발을 쳐다보며 애인의 유훈을 생각하고 생각한다. 눈은 말없이 쌓이고 쌓인다.

(『동광』, 1932. 5.)

민중의 의식화로 식민지 극복을 꿈꾸다

서정자

이 소설은 주인공 '서동권'이 '주의자'로 성장하는 소설이다. 작가는 목포에서 1931년 4월 4일 있었던 '하수도 공사 노동자 파업'을 취재하여 스토리의 근간을 삼고 이 파업을 통하여 의식화된 '운동가'로 설 것을 다짐하는 한 젊은이를 그렸다. 목포는 1930년대 중반에는 최전성기를 맞아 전국 제5위의 도시로 도약하지만 1930년을 전후하여 닥친 세계공황의 여파로 목포에도 파산자가 속출하는 경제적 어려움이 있었다. 일본인 거류지와 달리 조선인이 집단으로 거류하는 유달산록과 조선인 거리는 식수가 부족하였고, 하수 시설이 되어 있지 않아 비가 오면 하수가 넘치고 오물 처리가 안 되는 비위생적 환경이었다. 목포부는 빈민 구제 사업으로 대대적인 하수도 공사를 벌인다.

상업학교에 다니던 동권은 학비를 마련할 수 없어 퇴학하고자 하는 때에 학교에는 '의외의 사건'이 일어나 친한 상급생의 원조로 일본으로 건너간다. 이 '의외의 사건'이라는 것은 1929년 11월 광주학생 항일운동을 낳게 한 동맹휴학 사건이다(『목포개항백년사』참고). 소설은 이때 일본으로 가서 2년 후 돌아온 동권이 하수도 공사 노동자로 일하고 있는 시점에서 시작된다.

일본에서 신문 배달을 하다가 우연히 만난 '정'은 동권의 상업학교 선배이자 동권에게 어떤 의식을 심어준 '주의자이자 운동가'다. 그의 아내 '김'은 작가 박화성을 연상하게 되는 인물. 동권은 이들 부부가 귀국함을 따라 함께 돌아왔다. 동권은 하수도 공사의 노동자로 일하다가 삼백여 명의 노동자들이 청부업자의 농간에 따라 임금도 거의 절반으로 깎이고 그나마 전표로 받거나 싸라기쌀로 대신 받아 생계가 막연한 중에 석 달이나 밀리자 부청으로 몰려가 임금을 받게 해달라고 단체행동에 나서게 된다. 이때 일어를 잘하는 동권은 노동자의 대표로 뽑히면서 부(府)와 결탁한 하청업자, 하청업자의 농간, 노동자의 임금을 깎아 먹는 하청업자의 관행과 노동자의 억울함을 풀어주기보다 하청업자들의 이익만을 우선하는 부청의 빈민 구제 사업의 이면에 분노한다. 하루 만에 줄듯하던 임금은 사흘, 닷새 늦춰지다가 보름이 걸려서야 겨우 지급되고 하청업자는 임금이 싼 청국 노동자 70여 명을 불러들여 임금은 더욱 낮춰지게 될 것을 소설은 암시한다.

노동자들의 파업에 동권의 지도가 있었듯이 동권의 성장에 지도적 역할을 하는 인물이 바로 '정'이다. 지도적 인물이 등장하는 이 점이 등단작 「추석 전야」와 다른 점이자 프로문학과도 다른 박화성 동반자문학의 특징이다. 김문집의 표현대로 볼셰비키즘이 아니라 일본의 복본주의 멘셰비키즘인 것이다. 복본주의는 행동보다는 노동자, 농민, 민중들에게 혁명의식을 주입시키는 인텔리겐차 중심의 이론이다. 하수도 공사 노동자로 일하는 동안 목포에는 세 번 격문 사건이 있었는데 '정'은 이 사건의 중심인물. 동권은 이 '사건'에 자신이 함께하지 못한 데 대해 느낀 바 있어 '정'이 입감된 형무소를 바라보며 본격적 '일꾼'으로 성장하기 위해 떠난다. 「하수도 공사」는 이러한 일제에의 저항을 담은 소설이자 식민지극복의 미래에 대한 낙관주의를 표명한 소설이다. 동권이지도해온 따뜻하고 지혜로운 목포 처녀 '용희'가 그려진 소설로, 용희는 동권의 제자가 되리라는 것을 짐작할 수 있다. 동권은 "객관적 정세가 이곳에 머물게 하지 않으므로 나는 이곳을 떠나고야 만다.…" "군이 만일 나의 뜻을 사랑할진대 그대 스스로 모든 환경을 돌파하고 자체를 편달하여… 굳세인 벗이 되어지라." 사랑하는 용희에게 남긴 동권의 편지는 곧 스스로에게 하는 다짐이기도 하다. 당시 완공된 하수도는 오늘날같이 복개되지 않은 거대한 개천이었으며 개천 중간에 상당히 정교한 다리가 놓였으나 (소설에 다리가 잠깐 나옴) 1970년대의 개발붐에 따라 복개되어 현재는 흔적을 찾을 수 없다.

사족 같으나 소설에 등장하는 동권의 계모가 내뱉는 지옥도와도 같은 언어는 신소설에서 보이는 비정함이 식민지를 거치면서 더욱 강화되었다는 어느 평론가의 해석을 떠올리게 한다.

두 승객과 가방

두 승객과 가방

정채(晶彩)는 달음질치다시피 걸음을 빠르게 하여 정거장으로 달렸다.

여름에 대구 사는 아저씨를 전송하기 위하여 정거장에 나갔을 때는 해가 아직도 중천에 있는 듯싶었고 차창으로 머리를 내어놓은 아저씨가 손으로 햇빛을 가리고서는 떠나는 기차에서 고개를 끄덕이며 인사를 하였던 것을 생각하면 아무리 두 달 후라지마는 이다지도 시간의 차이가 심할까 하고 정채는 햇빛 잃은 하늘을 쳐다보고 황혼의 문한[1]을 넘어서려는 좌우의 길거리를 돌아보면서 걸음의 속도를 좀 더 빨리하였다.

오른편 손에 들린 바스켓이 더 무거워져가는 듯 걸을 때마다 무릎에 덜턱덜턱 닿았다. 그리고 방금 전에까지 종이(鐘尹)가 물고 늘어졌던 젖통이 별달리도 더 털렁거렸다.

---

1 문한(門限) : 문을 닫는 시한(時限).

정채는 왼편 손으로 적삼 위에 불룩하게 일어난 두 젖통을 어루만지자[2] 갑자기 콧마루가 시큰하면서 두 눈이 뜨거워졌다.

앞길에 깔린 작은 돌멩이들이 엄버무려[3] 덩어리져지면서 눈물이 술술 뺨으로 흘러나렸다. 정채는 안타까운 가슴을 소리 섞인 한숨으로 가라앉히려 하였다.

인제야 두 살 되는 첫아들 종이가 젖을 빨면서 말끄러미 엄마 얼굴을 쳐다보다가 정채 어머니 되는 종이 할머니가

"아가 그만 먹고 이리 온 꼭 엄마가 돈 벌러 간단다. 사탕 많이 사 갖고 온단다."

하면서 데려가려 하니까 별안간 가슴으로 기어들면서 젖꼭지를 쑥 빼고

"사탕 안 해. 엄마 안 가 엄마 안 가 응?"

하고 입술을 종그려 뽀족이 내밀고는 앞턱을 올리면서 엄마의 눈을 쳐다보면서 물었다.

"아니, 엄마 간다. 사탕 많이 사다 줄게 우리 종이 울지 말어 응."

하고 종이의 뺨에 얼굴을 문지르며 종이를 으스러져라고 꽉 품에 안았더니 종이는 아프다고 소리를 지르며 울었다.

정채가 눈물을 삼키면서 바스켓을 들고 도망하듯이 달아 나와서 쓰러져 가는 울타리 너머로 다시 집 안을 들여다보았을 때는 어머니는 툇마루에 걸터앉아 기둥을 붙들고 울고 종이는 그 곁에서 발을 구르며 울고 있었다.

---

2 적삼 위에 불룩하게 일어난 두 젖통을 어루만지자 : 아이가 젖을 먹을 시간이 되면 젖이 차올라 가슴이 불룩해진다. 이때 적절히 젖이 비워지지 않으면 통증이 생기기 때문에 주인공은 젖가슴을 어루만진 것이다.

3 엄버무려 : '얼버무려'의 방언.

정채의 귀에는 종이의 울음소리가 줄곧 따라오며 울렸다. 그 어머니의 울고 앉은 주름 잡힌 얼굴과 하얀 머리가 눈앞에 어른거렸다. 정채의 발은 작은 돌멩이에 채어가지고도 공연히 허둥거리며 자빠질 듯하였다.

"아하 내가 왜 이리 약하여졌을까? 각오한 바가 아닌가? 정채야! 굳세어라."

정채는 혼잣말을 하여 겨우 기분을 전환시키면서 인제는 가까워진 정거장을 바라보았다.

흰 정복에 검은 정모[4]를 쓴 간수들이 정거장 뜰에 뒤덮여 있고 양복 입은 사람들이 넓은 정거장 구내에서 물 끓듯한 말소리를 내고 있었다.

정채는 사람 틈을 헤치고 달려들어 높직이 바른편 벽에 걸린 시계를 보았다. 여섯 시 이십오 분! 아직도 차 시간까지는 이십 분이나 남았건만 시계가 없는 탓으로 무한히 허둥거렸던 자신이 어리석게 생각되었다.

"흥 어리석은 행동이란 무지만이 시키는 것이 아니어든……."

정채는 이런 생각을 하고 나서 비로소 자기 자신에 돌아온 듯 유유히 둘러보았다. 네 시간 전 정채가 감옥소로 남편의 면회를 갔을 때 그는 다른 때보다 좀 빨리 면회 허가 해주기를 간청하였다.

"당신만 바쁜 것이 아니라 우리도 바쁘오. 형무소장이 대구로 영전[5]하여 오늘 저녁 차로 떠나시니까……."

하던 담당 간수의 말대로 과연 형무소장이 작고도 뚱뚱한 몸을 바쁘게 놀리고 다니면서 인사를 치르고 있고 당지에서 유지(有志)라는 명칭을 붙일

---

4 정모 : 정복에 갖추어 쓰는 모자.
5 영전 : 전보다 더 좋은 자리나 직위로 옮긴다는 의미.

수 있는 신사라는 신사들은 모조리 나와서 정거장 정문 앞에 임시로 시설한 상 위에 놓인 명함 그릇 속에다가 각각 명함들을 넣었다.

상 양쪽에는 무슨 주임이라는 사람과 간수부장들이 서서 명함을 받고 있었다.

소장의 아내와 영양을 전송하러 나온 귀부인들과 고등여학교 학생들이 무더기로 몰려서서 그들 역시 지껄이고 있었다.

정채는 대구까지 차표를 사가지고 고리짝식처럼 된 바스켓식 여행 가방을 수하물로 부쳐버릴까 하고 짐 부치는 곳으로 갔다가 어쩐지 서운한 맘이 들어서 돌쳐[6] 가방을 들고 승객 행렬의 제일 앞자리를 차지하고 서 있었다.

가방이란 남편의 유학 시대의 물건인 동시 그들의 가진 물품 중 제일 그가 사랑하는 것인 까닭이었다. 언제인가 남편과 단 한 번 있었던 즐거운 여행 때 가지고 다녔었으며 남편이 ××운동[7]을 할 때도 무엇인지를 이 가방 속에 잔뜩 넣어가지고 다녔었고 이번 여름에 쫓겨난 ××공장에서 금년 봄에 여공들을 위한 특별 원족회[8]가 있었을 때도 친한 동무들의 점심밥을 전부 이 속에 넣어서는 번갈아가며 머리에 이고 갔었다.

사실은 이번에도 보퉁이 하나면 넉넉한 행장이지마는 가방과 떨어지기 싫은 마음으로 이것저것 함부로 주워가지고 불룩하게 가방을 채웠던 것이다.

정채는 맨 뒤 객차에 한 자리를 잡고 앉아서 밖을 내다보았다. 그 많은 간

---

6 돌쳐 : 향하고 있던 쪽에서 반대 방향으로 방향을 바꾸어 선다는 뜻.

7 ××운동 : 이후 수록 시 '지하운동'으로 표기됨.

8 원족회 : 소풍 모임이라는 뜻.

수들과 전송인들은 전부 개찰구로 들어와서 일등 객차를 향하고 몰려갔다.

"흥 세상일 야릇하다. 하필 그와 내가 꼭 같은 곳으로 한날 한차로 떠나다니 요렇게도 정반대의 방향을 갖고서……."

정채는 이런 생각을 하면서 눈을 감고 기대어 앉아 있노라니 재바르게[9] 종이의 얼굴과 울음소리가 평정되려던 정채의 마음을 흔들었다.

"오늘 밤에는 어찌 하려누? 물처럼 들이켜던 젖을 별안간에 뚝 끊었으니……. 아아 얼마나 울고 보챌까? 얼마나 어머니께서 괴로우실까? 밥물이나 좀 많이 받아놓고 올걸. 좁쌀 밥물이나마도……."

정채는 한숨 한 번을 다시 길게 내쉬면서 눈을 번쩍 떴다. 그의 눈에는 얹은 가방이 보였다. 그 가방이 물끄러미 자기를 내려다보며 측은히 여기는 듯하였다. 그 가방 보이던 자리에는 몇 시간 전에 면회한 남편의 얼굴이 나타났다.

"몸밖에 더 재산이 있소? 몸만 건강하시오. 종이는 글쎄 데리고 가는 것이 당연한 일이지만 기숙사에만 들어야 된다니 어쩔 수 있소? 제일 어머니께서 고생이 말 아니시겠소. 그러나 그러나 안심하고 가시오. 굳세게 나가시오."

하던 다정하고도 힘 있는 말소리가 들리는 듯하여 멀거니 가방을 쳐다보고 있을 때 '째르렁' 소리가 오늘은 별달리 유난스럽게 크게 들렸다. 정채의 가슴이 울렁하면서 얼굴이 화끈 달았다.

기차는 움직였다. "O씨 만세" 소리가 세 번 우렁차게 났다. 정채가 그들의 앞을 지나칠 때까지 그들은 모자를 흔들고 허리를 깝죽거려 영광스럽게

---

9 재바르게 : '재빠르게' 보다 여린 느낌의 말.

영전하여 가는 사람을 전송하기 위하여 나온 그들의 책임을 충실히 다하였다.

어린 고등여학교 학생들이 기차를 따라올 듯이 쫓아오면서 그중에는 수건을 얼굴에 대고 우는 학생들도 있었다.

그 아버지야 영전을 하든 말든 정다운 동무를 보내기 싫어서 울고 서 있는 그들의 순정을 보고 정채의 눈에도 뜻 모를 눈물이 솟았다.

정채는 점점 멀어지는 유달산과 그 산 밑 빈민굴 속의 하나로 있는 자기의 집을 바라보면서 전신의 피가 머리로만 모여드는 듯한 흥분을 느꼈다. ○씨는 멀어지는 유달산을 바라보며 감사와 기쁨의 웃음 섞인 석별의 목례를 보냈다. 기차는 속도를 빨리하면서 성당산을 돌아 형무소 앞을 지난다.

정채는 몸을 일으켜 북망산 아래 즐비하게 자리 잡은 형무소에 분명한 시선을 던져 감개 깊은 줄기줄기 보이지 않는 추억의 줄로 그 집 전체를 휘감고 돌았다.

○씨는 자기의 사무소이었고 작업 감독장이었고 또한 오늘날 영전의 발돋움이 되어준 이 정다운 건물에게 축복과 감격의 눈물겨운 인사를 드렸다.

삼향역[10]을 지나고 몽탄강(夢灘江)을 건너고 나서야 정채는 자기의 앞에 닥쳐올 일을 상상해보았다.

"정거장에는 아저씨가 나오시겠지. 내일은 ○○공장에 가서 바로 기숙사에 있어야 된다니 그동안 불어오는 젖을 어떻게 조처한단 말인가!"

정채는 또다시 젖을 만지며 불어오는 젖을 처치하기에 근심하고 있는 자신이 과연 그 젖을 못 먹어 울면서 여위어갈 종이의 어머니가 될 자격이 있

---

10 삼향역 : 당시 호남선 기차역명. 현재의 '일로역'이다.

는가 하고 생각하여보았다.

"아하 모자의 정도 여기서는 파멸이로구나. 아─ 아─"

그는 모르는 결에 안타까운 소리를 발하였다. 맞은편에 앉은 갓 쓴 양반이 물끄러미 충혈된 정채의 눈을 바라보고 있다.

O씨는 사람으로써 덮이어질 대구역을 생각하고 행운의 일가족에게 봄비와 같이 내릴 뭇사람의 흠앙[11]의 시선을 상상하며 빙그레 입가에 웃음을 띄웠다. 맞은편에 앉은 눈이 퉁퉁하게 부은 그의 영양이 야속한 듯이 그 아버지를 바라보고 있다.

기차는 어둠을 뚫고 북으로 북으로 달린다. 천 갈래의 각 다른 환상의 세계를 품에 안은 채로 바퀴는 구르고 구르다가 문득 한 휴게소에서 숨을 돌린다.

환상의 몇 세계는 여기서 깨뜨려지고 다시 몇 개의 새로운 세계가 전개된다.

이들의 세계는 한 시간에 만 개씩 불어도 가고 또한 천 개씩 줄어도 간다. 불거나 말거나 기차는 그저 이 모든 환상을 안고 달리고만 있다.

달리는 기차에도 밤은 깊어간다. 날개를 파닥이던 모든 환상의 날개는 하나씩 꿈 세계로 사라져간다.

O씨는 비스듬히 자리에 기대어 여송연을 피우며 맞은편 자리에서 콜콜 자고 있는 딸의 붉은 얼굴을 귀여운 듯이 내려다보고 있다.

정채는 불어오는 젖통의 아픔을 참지 못하여 준비하여 온 양재기에 젖을 짜내려고 가방을 내렸다.

---

11 흠앙 : 공경하여 우러러 사모함.

그는 이 순간 젖 먹고 싶어서 목이 달아 울고 있을 종이와 어린애를 달래 느라고 또한 눈물을 찔끔거리고 있을 그 어머니를 생각하고 가방을 내리자 그냥 그 가방을 안고 그 위에 업대여버렸다.[12]

기차는 어느 굴속을 통과하려는지 기적 소리를 울리면서 바퀴 소리가 요 란스럽게 커져간다.

(1933. 10. 24.)

(『조선문학』, 1933. 11.)

---

12 업대여버렸다 : 엎드려버렸다.

투쟁의 축은 어디로 이동하는가

남은혜

이 작품은 남편이 형무소에 수감된 후, 기숙사가 있는 공장에서 일을 하기 위해 젖먹이 '종이'를 떼어두고 나온 젊은 여성 '정채'의 동선을 따라 서사가 진행된다. 정채는 종이의 울음소리와 어머니의 주름 잡힌 얼굴이 어른거려 가슴이 아프지만 각오한 바를 생각하며 마음을 추스른다. 역에 도착해보니, 영전하여 대구로 떠나는 형무소장 일행이 같은 기차를 타게 되어 전송 나온 무리들이 보인다. 그러나 정채와 함께하는 것은 오래된 여행 가방 하나뿐이다. 그 가방은 남편의 유학 시절과 지하운동, 두 사람의 여행 등 지난 시절을 함께해온 것이다. 가방을 보니 마지막 면회 때, 몸 건강히 굳세게 나가라고 독려하던 남편이 떠오른다. 가족과 헤어져 기차역으로 나와서 기차를 타는 짧은 여정을 따라가지만, 남편과 지내며 함께 운동하던 시절에 대한 기억과 앞날에 대한 각오와 더불어 어린아이와 어머니에 대한 애달픈 심경이 복합적으로 축조된다.

이 소설은 정채와 형무소장 'O씨'를 같은 열차의 승객으로 설정하여 상이한 세계를 태우고 달리는 기차를 상징적으로 보여준다. O씨는 도착지에서 많은 사람들이 자신에게 보낼 흠앙의 시선을 상상한다. 정채는 양재기에 불어오른 젖을 짜내려다 젖을 찾으며 울고 있을 아이와 그를 달래느라 눈물을 흘릴 어머니를 생각하며 가방을 안고 엎드려버린다. 새로운 영광을 위해 동반하는 여정임에도 서로 다른 심정을 품은 O씨의 가족과, 산산이 흩어졌지만 독려와 연민으로 연대하고 있는 정채 가족의 서로 다른 처지를 태운 채 기차는 계속 달린다.

남편의 유훈을 받는 아내라는 구도는 여성을 계몽의 대상으로 설정하고 있다는 점에서 한계로 볼 수 있다. 그러나 수감되어 있는 남편과 달리 공장에 들어가서 일을 수행해야 하는 정채나 젖먹이 손자를 키워낼 어머니를 통해 현실을 실제로 감당해야 하는 여성들의 상황에 초점을 맞추고 있다는 점에 주목할 필요가 있다. 남편의 투쟁 활동을 상징하던 가방을 현재 들고 있는 것은 정채라는 점에서 작가가 주목하고 있는 사회적 주체가 상징적으로 드러난다. 정채가 놓여 있는 고통스러운 상황을, 차오르는 젖으로 인한 물리적인 고통을 통해서 실감나게 그려내고 있다는 점 또한 중요하다. 정채에게는 고통스러운 앞날이 펼쳐지겠지만 그가 굳세게 나갈 것을 결심하는 것은, 남편의 독려와 유훈뿐만 아니라 몸의 실제적인 고통을 통해 환기되는 아이의 존재와 그 아이를 책임지고 있을 연로한 어머니에 대한 유대 의식에서 기인한다는 것을 짚어내고 있기 때문이다.

박화성의 첫 남편이었던 김국진은 1934년 복역을 마치고 간도 용정으로 떠난 후, 아이들을 외할머니께 맡기고 함께 운동에 투신할 것을 박화성에게 제안한다. 그리고 박화성은 그 제안에 분개하여 단호하게 그와의 결별을 선택했다. 이 소설이 그보다 조금 앞선 1933년에 발표되었다는 점에서, 가족들을 책임지기 위해 현실적인 투쟁의 길을 떠나는 정채의 각오가 작가 박화성의 현실과 복합적으로 비교될 수 있다는 점에서 흥미롭다.

홍수전후

홍수전후

어제 한나절과 지난 밤새도록 작대기처럼 쏟아지던 비도 날이 새면서부터는 미친 듯이 날뛰던 빗발들을 잠깐 걷고 검은 구름장 속에서 무슨 의논들을 하였는지 떨어지지 않을 듯이 굳게 엉겨붙었던 구름 덩이들이 이쪽 저쪽으로 슬슬 헤어지기 시작한다.

그러나 몇 겹으로든지 첩첩이 덮여 있는 구름장인지라 검은 구름장이 슬그머니 찢어지자 그 속에서 검회색과 회색의 구름 덩이가 비죽비죽 몰켜[1] 나와서 앞서간 구름의 뒤를 가는 듯 마는 듯 따라간다.

포플러 나무들도 겨우 숨을 내쉬고 온갖 풀잎도 가만히 고개를 들고 지난밤의 무서운 광경을 그리며 몸을 떨면서 물방울을 털었다.

어디 가서 숨었던지 킹킹거리는 소리 한마디 없었던 검둥이가 어슬렁어슬렁 진흙투성이가 된 꼬리를 축 늘이고 마당으로 나오고 죽은 듯이 자빠

---

1 몰켜 : 한 곳에 빽빽하게 모여.

져 있는 듯하던 돼지조차 꿀꿀거리는 소리를 내면서 울장² 틈으로 주둥이를 내놓고 코를 벌신거린다. 닭들도 영계들까지 몰려와서 웃퇴³ 위에 놓여 있는 보리 가마니 위에 올랐다 내렸다 하며 놀고 있다.

명칠이는 담배 한 대를 피워 물고 방문 앞에 쭈그리고 앉아서

"인제는 비도 그만 와야지, 오늘 종일 퍼부었다가는 또 무슨 일이 날 것인데. 원 하늘이 하시는 노릇이라 알 수가 있어사제⁴······."

하고 하늘을 쳐다본다. 움직이고 있는 큰 하늘은 무서운 비밀이나 꾸미고 있는 듯이 명칠의 눈에 두렵게 보였다.

그는 천문학을 배우지는 않았다. 그러나 십사 년 동안 영산리(榮山里) 이 깊은 곳에 살면서 해마다 당해오는 물난리를 좋이⁵ 겪어오는 만큼 하늘의 모양과 구름 덩이의 가고 오는 방향을 따라 대개 날씨는 어떻게 변하며 비오는 낌새를 보아 비가 얼마만큼이나 올 모양인지 짐작할 수 있는 지식을 가지게 되었다. 이만한 것쯤은 산간 농부나 어항 어부나 아니 도회지의 유복하다는 노인들까지도 잘 알고 있는 것이다. 그러나 소작인의 아들로 태어나서 다시 소작인의 아들을 가지고 있는 명칠이, 더구나 한편으로 조그마한 배 두 개를 가지고 영산강의 어부 노릇을 하며 살아가는 이 송 서방은 나이는 지금 마흔다섯이건만 다른 육십 노인보다 더 많은 천기에 대한 경

---

2 울장 : 울짱. '울짱'은 말뚝 따위를 죽 잇따라 박아 만든 울타리. 또는 잇따라 박은 말뚝.
3 웃퇴 : 웃퇴는 툇마루 위쪽을 말한다. '퇴'는 본채의 앞뒤나 좌우에 딸린 반 칸 너비의 칸살을 의미한다.
4 있어사제 : 원문대로. '있어야제'의 오기.
5 좋이 : '꽤'라는 뜻. 막걸리 값을 꽤, 즉 상당히 들었다는 의미.

험지식과 선견의 밝음을 가지고 있었다.

송 서방의 천후에 대한 지식이 노숙한 만큼 그의 얼굴도 나이에 비하여 몹시 늙은 축이었다. 기름한 얼굴이었다. 광대뼈가 솟았고 아래 볼까지 쪽 빨아버려서 언뜻 보면 환갑을 지난 노인처럼 보였다. 육지와 강으로 쏘다니며 당하는 육체적 노동과 농부와 어부의 특수한 직업적 고통—날씨에 매어 살아가는 만큼 천후로 인하여 당하는 심리적 고통—이 하루도 그의 얼굴에서 주름을 펴준 날이 없었으매 영양 좋은 사람의 얼굴에서는 기름이 흐르고 혈색이 좋을 장년 시기의 한창때를 가진 명칠의 얼굴에는 그의 손등에서 볼 수 있는 고로(苦勞)의 주름살이 이마와 두 볼에 잔줄을 그었고 검고 누른 얼굴빛은 항상 영양이 적음을 탓하는 듯이 뜨거운 여름 볕에나마 붉어지지는 않고 검어가기만 하였다.

"논에 나가보니까 어쩝당개? 인자는 그만 오면 풍년이것지라우?"

송 서방의 마누라는 부엌문 앞에 앉아서 보리를 갈면서 남편을 쳐다보고 물었다.

"암은. 비만 그만 오면 금년은 대풍년이것데마는……."

하고 담배통을 문지방에 꾹 누르면서

"한종은 바로 꺼뭇하게 서 있데마는 만종은 물에 채어버렸데⁶. 그래도 비만 그만 오면 다 일어날거네마는……."

하고 다시 하늘을 쳐다본다. 그의 마누라는 보리 뜨물⁷을 돼지 밥통에 주르륵 부어주면서

---

6 한종은~채어버렸데 : '한종'과 '만종'은 벼의 품종을 이르는 명칭으로 보인다.

7 보리 뜨물 : 보리를 씻어 내 부옇게 된 물을 뜻함.

"아이고 돼지막에 물이 흥건하게 괴 있소. 그래도 또 비가 올라는가베."

하고는 하늘을 쳐다본다. 가는비가 뿌린다.

"엄마!"

하고 두 살쟁이 계집애가 송 서방 무릎에 덜썩 기어올라서 담뱃대를 잡으려고 손을 내밀었다.

"나님아! 이리 온!"

열한 살 먹은 쌀례가 아기를 데려가며 아버지의 눈치를 살피면서 무슨 말을 할 듯 할 듯 망설이다가

"아부지!"

하고 용기를 내어 아버지를 불렀다.

"왜 그래."

송 서방이 고개를 쌀례 쪽으로 돌리며 퉁명스럽게 대답한다.

"참외하고 수박하고 안 따 오시오?"

하고 쌀례는 부끄러운 듯이 고개를 숙이고 나님이를 안아 올리면서

"또 비가 떨어지면 어디 따러 가겠소? 작년마냥 물이나 쩌버리면[8] 하나 맛도 못 보고 말어버리게라우? 비 쏟아지기 전에 따 왔으면 좋겠구만."

하고 성날 때에 하듯이 입을 내민다.

"저런 년 처먹을 일이나 밤낮 궁리해라. 애기나 업어줘. 그저 참외 수박 노래만 부르고 있다니께, 저년은 허천병[9]이 들었는 것이여."

어머니가 부엌 속에서 소리를 지르며 야단친다. 쌀례는 아기를 안고 돌

---

8 쩌버리면 : 흙탕물이 논이나 밭에 넘쳐흐를 정도로 고여버리면.

9 허천병 : 무조건 먹어댄다는 의미의 전라도 방언.

아서면서 눈물을 씻다가 훌쩍훌쩍 울기 시작한다.

"밥 먹고 나서 따다가 주마."

송 서방은 점잖게 말하였다.

"나도 아부지 따라서 수박밭에 갈 테여."

하고 장독머리에 있는 손바닥만 한 꽃밭에서 쓰러진 복사꽃 나무를 다시 심고 있던 꽃례가 말하자

"나도 따러 가야."

하고 검둥이를 데리고 툇마루 끝에서 놀던 여덟 살 되는 귀성이가 한자리 잡고 나섰다.

"저년은 열네 살이나 되는 년이 어린 동생 듣는 데서 못 할 소리가 없다 니께. 이년아 어서 밥솥에 불이나 때!"

어머니의 둘째 번 쏜 총알은 꽃례에게로 향하였다. 꽃례는 귀성이를 보고 혀를 날름하면서 고개를 숙였다.

"아니 윤성이는 어디 갔는가?"

"언제 어지께 밤에 들어왔더라우? 또 대흥이네 집이 가서 그놈들하고 숙 덕공론이나 하고 자빠졌는가 부오 그랴."

송 서방의 진중한 말소리의 정반대로 그 마누라의 소리는 콩알처럼 대굴 대굴 부엌 속에서 굴러 나오는 듯이 쫑알거렸다.

"앵, 참."

송 서방은 안간힘을 꿍 쓰면서 담배를 탁탁 털었다.

귀성의 손에서 검둥이가 주르르 빠져나가더니 회회 내두르는 꼬리 뒤에 는 윤성이가 따라 들어왔다. 그 아버지의 골격을 닮은 건강한 체격을 가진 윤성이는 스무 살밖에 아니 되는 청년이건만 늠름한 장부의 티가 보였다.

그러나 소작인의 혈통을 가진 그의 얼굴은 역시 빈약하였다. 대대로 물려 나오는 오직 하나의 유산은 영양 부족이라는 것이기 때문에 그의 후손인 윤성이도 이 유산을 물려 가질 수밖에 없었던 것이다. 다만 그의 큼직한 눈이 불평을 가득히 담고서 항상 빛나는 시선을 이리저리 쏘아보기 때문에 사람들은 그의 눈을 열기 있는 눈이라 샛별 같은 눈이라 칭찬하였으나 톳게리 허 부자 그들의 지주 양반만은 그의 눈을 불량한 목자라고 비난하였다.

윤성이가 툇마루에 걸어앉으며[10]
"간밤 비에 어디 상한 데나 없었소?"
하고 물었으나 송 서방은 아무 말대답이 없었다.
"어째에 상한 데가 없어야? 앞 개울물이 정제(부엌)까지 들어왔더란다. 집안사람 누가 잠이나 잔 줄 아냐? 해마당 당하는 노릇인데 번-히 물 들 줄 알면서도 다른 집에 가서 퍼자고 오는 것 봐. 언제나 철이 들는고 몰라."
하고 그 어머니는 부엌문 앞에 서서 아들을 흘겨보며 치맛귀에 손을 씻고 있다.
"어쩔 것이오? 이런 데서 살면서야 으레이 그런 일을 당할 줄 알어야지. 그러니께 어서 여기서 떠버리자고 안 합디까?"
하며 윤성이는 두 손으로 턱을 고이고 내리는 빗발을 바라다보고 있다. 윤성이가 들어올 때부터 굵은 빗방울이 떨어지다가 이제는 기운차게 쏟아진다.
송 서방은 아들을 물끄러미 바라보다가
"윤성아 너 지금 무엇이라고 했냐?"

---

10 걸어앉으며 : 높은 곳에 궁둥이를 붙이고 두 다리를 늘어뜨리고 앉으며.

하고 곰방대에 새로 담배를 담으면서

"나이 이십이면 한 집안을 거느릴 자식이 거 무슨 철없는 소리여. 아니 누가 이런 데서 살고 싶어서 사는 것인가. 여름이 돼서 장마철만 들면 그저 맘이 조마하고 밤에 잠을 맘 놓고 못 자면서도 열네 해 동안 해마다 집구석이 물에 잠겨서 온갖 고생을 당하고 살기가 그리 좋아서 여기서 살고 있는 줄 아냐? 앵? 철없는 자식."

하고 송 서방은 담뱃불을 붙인다.

"글쎄 말이오 오직해야 이런 데서 해마다 그 노릇을 당하고 살고 있것소마는 그래도 어떻게든지 떠날 도리를 해봐야지 이런 데서 항상 살다가는 큰일이 한번 나고 말 것이오. 그러니께 일찌가니……."

"옳—지, 네 말대로 일찌가니 허 부자네 집에 가서 떼장이나 써서[11] 새집 하나 얻으란 말이지야? 염치없는 자식."

송 서방은 윤성의 말이 끝나기도 전에 성을 내어 그의 말을 무질러버렸다.

"이 집도 허 부자네 집이던 것을 해마다 벌어서 집값을 갚었더람서라우. 그러니께 말이오. 이왕 그 집 논을 빌면서 또 집 하나쯤 높직한 데 있는 것을 얻어보란 말이지. 누가 뺏어오라고 했소? 안 주면 떼장도 놓지 어쩌라우?"

하고 윤성이의 말소리가 거칠어졌다. 비는 죽죽 무서운 기세로 쏟아진다. 아이들도 아무 소리 없이 비 오는 것만 바라보고 있다.

"흥, 또 불한당 같은 소리가 나오는구나. 사람의 운수복력[12]이 다 팔자에

---

11 떼장이나 써서 : 떼를 쓰듯 항의해서.

12 운수복력(運數福力) : '운수'는 이미 정하여져 있어 인간의 힘으로는 어쩔 수 없는 천운(天運)과 기수(氣數)를, '복력'은 복을 누리는 힘을 의미한다.

타고난 것인데 새파란 어린놈들이 손발 떨어지도록 벌어먹을 생각은 않고 그저 잘사는 사람 시기할 줄만 안단 말이여. 자– 그 사람들이 땅을 안 주더냐. 집은 안 주더냐. 그 사람들이 없으면 우리 같은 작인은 굶어 죽어야 옳게? 아니 그런데 저번 한창 가물 때 논이 갈라지니께 너그들이 허 부자네 집이 가서 소작료를 감해달라고 떠들어댔담서야? 그 대홍이, 유동이, 만성이, 이런 놈들하고 몰켜 다니면서……. 앵– 못된 놈들 같으니. 경찰서에나 잡혀가고 지주 집에나 몰려가서 심술이나 부리고 하는 놈들하고 이놈 다시 또 붙어 댕겨만 봐라. 다리뼈를 분질러놀 테니께……."

하고 송 서방은 다시 담뱃대를 힘 있게 빨면서 불을 댄다.

"천리란 것은 어기지 못하는 것이라, 그렇게 몹시 가물다가도 기우제 몇 번에 비가 이렇게 많이 와서 물이 불어 모를 심어, 곡식이 자라나, 무엇 다 사람 살대로만 되어간단 말이여. 다만 근본 복을 사주팔자에 못 타고나서 죽게 일하고도 평생을 이리 가난하게 사는 이것이 한탄이지. 남들 잘사는 것 보고 욕할 것이 무엇이란 말이냐? 그저 가난이 원수니라 가난이 원수여. 이놈의 데를 못 떠난 것도 가난하기 땜세 붙어사는 것이 아니여?"

송 서방은 꺼진 담뱃대에 다시 성냥을 그어 댄다. 윤성의 입가에는 비웃음의 미소가 떠올랐다. 천리를 말하고 운수에 맡기면서 다시 가난이 원수라는 것을 역설하는 그 아버지의 모순된 말소리에 하염없는 쓴 탄식이 나왔다.

"우리 아버지도 멀지 않어서 모순을 깨달을 때가 올 것이다. 모르기 때문에."

하고 그는 속으로 부르짖었다.

"아버지뿐이 아니라 농민의 전부가 다 저 같은 생각에 굳이 잡혀 있는 것이 아니야?"

그는 기침을 칵 하면서 한숨을 내쉬었다.

"아부지! 참말로 우리 여기서 살지 말고 다른 데로 이사 갑시다. 예? 나는 어저께 밤에도 무서워서 꼭 죽겠습디다."

하고 쌀례가 말참례를 한다. 보리밥 냄새가 물큰 끼치자 귀성이가

"어무니, 어서 밥 줘."

하고 큰방 샛문에 붙어 서고 검둥이도 고개를 갸웃하고 부엌 속을 들여다보고 서 있다. 비가 다시 줄기차게 쏟아진다.

"아버지 말씀대로 세상일이 다 사람 살대로 되어가면 좋지마는 만일 이 비가 오늘 종일 내일 모레까지 쏟아져서 영산물이 넘고 우리 집이 떠내려가고 사람들이 죽고 동네 집이 무너지고 그렇게 되면 어쩔 것이오? 그때도 천리라고 앉아서 죽기를 바랄 것이오?"

하는 윤성의 말소리는 몹시 뻣뻣하게 들렸다. 송 서방은 화를 벌컥 내며,

"이 버릇없는 자식 같으니 뉘 말대답을 그렇게 하느냐? 꼭 네 말대로 고렇게 되어버렸으면 좋것지야? 액— 이놈 썩 나가거라. 그런 자식은 없어도 좋다 당장 나아가!"

하고 소리를 버럭버럭 질렀다. 윤성이가 벌떡 일어나서 나가려고 할 때 그 어머니는 밥상을 가져다 툇마루에 놓으며

"아나 나가더래도 밥이나 먹고 나가거라."

하였으나 윤성은 머뭇거리지도 않고 나가버리고 말았다. 비는 점점 더 억세게 쏟아져서 이 식구들이 곱살 보리밥[13]을 다 먹고 났을 때는 앞 개울물이

---

13 곱살 보리밥 : 오래되어 뻣뻣하게 굳어진 쌀을 '곱살미'라고 하는데, 곱살 보리밥

넘치어서 남실남실 마당에까지 들이 밀렸다. 송 서방은 벌떡 일어났다.

"명칠이! 명칠이!"

요란스러운 빗소리를 듯고 황급히 송 서방을 부르는 소리가 들렸다.

"명칠이! 어이 명칠이!"

여러 사람의 부르는 소리가 앞내 저쪽 언덕에서 들려 왔다. 송 서방은 마주 소리쳤다.

"어이 덕성인가? 이 우중에 어찌 나왔는가?"

"어서 나오소. 자네 식구들만 데리고 어서 높은 데로 나와야지 큰일 날 것이네."

덕성이의 외치는 소리도 빗소리에 꺾이어 도막도막 들렸다.

"내 걱정 말고 자네들이나 어서 가서 손볼 데 손보고 그러소. 해마다 당하는 노릇인디 설마 어쩔라던가?"

송 서방은 어서 가라는 뜻으로 손을 치며 소리하였다.

"작년에도 자네가 고집부리고 끄니— 안 나오고 말았다고 본 사람들이 모두 욕하데. 그만 고집부리고 어서 나오라니께. 저봐, 개울물도 넘어 들지 않는가? 그런데 영산강 물이 넘어 들게 되면 어쩔라고 그러는가? 어서 지금 나오소 어이."

이번에는 윤삼이가 소리쳤다. 우장을 쓴 그들의 모양은 빗발에 묻혀 안개 속으로 보이는 듯이 가물가물하였다.

한 지주의 전답을 함께 벌어 먹고산다는 야릇한 인연이 맺어준 우정과 오랫동안 이웃 동리에서 산다는 정리가 그들로 하여금 명칠이를 위하여 힘

은 오래된 보리로 지은 밥이라는 뜻.

껏 소리치고 열심으로 권고하게 하였으나 송 서방은 끝끝내 그들만을 보내고 말았다.

십사 년을 지내는 동안 그는 죽음이란 것은 쉽사리 사람의 목숨을 빼앗지 못하는 것이라고 단정해버릴 만한 죽음에 대한 경험철학의 고질적 신념을 가지게 된 것과 또 그에게는 배 두 척이 있어 비록 그 하나가 극히 작은 거룻배일망정 일곱 식구의 생명쯤이야 언제든지 구원해줄 것이라는 굳은 믿음을 가지고 있기 때문에 해마다 장마철이면 집이 물에 잠겨서 위험한 고비를 당할지라도 친구들의 권고도 물리쳐버리고 식구들을 배에 태워서 물 빠지기를 기다리며 살아갔던 것이었다.

비는 잠시도 그치지 않고 퍼붓기만 하였다.

금성산맥(錦城山脈)으로부터 멀리 나주 영산포의 넓은 평야를 둘러싸고 있는 산들을 경계로 컴컴한 하늘은 물에 싸여 허덕이고 있는 대지(大地)를 무겁게 누르고 비를 쏟고만 있었다. 하늘과 땅은 빗줄기로 연하여졌고 내리는 빗발마다에서 튀어나는 가는 물방울이 보-얗게 물 연기를 내고 있다.

점점 험악해가는 검은 하늘은 더욱 악착스럽게 폭우를 내리 쏟는다. 하늘도 내려앉을 듯하고 땅도 푹 꺼질 듯하게 오직 두려운 빗소리만이 천지에 가득하였다. 남에서 북으로 북에서 남으로 가는 평시에 재주와 용기를 자랑하던 급행열차들도 이 위대한 대자연의 무서운 기세와 위엄 아래에서는 물 위에 기어가는 작은 벌레에 지나지 못하였다.

종일을 한결같은 위세로 쏟아지던 비는 기어코 남조선 각처에 있는 크고 작은 강물을 불게 하고 개천을 넘치게 하고 수리조합의 제방을 헐고 방축과 원둑을 터쳐버리고 말았다.

강 연안과 낮은 지대에 있는 동리는 물에 잠기고 지붕까지 잠긴 집은 둥우리가 떠내려가고 헐어지고 사람들은 높은 곳으로 물을 피하여 올라가며 목을 놓고 울었다.

장성(長城), 능주(綾州), 남평(南平), 화순(和順), 옥과(玉果), 곡성(谷城), 순창(順昌), 담양(潭陽), 평창(昌平), 나주(羅州), 송정리(松汀里), 광주(光州) 등의 열두 골 물이 한데로 합하여 내려가는 길이 되어 있는 영산강의 물은 시시각각으로 불어만 갔다. 각처에서 들어 밀리는 물이 영산강으로 몰려 들어가서 영산강 물은 불완전한 연안을 쿵쿵 헐어가며 철철 넘어 흘렀다. 논을 삼키고 들을 삼키고 집을 삼키며 내려가다가 영산포 물길의 길 어구인 개산(犬山)의 구비에 닥치어 많고 많은 물이 좁은 어구로 빠져나갈 수 없으매 용감한 기세로 앞을 향하여 전진하던 영산강 물의 연합진군은 갑자기 뒤로 뒤로 퇴군할 수밖에 없었다.

무서운 힘의 기세로 몰려갔던 붉고 누른 물결이 다시 맹렬히 돌쳐 서며 내려오는 물의 세력과 물러나는 반동적인 수력이 한데 합하여 두렵게 큰 위력을 가지고 불행한 운명에서 떨고 있는 영산포 시내를 휩싸버렸다. 내려갈 때 겨우 물결의 험한 손길을 면하였던 조금 높은 곳에 있는 전답과 인가들도 퇴군한 수군의 최후 발악적 습격에는 드디어 전멸하고 말았다. 언덕이 무너지며 집들도 함께 헐어지고 떠내려가지 못한 집들은 팍팍 찌그러졌다.

개산 시령산이며 운곡리 뒷산 등 높은 곳에는 아기들을 업고 안고 울며 부르짖는 사람들의 흰옷 그림자가 사납게 쏟아지는 빗발 속에서 처참한 광경을 곳곳이 나타내고 있었다.

나주 정거장은 물에 잡기고 기차 선로는 끊어져 문명의 빛난 무기도 누르고 붉은 물결만은 이겨낼 수가 없었다.

삼도리, 길옥구, 옥정, 신기촌, 광볼, 덕치, 강경골, 가마테, 영산리, 새올, 톳게리, 도총, 돌고개, 원촌이며, 금천면, 신가리 등의 이재민들은 전부가 다 농민인 중에 가난한 상인들도 끼어 있었다.

왕곡면 옥곡리와 다시면 죽산리는 아주 전멸하여버리고 말았다.

물에 잡긴 영산포 시가를 경계하느라고 경종(警鐘)¹⁴은 밤새도록 울고 울었으나 그릇 몇 개와 보퉁이 하나씩을 들고 어린애들을 업고 안고서 높은 곳에서 물결에 삼켜진 집터들을 내려다보며 비에 폭 젖은 옷을 입고 울고 떨고 섰는 이재민들과 한집 속에 칠팔 가족의 식구들이 웅게중게¹⁵ 모여 비 맞은 병아리들처럼 우들우들 떨며 있는 그들에게는 아무런 구원도 되지 못하는 차디찬 시끄러운 고동 소리로밖에 들리지 않았다. 영산교 높은 다리 밑에는 탁랑(濁浪)이 석 자의 거리를 남기고 흉녕한¹⁶ 손길을 넘실거리고 있었으며 시가 중에 있는 이 층 지붕에는 발동선이 닿아 있으며 삼십사 년 전 신축년 대홍수 이래로 처음 당하는 그때보다 석자가 모자라는 대홍수였다. 보통 장마 때에도 홍수의 재난을 받지 않으면 아니 되는 우리 주인공 송 서방은 이 적파¹⁷ 속에서 어찌 되었는가?

---

14 경종 : 위급한 일이나 비상사태를 알리는, 종이나 사이렌 신호.

15 웅게중게 : '웅기중기'의 전남 방언.

16 흉녕한 : 성질이 흉악하고 사나운.

17 적파 : 적색의 황톳물을 뜻함.

억수로 퍼붓는 영산리의 밤은 깊어갔다. 송 서방 내외는 집 안에 들어온 물을 빼낸다 개울둑을 쳐낸다 하느라고 종일을 비를 맞으며 돌아다니기 때문에 밤이 되어 몸이 노곤해지며 졸음이 폭폭 왔다. 전에 해본 경험대로 대낀[18] 보리를 있는 대로 다 털어서 밥을 한 솥 가득히 짓고 된장과 무짠지를 곁들여서 큰 바구니에 담아놓고 물 한 병을 담았다. 그리고 식구대로의 의복을 풀도 못한 채로 보퉁이에 싸고 그릇 몇 개를 넣어 묶어서 배 속에다 넣어두었다.

이제 물이 집 속에 가득히 들어 기둥에 매어둔 배 두 척이 둥둥 뜨면 식구들은 그 배 속에 들어가 물이 빠질 동안 그 밥과 물을 먹으면서 기다릴 심산이었다.

만단[19]의 예비를 해두고서 물 들어오는 것을 지킬 양으로 아이들은 재우고 두 내외는 쭈그리고 앉아서 빗소리를 들어가며 밤을 새우려 하였으나 스르르 감겨지는 두 눈이 마당에 고인 물빛이 희미하게 보이는 듯 마는 듯 하다가 그들은 앉은 채 쓰러져 잠깐 잠이 들었다. 별안간 와자하는 소리에 잠이 깨어 저승에서 들리는 듯이 처참하게 들려오는 고동 소리가 들렸다. 영산강 물이 넘었다는 신호이었다. 뒤미처 송 서방을 부르는 소리가 들렸다.

"명칠이! 명칠이!"

송 서방은 화닥닥 뛰어 일어나 대답하였다.

"영산강 물이 넘었다네. 큰일 났네. 어서 식구들 데리고 나오소."

---

18 대낀 : 애벌 찧은 보리 따위를 물을 조금 쳐가면서 마지막으로 깨끗이 찧은.

19 만단 : 여러 가지나 온갖이라는 뜻.

덕성이와 윤삼이는 새벽빛에 물빛이 희끄무레한 속으로 두 손을 치며 소리쳤다.

"어서 자네들이나 피하소. 사람의 생사화복이 천리대로 되는 것이니까. 내가 여기서 피해 나간다고 죽을 놈이 안 죽는단가? 목숨만 길면 불 속에서도 살아나는 것일세. 염려 말고 어서들 가소."

송 서방의 말소리는 극 침착하였다.

"에이 돌뎅이 같은 사람! 어린것들이 불쌍하지도 않은가? 그래 안 나올 텐가?"

그들은 성이 나서 부르짖었다. 강물이 넘었다는 사이렌 소리를 듣고 여러 동리에서는 물을 피하려는 준비에 급급하여 여기저기서 마주 소리치는 소리가 들려왔다.

"예끼 못된 작자! 죽거나 말거나 하소. 우리는 가네. 원 사람도 앵간해야지[20]."

성미 급한 덕성이는 악을 버럭 쓰고 휙 돌아서서 윤삼이를 데리고 가버렸다.

두 내외는 아이들을 깨우고 나서 보리 가마니를 날라다가 방 안에다 쌓았다. 보리 양식도 겉보리까지 다섯 가마니밖에 남아 있지 않았다.

송 서방은 큰 동아줄을 가지고 와서 기둥을 붙들어 매고 남은 한 가닥은 집 뒤에 서 있는 포플러 나무에 매었다. 그리고 쭉 둘러서 있는 포플러 나무마다 올라가서 굵은 줄을 매어 늘여놓고 장대를 한 개씩 걸쳐놓고 내려왔다.

---

20 앵간해야지 : 적당해야지, 어지간해야지라는 뜻의 방언

앞뒤로 질펀하게 있는 논밭을 삼키고 밀려오는 누른 물결은 넘실넘실 뱀의 혀끝처럼 남실거리며 차례차례 몰려오기 시작하더니 염치없이 마당으로 달려들었다. 이리저리 바쁘게 왔다 갔다 하는 송 서방의 걷어 올린 무릎을 넘어 황톳물은 넓적다리까지 올라왔다. 물결은 사정없이 닥쳐들었다. 툇마루로 방으로……. 아이들은 방 속 찰랑거리는 물속에서 발을 구르고 울고 송 서방 마누라는 어린애를 안고 갈팡질팡하였다.

송 서방이 물에 잠긴 마당에 들어서서 아이들을 배에 태우려고 저쪽으로 밀려가는 큰 뱃줄을 잡아당기려고 할 때 잠깐 사이 그야말로 눈 깜짝할 사이였다. 붉은 물결이 영산강 하류 쪽에서 왈칵 달려들어 자기 딴에는 굳게 잡아매어놓은 줄 알았던 큰 배가 물결에 휩싸여 떠밀렸다.

송 서방의 식구들은 비명을 질렀다. 급한 물결에 떠밀린 큰 배는 물 가운데 밥 바구니와 물병을 담은 채 한 번 빙 돌다가 하류 쪽으로 떠내려간다. 송 서방은 그 배를 잡으려 갈 듯이 허우적이며 쫓아가려 하였다.

"아이고 애기들을 어쩌라고 배 잡으러 갈라고 그래요? 윤성이는 어디 가서 안 오는고?"

마누라는 겁결에[21] 당목 찢어지는 듯한 소리를 지르면서 남편을 불렀다. 송 서방의 큰 보배요, 유일의 재산이 되는 그 큰 배가 떠내려가고 말아 송 서방의 믿음과 희망은 아깝게 깨어지고 말았다. 그의 몸을 지탱하고 있는 뼈가 뚝 부러지는 것 같으면서 다리에 힘이 풀리고 손에는 맥이 없어지는 듯 하였다. 큰 배는 쫓아가면 잡힐 듯하였다. 송 서방의 마음은 갑자기 황황하여졌다. 침착하고 신중하던 송 서방의 온갖 정신은 큰 배를 따라가고

---

21 겁결에 : 갑자기 겁이 나서 어쩔 줄 모르고 당황해서.

있었다. 두 번째 부르는 마누라의 소리를 듣고서야 송 서방은

"저—기 떠내려가는 배는 우리 배요."

하고 누구에겐지 모르게 향하여 소리 쳤다.

윤성이가 가슴에 닿는 물결을 헤치고 달려왔다. 송 서방은 작은 배에 두
살 먹이와 쌀례와 귀성이와 꽃례에게 옷 보퉁이를 들려서 꽃례까지 타게
하는 동안 윤성이는 어머니를 포플러 나무에 올라가게 하여 줄로 몸뚱이를
묶어놓고 다시 내려와서 아버지와 함께 물결과 싸우면서 작은 배를 끌어다
가 큰 포플러 나무에 매어놓았다.

"애기는 나 줘! 윤성아 애기는 이리 데려온나!"

하고 그의 어머니는 소리쳤다. 아기도 어머니의 소리를 듣고는 두 팔을 벌
리고 포플러 나무를 쳐다보며 킹킹거렸다. 물은 이미 포플러 나무에도 얼
마큼이나 올라왔다.

윤성이는 나님이를 안아다가 겨우 어머니에게로 올려보냈다. 어머니는
약한 줄에 몸을 맡겨 몸뚱이를 아래로 기울이고 두 팔을 벌려 아기를 안아
다가 아기는 가운데 두고 다시 두 팔로 포플러 나무를 안았다.

이 모든 비참한 광경을 모르는 체하고 비는 그대로 쏟아지고 물은 넘실
넘실 급하게 늘어 윤성의 집도 절반 넘어 잠기고 영산포 시내와 이웃 동리
에서 피난하는 사람들의 부르짖고 헤매는 그림자가 황황하게 덤비며 망망
한 들에는 누른 물결보다도 붉은 물결이 도도하여 점점 나지막한 하늘에
접근하고 있는 듯하였다.

송 서방과 윤성이도 포플러 나무에 각각 올라갔다. 작은 배에 옹기종기
모여 앉은 세 남매는 세차게 내리는 빗속에서도 그들의 부모와 오빠의 올
라앉은 포플러 나무를 번갈아 쳐다보느라고 얼굴 정면에 억센 빗줄기를 맞

고 있었다.

"쳐다보지들 말고 가만히 엎대 있거라. 가마니때기를 꽉 쓰고 꼼짝들 말
어 응."

하고 그들의 어머니는 가끔 소리쳤으나 나님이의 울음소리가 날 때마다 세
아이는 거적을 벗고 어머니를 쳐다보며 눈물을 흘렸다.

가난한 농촌에 가뭄이라는 불을 질러 사람의 마음과 풀잎들을 태우던 하
늘은 이제 다시 홍수로써 사람과 집과 곡식과 인축까지를 깨끗이 씻어버려
주고 말았다. 이러한 비극을 연출시키고 그침 없이 쏟아지는 빗속에서 이
날도 저물었다. 어두컴컴한 빛 쪽으로 납덩이처럼 무겁게 내려앉은 하늘과
뻔뻔스럽게 넘실거리는 흐린 물결은 서로 닿을 듯 닿을 듯하였다. 영산강
상류로서는 집이 몇 채인지 모르게 많이 떠내려오고 마주 보이는 거대한
건물인 정미공장도 물결에 쓸려 가버렸다. 오래된 집들은 대개 물속으로
슬그머니 가라앉았다. 윤성의 지붕에는 닭들이 옹기종기 모여 앉아서 떨고
있었다. 송 서방은 배 속에 웅그리고 떨고 있는 자녀들과 지붕에 모여 있는
닭들을 내려다보고 한숨을 쉬며 두 동무의 후정[22]을 거절한 것을 절절히 후
회하였다. 끽―끽― 하는 짐승의 비명이 들리며 검은 몸뚱이가 허우적이며
떠내려간다.

"아이고 아까운 내 돼지! 아이고 아깝고 불쌍해라. 새끼조차 밴 것을 갖
다가……."

하고 마누라의 부르짖는 소리가 들렸다. 귀성이의 소리가 갑자기 들렸다.

---

22 후정 : 남에게 두터이 인정을 베푸는 마음.

"어머니! 우리 검둥이는 어디로 갔소?"

과연 그들은 검둥이의 간 곳을 모른다. 모두가 잠잠한 것을 보고

"나는 몰라야. 검둥이가 죽었으면 나는 몰라."

하고 귀성이가 울음을 내놓고 꽃례는 식구처럼 생각하던 닭이 죽을 것을 생각하고 쌀례는 못 먹은 참외 수박 생각을 하며 덩달아 울면서 같이 검둥이를 조상하였다.

송 서방의 집은 지붕에 닭을 인 채로 어둠 속으로 흘러간다. 지붕에서 아물거리는 닭들의 흰 그림자가 아니 보일 때까지 송 서방은 이때까지 참았던 울음을 목놓아 울었다. 마누라도 소리를 내어 울고 아이들도 울었다. 어디에선지 남녀의 부르짖는 소리, 외치는 소리가 끊이지 않고 들리며 가끔 소리를 지르고 있는 사이렌조차 목이 쉰 듯이 들렸다.

밤중에는 서로 서로 잠자지 말라는 소리를 주고받았다. 밤이 깊어 갈수록 폭풍우는 점점 더 세어갔다. 일어나는 줄 모르게 일어난 바람이언만 괴롭고 두려운 지리한 이 밤이 겨우 지나고 새벽녘이 되었을 때는 붉은 물결이 바다에 일어나는 파도처럼 펄쩍 뛰어 솟아 꿈틀거렸다. 물결은 점점 더 크게 솟아올랐다. 망망한 나주 바다에는 붉은 파도가 흉흉하였다. 물결이 뛸 때마다 작은 배 속에 있는 세 남매는 악을 쓰고 서로 붙들고 울었다.

송 서방의 마누라는 그 소리를 들으며 가슴이 찢어지는 듯이 아팠다. 이틀 동안이나 온전히 굶은 연약한 기질에는 젖을 있는 대로 다 빨아 먹어버린 어린애가 붙어 있었다. 그러나 나님이는 엄마보다도 더 배가 고프다고 울었다. 가슴속에 박혀서 젖꼭지만 입에 물고 젖이 나지 않는다고 킹킹거리다가 힘대로 쭉쭉 빨 때는 전신의 피가 그리로 몰키는 듯이 젖꼭지가 몹시도 아팠다.

그뿐이랴. 가끔 구렁이가 척척 나뭇가지에 걸치고 그의 어깨에 걸쳐 올라올 때마다 그는 자지러지는 듯한 비명을 질렀다. 구렁이에게 한 번씩 놀랄 때마다 전신에서는 식은땀이 죽— 흘렀다.

그는 나뭇가지에 걸쳐 있는 막대기를 겨우 한 손으로 잡아서 척척 엉기는 구렁이를 떼어 내버려도 구렁이는 얼마든지 흘러가는 물결에서 감겨들었다. 고로[23]와 굶음으로 기운이 저상한 송 서방과 윤성이도 뱀의 수난으로 몇 배나 더 몸이 지쳐짐을 느꼈다.

바람의 기세가 더욱 험악해가는 것에 눌렸음인지 비는 훨씬 줄기가 가늘어지고 이따금 폭풍에 휩쓸려 굵은 빗방울이 훌뿌렸다. 송 서방과 윤성이가 올라앉은 포플러 나뭇가지가 뚝 뚝 분질러졌다. 작은 배는 물결대로 올랐다가 내려앉을 때마다 아이들은 기절하는 듯한 소리를 질렀다. 그 중에도 쌀례와 귀성이는 배가 고프다고 어머니를 쳐다보며 울었다.

몇 번이나 구제하러 오는 듯한 배가 보이기는 하였으나 미친 물결이 방향 없이 날뛰는 이 근처에까지는 도저히 가까이 올 수가 없었든지 기어코 오지 못하고 말았다.

작은 배의 위험이 경각에 있는 것을 알아차린 윤성이는 자기를 묶었던 줄의 한 끝으로 자기의 허리를 굳게 동이고 나무에서 뛰어 내렸다. 윤성의 뛰어내리는 것을 멀리 바라보던 그의 동지인 동무들은 아우성을 치며 배를 탁랑에 띄워 다섯 사람이 올라타고 이리로 오려고 갖은 애를 쓰는 모양이었다.

윤성이는 포플러 나무와 나무의 사이를 익숙한 헤엄질로 더듬어 작은 배

---

23 고로 : 괴로움과 수고로움.

의 줄을 잡았다. 동아줄의 길이대로 떠밀려 있는 배는 다행히 그 옆 포플러 나무 근방에서 빙빙 돌면서 뛰고 있었기 때문에 한 팔로 물속에 들어 있는 포플러의 몸을 안고 한 손으로 필사적의 힘을 내어 줄을 당겼다. 몇 번인지 모르게 윤성의 몸은 떠밀릴 뻔하면서도

"얘들아! 나무 밑으로만 배가 가서 닿거든 누구든지 늘어진 줄만 잡고 뛰어올라라."

하고 외치는 소리를 잊어버리지 않았다.

송 서방이 나무마다 늘여놓은 줄 끝은 물에 잠겨졌다가도 바람에 따라 고기 뛰듯이 펄쩍 뛰며 날렸다.

귀성이가 먼저 줄을 뛰어 잡았다.

"얘ㅡ 장하다."

하고 송 서방 내외와 윤성이는 감격한 소리로 귀성이를 칭찬하였다.

여덟 살 된 어린것이건만 극히 영리한 귀성이는 장난할 때부터 나무에 오르기를 다람쥐처럼 하였기 때문에 대롱대롱 매어달리며 애를 써서 줄을 타고 올라가 포플러 나무를 안았다.

"아이고 꽃례도 줄을 잡았구나."

환희에 찬 어머니의 부르짖는 소리가 들리며 꽃례도 줄을 붙들고 최후의 용기와 힘을 내어 줄을 타고 올라갔다.

그 순간!

"아이고 저것!"

"아이고 어매!"

하는 부르짖음과 함께 쌀례 혼자 남은 작은 배가 팔딱 뒤집히며 쌀례는 뛰는 물결에 휩쓸리고 말았다.

"아이고 어찌끄나! 쌀례야! 아이고 쌀례 떠내려가네! 사람 살리소!"

그 어머니는 쉬지 않고 울며 소리쳤다.

윤성이는 쌀례의 가는 방향대로 헤엄쳐 나가려 하였으나 허리를 붙들어 맨 굵은 줄은 우애와 의협심으로 가득 찬 윤성이의 몸을 놓아주지 않았다. 떠내려가는 쌀례는 두 손을 저으며 허우적거렸다. 작고 붉은 손이 보일 때마다 송 서방 내외는 악을 쓰며 울었다.

"사람 떠내려가네!"

하고 외치는 소리가 여기저기서 났다. 벌써 쌀례는 가물가물 작은 손을 보이며 멀찍이 떠내려갔다.

"어짜꼬! 쌀례야! 우리 쌀례 좀 건져주시오. 아이고매 쌀례야! 아이고 쌀례야!"

그 어머니는 나무 위에서 몸을 가누지를 못하고 소리를 치며 울었다. 꽃례와 귀성이도 목을 놓고 울고 송 서방은 눈동자가 거꾸로 선 듯한 흥분을 느껴 숨을 씩씩거리며 몸을 떨고 있었다.

윤성이는 하는 수 없이 나무에 뛰어올라 쌀례의 떠내려간 것을 바라보고 주먹으로 가슴을 치며 이를 악물고 주린 사자처럼 꿍꿍 앓는 소리를 내다가 다시 주먹으로 포플러 나무를 힘껏 두드리며 무겁고 뜨거운 깊은 한숨을 불기운같이 내뿜었다.

사람 떠내려간다는 소리에 사람들은 와글와글 물 끓는 듯한 소리를 내어 영산교 위로 떼 지어 몰려갔다.

읍내 유지로 된 구호반과 각 신문지국의 구호대들은 갈팡질팡하고 쫓아 다녔다. 사람들은 영산교 위에서 줄을 자꾸 던졌다.

그러나 아무리 그것들이 목숨을 살리려는 생명의 줄이라 한들 맑은 정신은 이미 없어지고 오직 탁랑에 휩쓸려 떠내려오는 어린 쌀례의 눈에 어찌 물결에 밀리는 가느다란 줄이 보일 리가 있을 것이랴?

쌀례를 몰고 오던 험한 물결은 뭇사람의 안타까운 외침을 모른 체하고 다리 아래로 슬쩍 지나쳐버렸다. 사람들은 발을 동동 굴렀다. 읍내서 물 구경 왔던 부인들 중에는 물에 희생된 작은 제물의 흘러가는 뒤를 향하여 손에 들었던 우산을 던지며 소리쳐 우는 이도 있었다. 이 광경을 목도한 윤성의 동무들의 젊은 가슴은 훨훨 달아올랐다. 다섯 사람은 사납게 펄펄 솟아오르는 붉은 물결을 눈 흘기며 노를 저어 윤성에게로 향하였다. 노를 젓는 네 팔뚝에는 의분의 힘이 올라 우둘우둘 떨렸다. 그러나 거진 가까이 그곳에 닿으려 하였을 때 급히 쳐내리는 물결에 노는 뚝꺽 분질러졌다.

노를 잃어버린 배는 금세 전복되려 하였다. 그중의 두 사람은 물결에 향하여 호통 소리를 지르며 포플러 나무에 뛰어올랐다. 물결에 떠밀려 위험에 빠진 배는 가까이 떠온 배에서 던지는 줄을 잡고 겨우 안전지대에 들어갔다.

삼십오 년 만에 처음인 큰 홍수를 빚어낸 무서운 비는 내리기 시작한 지 닷새 만에야 겨우 완전히 그쳤다. 폭풍도 쌀례를 죽이는 소동을 일으키고 나서는 잠이 든 지 하루가 지난 칠월 이십이일! 송 서방의 일곱 식구가 포플러 나무에 목숨을 맡기고 이 주야를 경과한 사흘째 되는 날에야 그들은 윤성의 동무들의 구원함을 받아 배를 타고 관중으로 들어왔다.

사흘이나 굶고 그 위에 몸을 두 팔에만 맡겨 나무에 매어달렸던 그들은 ××일보 지국장의 안내로 × 여관방 안에 들어오자 아이들은 픽픽 쓰러졌다. 송 서방은 정신 빠진 사람처럼 멀거니 앉았고 그의 마누라는 펄썩 주저앉으며 주먹으로 방바닥을 치면서 울기를 시작하였다.

"아이구 쌀례야! 너만 없구나! 어디 가고 없냐! 아이고 쌀례야! 어린것이 무슨 죄로 물에 빠져 죽다니! 응? 이것이 무슨 일이여?"

그는 소리를 버럭 지르며 또 한 번 방바닥을 두드렸다. 기운이 지쳐서 울음소리에 섞인 말소리조차 분명치 못하였다.

"아이고 세상에 이런 일이 어디 있으끄나! 누구 죄로 어린 네가 그리도 몹시 몹시 그렇게도 불쌍하게 죽었단 말이냐! 아이고 원통하네─원통하네! 참외 수박 노래를 그렇게도 불러쌓더니……. 아이고 쌀례야! 쌀례야!"

그는 몸부림을 탕탕 치며 쌀례를 부르면서 방바닥을 뚝뚝 할퀴었다.

"우리 쌀례는 지금 어디로 떠댕기는고? 만경창파 바다 중에 어디로 떠댕김서 애비, 어미 원망을 하고 있으끄나─ 아이고─"

그의 울음소리는 목구멍 속에서 콱콱 막혔다. 여관 안팎으로 모여 섰던 사람들 중에서는 흑흑 느끼는 소리까지 들려왔다. 송 서방은 주먹으로 눈물을 씻고 윤성이는 어머니를 붙들고 위로하였다.

"아이고 몹쓸 일도 있다! 어린 것이 무슨 죄로 고기밥이 된단 말이냐. 아이고 쌀례야! 내 쌀례야! 왜 쌀례 죽였소? 왜 당신은 어린 자식을 죽였소?"

그는 주먹으로 방바닥을 치며 송 서방에게로 달려들었다.

"해마다 해마다 그 꼴을 당하면서도 무엇이 못 미더워서 그렇게들 두 번이나 와서 나오라고 해도 안 나가고 뭉개드니마는 기어코 자식을 죽일랴고 그랬지라우? 아따 아따 하늘은 야속하네, 하느님도 무정하네!"

그는 미친 사람처럼 부르짖으며 몸부림을 쳤다. 꽃례와 윤성이는 앞뒤로 어머니를 붙들고 달래었으나 그는 듣지 않았다. 귀성이와 꽃례, 나님이까지도 소리를 내어 울고 송 서방은 갑자기 '우후후' 하는 소리를 내어 창자에서 우러나는 듯한 울음을 울었다.

"자식 잃고 집 잃고 곡식 잃고 아이고 무엇을 바라고 어떻게 살어갈 꺼나."

송 서방의 말소리는 무겁게 울려 나왔다. 점심상이 들어왔으나 꽃례와 귀성이까지도 밥 한 그릇을 다 먹지 못하였다.

송 서방과 윤성이는 신문 기자들의 묻는 대로 겨우 대답을 하고 있고 아이들은 구호반이 준 의복을 바꿔 입었다. 송 서방의 마누라가 지친 듯이 한쪽에 가 누워 있는 곁에 어린애는 젖꼭지를 물고 있었다.

하룻밤을 자고 이튿날 새벽에 어린것들을 데리고 여관에서 나온 송 서방은 갈 곳이 없었다. 어디로 가나? 집터는 물에 잠긴 채 흔적도 아니 보이고 몸에는 비에 젖었던 헌 옷뿐이니 어린 자식들을 거느리고 장차 어디로 가서 어떻게 살아갈 것이냐? 송 서방의 눈에서는 굵은 눈물방울이 뚝뚝 흘러내렸다.

길모퉁이를 돌아설 때 윤성의 동무들이 몰려오다가 마주쳤다. 그들은 일곱 식구를 데리고 대흥이네 집으로 갔다. 평시에 송 서방 내외가 그다지도 미워하던 유동이, 만성이, 대흥이건만 그들의 친절함은 말할 수 없었다.

대흥의 부모는 그들에게 방 한 칸을 주고 물이 빠질 때까지 있으라 하였다. 쌀과 나무와 반찬 등은 윤성의 동무들이 번갈아가며 가지고 왔다. 며칠을 지내는 동안 송 서방 내외는 대흥이와 그 부모에게 점점 마음 깊은 은정을 느끼게 되었다. 대흥의 부친은 김 선생이라고 부르는 전에 선생까지 지낸 사람이었으므로 송 서방은 그를 딴 세계의 사람으로 대하여왔었다. 김 선생은 대흥이와 같은 불량한 사람으로 윤성이까지도 버려주는 사람이라고. 그러나 삼사 일을 지내는 동안 이 집에 모이는 윤성의 동무들이나 이곳에 출입하는 사람들이 허 부자와는 정반대로 정답고 착하여서 송 서방 자기네와 같은 가난한 농민들을 위하여서는 목숨이나 재산이라도 바치는 과연 믿을 수 있고 고마운 사람들이라는 것을 확실히 깨닫게 되었다.

또 사흘 지났다. 나주 영산포의 각 동리를 망해준 누른 물결은 볼일 다 보았다는 듯이 완전히 빠지고 조롱하는 듯이 따갑게 비치는 햇빛에 젖은 땅들은 말라가기까지 하였다. 피난 갔던 윤삼이와 덕성이가 김 선생 집으로 찾아왔을 때 송 서방은 그들을 붙들고 통곡하였다. 송 서방의 식구는 영산리 그들의 집터에 왔다. 활짝 씻겨버린 붉은 땅에는 뜨물 동이와 물 항아리와 장독의 그릇 몇 개가 진흙투성이가 되어 놓여 있을 뿐이었다.

송 서방의 마누라는 참외밭 자리로 달려갔다. 참외 수박의 줄기들이 흙물에 녹아버린 것을 보고 그는 땅에 주저앉아서 쌀례를 부르며 울었다.

송 서방은 뿌리까지 녹아버린 논 가로 빙빙 돌아다니며 한숨만 쉬었다. 윤성이는 아버지 곁으로 가까이 왔다.

"아부지! 이렇게 참혹한 일을 당한 것이 우리뿐만이 아닌 줄은 아시지라우? 아까 오면서 보시지 않았소? 팍 짜그라진 집들, 헐어진 집들이 얼마나 많습데까? 그 사람들의 논도 다 이 모양이 되었을 것이오. 그러니 말이오, 아무리 천리로 이렇게 됐다고 하지마는 요렇게까지 가련하게 된 사람들은 다 우리 같은 가난한 사람뿐이 아니오. 저번 날 김 선생 말씀같이 울고만 있을 것이 아니라 어떻게 살아갈 도리를 깊이깊이 생각해봐야 안 쓰겠소?"

윤성의 말소리는 부드러우면서도 힘이 있었다. 송 서방은 고개를 끄덕끄덕하며

"오냐, 알어들었다. 인제는 내가 그전 그 사람이 아니다. 내가 지금은 김 선생의 말이나 너그 동무들의 말이 다 옳고 우리한테 이익되는 말인 줄 안다. 그러니까 그 사람들의 말이라면 어떤 말이든지 듣고 그대로 하려고 작정했다. 참말로 울고만 있어서 쓸 것이냐? 손가락을 깨물고라도 살어갈 도리를 차려야지……."

하고 다시 논들을 죽 둘러보며 한숨을 쉬었다. 저편 참외밭에는 그의 마누라와 세 남매가 모여 앉어서 아직까지 울고 있었다.

"윤성아! 가서 그만들 울고 정신 차리라고 해라, 응 어서."

"예. 그런데 오늘 밤 시령산에서 홍수에 해 받은 사람들이 모여서 무슨 의논들을 한다고 하는데 아부지도 가시지요?"

하고 윤성이가 아버지를 쳐다보고 물었다. 송 서방은 무거운 발길을 돌리며

"암은 가고말고. 다 우리 일인데……. 윤삼이랑 덕성이도 같이 갈 것이다."

하고 논두덕[24] 길로 앞서서 걸어간다.

모든 일을 천리와 팔자로만 알아버리던 명칠이는 홍수로 인하여 딸과 집과 가축과 곡식들을 잃어버린 대신 그보다도 더 크고 귀중하고 위대한 무엇을 찾게 되었다. 그의 뒤를 따라가는 윤성의 입가에는 기쁨의 미소가 돌고 눈에는 아버지를 동무로 얻었다는 승리의 자랑의 빛이 가득하였다. 오정을 알리는 사이렌 소리가 청명한 하늘에 기운차게 울렸다.

『삼천리』, 1935. 3.)

---

24 논두덕 : '논두렁'의 방언.

가난한 자들이여 상호부조하라!

김은하

재난은 인간이 땀 흘려 이룬 재산은 물론이고 소중한 생명조차 앗아간다. 재난은 인간을 의기소침하게 만든다. 그래서 재난은 오만한 인간에 대한 자연 혹은 신의 경고로 해석되곤 한다. 그러나 재난이 사회를 새롭게 상상하고 구상하게 하는 실마리가 될 수는 없을까? 코로나 19 팬데믹의 시대에서 박화성의 「홍수전후」는 다소 특별하게 다가온다. 이 소설은 전라도 영산강변에서 35년 만에 발생한 큰 홍수로 소작농인 '명칠' 일가가 겪은 악몽 같은 며칠을 담고 있다. 명칠이네는 홍수로 가축은 물론이고 소중한 딸마저 잃어버렸다. 그러나 박화성은 명칠이 모든 것을 잃은 것 같지만 "크고 귀중하고 위대한 무엇을 찾게 되었다"는 다소 수수께끼 같은 이야기를 들려준다.

대홍수는 무자비한 자연의 횡포임에 틀림없다. 인간 삶의 중요한 근거들을 무자비하게 할퀴어대는 붉은 물살과 나무 위에 올라가 자연의 진노가 가라앉기를 기다리는 명칠네의 모습은 자연의 위세와 인간의 왜소함을 생생하게 대조한다. 그러나 명칠과 그 일가의 불행을 자연의 횡포로만 치부할 수 없다. 명칠은 가난과 고통을 타고난 팔자, 즉 숙명으로 여기는 인생관으로 인해 '쌀례'

를 잃었기 때문이다. 소작농의 자식으로 태어나 농사를 짓고 고기를 잡으며 살아온 그는 기후에 대한 남다른 지식의 소유자이다. 그러나 큰비가 몰아치는 데도 불구하고 그는 큰아들 '윤성'과 마을 사람들의 떠나자는 제안을 뿌리친다. 수난을 자신에게 주어진 몫으로 여기고 인고하는 수동적 세계관이 삶과 정신을 지배하고 있는 것이다. 농민이 구조적인 차원의 고통을 벗어나려면 체념적 세계관을 버려야 하지만 명칠은 순응을 도덕인 양 착각한다.

박화성은 현실의 부조리를 수락하지 않고 자신들의 몫을 찾으려는 윤성이와 그의 친구들, 즉 신세대들에게 신뢰감조차 보인다. 이들은 지주/소작제를 사회적 부조리로 인식하는 근대적 인식의 소유자들이다. 윤성이가 지주에게 높은 지대에 집을 마련해달라고 '떼를 쓰자'고 한 것은 지주에 맞서 가난한 자의 빼앗긴 몫을 되찾아야 한다고 여기기 때문일 것이다. 그러나 사회적으로 취약한 농민들이 제 몫을 되찾으려면 가난한 자신의 이웃이나 동료들과 연대해야만 한다. 재해로 위기에 처한 명칠 일가에게 우애(phillia)를 보여준 것은 지주가 아니라 마을의 가난한 이웃들이었다. 재난은 약한 자들은 서로 기대어 살아야 한다는 '상호부조'의 정신을 일깨웠던 것이다. 윤성이들이 마을에서 "불량한 사람"으로 불리는 '김 선생'과 모종의 관계를 맺고 있다는 점은, 만세운동 후 조선 사회를 강타한 사회주의의 영향력을 보여주기도 한다. 박화성은 사회적 부조리에 맞서는 농민의 저항과 연대에서 농민해방의 가능성을 찾았던 것이다.

한귀(旱鬼)

한귀(旱鬼)[1]

금성산(錦城山) 상봉에서 불이 일어나자 나주와 영산포의 넓은 들을 둘러 있는 각 산봉우리에는 일제히 불이 댕겼다.

바람이라고는 풀잎새 하나 건드리는 실바람조차 없는 밤이라 불길은 퍼지지 않고 쪽달이 걸린 하늘로 곧추 훨훨 올라갔다.

동네 동네에서는 아이들의 "어 와" 하고 소리치는 환호성이 들려왔다.

조요한 불빛에 어린애를 업은 여인들과 처녀들로 덮인 등성이 등성이가 보였다.

불꽃이 툭툭 튀면서 불길은 점점 더 세어졌다. 크고 검은 산들이 다 타버리고 말 것같이 봉우리의 불길은 점점 더 커갔다.

"허, 그것도 볼 만하네그려. 옛날에 봉화라고 있었더니 난리 날 때면 동네동네 전해가면서 알리던 봉화, 영락없는 그 봉화 같네그려."

---

1 한귀(旱鬼) : '가뭄'을 맡고 있는 귀신이라는 뜻.

"자네는 좀 덜 알았네. 봉화는 봉화 나는 산이 따로 있었지. 저렇게 산봉우리마당 불이 났더란가?"

"헤, 그 자식들 퍽 주전없다.[2] 이놈들아, 네까짓 놈들이 봉화라는 말만 들었지. 언제 봉화를 본 일이나 있느냐? 그놈들이 제법 봉화를 본 놈들이나 같이 떠들어대네."

"허, 이 사람들 시끄럽네. 지금 기우제를 지내는데, 그렇게 너무 떠들어싸면 부정 타서 못쓰는게여. 지성스럽게들 그 불꽃만 바라보소. 작년에도 기우제를 잘못 드려서 홍수가 났더라고 하는 말을 못들 들었는가?"

하고 육십이나 된 듯한 노인이 물 품던[3] 두레[4]를 놓고서 하늘을 우러러 합장을 하였다. 젊은 축들도 지껄이던 입을 다물고 잠잠히 이쪽저쪽의 불을 돌아보았다.

"정말 내일이라도 비가 와야지 어디 쓰겠는가? 모판에 모가 그대로 서 있으니 밤을 꼬빡 새워가며 이렇게 물을 품어서 겨우 한 마지기씩이나 심어놓으면 뭣을 하겠는가?"

하고 노인은 합장하였던 손으로 다시 두렛줄을 잡았다. 젊은 농군들도 두렛줄을 잡고서 마주마주 섰다. 그러나 불이 커지기를 기다리는 모양인지 노인의 시작하자는 영[5]이 아직 떨어지지 않았다.

불이 타는 동안은 그것들을 보느라고 손을 멈췄던 농부들이 불이 커지자

---

2 주전없다 : 주제넘는다는 뜻.
3 물 품던 : 괴어 있는 물을 많이 퍼내서 논에 옮긴다는 뜻.
4 두레 : 논에 물을 퍼붓기 위하여 나무로 만든 기구.
5 영 : 명령.

다시 물 품기를 시작하였다. 여기저기서

"어—"

"어허—"

하는 소리들이 맹꽁이 소리처럼 터져 나왔다.

"자, 성섭이. 우리도 시작해보세."

하고 노인은 한쪽 발을 내어 딛고 다리에 힘을 주며 두 손으로 두렛줄을 잡

아당기며 물을 품어 올리면서

"하나 둘—."

하고 길게 소리를 빼니까 성섭이가

"어허—."

하고 소리를 받으며 동작을 마쳤다.

"둘 셋—."

소리가 더 길게 빼졌다.

"어허—."

"서이 너이—."

소리가 더 커졌다. 그러나 "어허—" 소리는 강약과 장단에 아무 변동이 없

이 소리만 받았다.

"일—곱 여덟."

할 때는 높은 굽이에서 멋있게 넘어 내렸다. 그는

"이오는 시—ㅂ."

하고 열을 세고

"열의 하나."

"열의 둘."

하고 세다가 스물을 셀 때는

"사오는 이시ㅡㅂ."

하였다. 이 모양으로

"오륙은 삼시ㅡㅂ."

"오팔은 사시ㅡㅂ."

하다가 쉰을 셀 때는

"이러면은 반 배ㅡㄱ."

하고 길게 뺐다. 어쩐지 처량하게 들렸다.

"환갑 육십."

"인생 칠십."

"임종 팔십."

"구십 당년[6]."

하고 차례차례 세다가 백에 와서는

"이러면은 일백이네."

하고 성공한 듯이 소리쳐도 상대자인 성섭이는

"어허ㅡ."

하는 단순한 소리로 받아 넘겼다.

　노인과 성섭이가 깊은 웅덩이에서 물을 남의 논으로 품으면 두 사람은 그 논에서 성섭이네 논으로 품어 옮겼다. 그들은 천 두레를 품고야 쉬었다.

6　당년 : 일이 있는 바로 그해.

＊　　＊　　＊

물을 삼천 두레나 품고서 부은 다리를 질질 끌고 집으로 돌아오던 성섭이는 어떤 집 앞에서 걸음을 멈췄다. 방아질 소리가 덜거덕덜거덕 들려 나왔다.

"이때까지들 방아를 찧는구나. 우리 봉현 어미도 오직이나 팔다리가 아플까."

하고 성섭이는 혀를 끌끌 차며 다시 걸었다.

지쳐진 사립문을 열고 마당에 들어서니 검둥이가 꼬리를 내두르며 반갑게 맞았다.

처마에 달아놓은 희미한 등불 빛에 멍석 위에서 가로세로 누워 자는 아이들의 똥똥한 검은 배와 엉성한 갈비뼈가 보였다.

"뭣을 먹었다고 배들은 저리 똥똥한지."

성섭이는 겉보리섬⁷ 위에 꾸깃꾸깃하게 얹혀 있는 검정 홑이불을 집어 들고 와서 아이들 위에 덮어주었다. 모기 떼가 윙 하고 날아났다.

"못된 놈의 모기 새끼들. 보릿가루죽이남둥⁸ 배부르게 못 먹고 자는 새끼들에게 피를 빨아 먹으면 얼마나 먹겠다고. 으응!"

그는 마당에 묻은 모깃불을 뒤적였다.

"불조차 아주 꺼져버렸구만."

그는 성냥을 그어 불을 붙이면서 다시 아이들을 돌아보았다. 갈기갈기

7　겉보리섬 : 겉껍질이 벗겨지지 않은 보리가 들어 있는 가마니.

8　보릿가루죽이남둥 : 보릿가루죽이나마.

찢어진 홑이불은 아이들이 몸을 뒤칠 때마다 찍– 하고 찢어지는 소리를 냈다.

"후유, 없는 놈에게는 아들도 다 귀찮어."

그는 다시 방 안을 들여다보았다. 맏딸인 봉이가 젖먹이 아기인 봉현이를 끼고 자고 있었다. 봉현이는 "으–으–" 하고 킹킹거렸다.

"오, 자자 자자."

하고 잠결에도 봉이는 봉현이를 뚜덕뚜덕 치면서 "자자 자자." 소리를 하였다. 봉현이는 도로 잠잠하였다.

그는 툇마루에 털썩 주저앉으며 뭉싯뭉싯 일어나는 모깃불 연기 속으로 네 아이의 자고 있는 모양을 멀거니 바라보다가 또

"후유."

하고 한숨을 내쉬었다.

"아들이 다섯, 딸이 하나. 여덟 식구가 무엇을 먹고 어떻게 살아간단 말이냐? 작년에는 홍수로 쌀알 하나 못 거두고 금년에는 이렇게 땅땅 가물어서 초복이 내일모렌데도 모를 못 내고 있으니……."

하고 성섭이가 부어오른 다리를 슬슬 문지르면서 혼잣말로 한탄하고 있을 때

"어서들 갑시다이."

하는 봉현 어머니의 소리가 들리면서 사립문이 삐꺽 하고 열렸다. 검둥이가 주루루 마주 나갔다.

"인자사 오는가?"

하고 성섭이는 마누라의 머리 위에서 보리가 가뜩 담긴 망태기를 내려다가 보리섬 위에 놓으면서.

"오늘은 좀 그만두지. 닭이 두 홰[9]나 울 때까지 방애[10]들 찧다니. 그러다가 더 아푸면 어쩔라고 그래? 오늘도 눈이 쑤시고 아푸든가?"

하면서 보리겨가 머리에 수북하게 앉은 마누라를 돌아보았다.

"언제라고 안 아플랍딩겨? 그저 눈은 딱 감고 방애 찧었지. 몸이나 안 아펐으면 쓰겠두만 어찌 팔다리가 쑤시고 열이 오르는지……."

하고 마누라는 손바닥에 입김을 휙 불어보았다.

"글쎄, 그러니깐 밤에는 방애를 찧지 말라고 그러지 않든가? 고집 세울 일에나 안 세울 일에나 마구 고집만 세우니까 못 쓴단 말이여."

하고 남편은 혀를 차며 눈을 흘겼다.

"내가 고집을 부렸소, 어디? 나는 편안하게 쉬면 오직 좋겠소? 낮에 찧은 것은 다 저녁밥 해버리고 나니께 보리가 어디 있어야제. 놉(일꾼)을 셋이나 부리니께 보리쌀이 오직 많이 드요? 내일은 또 모를 심는다니께, 그래도 내일 놉 밥해줄 것이나 찧어쌓지라우. 나는 고사하고 우리 품앗이 방애 찧느라고 다른 댁내들도 밤을 새웠는디라우. 모레는 또 품앗이 방애도 찧어야 쓰고, 우리 방애도 찧고 콩밭도 매고 해야지. 아이고! 빨래는 또 언제 할꼬? 새끼들이 거지꼴이 다 되었는데. 풀 할라면 또 쌀이 있어야 하는데 쌀을 어떻게 또 구할 것인고 몰라."

하고 마누라는 이맛살을 찌푸리고 한숨을 쉬었다. 봉현이가 엄마의 말소리를 듣고

"엄마!"

---

9 홰 : 새벽에 닭이 올라앉은 나무 막대를 치면서 우는 차례를 세는 단위.

10 방애 : '방아'의 방언.

하고 일어나서 문턱을 짚고 내다보았다.

"아이고, 내 새낀가?"

봉현 어머니는 봉현이를 안아다가 젖꼭지를 물렸다. 희미한 등불 빛이건만 그는 불빛을 바로 쳐다보지 못하고 거진 눈을 감듯이 가느스름하게 눈을 떠서 봉현이를 내려다보았다. 봉현이는 젖을 몇 번인가 쭉쭉 빨아서 두어 모금 들이켜고 나서는 젖이 나지 않는다고 떼를 쓰며 발버둥질을 쳤다.

"아이고, 이 철없는 놈아! 무슨 젖이 얼마나 날 것이냐."

하고 성섭이는 봉현이의 엉덩이를 철썩 때리면서 저녁밥은 네 그릇만 지어서 상에 내놓고 따로 보릿가루 죽을 끓여서 반 사발씩 아이들과 나눠 먹던 그 마누라를 생각하고

"봉현이는 이리 주소. 내가 달랠게. 그리고 그리로 좀 누워보게."

하고 봉현이를 받아서 추켜 안으며 마당으로 어정어정 돌아다녔다. 닭이 세 홰차 울었다.

"오늘 기우제를 지냈으니께. 내일이라도 비가 와야 쓸 것인데 만약에 비가 영 안 오고 말면 어쩔그라우?"

하고 봉현 어머니는 툇마루에 모로 누우면서

"작년에 농사를 못 지어가지고 작년 가을부터 올봄 내 보리 날 때까지 고생하던 일을 생각하면 잇새¹¹마다 신물이 쭉쭉 돌고 지긋지긋해서 진저리가 나고 아이고 징그러워라."

하고 소름이 끼치는 듯 몸서리를 치며 다시 일어났다.

"설마 비가 안 오고 말든가? 늦게라도 오기는 좀 오겠지……."

---

11 잇새 : '이 사이'라는 뜻.

"작년에도 비가 안 와서 기우제를 지내고 물쌈[12]이 나고 안 그랬소? 그래서 겨우겨우 심어논께, 그만 나중에는 물벼락이 내려서 홍수로 싹 씻어버렸지. 그러고 보면 하느님이 꼭 계시다고 할 수도 없어……."

"그런 소리 말게. 그래도 하느님이 계시길래 우리가 명을 부지하고 살지 않는가?"

하고 성섭이는 아내에게 말은 하면서도 사실 자기 역시 작년 홍수 이래로는 하느님에게 대한 믿음이 훨씬 줄어졌다는 것을 자백하지 않을 수 없었다.

"하느님을 믿어라. 믿기만 하면 저 산이라도 능히 옮길 수 있다. 하느님은 악한 사람에게 죄를 주시고 착한 사람에게 복을 주신다."

이런 말은 그가 예배당에서 미국 목사에게 싫도록 듣고 배운 말이요, 집사의 직분이랍시고 가지고 있는 자기 역시 몇 명 안 되는 교인을 모아놓고 설교하던 말은 이 말뿐이었다.

'그러나……. 작년에 보니 홍수로 못 살게 되는 사람은 나주 영산포에 사는 우리 농군들이었다. 그렇다면 우리는 악한 사람이란 말인가?'

하고 성섭이는 늘 생각해왔다. 그의 눈에는 제일 착하고 순량한 사람은 농부들인 것같이 보였다. 한 가지라도 하느님의 말씀을 어기는 노릇은 하지를 않는 사람은 농부들밖에 없는 것 같았다. 성경은

'남을 대접하기를 네 몸같이 하라.'

하였다. 농부들은 남을 대접하기를 자기 몸보다 더 귀하게 후하게 대접한다. 우선 성섭이 자기로 볼지라도 모를 심거나 논을 매거나 물을 품거나 할

---

12 물쌈 : 자기 논에 물을 먼저 대기 위해 농민들이 다투었다는 뜻.

때 놉을 부리게 되면 금년에는 예외로 곱살보리밥만 해주지마는(그나마도 집안 식구들은 보릿가루죽을 반 그릇씩 먹고) 해마다 그 귀한 쌀을 일꾼 밥에다만 섞어서 해주었고 반찬도 고기를 못 사게 되면 고등어, 갈치 같은 것으로 그도 못 가게 될 때는 웅어[13] 새끼 말린 것이라도 사다가 지져주며 하다 못하면 봉이가 하루 종일 시내에 가서 바지락(조개)을 재어다가 국을 끓여서 그들을 대접하고 빚을 내어서라도 막걸리 한 잔 봉초[14] 한 갑씩을 사주었다.

성섭이도 남의 일을 나가면 넉넉한 집에서는 닭을 잡아서 해주거니와 겨우 끼니 이어가는 집에서라도 하루에 밥을 다섯 번씩, 반찬도 먹을 만하게 정성껏 대접해주는 일을 생각하면 가을에 곡수를 지고 온갖 봉물[15]을 그 위에 얹어서 지줏댁에 가져갈지라도 그 흔한 쌀밥 한 그릇도 주지 않고 보리밥을 일부러 지어서 주고 반찬도 되는대로 해서 주는 그들보다는 몇 갑절 마음이 어질고 착하다고 생각할 수밖에 없었다.

또 성경은

'원수를 사랑하라.'

하였다. 농부들은 서로 원수를 지고 살 줄을 모른다.

혹 물쌈을 하였더라도 나이 지긋한 노인 농부의 두어 마디 훈계에 서로 풀어버리고 말며, 혹 심하게 척진 일이 있더라도 모깃불 가에서나 원두막에서 친구들의 화해로 사화를 해버리고 말아버릴 뿐만 아니라 군에서나 면

---

13 웅어 : 멸칫과의 바닷물고기. 몸의 길이는 22~30cm이다.

14 봉초 : 담뱃대에 넣어서 피울 수 있도록 잘게 썰어 봉지로 포장한 담배.

15 봉물 : 지방에서 중앙으로 올리던 물품.

에서 정조식(正條植)[16] 모를 심으라고 감독을 나오는 때에 군 기수거나 면에서 나온 감독이 공연히 으르딱딱거리고 혹간 뺨을 치는 일이 있을지라도 공순히 얻어맞기는 고사하고 성경 말씀대로 오른 뺨을 맞고 왼편 뺨까지도 내돌리는 것을 보면 농부들같이 소처럼 순한 동물은 세상에 다시없을 것이 언마는 웬일로 작년의 홍수 같은 심한 벌을 받았을까?

'나 외에 다른 신을 섬기지 말라.'

하는 계명을 범한 까닭일까? 사실 농부들은 예배당에 나오기를 싫어한다. 싫어한다는 것보다도 나올 틈이 없었다. 하루 종일 들에 나가서 모진 일을 하는 그들의 고달픈 몸이 밤이면 다시 짚신도 삼고, 새끼도 꼬고, 그러다가 정신없이 아무 데나 쓰러져 잠이 들어버리니 어떻게 교회에를 나올 수가 있으며 밤을 낮으로 이어 품앗이 방아들을 찧는 여인네인들 어느 틈에 한 시간의 여유를 잡을 수가 있을까? 이렇기 때문에 주일날이나 삼일 예배[17]에는 교회를 세운 지가 이십여 년이나 되는 이곳이건만, 예배 교인이 남녀 합해서 열 사람을 겨우 넘는 때가 많고 교인일지라도 주일을 연달아 나오는 사람이 적었다.

이들은 해마다 기우제를 지낸다. 기우제를 지낼 때는 하느님을 부르지마는 그보다 몇 배나 귀신을 섬기기를 즐겨하였다. 작년만 하더라도 성섭의 아내는 기우제 지내는 것을 보고

"저것도 다 쓸데없는 짓이여. 하느님이 비를 주실래서야 주지, 저런 미신의 행동을 한다고 비를 주실까?"

16　정조식(正條植) : 못줄을 대어 가로와 세로로 줄이 반듯하도록 심는 모를 의미한다.
17　삼일 예배 : 매주 수요일에 드리는 예배.

하고 이따금 오는 미국 목사에게서 들은 지식으로 미신의 행동이란 말을 써가며 비난하더니 홍수를 지낸 후에 작년 가을부터 여름까지 줄곧 겨울에는 무죽이나 시래기죽으로 연명하였고 봄부터 풋나물 죽으로 끼니를 잇다가 풋나물까지 없어지자 쌀겨를 구해다가(사다가) 거친 것은 돼지밥으로, 고운 것은 양식으로 죽을 쒀서 보릿동[18]까지 대어오면서는 끼니마다 끼니마다

"아이구, 하느님도 야속하지. 우리가 무슨 죄가 있다고 이렇게까지 못살게 하시는고."

하고 쫑알거렸다. 그는 해마다 겨울에 열리는 부흥회 때면 만사를 제치고라도 새벽기도를 다니던 독신자이었건만 작년 겨울에는 그 노릇도 하지 않고 가족예배를 보지 못한다고 항상 입버릇처럼 말해오던 것도 작년부터는 잊은 듯이 그 말을 입 밖에 내지 않았다. 바로 며칠 전에도 성섭의 아내는

"이날 좀 봐. 비는 안 오고 푹푹 삶기만 하네. 참 어쩔라고 이럴까? 오냐, 또 금년에도 흉년만 들어봐라. 나는 배곯아 죽기 전에 먼저 자살해 버릴 테니……."

하고 멍석에 널어놓은 보리를 뒤적이던 미레를 마당에 동댕이쳤다. 성섭이가

"거 무슨 소린가? 자살을 하다니. 자살은 하느님께 죄가 되는 줄 모르는가?"

하고 눈을 부릅떴다.

"흥. 죄, 죄는 대체 뭣이 죄라우? 죄 많은 사람들은 더 잘 살아갑데다. 글

---

18 보릿동 : 햇보리가 날 때까지의 보릿고개를 넘기는 동안.

쎄, 또 흉년이 들면 어미라도 잡어먹을라고 덤벼드는 새끼들하고 어떻게 살어간단 말이오? 시누이네 집에는 아이들이라고는 남매밖에 없고 우리보다 몇 배나 넉넉해도 요새 가물어서 모를 못 내는 것 보고 또 흉년이 들면 어디로 떠나버리든지 해야지 못살 것이라 하는디. 우리는 새끼들이 여섯 아니오? 아이고, 징그러워라. 한 해 지난 것도 끔찍끔찍한디 또 흉년을 만나? 아이고! 나는 정말 먼저 죽어버리지, 어리석게 살어 있다가 또 흉년 꼴을 당하지는 않을라우. 풍년이 들어도 해마다 못산다는 소리밖에 나올 소리가 없는디. 이태째 흉년이 들다니⋯⋯. 아이고, 징해라."

그는 머리를 절레절레 내흔들며 몸서리를 쳐가면서 발악을 하였다. 그 말은 사실이었다. 성섭이는 아내를 위로할 말을 찾지 못하였다.

"그래도 자살한단 말은 하지 말게. 그런 악한 소리를 해서는⋯⋯."

"여보, 그 착한 소리, 착한 짓 그만하시오. 작년에도 모두 온 동네가 모여서 의논해가지고 금년에는 홍수가 졌으니까 곡수[19]를 드릴 것이 없으니 곡수를 내지 말자 해서 다들 안 내고 말었는디. 어째 당신만 쏙 빠져서 등성이 논에서 쌀 석 섬 나니께 딱 갖다가 바쳤소? 그 사람네 논이 물에 씻겨버렸으니께 줄 것 없어서 안 주면 말지. 왜 홍수에나 쌀섬 얻어먹는 우리 논에서 난 쌀 석 섬을 딱 갖다 줬느냔 말이오?"

"또 그 소리를 하네. 그럼 남의 논 벌어먹는 사람이 잘 될 때나 곡수 주고 안 된 때는 영 안 줘버리고 말까? 어떤 논에서나 쌀이 생겼으면 갖다 줘야지. 꼭 그 논에서 난 것만 줘야 쓰는가?"

"듣기 싫소, 듣기 싫어. 나는 그 말만 나면 속에서 불덩이가 치밀어. 그래도

---

19 곡수 : 농지 임대료.

작년에 그 쌀 갖다 주고 와서는 뭣이라 하더라 남의 것을 탐내지 않었으니 그 착한 맘의 보복으로 하느님께서 복 주실 것이라고? 아니 복—그래서 그 복으로 올봄내 다리 앓아서 드러눠 있었구만. 참 기막힌 큰 복도 받었구만."

하고 소리소리 지르며 대들던 일을 생각하고 성섭이는 은은히 않는 소리를 내면서 툇마루에 모로 누워서 자고 있는 아내를 돌아다보았다.

성섭이가 그런 생각을 하고 마당으로 돌아다니는 동안에 추켜 안았던 봉현이는 쌕쌕 잠이 들었다. 그는 방으로 들어가려다가 아내의 발을 건드렸다. 아내는 깜짝 놀라서 벌떡 일어나며

"애기 자요? 이리 주시오. 벌써 날이 뻔해 오는디 당신도 좀 눈을 붙여봐야지."

하고 남편에게서 아기를 받아가지고 방으로 들어갔다. 성섭의 부어오른 다리가 푹푹 쑤셨다. 흙이 지직지직 발바닥에 밟히는 방바닥에 번듯이 들어 누우니 쑤시던 다리는 찌르르 저려왔다.

*　　*　　*

초복이 지나도 비는 오지 않았다. 물도 고여보지 못한 논들이야 말할 것도 없지마는 모가 심겨 있는 논바닥도 쩍쩍 갈라져서 금이 났다.

모판은 누렇게 말라갔다.

"그래도 중복까지나 기다려볼까?"

그들은 하염없는 이런 희망에 날마다 하늘만을 쳐다보았다. 비가 금세라도 쏟아질 듯이 검은 구름이 뭉게뭉게 모여오면 그들은 가슴을 졸이며 비를 기다리다가 그 구름이 두어 방울의 빗방울을 뿌려보는 체하고 저쪽 하

늘로 몰려 가버리고 여전히 이마가 벗어질 듯이 쨍쨍 내리쬐는 해가 쏙 비어질 때 그들은 일제히 해에게 눈을 흘기며

"아아고, 저놈의 해 또 나오는구나."

하고 해를 저주하였다. 작년 홍수 때에는 해를 보기를 얼마나 원하고 바랐던고? 그러나 그들은

"젠장칠 것! 차라리 비가 죽죽 쏟아져서 홍수나 져버려라. 눈앞에서 바싹바싹 말라가고 타버리는 나락[20] 꼴은 정말 못 보겠다."

하고 비를 고대하는 나머지 그 무서운 홍수의 말을 되뇌곤 하는 것이었다.

구름 한 점 없이 훌떡 벗겨진 하늘에 달이 훤하게 밝은 밤과 구름은 하늘 저 꼭대기에 꽉 박혀진 채 해만 이글이글 타는 날이 며칠째 계속하는 동안, 그들은

"허, 이 날이 사람 죽이네. 구름이라도 좀 껴보기나 하면……."

하고 흐린 날이나마 있기를 바랐다.

이제는 물을 품어서 벼 이삭을 살릴 도리도 없었다. 웅덩이는 말라버린 지 오래요, 혀로 핥아버린 듯이 물 한 방울도 없는 시내에는 모래알이 지글지글 볕에 달아 있었다.

성섭이는 밤새도록 모래바탕을 팠다. 물이 나올 때까지 파보려니 하고 삽으로 치고 괭이로 팠으나 새벽까지도 물은 보이지 않았다.

"아아, 물쌈하느라고 밤이면 들판이 전쟁터가 되어 있던 때가 그립구나."

하고 성섭이는 괭이를 놓고 몇 번이나 하늘을 쳐다보며 한숨을 쉬었다.

---

20 나락 : 벼.

그러나 윗마을 김선달네는 일꾼을 몇 사람씩 사가지고 모래판을 몇 길씩 파서 웅덩이를 만들었다. 그래서 밤낮으로 일꾼을 갈아 들여가며 물을 품었다.

성섭이는 어정어정 논가로 걸어갔다. 물맛을 보지 못한 벼 끝은 서리 맞은 것처럼 노랗게 되고 논바닥에는 손가락도 들어갈 만큼 크게 벌어진 금이 쩍쩍 갈라져 있었다. 논바닥에 들어서 보니 발바닥이 뜨끈뜨끈하였다.

"허, 이 뜨거운 지옥 속에서 풀잎인들 살아갈 수 있겠느냐? 지옥이다, 지옥!"

하고 그는 부르짖었다. 지난 주일에 광주서 미국 목사가 왔을 때 농군들은 목사를 에워싸고 비 좀 내리게 해달라고 졸랐다. 그때 목사는

"형님들, 죄를 회개하시오. 형님들 죄가 많은 고로 하느님 성내셨고, 옛날 소돔과 고모라, 죄 많기 때문에 하느님이 불로 멸하였소. 이 세상 말세 되었습네다. 그러므로 형님들 죄를 회개하고 하느님께 간절히 기도하면 하느님 사랑 많습니다. 곧 비 주실 것이오."

하고 파란 눈알을 굴리며 말할 때 농군들은

"우리가 무슨 죄가 있단 말이오? 원 이 때까지 죄라고는 모르고 사요."

하고 소리 지르니까

"오! 그런 말하는 것, 죄 많은 증거요. 형님들, 죄 때문에 죽어도 좋소."

하고 목사가 성을 내서 휙 돌아섰다.

"저런 놈 보소. 하, 우리보고 죽으라고? 엣 이놈 그러지 않아도 우리는 죽게 생겼다. 이왕 죽을 테면 네까짓 양돼지 먼저 죽이고 죽자."

하고 한 사람이 외치고 달려들자 농군들은 우 하고 달려들어서 목사를 때

렸다. 성섭이는 황겁해서[21] 농군들을 말렸다.

"성섭이 비켜라. 이놈아, 네가 비둘기집 같은 저 예배당 지킨다고 저 양돼지 놈한테서 돈푼이나 받어본 일이 있는 것이로구나."

하고 성섭이까지 때리려고 달려들던 일을 생각하니 성섭이의 가슴은 다시 울렁울렁해졌다.

"흥, 돈푼을 받어."

성섭이가 글자깨나 볼 줄 안다는 덕에 집사[22]라는 직분을 가진 동안 깨달은 바가 없는 것도 아니었고 신념이 약하다고 할 수도 없건마는, 작년 이래로 점점 교회에 대한 애착심이 엷어져가는 것은 이상한 일이라고 생각하여 오는 판이라, 그는

"흥. 돈푼을 받어! 돈푼은커녕 칭찬 한마디도 들어본 적이 없는데……."

하고 그는 농군들에게 주먹으로 반항하던 목사를 생각하였다.

타는 햇볕은 농군들의 눈에도 불을 켜주고 그들의 화 덩어리에도 불을 댕겨준 듯이 전에는 비록 그들이 교인은 아니라 할지라도 미국 목사를 보면 생불[23]처럼 존경하고 대우해왔건만, 오랜 가뭄으로 인하여 그들의 신경은 바늘 끝처럼 날카로워져서 모처럼 목사를 향해 풀려던 화를 다 풀기 전에는 폭행을 그치려는 기색이 보이지 않았다.

만일 그때 벌건 채로 자빠져 있는 논에 다른 것을 심게 하기 위하여 붉은 논을 조사하러 나온 군정의 관리들(그들은 이렇게 부른다)이 아니었다면,

---

21 황겁해서 : 겁이 나서 얼떨떨해서.

22 집사 : 교회의 각 기관의 일을 맡아 봉사하는 교회 직분의 하나.

23 생불 : 살아 있는 부처라는 뜻.

그들의 달아오른 불은 그처럼 쉽게 꺼지지 않았으리라. 성섭이는

"그때는 정말 관리 덕을 봤다니께."

하고 중얼거리며 다시 논두렁에 올라서서 김선달네 논 있는 쪽으로 걸어갔다.

세 떼가 몰려서[24] 물을 품는데 목청 좋고 먹이기 잘하는 감나무집 노인도 벙어리 된 것처럼 입을 봉하고 물만 품어 올렸다.

"아저씨, 어째 입은 다물으셨소?"

하고 성섭이는 노인에게 말을 건네었다.

"성섭인가? 흥이 나야 소리를 내제. 기우제 지내는 날 저녁까지 마지막으로 소리 질러봤네."

하고 그는 두렛줄을 놓으며

"좀 쉬어서들 하세."

하고 소리쳤다.

"그래도 이 댁 논에는 물이 있으니께 제법 나락이 잘 되었소."

하고 성섭이는 논을 둘러보았다.

"며칠 갈라던가? 바로 물이 펄펄 끓는디 그 물속에서 살면 며칠을 살며 웅덩이 물도 좀 보소. 오늘도 지금 몇 번째나 괴이기를 기다려 갖고 품네. 이것도 오늘 마지막이어."

하고 그는 쌈지에서 담배를 내서 곰방대에 담았다.

---

24 세 떼가 몰려서 : 세 무리의 농민들이 몰려들어서.

       *   *   *

　중복도 넌즛 지났다. 그들은 비를 바라는 것도 단념하고 말았다. 모판은 누렇다 못하여 뻘겋게 타서 햇빛이 내리쬐는 한낮에는 거기서 금세 불이 일어날 듯이 보였다.

　밭곡식도 다 타버렸다. 논이나 밭들이 벌건 채로 있으매 남자들의 논을 매는 일과 여인들의 밭을 매는 일은 그들의 일과에서 빠지고 말았다.

　그뿐인가 동네에 오직 하나만 있는 우물의 물이 줄 대로 줄어졌기 때문에 동네에서는 하루의 세 동이 이상은 한 집에서 못 길어 가게 하는 새 규칙을 세우고 밤이면 엄중하게 파수를 보았다. 이리하여 그들은 빨래까지도 마음대로 해 입을 수 없어 남자들과 아이들은 거의 다 웃통을 벗고 살았다.

　여덟 식구나 되는 성섭이네 집에는 물 때문에 당하는 고생이 배고픈 것보다 더 큰 수난이었다.

　"물까지 맘대로 못 먹다니……."

하고 성섭이는 별스럽게도 더 물을 찾고, 찾을 때마다 아내에게 매를 맞는 아이들을 바라보며 한숨을 쉬었다.

　뜨물이나 구정물까지 다 받아 모았다가 웃국을 따라서 걸레도 빨고 하기 때문에 돼지까지도 목이 마르다고 꽥—꽥— 소리를 질렀다. 그의 아내는 밥 먹을 때마다 아이들에게

　"짜게 먹지 말아. 잉! 짜게 먹으면 물 찾는다."

하는 당부를 하였다.

　웃통을 벗은 아이들의 몸이며 팔다리는 때와 땀에 절어서 얼룽얼룽하였

다. 그들의 앙상한 갈비뼈가 여름 동안에 더욱 날카롭게 비여졌다.

성섭이는 세수도 하지 않고 누워 있다가 변소에 갔다. 물을 적게 먹는 탓인지 지나친 근심 때문에 똥이 탔는지 대변은 항문에 꽉 걸려 가지고 나오지 않았다. 하기야 사흘째나 뒤를 보지 않았으니(뒤를 만들 재료가 없었겠지) 쉽게는 안 나오리만은 하고 그는 죽을힘을 들여 기운을 썼다. 항문이 찢어졌는지 피가 주르르 흐르면서 뒤는 나왔다.

"아아, 산 지옥이로구나. 이것이 지옥이지."

그는 다시 방에 들어와서 누우며 중얼거렸다.

봉현이가 타박타박 걸어와서 성섭이의 배 위에 올라앉더니 엉덩이를 덜석덜석 까불었다. 항문 찢어진 곳이 고춧가루를 뿌린 것처럼 쓰렸다.

"에라, 이놈!"

그는 봉현이를 안고 일어나 앉았다. 봉현이는 설사를 주르르 하였다.

"이놈 똥에 웬 보리알이 있어?"

하고 성섭이는 흙탕 방바닥에 누렇게 내갈긴 물똥을 들여다보았다.

"아까 봉이가 큰댁에 가서 밥을 얻어먹였다고 하더니 그것을 못 삭이고 쏟는구나. 워리!"

하고 아내는 개를 불렀다. 검둥이가 우르르 달려 들어와서 넙적넙적 물똥을 핥았다.

"싹―싹―, 그전에는 개새끼들도 보리밥 설사똥은 안 먹더니 흉년이라 보리알을 보더니만 감지덕지 먹는구나. 저것도 새끼할라[25] 밴 것이 요새는 너무 곯아서……."

---

25 새끼할라 : 새끼조차.

하고 아내는 방바닥을 닦아냈다. 검둥이는 봉현이의 엉덩짝에다가 입을 대려다가 성섭에게 한 번 얻어맞고는 맛있었다는 듯이 혀로 입가를 핥아보며 방 문턱을 넘어 나가버렸다.

성섭의 아내는 날마다 울지 않는 날이 없었다. 동네 부인들 틈에 끼어서 금성산에 분묘를 파서도[26] 갔고 부인들이 하는 미신적 행동이란 행동은 다 따라가며 하였다. 성섭이가

"원! 자네가 그렇게까지 변할 줄 몰랐네."

하고 꾸짖는 말을 하면 그 아내는

"비만 올 일이라면 무슨 짓을 못 해보겠소? 하느님만 믿을 때는 무슨 복 받았소?"

하고 대어 들었다.

"귀신 섬겨서 자네는 무슨 복 받았는가?"

"또 무슨 해 되는 일은 있었소? 하는 대로 할 대로 다 해보다가 그까짓 거나 하나 죽어버리면 그만 아니오? 자살하면 지옥밖에 더 가겠소? 아이고! 나는 지옥도 시들하요. 지옥도 이보다 더 흉악하지는 않으리다."

하고 또 머리를 설설 내둘렀다. 그것은 사실이었다. 성섭 자신도 하루에 몇 번씩

"이것은 지옥이다. 산 지옥이다."

하고 부르짖지 않았던가? 어젯밤에도 총총한 별 하늘을 바라보며 멍석 위에 누워서 살아갈 길을 곰곰이 생각해보느라니 귀신의 눈같이 총총히도 둘러 박혀서 반짝반짝 빛에 맑고 맑은 그 하늘이 너무도 밉게 보여서

---

26 파서도 : 원문대로. '파러도'의 오기.

"엣, 빌어먹을 것! 천지가 벌떡 뒤집혀서 저놈의 하늘이 땅이 돼버린다면, 저 요물 같은 별빛들을 산산이 발로 밟어서 뭉그러뜨리겠구만."

하는 죄 되는 말을 하지 않던가? 남편이 고개를 떨어뜨리고 잠잠히 앉아 있는 것을 본 아내는

"여보! 당신도 그 집사인지 무언지 직분을 내놓고, 거짓 착한 체를 하지 마시오. 내 처자 굶겨 죽여가며 착한 짓을 하니 누가 알어줍데까? 또 그런 짓은 착한 짓도 아니여. 안 줘도 아무 죄 되지 않는 것을 공연히 갖다 주는 것은 천치 바보의 짓이지. 어디 착한 짓이나 되오?"

하고 오금을 폭 폭 박았다. 오랫동안 교회에서 치어난 그는 썩 유식하게 말을 잘하였다.

"집사 직분하고 그 일하고 무슨 관계가 있어?"

"아니, 어째 관계가 없어? 당신이 집사이기 땀세[27] 남의 물건을 탐내면 못 쓴다 하는 생각 땀세 그런 착한 짓을 했거든이라우. 이번에도 또 동네 사람들이 모인답데다. 그래서 작년보다도 밭곡식까지 못 되어버린 더 큰 흉년이니께 곡수 못 주는 것은 물론이고 어떻게 세전이라도 살어갈 도리를 사정해본다고 지주 댁에 몰려간다고들 합디다. 그래도 당신은 쏙 빼놓는 것 보시오. 작년에도 그런 짓을 했으니께, 으레 그런 사람이려니 하고……. 그래서 내가 가마고 했소. 지주 댁 아니라 상감님 앞에라도 당장 가겠소. 아니, 염라국에라도 갈랴면 가겠소. 지금 어린 새끼들하고 무더기 죽음이 나게 된 판인디 무언들 못 할까?"

하고 막힘 없이 말을 퍼내는 아내의 눈에는 살기가 등등하고 얼굴에도 푸

---

27 땀세 : '때문에'라는 뜻의 방언.

른 독기가 질려서 마주 보기가 무서웠다.

＊　　＊　　＊

입추! 성섭이네는 논 한번을 매본 일 없이 여름을 보내고 입추 날을 맞았다. 그동안 동네의 물 소동은 갈수록 더해왔다. 우물의 물은 날마다 더 줄아들어서 이제는 한 집에서 두 동이 이상을 가져갈 수가 없게 되었다.

물만 먹고 자라는 돼지의 끽끽거리고 보채는 꼴이란 아이들이 보채는 것보다도 더 보기 어려운 꼴이었다.

성섭의 아내는 이제는 울지도 않았다. 눈물조차 말라붙었는지 설움이 북받치면 눈물은 나오지 않고 그 대신 피가 눈으로 몰려오는 것같이 눈에서 불이 확확 나는 것 같았다.

검둥이가 마당으로 미친 듯 달려왔다. 어디서 무엇을 먹었는지 입가에다 피칠을 해가지고 부엌으로 쭈르르 들어와서 앞발을 넌지시 들고 물동이 속에 머리를 틀어박더니 철덕철덕 물을 먹었다. 그것을 본 봉이는

"아이고매, 이놈의 개새끼 봐!"

하는 소리를 치고 부지깽이로 검둥이의 대가리를 힘껏 들이팼다. 그 순간, 검둥이가 휙 돌아서며 봉이에게로 와락 달려들었다. 봉이는 날카로운 비명을 지르며 그 자리에 꼬꾸라졌다. 이 소리에 놀란 성섭의 아내와 성섭이는 부엌으로 몰려 들어왔다. 검둥이가 성섭의 아내의 종아리에 철썩 부딪히는 듯하더니 그 아내도 비명을 지르며 팍 주저앉았다. 검둥이는 밖으로 튀어 나갔다.

봉이의 여윈 뺨에서는 붉은 피가 철철 흘렀다. 그들 모녀는 부엌 바닥에

서 몸을 뒹굴며 울고 부르짖었다. 아이들도 어머니를 붙들고 울었다.

그것을 내려다보는 성섭이의 눈이 벌컥 뒤집혀지는 듯하더니 머리털에 불이 붙어 오르는 것 같이 머리 속과 눈이 활활 달아올랐다.

"에—ㄱ, 나를 이렇게 산 채로 지옥에 잡어 넣는 놈이 누구냐? 나는 아무 죄도 없는 사람이다. 왜 나를 이렇게 못살게 하느냐? 응?"

하고 그는 두 눈을 부릅뜨고 주먹을 부르르 떨면서 이를 뿌드득 갈아붙이더니 번개처럼 부엌 문턱을 넘어 쏜살로 마당을 지나서 사립문 밖으로 달려 나갔다.

(8. 14.)

(『조광』, 1935. 11.)

사람은 무엇으로 사는가

남은혜

이 작품은 1935년 11월 『조광』 수록작으로 8월 14일 창작하였다는 부기가 달려 있다. 김국진이 복역을 마치고 간도 용정으로 떠난 시기에, 나주에 정착해 있던 언니네 가족들과 지내며 취재하여 창작한 작품이다. 박화성은 이 작품을 가장 정열을 쏟았던 작품 중의 하나로 소개하며, 몇십 년 만의 대홍수로 곡물과 가옥을 잃은 나주, 영산포 등지의 가난한 농민들이 이듬해 큰 가뭄을 당하여 연이어 고통당하는 것을 보고 쓰지 않고는 견딜 수 없는 의무감에서 1935년 8월 복중(伏中)에 탈고하였다고 하였다(「다시 읽어보는 나의 대표작 박화성의 '한귀'」, 『조선일보』, 1981.4.5).

기우제를 지내고 바짝 마른 논에 물을 품고 돌아가는 성섭은 작년에는 홍수로 금년에는 가뭄으로 여덟 식구의 끼니를 걱정하는 가장이며 동네의 작은 교회에서 집사 직분을 맡고 있는 선량한 농민이다. 그러나 홍수와 가뭄으로 이어지는 재난 속에서 '남 대접하기를 네 몸같이 하라', '원수를 사랑하라'는 성경의 메시지를 떠올리며 소처럼 순한 농부들이 왜 이런 심한 벌을 받고 있는지 의심이 들기 시작한다. 입추까지도 가뭄이 계속되자 농사를 망친 것은 물론이고 식수로 써야 하는 우물물마저 말라간다. 이것이 "지옥, 산 지옥"이라고 절감하던 어느 날, 귀한 물을 벌컥벌컥 마시는 검둥이 개를 혼내던 딸 봉이가 개에 물리고 놀라서 뛰어간 성섭의 아내도 다리를 물려 쓰러진다. 밖으로 뛰어나간 개와 마찬가지로 눈이 뒤집힌 성섭도 주먹을 떨며 이를 갈아붙이고 사립문 밖으로 달려나가며 작품은 끝이 난다.

후일, 작가는 이 뛰쳐나간 나의 주인공이 어느 곳의 누구에게서 어떤 구원을 받게 되었는지 지금까지 골똘하게 생각하고 있는 중이라고 밝혔다. 재난을 면케 하지 않는 신(神)과 화난 농민들에게 주먹으로 응수하는 외국인 목사, 자신의 이익에만 골똘하는 지주, 성섭을 따돌리는 동네 사람들은 물론이고 함께 목숨을 연명해가야 하는 아내, 키우던 개마저 성섭에게는 적대적으로 돌아서는 극한의 상황으로 치닫는다는 점에서 박화성의 작품 중 가장 암울한 결말을 보여준다고 할 수 있다.

한편 이 작품은 최재서가 번역하여 일본 잡지 『개조』에 실었는데 박화성은 일본인 기자가 『대판매일신문』에 번역하여 게재했던 「홍수전후」와 달리, 물 품는 노랫조의 흥겨운 가락과 까다로운 사투리도 잘 소화한 최재서의 훌륭한 번역에 대해 만족감을 드러낸 바 있다(「나의 교유록 33」, 『동아일보』, 1981.2.17).

고향 없는 사람들

고향 없는 사람들

여보소 이 사람 어디를 가나
산 놓고 물 깊어 길 험하다데
강서가 예서도 일천 오백 리
나는 새라도 사흘 간다데.
에라둥둥 내 사랑이야
너를 놓고는 내 못 살리라.

아니 가고 어이를 하리
정들일 고향이 날 몰아내데
땅 좋고 물 좋아 살기 좋대도
내 고향 안 잊혀 어이를 가리.
에라둥둥 내 사랑이야
너를 놓고는 내 못 살리라.

오삼룡이 내외의 아홉 집 가족이 평안남도 강서(江西)농장으로 살러 가게
된다는 말이 들면서부터 누구의 입에서인지 이런 노래가 흘러나와서 서러

움에 흐늑이고[1] 있는 불암리(佛岩里) 이 작은 동리에 안개 퍼지듯이 쫙- 퍼졌다.

작년 홍수 때문에 농사라고는 쌀알 몇 닢밖에 건져보지 못한 각 면, 각 동리, 일백 호의 가족이 독차(專用汽車)를 타고 일제히 강서로 떠난다는 삼월 이십이일이 가깝게 닥쳐올수록 이 노래는 동네 사람들의 입에서 더 자주 그리고 더 익숙하게 불러졌다.

이들 열 집의 호주들은 몇 번이나 면사무소에 불려가고 면사무소에서도 거의 그 수효만큼이나 자주 조사를 나왔다.

삼월 스무날 저녁에는 오삼룡이와 제일 친한 강판옥이네 집에서 떠나는 열 친구를 위한 이 동네의 전별 잔치가 있었다. 보내는 사람들의 각 집에서는 쌀이 적어서 떡은 못 하나마 다만 몇 줌씩이라도 모조리 걷어서 밥을 짓기로 하고 쌀은 일제히 형편 따라 부담한 후에 각각 간장, 기름, 나무, 김치, 나무새(채소) 이런 것들을 분담해서 저녁밥을 준비하고 주머니들을 다 털어서 막걸리 몇 되를 받아 왔다.

동네에서는 제일 크다는 강판옥의 집 방문을 활짝 열어놓고 방과 마루에 사람들이 콩나물 서듯 들어앉았건만 자리가 좁아서 뜰 아래까지 멍석을 펴고 앉게 하였다. 그리고 아직은 겨울 날씨라 하여 마당에다는 불을 피워서 더운 김이 나도록 하였다.

서로 권하느니 사양하느니 하는 와글와글 끓는 소리가 방에서 마루로 마루에서 마당으로 또 마당에서 방으로 마루로 정답게 오고 가고 김이 서리는 부엌 속에서 심부름을 하는 부인들의 오순도순하는 얘기 소리들이 계속

---

1 흐늑이고 : '흐느적이고'의 준말. 팔 다리 따위가 힘없이 느리게 움직이고.

하는 동안 그들의 내용은 웬만큼 부요하여졌다.

벼를 베어낸 논바닥처럼 허하고 쓸쓸하기 짝없는 이들의 뱃속에 훌륭한 막걸리 사발씩이나 들어가놓으니 그들의 어둡던 가슴은 화촉의 신방같이 훈훈하고 밝아오는 게 봄날의 햇빛처럼 제법 따끈−해졌다.

삼룡이 곁에 바싹 다가앉았던 판옥이가 벌떡 일어나서 다들 자기를 주목하라는 듯이 기침을 연방 크게 하였다. 과연 사람들은 판옥의 기침 군호에 고개들을 방으로 돌리고 쳐다보았다.

"허 오늘이 대체 무슨 날인지 마당에다가는 불을 피우고 일 년 열두 달 다 가도록 못 먹어보는 쌀밥을 먹어보고 막걸리로 반주를 하고 온갖 선찬[2]으로 안주를 하고 떠들썩하게 웃고 지껄이니 남 보기에는 무슨 즐거운 경사나 있는 것같이 보이겠소마는 사실인즉 우리 평생에는 처음 당해보는 슬프고 슬픈 불길한 날이오."

"암은− 그렇다마다."

하고 여러 사람은 기도 소리 뒤에 부르는 "아−멘" 소리같이 일제히 말을 받았다.

"모레가 되면 우리 동리에서는 열 집 가족 사십 명이 산 채로 죽어서 나가는 날이오. 허 죽는 것이나 뭣이 다르오? 허……."

판옥이의 목소리는 터지려는 울음 속에 잠겨버렸다. 귀 밝고 눈 여린 아낙네들의 훌쩍이는 소리가 부엌에서 새어 나왔다.

방 안에서, 마루에서, 마당에서, 코를 불고 입을 불며 울음을 삼키는 대장부들의 억센 숨소리가 들렸다.

---

2   선찬 : 맛있고 좋은 반찬.

"우리 동네에서 무슨 어려운 일이 있든지 항상 대표로만 나가는 삼룡이, 어질고 착한 중권이, 재담 잘하는 옥곤이, 동네 편쌈[3]은 도맡아놓고 대장 노릇 하는 우리 관운장 상걸이……."

판옥의 이 말에 부엌 속에서는 가냘픈 웃음소리(그러나 눈물과 섞인)가 들려왔다.

"공자님같이 유식하고 덕이 많은 윤홍이, 장비같이 시원시원하고 힘 잘 쓰는 영대, 남의 일 잘 봐주는 태술이, 구변 좋은 창곤이, 그리고 나이 어려도 다 천연하고 똑똑한 인수, 종선이, 이렇게 열 사람이 쏙 빠져서 나가버리니 자네들 가버린 다음에 우리 일은 다 누가 맡아서 해주고, 누가 알아서 처단해주고, 누구하고 의논해서 해가란 말인가?"

워낙 입담이 좋은 판옥에게 술이란 흥분제가 들어가고 정다운 동무들과 이별한다는 비분강개한 마음이 들어가놓으니 조리 있게 나오는 말이 흐르는 물같이 슬슬 넘어갔다.

"자네들은 살길을 찾아서 간다고 가버리니 우리같이 이렇게야 서운할라던가? 자네들이 없어지면 우리 동네는 눈을 잃고 귀를 잃고 입을 잃고 힘을 잃고 덕을 잃고 온갖 것을 다 잃어버린 산송장이 되어버릴 테니 자네들을 보내고 우리는 어떻게 살아가란 말인가? 너무도 야속하고 너무도 모지네 그려."

판옥의 나중 말은 애원의 하소연이 되어 떠나려는 열 사람의 가슴을 긁어냈다.

"자네들이 다 멀쩡하게 살아 있을 때도 우리 동네는 압제를 받고, 욕을

---

3 편쌈 : '편싸움'이라는 뜻.

당하고, 힘을 못 쓰고, 억울하고 원통하게만 살아왔거든 자네들이 가버리고 나면 뼈 부러진 팔다리로 우리는 어떻게 살아가란 말인가. 허……. 어떻게 버티고……."

하고 말끝을 흐리더니 판옥이는 우후 하는 울음소리를 내며 방바닥에 펄썩 주저앉았다. 열 사람도 울고 보내는 사람들도 다 소리를 삼키며 울었다.

"삼룡아! 읍에나 면에나 주재소[4]에나 지줏댁에나 너하고 나하고 대표로 댕기더니마는 너는 가고 나는 혼자 어쩌란 말이냐? 아이고, 기막혀라! 우리 동네는 어째서 너희를 몰아내야만 한단 말이냐? 너희가 가면 우리 입에 그래 쌀밥이 들어갈 것이란 말이냐? 아니 가든 못 한단 말이냐? 허! 원통하다, 원통타!"

하고 판옥이는 방바닥을 주먹으로 탕탕 치며 울음 섞인 넋두리를 하였다. 자리는 온통 울음판이 되었다.

구름이 쓱 지나가면서 둥글고 밝은 보름달을 이들에게 선사하였다. 달빛에 마당이 훤해지자 마당의 울음소리는 더 커졌다.

"고향의 달도 마지막이다!"

젊은 인수의 입에서 히스테리한 비명에 가까운 부르짖음이 나왔다. 무심한 달은 떡 아기[5]의 벙싯거리는 웃음과 같이 잡티 없는 웃음을 가득히 싣고 감나무 가지를 타고 넘었다.

삼룡이는 주먹으로 눈물을 씻고 일어났다. 훤칠한 이마에 큰 키였다.

"허, 그만들 울으십시다. 우리가 천 리 타향에 간다 할지라도 마음만큼은

---

4 주재소 : 순사가 머무르면서 사무를 맡아보던 경찰의 말단 기관.
5 떡 아기 : 떡의 촉감처럼 부드럽고 몽실한 아기라는 뜻.

고향에 주고 가오. 마음만 서로 통하면 우리가 여기 없어도 우리들 있을 때 같이 매사를 해가실 것이라고 생각하오. 여러분은 우리 없는 동안 고향을 잘 지키시고 고향을 잘 키워가시오. 멀지 않아서 우리는 다시 우리의 고향을 찾아올 것이오."

"암— 오다마다. 안 와서 쓸 것이라고?"

하는 소리가 여기저기서 튀어나왔다.

그들은 모두 일어났다 누가 먹이는지 모르게 그들은 요새의 유행노래(이 동네에만 유행하는)를 부르기 시작하였다.

＊　　＊　　＊

> 여보소 이 사람 어디를 가나
> 산 놓고 물 깊어 길 험하다데
> 강서가 예서도 일천 오백 리
> 나는 새라도 사흘 간다네.
> 에라둥둥 내 사랑이야
> 너를 놓고는 내 못 살리라.

"다음 것은 자네들만 하소."

하고 판옥이가 노래 틈에 말을 끼웠다.

> 아니 가고 어이를 하리
> 정들인 고향이 날 밀어내데
> 땅 좋고 물 좋아 살기 좋대도
> 내 고향 안 잊혀 어이를 가리.
> 에라둥둥 내 사랑이야

너를 놓고는 내 못 살리라.

구름은 다시 달을 가린다. 이들의 울음 섞인 노래를 알아나 들은 듯이······.

3월 22일 오전 10시! 학다리(鶴橋) 정거장은 일백 호의 가족 사백 명의 이민(移民)과 그들을 전송하는 이백오륙십 명의 (정거장 생긴 이후 처음 되는) 굉장하게 많은 손님들을 가져보았다.

그들을 위하여 임시로 마련한 독차가 연기를 뿜고 돌아다니며 먼 길 떠날 준비를 하다가 어서들 올라오란 듯이 꼬리를 늦추고 공손하게 대령하고 서 있건만 독차를 타고 갈 손님들의 행장들이란 지저분하고도 허름하였다.

작고 퇴색한 검은 보에다가 터지도록 싸놓은 침구의 양 귀퉁이가 삐죽하게 나와서 남루한 몰골을 보이고 있고 참기름이나 피마자기름 병인 듯한 맥주병이 가뜩이나 작은 보자기에 염치없이 끼어 있었다. 물에 담갔다가 정하게 씻었으련만, 그 보람도 없이 시꺼멓게 그을린 대석작[6] (아마 그 속에는 사발, 접시, 이런 것들이 있겠지) 위와 옆에는 크고 작은 바가지를 엎어서 사내키[7]로 동였고 거의 다 떨어진 부담상자[8]와 농짝들도 각각 수하물(手荷物) 행세를 하느라고 면 이름과 성명을 적은 꼬리표를 달고 있었다.

이러한 짐짝들이 짐 찻간으로 실리고 있는 동안 군중의 떠드는 말소리들은 울음판으로 변하였다.

차 속에 가면서 먹을 밥 보퉁이인 듯한 꾸러미들을 들고 아기들을 업고

---

6 대석작 : 가는 대오리를 걸어 만든 네모꼴 상자.

7 사내키 : '새끼'의 방언.

8 부담상자 : 말에 실어 나를 물건을 넣는 상자.

서 있던 부인네들의 앞뒤에는 전송 나온 부인들이 한두 사람씩 붙어 있고 남자들은 좀 큰 아이들을 안고 또 무엇인가를 들고 차례차례 인사를 하며 돌아앉았다.

외할머니인 듯한 노인이 딸이 업고 있는 외손자에게 눈깔사탕의 봉지를 쥐여주며 소리를 내어 울고 남편의 친구인 듯한 사람들은 떠나는 어린애들에게 엿과 마메콩(왜콩)을 사서 들려주었다.

한편에서 빚쟁이들이 떠나는 사람들의 행구를 붙잡아놓고 주고 가라는 최후의 호령들을 하였다. 그러나 떠나는 사람들의 일행이 각각 빚쟁이들을 둘러싸고 마구 욕설을 퍼부으며 역성을 하였다.

"허, 그것 참 더럽다. 이 짐짝이 그렇게 욕심나거든 가지고 우리 대신 강서까지 가게, 누가 말리는가?"

하는 말쯤은 온순한 편이지만

"죽으러 가는 놈의 관 벗기는 놈은 저승에 가서 사자 노릇도 못 해먹느니라."

하는 욕설은 좀 과격한 편이었다.

그러나 빚쟁이 역시 지려고는 하지 않았다. 역성꾼들을 떠밀며

"이놈들이 왜 이 모양이여? 밝은 세상 아래 뉘 돈을 먹고 달어나겠다고? 웅! 어림 없제. 안 돼, 안 돼, 이것은 두고 가야 한다."

하고 눈을 부라리며 짐짝을 끌어당긴다.

"요놈이 마지막으로 우리 손때 맛을 보고 싶은 것이로구나. 전에는 우리가 느그 앞에서 목을 바치고 살었지마는 지금쯤 당해서는 죽으러 가는 놈에게 염치가 있을 리 없다. 남의 것 잘라먹는 도둑놈들은 배가 항아리만 하게 더 잘 살더라. 이놈 안 놔? 에라, 이놈!"

하고 그들은 주먹으로 빗쟁이의 등을 갈겼다.

각 면에서 나온 면장들과 주재소 순사부장들은 이날에 한해서만 떠드는 사람들에게 최후 발악을 허락해준 듯 좋은 말로

"자─들, 어서들 차례차례 타시오."

하고 차에 오르기를 재촉하였다.

사람들이 차에 오르기 시작하자 울음소리가 여기저기서 그악스럽게 크고 났다. 그중에서 가장 용기 있는 패들은 칠팔 세 되는 남녀 어린이들이었다. 그들은 우루루 뛰어들어가서 호기심이 가득한 눈으로 찻간을 둘러보았다.

"꼭 방 속 같다. 응? 선반도 있어야."

하고 속삭이기까지 하면서……

삼룡이와 판옥이는 술집에서 나왔다.

"너하고 나하고 술잔을 바꾸기도 오늘이 마지막이다. 죽지 않으면 다시 만날 테니 몸이나 잘 돌보아."

하고 판옥이는 삼룡의 손목을 잡더니 소매를 잡아당겨 으슥한 데로 끌고 가서

"이것은 우리 집 딸 몫으로 있는 흰 돼지를 판 것이네. 돈이야 얼마 될라든가마는 생사의 정에서 주고받는 표적으로 받아주게."

하고 지전 한 장을 쥐여줬다.

"허 이거 무슨 짓인가? 오 원? 오 원이라니, 오 원을 가지구 자네네 일 년 거름 값을 하지 않겠는가? 나야 이왕 가는 놈인데 돈이 당한 소린가? 자, 어서 넣어두게. 내가 되려 자네 딸 혼인에 저고리 한 감도 못 떠주게 됐는데, 시집갈 밑천인 돼지를 뭐하러 팔았는가? 자, 어서 넣어두게. 그런 망령난 소리 하지 말고……"

하고 삼룡이는 굳세게 거절하였다.

"아니, 왜 이러기냐? 내가 아무리 사람값에는 못 가는 버러지같이 된 인생이다마는 사내자식이, 그래 친구를 영이별하는 자리에서……. 허, 안 될 말이여. 허! 그 사람 참. 자, 어서들 오라고 면장이 저기서 손짓하네. 얼른 받어."

하고 판옥이는 삼룡의 조끼 틈에다가 오 원 지폐를 처넣었다.

*　　*　　*

남자들은 대개 송정리 정거장을 지나면서부터 마음을 가라앉히고 동무들끼리 얘기를 하였으나, 아낙네들은 원망스러운 듯이 창밖을 내다보며 대전역에 닿을 때까지 눈물을 걷지 않았다.

독차로 가는 길인지라 정거장에마다 정거할 필요가 없으매 기차는 쉬지 않고 줄곧 달리기만 하였다. 기차를 평생에 처음 타보는 부인들은 차멀미를 하여서 자리에 꽉 엎드려가지고 일어나지도 못하였다.

황홀한 전등불이 찬란한 빛을 내고 있는 경성 시가를 바라보며 그들은 경성을 지나서 다시 북으로 가는 것이었다.

"참, 서울이란 넓고도 좋은 데로구나. 우리 생전에 서울 구경도 못 할 줄 알았더니, 서울을 지나서 가는 데가 어디메냐?"

하는 삼룡이의 큰 소리가 애조를 띠고 나오자 여러 사람의 가슴은 납덩이를 삼킨 듯이 뭉클하고 답답하여졌다.

타향의 밤과 밤이 적막하게 이어져 있는 그 차고 쓸쓸한 어둠을 뚫고 이민을 실은 기차는 북으로 북으로 달려가건만 그들의 가엾은 꿈은 남으로 남으로 뒷걸음을 쳤다. 아기들을 재우느라고 남녀가 번갈아가며 눈을 좀 붙이노라면 귓가에서는 부모 친척과 동향 친지들의 통곡하는 소리가 그들의 흔들리는 꿈을 깨치고 말았다.

창밖에는 어두움과 추움이 수레를 습격하고 한숨과 탄식의 소리가 가득한 찻간에서는 고향의 두고 온 환상들이 이들의 고달픈 머리를 뒤흔들었다.

한창 매운바람이 귀를 갈기는 새벽 두 시에 이들은 말로만 들어보던 평양 정거장에 내려서 또 다른 기차를 바꿔 타고 정작 강서를 향하여 떠났다.

그 이튿날 첫 새벽에 기양(岐陽) 정거장에 내리니 짐자동차와 또 그렇게 짐자동차같이 커다랗게 생긴 자동차가 그들을 기다리고 있었다.

몇 대가 되는지도 알 수 없으리만큼 수많은 자동차이건만 자동차마다에 사람이 첩 놓이다시피 빽빽하게 들어앉아서 또 얼마를 산길로 달려갔다.

"아이고, 인제는 우리를 갖다가 산 채로 산속에다 묻어버릴란갑다. 인제 정말 우리는 죽고야 마는구나."

하는 여인들의 두려움에 떠는 소리는 남자들의 마음까지도 움직여놓았다.

"옛날의 귀양살이도 못 보내는 놈은 몰아다가 때려죽인다더니. 인제 우리를 집어다가 죽일라는가 보다. 아이고, 우리는 무슨 죄로 고향에서도 못 죽고 천 리 타관 이름도 모르는 산속에 와서 죽는단 말이냐. 아—"

어떤 부인은 이런 넋두리를 하며 울었다.

"요망스럽게 울기는 왜 울어."

하고 삼룡이는 자기 아내를 꾸짖었으나 앞뒤 자동차에서도 여인들의 흐느껴 우는 울음소리가 들려오는 것에는 자기의 철석 같은 간장도 끊어지는 듯하여 그는 입을 다물고 한숨만 푹푹 내쉬었다.

얼마쯤 가노라니 이번에는 바다가 멀리 바라다보인다. 자동차가 달릴수록 바다는 가깝게 닥쳐왔다.

"인제는 우리를 몰아다가 바닷속에다가 처넣어 죽이려나 보다."

하는 말소리가 튀어나오자

"정말로 인제 우리는 바다귀신이 되어놓았네."

하고 남자들까지 청승맞은 한탄을 하면서 눈물을 흘렸다.

"죽을 때 죽더래도 미리 겁부터 내지 말고 맘들을 단단히 먹으시오."

하는 삼룡이의 기운차게 외치는 소리에 사람들은 울음을 뚝 그쳤다.

삼룡이네 일행이 떠난 지도 한 달이 지났다. 그들이 떠난 후에는 불암 동네에서 한때 유행하던 이민 노래(그들은 이민 노래라 하였다)가 차차로 없어져버렸다.

판옥이는 삼룡이네 살던 집을 지나다닐 때마다 삼룡이를 생각하고 한숨을 쉬었다. 삼룡이네가 데리고 있던 개를 판옥이가 맡아서 데리고 있는데 판옥이가 속상하다고 머리도 돌려보지 않고 그냥 지나다니는 옛 주인집을 검둥이는 지나다닐 때마다 들어가 보고 나왔다.

지금 새로 들어 있는 집주인의 말을 들으면 검둥이는 마당으로 쭈르르 들어와서 먼저 부엌문에서 기웃거려보고 다음 툇마루 밑에 서서 방 안을 들여다본 후에 대추나무 밑을 한 바퀴 돌아서 나가는 것이라 하였다.

"미물의 짐생인 너도 옛 주인을 못 잊어 그러하거든. 삼룡이야 얼마나 고향 생각을 간절히 하고 있겠느냐?"

하고 판옥이는 앞산을 바라보며 눈물을 머금었다.

"강남 갔던 제비도 옛집 찾아 돌아오고 앞산에는 진달래가 만발했건만……. 삼룡이네 대추나무에도 새싹이 파릇파릇 봄바람에 나부끼고, 삼룡이네 배추밭에는 배추꽃이 피었건만, 삼룡이는 어디 가고 이런 줄을 모르는가?"

판옥이는 노래 부르듯이 이런 말을 중얼거리며 갈아놓은 검은 논을 멀거니 내려다보았다.

"금년에는 저 논에서 볏 말이나 얻어먹어 보게 되려는가?"

그는 다시 눈을 들어 흰 구름이 유유하게 밀려가는 북쪽 하늘을 바라보았다.

"강판옥이 편지 받소."

논두렁 길을 걸어오는 우편배달부가 판옥이를 부르며 편지 한 장을 전했다. 판옥이는 발신인의 이름을 보면서 달리다시피 집으로 뛰어갔다.

"어디서 왔소? 아마 덕근 아배한테서 왔는감만, 저리 좋아하게."

하고 마누라가 방에서 고개를 내밀었다.

"덕근 어매도 잘 있고 덕근이 남매도 잘 있다고 했소?"

그 역시 판옥이만큼 바쁜 모양이었다.

"허, 그 여편네 무척 급했네. 읽어봐야 알지. 안 읽어보고도 아는 재주가 있는가?"

하고 판옥이는 빙긋이 웃으며 떠듬떠듬 편지를 내려 읽어갔다. 한참 만에야

"그러면 그렇지. 우리같이 없는 놈이 어디 가면 별수 있을리라고."

하고 판옥이가 편지를 접으면서 혼잣말을 하였다.

"아이고, 갑갑하군. 원. 얘기나 좀 시원스럽게 해주시오그려."

하고 마누라는 마루로 나와서 쭈그리고 앉으며 남편의 입을 쳐다보았다.

"당초에 모든 형편이 말이 아니라네."

"어째서 그럴까? 지어놓은 집에 논 스무 마지기[9]씩 주고 소 한 마리씩 주고 온통 농사기계 다 주고 그런다는디."

"그 집이라는 것 말이 아니래어. 방 한 간, 정재(부엌) 한 간에다가 양철때기만 얹어서 집이라고 만들어놓고 흉악한 초석자리[10] 한 잎에 오십 전씩 깎드라고 안 하는가?"

"저런!"

"그라고 장난감같이 생긴 삽 하나, 소시랑 하나, 꽹이 하나, 호미 하나씩 주고 농장에서 본 값보다도 비싸게 깎아버리드라네 그랴."

"애걔-?"

"그릇도 그렇고 온갖 것을 다 그렇게 비싸게 감하는디. 요새 안즉 땅이 덜 풀려서 일을 못 하니께 농장에서 주는 돈 십 원으로 한 달을 살어갈라니께 죽것다고 덕근 어무니는 날마당 울고 있다고 안 하는가?"

"저를 어짜까? 망할 놈의 곳도 있다. 여기는 봄도 한창인디. 안즉 땅이 안 풀리다니. 아니, 한 사람 앞에 일백 얼마씩 기부했다더니만, 왜 그럴께라우?"

"흥. 당구 삼 년에 음풍월이라더니.[11] 작년 내 하도 이민 이민하고 기부 기부하는 덕에 우리 마누라까지 썩 유식해졌네."

하고 판옥이는 고소하였다.

"덕근 어매가 불쌍해. 어째 울지 않것소? 날마다 고향 생각 나서 못 견댈

---

9 마지기 : 논밭 넓이의 단위. 논 약 150~300평 정도.

10 초석자리 : 짚으로 엮어 만든 자리를 뜻하는 말.

11 당구 삼 년에 음풍월이라더니 : 서당 개 삼년이면 문자를 깨우친다는 뜻.

것인디. 그나저나 정부에서 보내는 것인게 아무 염려 없이 잘 살 것인디. 물건값은 왜 그리 비싼고?"

"물건값이 비싼가, 어디? 농장에서 되거리[12]로 그렇게 비싸게 받아먹지."

"좀도둑이라더니 그 불쌍한 속에서 뭣을 냉겨먹을라고 그런 짓을 할까?"

"자네 같으면 다 성인 되게? 잔소리 그만하고, 어서 저녁밥이나 하오."

하고 판옥이는 편지를 들고 밖으로 나갔다.

"허. 무슨 날이 이렇게 비만 와쌌는고 몰라. 고향에는 비가 안 와서 모를 못 내고 기우제를 지내고 물쌈이 나고 인심이 뒤집어져서 야단이라는데. 여기는 쓸잘 데 없이 비만 오거든."

"글쎄 말이오. 이 비를 그리로 쫓아 보낼 재주는 없을까? 비가 잘 오고 농사를 잘 지어야 하루바삐 우리도 고향으로 가버릴 텐디……. 아니 오늘 불암서 무슨 소식이 왔소?"

하고 삼룡이 처가 감자를 깎으며 방으로 들어오는 남편을 쳐다보며 물었다.

"응. 오늘 판옥이한테서 편지가 왔어. 그나저나 그렇게 가물어서 큰일 났네. 작년에는 홍수로 못 먹었으니 금년에나 농사들을 잘 지어야 할 것인디……."

하고 삼룡이는 이맛살을 찌푸리며 담배 한 대를 담았다.

"아이고, 갑갑해라. 이놈의 곳은 어쩐 일로 마루를 못 맨든고 몰라. 마루를 놓다가 제 할미가 거꾸러졌는가. 집집마다 다 봐야 좋다는 집에도 마루가 없으니. 참 흉한 놈의 곳이란게. 이 방구석에서 여름은 또 어떻게 날 것인고?"

---

12 되거리 : 물건을 사서 곧바로 다른 곳으로 넘겨 파는 장사를 의미한다.

하고 마누라는 방문을 탁 열어젖히며 중얼거렸다.

"어서 여름 전에 고향에 가버려야지. 아이고, 지긋지긋한 이놈의 땅!"

"지금은 여름이 아니고 봄인가? 그만저만 욕도 하고. 우리가 없어서 여기까지 굴러왔지. 땅이 무슨 죈가?"

"원! 아무리 없어서 굴러왔더래도 사람이 살 만한 데라야지. 여기서는 사람은 못 살아. 그릇이라고 모두 기와 그릇밖에 없고. 나무 한 단에 삼십 전을 주고 사도 밥 한 끼밖에 못 하니. 장이라고 십오 리나 이십 리씩 걸어가서 살려고 보면 모두 여편네들 장이라 무슨 말을 하는지 말소리가 못 알아듣겠고. 비싸기는 똥 싸게 비싸고 간장 된장이 어찌 맛이 없는지. 원, 음식을 해놓으면 무슨 맛이 있는가?"

"잘 나온다. 또?"

하고 삼룡이는 마누라의 말 중간을 타고 들었다.

"이것 되지 못한 해변이라고 밭떼기도 못 벌어먹으니께 온갖 푸성가리까지 다 사 먹게 되니, 어디 살겠소? 고향에서는 호박이니 풋고추니 쓸파, 마늘 그저 김칫거리, 상추, 쑥갓 온 동네 다 먹고도 남더니마는, 여기서는 그런 것을 꼴 볼 수가 있는가?"

"고향에 암만 들어 쌨으면 뭘 해? 다 그림의 떡이지. 고향이 좋으면 떠나왔을라던가?"

하고 삼룡이는 가만한 한숨을 내쉬었다.

"여기 오면 참 잘 살게 된다길래 왔지. 이럴 줄 알았으면 오막사리남둥 뭔 지랄한다고 내어버리고 이리 굴러올까? 죽어도 고향에서 죽을 것인디 공연히 당신이 못 와서 발광을 하더니만……."

"또 내 탓 나온다. 하고많은 날 내 탓도 너무 하니까 듣기도 인제 싫증 나네.”

“들어도 싸지, 뭐. 사내가 잘났으면 처자를 데리고 이런 흉악한 데로 굴러왔을까? 그렇게 진정서를 총독부에 보내라고 해도 남 다– 보내는 진정서를 왜 안 보내고 그래? 그저 내가 여기서 고꾸라지는 것을 봐야–.”

하고 악을 바락 쓰는 바람에 낮잠 자던 덕근이 남매가 부시시 일어났다.

“미친 여편네, 또 미친증 나오는가 부다.”

“왜 내가 미쳐? 세상에 물만 조금 좋아도 참고 살어갈 테여. 물이 그냥 소금 맛이니 어찌 살어? 밥을 하면 쌀에가 간[13]이 피어서 밥이 넘지를 못하고 그냥 지글지글 자져버린께는, 이것은 밥도 죽도 아니고 익은 밥도 선밥도 아니제? 빨래를 해서 널어놔도 그냥 간이 피어서 이틀씩 말려도 축축하니 그대로 있으니 이런 흉악한 데서 어찌 살어가는가 말이오. 응? 고향에를 못 가게 된다면 나는 차라리 죽어버리지. 여기서는 안 살라우.”

마누라는 독이 나서 얼굴이 새파래졌다.

“뒤어질라거든 뒤어져버리려믄.”

하고 삼룡이는 밖으로 뛰어나왔다.

흥분한 판이니 공자님이란 별명을 듣는 윤흥이나 찾아가서 속 풀릴 얘기나 들어볼까 하고 삼룡이는 윤흥이가 살고 있는 농장회사 뒤편으로 나지막하게 모여 있는 새 동리를 바라보았다.

그러나 그 동리까지 가자면 흙땅이 찰떡처럼 짓이겨 있는 논두렁 길을 걸어야 하고 차진 흙이 고무신 운두[14]를 넘어들 것을 생각하여서 그만두기

---

13 간 : 음식물에 짠맛을 내는 물질. 소금, 간장, 된장 따위를 통틀어 이른다.

14 운두 : 그릇이나 신 따위의 둘레나 높이를 말한다.

로 하였다.

"가면 윤흥이만 만날 수 있어야지. 윤흥이 마누라 그 사팔뜨기 발악하는 꼴을 또 어떻게 보라고? 이 집에 가나 저 집에 가나 여편네들 못살겠다고 들이대는 통에 그만 숨도 제법 크게 못 쉬겠으니……."

가는 비가 머리털 위에 방울방울 맺혀졌다가 그의 얼굴로 줄줄 흘러내리건만, 삼룡이는 물을 닦을 생각도 집에 들어갈 생각도 하지 않고 그 비를 다 맞으며 집 앞 언덕에 서 있었다.

"귀한 비니 맞어나 두자. 여기는 흔한 비지만 내 고향에는 오직이나 귀한 빗방울이냐? 아직도 이종¹⁵을 못 하고 있다니."

하고 삼룡이는 고향에서 제일 큰 들인 학다리 들판을 생각해보았다.

"금년이나 농사를 잘 지어야 우리 동무들이 살어갈 텐데……. 하기야 잘 지으면 뭐 하냐? 잘 지으나 못 지으나 평생에 쌀밥 못 얻어보기는 매일반이지……. 고향! 고향! 정 때는 고향을 생각하면 뭣 해."

그는 머리를 흔들면서 고향을 잊으려고 눈을 감았다. 그러나 감았다 뜨는 눈앞에 보이는 것은 역시 가물가물하는 빗발 속에 후줄근하게 젖었다가 물이 홍건하게 고여 있는 학다리 벌의 논이었다.

아니 지금 삼룡의 눈앞에 열려 있는 강서농장의 박답¹⁶이 고향의 옥로¹⁷처럼 그렇게 보이는 것이었다.

바다를 막고 원을 쳐서 논을 이룬 이 농장은 본품이야 학다리 벌만큼 넓

---

15 이종 : 모종을 옮겨 심음.

16 박답 : 기름지지 못하고 메마른 땅.

17 옥로 : 매우 맑고 깨끗한 이슬이라는 뜻. 문맥으로 볼 때, 영양분이 풍부한 좋은 땅이라는 뜻인 '옥토(沃土)'의 오기일 수도 있다.

고 크지마는 해기(海氣) 나고 간수[18]가 피어서 파종을 두 번이나 했건만 반의반도 못 건졌고 이종도 몇 번씩 했건만 뿌리째 간물[19]에 녹아져버렸다.

"말이야 좋지, 논 스무 마지기씩? 흥. 이따위 논이야 스무 섬지기면 뭣해? 우리 여편네 지랄하는 것도 저만 나무랄 수 없어. 말이야 다 옳은 말이지. 하나나 그른 말이야 있나? 집집마다 여편네들이 못살겠다고 발광치는 것도 당연하지, 당연해."

삼룡이가 농장을 바라보며 이런 생각을 하고 있을 때 그 마누라가 부엌문에서 내다보며 소리쳤다.

"덕근 아버지!"

삼룡이는 못 들은 척하고 그대로 서 있었다.

"덕근 아버지! 손님 오셨소."

"뭐 손님? 누구 왔는가?"

하고 삼룡이는 그제야 고개를 돌려보며 마주 소리쳤다.

"어서 와 보시오그려. 봐야 알지 않소?"

마누라의 머리는 벌써 부엌문에서 사라졌다.

"손님이 어디 있어?"

방 안에 들어온 삼룡이는 눈을 굴리며 손님을 찾았다.

"아니 여보, 글쎄 빨래해서 말리기가 얼마나 어려운 줄 알고 일부러 비를 맞고 그러고 서 있소? 옷 먼저 벗으시오."

"빗물인께 이대로 말리면 얼른 마르지 않것는가? 간수도 안 필 테

---

18 간수 : 소금에서 녹아 흐르는 짜고 쓴 물.

19 간물 : 소금기가 섞인 물.

고……."

"해해, 참 대체 그렇겠소."

하고 마누라는 비로소 웃어보았다.

"그래서 손님 왔다고 거짓말했는가?"

"옜소. 감자나 자셔보시오."

하고 마누라는 김이 무럭무럭 나는 감자 그릇을 방 안에 들여놨다.

"호흥, 이놈들은 벌써 한 개씩 차지했구먼. 자네도 들어와 먹소."

조금 전에 씩둑꺽둑 말다툼했던 그들은 감자 그릇 앞에서 썩 의좋게 도란거렸다.

강서농장으로 옮겨온 이민들은 전부 고향에 반환시켜달라는 진정서를 총독부에 보내고, 날마다 회사에 가서 속히 가게 해달라고 졸라댔다.

"금년은 첫해니까 이렇지마는, 내년은 논 벌기[20]가 훨씬 나아질 테니까 그대로 견대어가며 살아보라."

고 회사 측에서는 달래보았으나, 그들의 필사적으로 덤비는 것에는 어쩔 수도 없을 뿐 아니라 사실 농작물이 없을 터이라 그 많은 식구를 겨울 동안 먹여살릴 일이 딱한 듯 싶어서 이민들의 귀향을 주선하여주었다.

이리하여 팔월 중순에 그들은 꿈에까지 잊지 못하고 그리워하던 그의 고향에 다시 돌아가게 되었다.

불암리에서 온 열 집 가족도 물론 귀향하기로 작정하고 부인들은 모여만 앉으면 고향의 얘기로 꽃을 피우고 기뻐하였으나, 삼룡이는

---

20 논 벌기 : 논을 경작하기.

"흥, 자네가 가면 고향이라고 누가 자네를 그리 반갑게 맞아줄 줄 아는가?"

하고 빈정거렸다.

"아이고, 참. 아무리 고향이 나쁘다 해도 여기보다는 낫지라우. 겨울에 여기서 살다가 죽느니 진작 고향에라도 가서 붙어 살아보다가 굶어 죽든지 말든지."

하고 다른 부인들은 신이 나서 삼룡의 말대답을 하였다.

귀향한다는 새로운 희망에서 그들은 고생을 낙으로 삼고 밤과 낮을 맞고 보내며 어서 그날이 닥쳐오기만 손꼽아 기다렸다.

그러나 떠나기로 작정한 사흘 전날 오삼룡이는 강판옥에게서 이러한 긴 편지를 받았다.

자네들 간 후로는 날마다 자네를 생각하기에 못 살아갈 것 같더니 그래도 자네를 대신으로 자네들 열 사람의 행세를 할 군들이 생겨서 우리는 재미있게 합심해서 잘 살아왔네. 그러나 진짜 배곯는 고생이야 누가 대신해줄 사람이 있던가? 만일 금년에 농사만 잘 지었더라면 우리는 세상없어도 자네들을 도로 불러올라고 했더니. 그랬더니 하늘이 막심하야 작년에는 홍수로 자네들을 몰아내고 금년에는 개벽 이래로 두 번도 없는 큰 가뭄이 우리들을 마저 죽여 고향에서 쫓아내네그려. 저번 편지에도 여기 소식을 말했거니와 그 후로 오늘까지 비 한 번 아니 와서 모판은 말라지고 겨우 이종했던 나락(벼)들도 다 죽고 말았다네. 우리 고향의 보배인 학다리 그 큰 들은 이종도 못 해보고 벌건 채로 그대로 자빠져 있네.

이러니 흙에다가만 목을 매고 살아가는 우리는 어떻게 되겠는가? 작년 홍수 때보다도 몇십 곱이나 인심이 흉흉하고 온갖 병이 다 돌아다니네. 그래서 고향을 내버리고 타관으로 떠나갈려는 사람들이 날마다 늘어간다네.

삼룡이, 오늘도 우리 앞 동네 정골에서 이십 호 일백세 사람이 함경북도 고무산(古茂山)[21]에 있는 세멘또[22] 공장으로 떠나가는데 정말 눈에서 피가 떨어지데. 삼룡이. 나도, 이 강판옥이도 구월 초순에 함경북도 나진(羅津)이라는 땅으로 노동자 노릇을 하러 가게 됐네. 우리 동네서는 옥곤이네 큰형네하고 태술이네, 삼촌 영전이네, 형돌이네 그리고 강판옥이 합해서 다섯 집 스물여섯 사람이 죽어 나가기로 했네. 인자는 우리 동네에 옛날 사람은 다 없어지고 다른 동네서 살러 온 사람밖에 없겠네그려.

삼룡이. 고향이 대체 무슨 쓸 데 있는 것인가? 자네를 보내고 나서 뚝 끊어졌던 이민 노래가 요새는 다시 살아나서 야단이네. 정답던 고향이건만 묵은 채로 자빠져 있는 논을 보면 인자는 그만 정이 뚝 떨어지고 어서 하루바삐 타관으로 가서 고향의 참혹한 꼴을 안 보고 싶네. 말을 들으니 자네들도 다시 고향에 오기를 생각한다네마는, 자네들이 왔자 누구 하나 반갑게 자네들을 맞어줄 사람이 없겠네.

삼룡이. 인자 우리는 정말 죽어서 저승에 가서나 만나보겠네. 자네나 내나 더욱 좋은 일만 하세. 좋은 일을 하면 극락에 간다고 않는가? 둘이 다 극락엔들 못 가겠거든 차라리 똑같이 지옥에나 가세. 고향에서 쫓겨나는 우리 같은 놈들에게 남는 것이 악뿐일 텐데 어찌 좋은 일을 해보겠는가? 자네나 내나 몸만 성하면 혹시 어느 하늘 밑에서 또 모이게 될지 누가 알 것인가?

할 말은 태산같이 쌔고 쌨네마는 가슴이 답답해서 더 못쓰겠네. 떠나기 전에 자네 답장 받어보도록 편지나 한 장 해주게.

편지를 읽는 삼룡의 입이 씰룩씰룩 일그러지고 손이 벌벌 떨리더니만 굵은 눈물방울이 눈에서 뚝뚝 떨어져 내렸다.

---

21 고무산(古茂山) : 함경북도 부령군에 있는, 함경선의 중요한 철도역. 무산선의 분기점이어서 농산물 · 목재의 집산지를 이루며, 무산성(茂山城)의 고적이 있다.

22 세멘또 : 시멘트.

그는 편지를 다 읽고 나서 잠깐 앉아 있다가 벌떡 일어나서 회사를 쫓아 갔다. 그날 밤에 삼룡이는 판옥에게 이런 답장을 써 보냈다.

자네의 만지장서[23]를 받고 나는 그냥 회사로 쫓아가서 모레 떠나기로 한 귀향 사건을 중지하고 말었네. 내가 가지 않기로 하니 동무들도 다 아니 가 기로 했네.

자네는 고향을 떠나는 사람들 보고 죽어 나가는 사람들이라고 하지마는 우리는 죽어서 나오는 사람들이 아니라 차고 무정한 고향을 박차버리고 나 오는 영웅이라고 생각하네. 우리는 고향이 없는 사람들이네. 고향이 없는 사람들에게 무슨 고향을 못 잊어하는 설움이 있겠는가? 어디든지 우리가 발을 딛고 살아가는 곳을 우리의 고향으로 만드세.

너무 비감하여 말게. 맘을 든든히 먹고 두 팔을 단단히 갈아서 우리의 살 아나갈 길을 뚫어보세.

우리는 고향이 없는 사람들이니 고향을 떠날 때 뒤도 돌아보지 말게. 앞 만 바라보고 호랑이같이 사납게 나가보세. 알어듣겠는가? 동무들에게 이 뜻을 말해주소. 다음 또 쓰기로 하고 이만 줄이오.

편지를 다 쓰고 난 삼룡의 손끝은 새로운 기운에 와들와들 떨리었다. 그 리고……

(11월작)

(『신동아』, 1936. 1.)

23　만지장서 : 사연을 많이 담은 긴 편지라는 뜻.

고향을 잃어버린 영웅들의 프롤로그

남은혜

박화성의 일제강점기 단편소설들은 사회성이 강한 사실주의 기법의 작품들로 평가되어왔다. 이러한 작품들은 지식인이 등장하는 소설과 빈궁한 농민들의 삶을 다루는 두 유형으로 나누어지며 후자의 대표작이 『신동아』(1936.1)에 발표된 「고향 없는 사람들」이다. 작품 말미에 '11월작'이라고 되어 있는 기록을 참고하면 1935년에 창작한 것으로 볼 수 있는데 이해는 1934년 대홍수에 이어 1935년 극심한 가뭄으로 나주와 영산포 등지의 농민들이 극심한 어려움을 겪을 때였다. 이를 취재하여 창작한 일련의 작품들이 「홍수전후」(1935), 「한귀」(1935), 「고향 없는 사람들」이며 이 시기 작가의 대표작을 이루고 있다. 「홍수전후」에서 홍수, 「한귀」에서 가뭄으로 인한 고통에 스포트라이트를 비추고 있다면, 「고향 없는 사람들」에서는 홍수와 가뭄으로 자신의 고향을 등지고 일제의 강제 이주 정책에 헛된 희망을 품고 천 리 타향으로 이주해갔던 농민들의 상황을 따라 움직인다. 이러한 경향의 작가였기 때문에 박화성은 일제강점기 창작집을 발간하지 못했다. 엄흥섭이 박화성의 단편소설들로 창작집을 내려고 두 번이나 총독부에 신청하였으나 검열에 걸려 실패했다는 회고담이 남아 있다(「나의 교유록 32」, 『동아일보』, 1981.2.16).

불암리 열 가정 사십여 명은 마음을 고향에 두고 머나먼 '강서' 지역으로 이주 열차를 타고 떠난다. 떠나가는 이들이나 떠나보내는 사람들이나 고향에서 다시 만나기를 고대한다. 화려한 서울 야경을 지나쳐 가며 "기차는 북으로 북으로 달려가건만 그들의 가엾은 꿈은 남으로 남으로 뒷걸음을 친다"는 표현에서 이들의 착잡한 심정이 드러난다. 떠난 '삼룡'과 남은 '판옥'이 사이의 유대 관계를 기반으로 하여 이후 서사는 이들의 편지를 통해 시점이 교차되며 진행된다. 그러나 여기에서 '편지'는 인물들의 상황을 독자에게 전달해주는 서사적 장치일뿐 아니라, 친구의 일을 자신의 일처럼 애달파하고 원통해하는 인물들 사이의 관계를 효과적으로 보여준다는 점에서 중요한 의미를 가진다.

홍수 뒤의 고통으로 삼룡이네를 비롯한 열 가족의 이주가 단행된 것인데 이번에는 가뭄이 이어져서 판옥을 포함한 동네 사람들마저 노동자로 떠나게 되었다는 편지를 받고 삼룡 일행은 귀향을 포기한다. 판옥이 고향을 잃고 지옥에서나 만나자고 자포자기의 편지를 써 왔기 때문이다. 그러나 닥쳐올 혹독한 겨울을 지낼 방안도 없고 고향으로 돌아갈 희망도 사라졌지만 삼룡은 고향을 떠나는 것을 "죽어 나가는 것"으로 여기지 말고 "무정한 고향을 박차버리고 나오는 영웅"이라고 생각하자고 답장을 쓴다. 이처럼 새로운 기운을 얻는 삼룡의 모습으로 작품의 결말을 맺는다는 점에 주목할 필요가 있다. 이제 '고향'은 없지만 그 '사람들'의 유대 관계는 지속될 것이라는 점에 기대를 품는 작가의식이 놓여 있기 때문이다. 같은 재난을 겪는 농민들을 인물로 삼고 있지만 상대적으로 도식적인 희망을 보여주는 「홍수전후」의 결말이나, 어떤 낙관도 없이 고통의 절정에서 끝나는 「한귀」와는 상이한 결말로 매듭을 짓고 있다는 점에서 '사람들'에 대한 작가의 전망이 드러나는 작품이라고 할 수 있다.

불가사리

불가사리

여봐라 농부야 말 들어
아나 농부야 말 들어라

억지로 잡아 **빼**는 듯이 흐릿한 기생의 목청에도 늦은 중모리장단은 연연
하게 어우러진다.

"인제 놀음도 끝판이 되어가는 게로구나. 잡가[1]가 나올 때는……."

창수 노인이 오른편 다리를 오그리며 귀를 기울일 때 농부가는 제대로
계속된다.

남문- 전 달 밝은데
순임-금의 노-름이요
학창의 푸른 소리

---

1 잡가 : 조선 말기 평민들이 지어 부르던 노래를 뜻한다.

노래가 한 번 멋있게 굽이칠 때

"응— 거 어느 계집앤지 꽤 부르는군."

하고 창수 노인이 고개를 끄덕이며 감탄하는 동안 노래 한 구절은 지나가 버렸다.

> 오뉴월이 당도하면
> 우리 농부 시절이로다.
> 피랭이 꼭지다가
> 장화를 꼽고서
> 발악이 춤이나 추어보자.

창수 노인의 감은 눈 속에는

"피랭이 꼭지다가"의 '꼭지'를 부를 때와, "장화를 꼽고서"의 '꼽고서'를 부를 때에 기생이 턱을 위로 살짝 올리면서 청을 올리는 모양이 선—하게 보였다.

남녀의 합창이

"에여— 여어—루 상—사뒤야."

하고 계집의 노래를 받는다.

"흥 놀음에는 점잔이고 뭐고 다 쓸데없구나. 그저 좋은 것은 술 계집이다."

창수 노인의 눈앞에는 초저녁에 자기에게 인사를 드리러 왔을 때 그 점잔을 도고스럽게² 피우던 장년 신사들의 기생들과 한데 휩쓸려서 농부의 태를 부리며 노래를 받고 섰는 취한 모양이 나타난다.

---

2 도고스럽게 : 스스로 높은 체하여 교만하다는 뜻.

"우리 병국이도 어지간히 흥청거리겠군. 그 애도 주색에는 담연하지가 못해[3]."

노인은 연방 혼잣말을 이어간다.

"가만 있자, 아까 몇 사람이 왔더라."

하고 노인은 모로 드러누우며 오른팔을 뺐다. 병신의 손이건만 손등이 부은 것처럼 통통하였다. 손뿐인가 그의 얼굴도 오늘 환갑잔치를 치르는 육십 노인의 얼굴 같지 않게 팽팽하고 반들반들한 게 살비슴이 좋았다[4].

그도 그럴 것이, 풍증으로 반신불수가 되어 누운 지 오 년. 이 긴 날을 줄곧 보약과 영양물로 장복을 했으니, 비록 그에게 딸려서 오줌똥 수발을 하는 머슴에게는 괴로운 일이 될지 모르지만 재산이 삼십만 원이요 아들이 오 형제 딸이 오 형제의 십 남매를 거느리고 있는 이 유복하고 팔자 좋은 창수 노인에게 있어서는 자기의 식성이 좋아서 살비슴이 좋은 것쯤이야 해가 뜨면 낮이 되는 것같이 극히 평범하고 당연한 일이었다. 비록 그 왼편 팔다리는 말라서 가늘고, 입술조차 비틀어진 듯하여 말이 어눌한 게 어음은 분명하지 못할망정……

참으로 창수 노인이 반신불수만 되지 않았더라면 그처럼 대복(大福)을 갖춘 사람은 전국을 털어도 없었을 것을……

"호남은행 두취[5]."

하고 노인이 엄지손가락을 꼽을 때 마님이 미닫이를 열고 방 안에 들어선다.

---

3 담연하지가 못해 : 욕심이 없고 깨끗하지 못하다는 뜻.

4 살비슴이 좋았다 : 살이 적당히 쪄서 보기 좋다는 뜻.

5 두취 : '은행장'을 이르던 말.

"인제 손님 대접 다 했는가?"

하고 노인은 마님을 쳐다보았다.

"인제 내갈 것은 다 내갔소. 지금도 그저 찾는 것이 술입디다. 안주 같은 것이야 자부들 저희 알아서 내보내지 않을랍디까?"

하며 영감님의 곁으로 걸어오던 마님이

"육갑 짚으시오? 손가락은 왜 꼽고 계시오?"

하고 영감 앞에 사풋이[6] 내려앉았다.

재작년에 환갑을 치른 노인으로 해서는 오히려 두 살 아래인 영감보다도 더 육덕이 좋아서 과연 부자댁 대방 마님다운 부대한 몸피[7]였다.

"아까 내게 인사드리러 왔던 그 사람들을 꼽아보느라고……. 자네도 봤으니까 알겠지? 모두 몇 사람이던가?"

"모두? 아이고, 그 많은 사람들을 어떻게 다 알까? 수효는 아마 이십 명 남짓한가 봅디다마는 그 사람들을 어떻게 일일이 다 꼽아볼 것이오. 이름만 불러도 좀 알겠다마는 이름 위에 무슨 말이 길다라니 붙으니께 알 수가 있소?"

하고 마님은 열없는 듯이 웃었다.

"저런 병신."

영감이 마누라에게 퉁을 주다가 '병신' 두 자에 가서는 자기라서 움칫하고 놀라더니 다시

---

6 사풋이 : 소리가 거의 나지 않을 정도로 발을 가볍게 얼른 내디디는 소리. 또는 그 모양.

7 몸피 : 몸체의 부피라는 뜻.

"저런 못난이."

하고 분명하게 정정(訂正)한다. 자기에게 있어서 병신이란 말은 대금물[8]이란 것을 깨달을 만큼 그는 영리한 병인이었다.

"호남은행 두취."

"도청 산업과장."

하고 창수 노인은 둘째 손가락을 꼽았다.

"여여 여−루 상−사뒤야."

하는 조화되지 않는 합창 소리가 들린다.

"전라남도 시학관, 양주회사 사장, 또 제사회사 사장."

다섯 손가락을 다 꼽고 나서는 기억이 막힌 듯 잠깐 생각하는 틈을 타서

"아따, 그래도 정신은 참 좋으시오. 그 많은 사람을 어찌 다 알겠소? 모두 무슨 회사 사장이니, 도평 뭣이니 아니 합디까?"

하고 마님이 응원을 한다.

"도평 뭣이라니? 도 평의원이라고 않던가? 우리 병국이도 도 평의원이거든. 그런 도 평의원 몰라?"

하는 노인의 말은 분명치 못하나마 그의 기세만은 자못 원기 왕성(?)하였다.

"나 좀 반듯이 눕혀주게."

영감님의 말이 떨어지기가 무섭게 마님은 그를 부축하여 바로 눕혀준다. 그 순간 후덕하게 보이는 마님의 양미간에 적막과 우울의 그림자가 두어 줄 되는 주름살 틈에 가득하게 끼어진다.

밖에 사랑에서 떠들고 법석하는 갖은 소음은 쏜살로 사랑에 들이닥쳤다.

---

8 대금물 : 절대로 금지하는 것.

뒤범벅이 된 노래판에서는 춤을 추는지 덜석덜석 쿵쿵하는 소리와 장단에 맞지 않게 함부로 두드리는 장구 소리, 기생들의 웃는 소리, 취객의 호령 소리, 가끔 터져 나오는 음담이며 잡담이 끊이지 않고 들려왔다.

'이렇게 병신이 되려거든 차라리 귀까지 절벽이 되어버리거나……'

기운 좋고 몸 성한 장년패들의 날치는 양이 눈앞에 보이는 듯할 때 자기에게도 한때는 그렇게 싱싱하던 때가 있었던 것을 생각하고 창수 노인은 가을 저녁에 지는 낙엽같이 힘없는 탄식을 하였다. 영감님의 절망적 탄원은 마님의 양미간에 서려 있는 수색을 몰아냈다.

"오늘같이 좋은 날 그렇게 슬퍼하실 게 뭐요? 자식들이 번성해, 재물이 늘어가, 윤 씨 댁 명망이 날로 높아가, 당신 몸이 성찮은 것이야 노환으로 치면 그만 아니오? 눈 좀 붙이고 뭐 계시오. 나 좀 또 나가보고 오리다."

"안에도 손님들이 많이 있을 테니 나오지 말고 손님 접대하소. 이따만큼 바위란 놈이나 내보내고……"

노인은 일어서는 마님에게 친절하게 말해주고 눈을 감았다. 지금에 있어서 그에게 허락되어 있는 위안이란 것은 낮에 이 방 안에 열렸던 헌수연(獻壽宴)[9]의 장면을 다시금 그려보는 것이었다.

죽을 줄 알았던 부친이 오 년 동안이나 명을 걸고 살아 있다가 환갑까지 맞게 되는 것은 기적이요 경사라 하여 창수 노인의 장남 윤병국이는 큰돈을 들여서 대판으로 부친의 환갑잔치를 차렸다.

첫째로는 부친을 위하여 그러하거니와 둘째로는 당시 굴지의 재산가요

---

9 헌수연(獻壽宴) : 장수를 기원하는 잔치. '헌수'는 환갑잔치 따위에서 주인공에게 장수를 비는 뜻으로 술잔을 올리는 것을 의미한다.

권력가요 명망가인 자기로서 이번에 새로 승격된 광주부를 축하하는 의미에서라도 한바탕 큰 잔치를 벌여 관민 다수와 자기네 형제의 친지들을 초대하고 즐기는 것이 고향에 대한 면목으로나, 또는 병국 자신의 체면 발전으로 보아서 좋은 일이라고 생각한 것이다.

창수 노인이 폐인이 되어 방 속 사람이 완전히 되고 만 후부터 그는 가산 처리의 모든 권리를 전부 상속자에게 밀어버렸다.

부친에게 있어서는 불행한 일이나 병국에게 있어서는 이상 더 다행한 일이 없었다. 그의 관변 출세와 그로 인한 돌진적인 높은 명망은 사실 오 년간의 출마로써 얻은 것이므로…….

'윤 도 평의' 하는 빛난 그 이름은 자기가 관할하는 여러 회사의 사장이란 짧은 이름보다 얼마나 귀하고 화려한고? 그러한 행복된 이름이야 부친의 별세 후가 아니면 자기로서는 가망 못 할 꿈이건만, 살고도 죽어 있는 부친의 덕으로 그 꿈은 완연한 현실이 되어 자기의 머리 위에 찬란한 관을 씌워주지 않나?

"망극하신 부친의 은혜를 갚아보자는 작은 정성이다. 이천 원이란 많은 돈이 아니니 너희 다 알아서 좋도록 해라."

이것은 병국이가 자기의 세 동생을 앞에 앉히고 한 말이었다.

이러한 동기로써 창수 노인의 환갑연은 그가 성한 몸으로 환갑을 맞는 것보다 십 배나 더 굉장하게 차려지는 것이건만, 창수 노인은 그 네 아들의 효성이 지극함에서 나옴이거니 하고 한껏 만족할 수 있는 것이었다.

경성에서 숙수[10]를 다섯 사람이나 불러다가 열흘 동안 계속할 잔치를 차

---

10 숙수(熟手) : 잔치와 같은 큰일이 있을 때에 음식을 만드는 사람.

리는 그 모든 경비는 물론 병국의 부담이려니와 유흥비만으로 일천 원을 정하여서 병진, 병태 세 아들이 분담한다는 것이 더욱 기뻤다.

그 세 아들이야 물론 자기가 대학까지 보내주기는 했지마는 또 각각 개업할 적에 자본을 대어주기도 했지만, 자력으로 벌어서 부친을 즐겁게 하는 것이 얼마나 효성스러운 일일까?

창수 노인은 지금 헌수연 장면을 그려보는 것이다. 시간은 모든 관청 회사의 점심시간인 열두 시 반, 이 방의 사방문을 다 열어젖히고 자기는 일습을 새로 장만한 의복, 보료, 병풍, 안석으로 몸을 호위하고 아들들의 부축으로 일어나 앉았다.

거진 천장에 닿을 듯이 높게 굄질한 교자상을 세 개나 받아놓고 안사랑 대청에 가득한 내빈, 마당에 가득한 친척들의 열석한 곳에서 자손들의 잔을 받았다.

여기까지 생각하니 창수 노인의 두 어깨가 움찔하고 위로 올라간다. 그러나 왼쪽의 어깨가 돌처럼 냉정 무감각할 때 노인은 이마를 찡그리지 않을 수 없었다.

"세 회사의 사장이요, 도 평의원인 장자 병국이, 명의로 이름 높은 ×× 의원 원장 병진이, 소송에서 항상 이기는 변호사 병태, 도청 ××주임 병룡이, 허! 내 아들들 거참 장하고 볼 만하다."

노인은 큰 기침을 으흥 하고 길게 하였다.

"사위로 말할진대 그 역시 도 평의원 한 사람인 당시 명망가의 큰사위, 의사인 둘째 사위, 변호사인 셋째 사위, 군청, 아니 인제는 부청이 됐다지? 부청 ××계 주임인 넷째 사위, 허 내 사위들은 어째서 꼭 저희 처남들 하는 구실들을 꼭 같이 그렇게 하게 됐던고?"

노인은 두 번째나 긴 기침을 하였다.

"딸들로 말하면, 다 그 사위들의 부인인 만치 도저하고, 제 모를 닮아서 모두 일색[11]이거든. 또, 자부들로 볼지라도 제 남편들의 부인인 만치 모두 다 귀골이고 현숙하고……. 이 자손들에게서 잔을 받을 때 벽력 소리같이 크게 나던 박수 소리라니……."

창수 노인은 눈을 번쩍 떠서 천장을 쳐다보고 새로 만든 병풍을 쳐다보고 빙긋이 웃었다. 그의 얼굴은 혼자만 누릴 수 있는 지극한 영광과 감격과 흥분에서 약간 상기가 되었다.

"내가 못 받으니까 우리 마누라가 일일이 다 받아서 내 입에 댔다가 상에 놓고 놓고……. 우리 마누라가 좋아서 다 자녀들이 그렇게 잘나고 출중하거든. 십 남매를 낳아서 모조리 다─ 키워서 이러한 큰 덕을 보는 사람이 세계 각국에 나 말고 또 있는가? 우리 병국이가 마흔네 살. 내가 열여덟 살이고 마누라가 스무 살 때 낳은 자식이거든. 그저 우리 마누라 잘난 덕이니라. 허, 그런데 우리 마누라는 어째서 아직 안 들어오나?"

노인은 조금 전에 마님에게 이르던 말을 잊어버린 듯 미닫이를 쳐다보며 마님을 기다리다가

"아─흐─. 마누라가 좋으면 뭘 한단 말이냐? 내가 이렇게 병신이 되어 늙어가면서 볼 인간의 참 재미를 모르고 사는 중들인데. 아─하─ 후─유─."

하고 노인은 쓰라리고 깊은 한숨을 내쉬었다. 바깥사랑에서는 말판이 되었는지

"얼씨구 좋─아─."

---

11 일색 : 뛰어난 미인.

하고 제각기 외치는 혀 꼬부라진 소리가 장구 소리, 징 소리에 섞여서 들려왔다.

"나는 돈을 모을 때 흥은 남보다 몇 배가 많으면서도 한 번도 저런 큰 놀음을 못 해보았는데 우리 병국이는 부모 잘 만나고 저 잘나서 저런 원풀이를 맘껏 해보는구나. 오늘은 병국이 잔치! 내일은 병진이 잔치, 모레는 병태, 모레 글피는 병룡이……."

차례로 꼽아 가던 노인의 손가락이 새끼손가락에 이르러서는 노인의 입이나 손가락이 다 같이 뻣뻣하게 동작을 멈췄다.

"후-유-."

노인의 입에서는 또 한 번 한숨이 새어 나오면서 그는 다시 눈을 감는다.

"언청이 아니면 일색이더라고 나도 그놈 병훈이만 아니면……."

그는 다시 눈을 뜨고 전등을 쳐다보다가

"그놈만 아니더면 모범 집안이라고 나라에서 큰 상급을 받을 집안이란데……."

하고 혀를 끌끌 찼다. 이때까지의 추억에서 나타나던 만족의 빛이 그의 상기된 얼굴에서 사라지고 그 대신 증오와 불만의 빛이 나타난다.

"못된 놈! 어째서 깨끗하고 이름 높은 내 집안 내 자식들 중에서 막둥이 아들놈같이 흉악한 역적이 났을까? 하, 그놈의 어미 애비는 우리 내외가 아니란 말인가 그래? 병훈이 그놈뿐인가? 막둥이 사위란 그놈은 또?"

노인은 전등이 그의 막둥이 사위나 된 듯이 한참 노려보더니

"사위가 나쁘다는 것보다 내 딸년이 방탕해서 저희끼리 연애니 뭐니 한다고 하더니만 혼인도 뭣도 안 하고 그냥 맞붙어 살아버리니까 인제 하는 수 없이 내 사위가 된 셈이지, 에-."

하고 노인은 모로 휙 누우려 했으나 자기의 몸이 병자임을 생각하고 조심조심해서 왼쪽으로 돌아누웠다. 그러나 생각만은 틀어지지 않고 쪽— 바로 이어 나온다.

"그것들을 영 내 눈앞에서 쫓아내버리자니 마누란가 뭣이 듣는가? 제 어미가 그렇게 나 모르게 병국이 모르게 뒤를 봐주거든……. 못된 것 같으니."

하고 노인은 바로 전 순간에 하늘같이 치켜세우던 마누라를 여지없이 내리깎으며 욕을 한다.

"오늘도 헌수 자리에서 제 형들보다 병훈이 그놈이 더 뽐내고 젠체하고 하는 체하고 이러면 못쓰느니 저러면 못쓰느니 하면서 학균가 막둥이 사원가 그놈하고 한속이 되어가지고는……. 주전없는 놈들 같으니라고."

노인은 눈자위를 사납게 굴렸다.

허구장천 많은 날을 말로 하는 것보다 머리로만 생각하고 살아가는 노인인 만큼 병자로 보아서는 감탄할 만한 정력을 가지고 생각을 계속하는 것이다.

"우리 아들 넷하고 사위 넷은 다 의사니 변호사니 주사니, 주사보다는 더 높지, 도속이고 군속이니까……. 그래도 이를테면 주사여. 큰아들 큰사위는 옛날 같으면 감사 격이거든."

노인은 제법 신, 구식 벼슬에 정통한 모양이었다.

"못된 놈들. 병훈이하고 학규 그 두 놈만 삿줄에 못 들어.[12] 그놈들은 ×사나 될 것이 아닌가? ×사는 못 되면서도 오라지게 미워한단 말이여. 무슨

---

12 삿줄에 못 들어 : '사'자 붙은 직함을 달 정도로 출세를 못했다는 의미.

불공대천지수[13]가 졌는지 모르지. 그같이 권리가 높은 구실이 어디 있어?"

노인은 병훈이가 광주고보에 다닐 때 학생 사건에 관계하였다가 잡혀가던 일을 잘 기억하고 있다.

"허– 그때 우리 안방에 들어와서 다락 속까지 뒤지던 것이라니? 형사 아니고야 누가 큰 집안의 안방까지 들어온단 말이여?"

노인은 또 병훈이가 일 년 복역을 하고 나와서 (그가 반신불수 되던 해) 광주에서 일어난 무슨 사건의 혐의를 받았다고 경찰서에 불려가던 일을 잘 기억한다.

그때만 해도 부엌에 있는 그릇 속까지 뒤져봤고, 바로 연전에 또 한 번 병훈이가 혐의를 받았을 때도 형사들이 오지 않았던가?

"그래도 그때는 우리 큰아들이 도 평의원이 된 때라 특별히 대접한다고 안 뒤져보고 갔지."

그럴 때마다 병국이는 병훈이 때문에 몹쓸 창피를 당한다고 얼마나 애통을 하고 화를 끓이던고?

"하 그놈을 따로 내자니 장가를 들여야 따로 내지. 제 누이 년이 서방을 얻어가지고 살도록 이놈은 스물다섯 살이나 된 놈이 평생 그러고만 돌아다니려는지 장가도 안 들려고만 하니……."

하고 노인이 다시 눈을 떴을 때 미닫이가 열리고 마님이 들어온다.

"큰 우물을 미꾸라지 한 놈이 흐리더라고 우리 집안은 그 두 놈 때문에 큰일이란 말이여. 아무래도 큰일이 나고 말 테니."

---

13 불공대천지수 : 이 세상에서 같이 살 수 없을 만큼 큰 원한을 가진 원수를 비유적으로 이르는 말.

노인은 여전히 중얼거린다. 마님은 무슨 말인지 알아듣지 못하고

"바위란 놈 오라고 할끄라우?"

하고 영감을 잡아서 바로 눕힌다.

"송도 말년에 불가사리[14]라더니 우리 집안은 그놈 때문에 망해."

항상 귀 익게 들어오던 말이라 마님은 얼른 알아듣고

"뭘 그러시오? 그래도 자식은 자식이지. 생기기야 오 형제 중 제일 잘생기고 맘씨 바른 것이나 무거운 것이나 똑똑한 것이나 집안에서 제일이지마는 단 한 가지 꼭 그 노릇 때문에 그러지 않소?"

하고 부드러운 말로 위로한다.

"듣기 싫어. 어미가 저러니 뭐……."

"어미가 가르쳐서 그런다우? 알고 보면 그 일도 그리 나쁜 일은 아니랍디다그려. 그것도 썩 잘난 사람이 하는 짓이지 못난 사람은 못 한답디다. 그저 감옥소에 가는 것이 흉이지."

"저런 병……. 아니, 바보가 어디 있어? 그러니까 나쁘단 것이거든. 감옥소를 가니까 말이여. 죄가 있어야 감옥소에 가는 것이거든. 그래 죄인 자식이 좋아?"

노인의 어눌한 어성이 자못 높으려 한다.

"그만저만 두고 뭣이나 좀 마십시다."

"다 그만두고 바위란 놈이나 불러−."

이렇게 하여 창수 노인의 환갑연 첫째 날은 우울한 가운데서 마쳤다.

---

14 송도 말년에 불가사리 : 도저히 당해낼 수 없는 일을 하는 사람을 빗대어 이르는 속담설화.

그 이튿날부터 병진과 병태의 연회가 차례로 이 집에서 열렸다. 병진은 그 형님의 체통을 보아서 전날에 부르지 않은 기생을 불렀다. 병태의 잔칫날에도 그러하였다.

의사란 의사, 변호사란 변호사, 그리고 각층의 머리 굵은 유지, 실업가, 관청 사람들이 첫날처럼 들어와서 창수 노인에게 인사를 드리고 나간 후, 그들이 기생들과 진탕치듯 노는 소리를 들으면 창수 노인은 전날과 똑같은 우울과 적막을 느꼈고 뒤이어 자기 집안의 대번영을 기리며 만족하여하다가 병훈의 생각에 이르러서는 끄지 못할 화를 품은 채 그날 그날을 보냈다.

나흘째인 병룡의 잔칫날에는 각 관청에서 수석 격의 사람들이 더구나 많이 나와서 창수 노인에게 인사를 드렸다. 이날에는 웬일인지 창수 노인의 귀에 익은 노랫소리가 들리지 않고 샛되고 맑은 계집들의 유행 노래와 학교에서 부르는 창가 같은 것, 또 유성기 속에서 나오던 유행 창가라는 것이 들려오고 그 뒤를 이어서 계집의 간드러진 웃음소리와 아양스러운 말소리가 들려 왔다.

'저것들은 기생이 아니라 다른 계집들이로군…….'

하고 마님이 앉혀준 대로 안석에 기대어 앉아 있는 창수 노인이 그런 생각을 할 때 마님이 하인에게 무엇을 들리고 와서 방 안으로 받아들였다.

"거 뭣인가?"

"신식 차라요. 마셔보시오."

하고 마님은 찻잔을 받쳐 들어 영감의 앞에 쪼그리고 앉는다.

"오늘은 신식 여자가 왔는가 보구만. 신식 차가 나온 거 보니까……."

노인은 찻잔을 오른손으로 들어 시커먼 찻물을 반쯤 마신다.

"그만 먹을 테니 저리 치워놓게."

"아이고, 참 요새 것들은 더 무섭고 앙큼스러워라우."

하고 마님이 자리를 고쳐 앉으며 찻잔을 한편으로 밀친다.

"왜?"

"지금 노래 부르는 저 계집애들은 카페라나 뭣이라나 하는 술집 것들인데 지금 저기 오기를 병국이네 사 형제가 좋아하는 계집애들만 왔담서요. 그런다고 자부들이 병롱이를 불러가지고 어서 쫓아보내야지 그렇잖으면 교자상을 안 내갈란다고 야단들이오, 지금."

하고 마님은 싱긋이 웃는다.

"기생들 왔을 때는 안 그러더니 그래?"

하고 영감이 마님에게 눕히라는 손짓을 하였다.

"글쎄, 그때는 안 그러더니 오늘 밤에는 당최 야단들이구먼. 그러니까 병롱이가 조금만 놀다가 보내고 기생들을 부를란다고 합데다."

마님은 영감님을 부축해 눕히면서 연방 얘기를 한다.

"글로 보면 우리 병훈이는 참 얌전해. 장가도 안 간 것이 계집이라면 아주 물 보듯 하니……. 참 여보, 우리 병훈이는 어째 잔칫날을 안 받아주요?"

하고 마님이 영감님을 내려다보며 병훈이 말을 또 꺼냈다.

"누가 받아주고 말고. 저 알아서 할 일이지."

노인은 어디까지든지 냉정하다.

"다른 아이들이야 다 저희 직업이 있어서 제 맘대로 하니께 그렇지만, 병훈이야 제 형이 아니 해주면 누가 해주겠소."

"흥, 병국이가 참 잘 해주겠네."

"병국이가 안 해주니까 당신이 날을 받아주란 말이오. 세상에 다 같은 자식인데 어째 그 자식만 쏙 빼놓고? 그 애는 사내자식이 아니고, 동무도 그래 없단 말이오? 의붓자식이오 어디 내가 데리고 온 자식이오 어디?"

마님의 기세가 불온하게 나오더니 나중에는 눈물까지 보였다.

"그럼 병훈이를 불러오소."

마님의 눈물의 효력은 금세 났다.

"바위야! 도련님 나오시라고 해라."

하는 마님의 영이 떨어진 지 오 분쯤 되었을까 할 때 병훈이가 방 안에 들어섰다.

알맞은 키, 떡 벌어진 체격, 둥실둥실한 머리, 우뚝한 코, 우묵한 듯한 빛나는 눈, 두툼한 입술, 과히 희지 않은 살결, 마님의 자랑이 헛되지 않을 만큼 잘난 청년이었다.

"어디 안 가고 있었구나. 거기 앉아라."

어머니의 말에 병훈이는 한편으로 비켜 앉았다.

"아버지가 너도 네 동무를 불러다가 놀으라고 하시는데 어쩔 테냐?"

마님은 영감님의 눈을 거쳐 아들을 바라본다.

"놀으라시면 놀지요."

우렁찬 목소리였다.

"언제로 할래?"

"오늘 넷째 형님이 놀으니까 내일로 정하지요."

하고 병훈이도 아버지의 눈을 거쳐 어머니를 바라본다.

"너도 계집을 불러올 것이냐?"

비로소 창수 노인이 입을 열었다.

"계집이 있어야 불러오지요."

하고 병훈이가 픽 웃으니까 영감님과 마님도 따라 웃었다.

"모두 너 같은 놈들만 모여 오겠구나."

하고 창수 노인이 빈정거리건만

"초록은 동색이라고 별수 있어요?"

하고 병훈이는 비위 좋게 받아넘기면서

"그럼 오늘 저녁에 다 기별하지요."

하고 벌떡 일어나서 밖으로 나갔다.

"그놈 애비보고 잘 자란 말도 없이……."

하고 노인은 우는 상처럼 웃어 보였다.

그 이튿날 밤에 병국이는 병훈에게 큰사랑을 내주고 안사랑에 와서 부친을 모셨다.

창수 노인은 모처럼 곁에 앉아서 재미있게 얘기를 하는 자기의 상속자이요, 이 고을에서 첫째로 칠 만큼 도저하게 잘난 병국의 술기 있는 기름하고 흰 얼굴을 바라보며 극히 만족해하였다.

"원체 오장[15]이 다르게 생긴 놈이라 놀음도 다르구나. 계집을 부를까 술을 먹을까 앉아서 얘기들만 하는구나. 거 젊은것들이 신통하기는 하다."

만족해하는 나머지라 노인은 평생에 처음으로 병훈의 칭찬을 한마디 하였다.

"거 보시오. 그렇단 말이오. 저러니까 돈도 얼마 안 들어라우. 이 애들 연희는 술 계집 값으로 돈이 나가지마는 우리 병훈이야 뭐……."

"허, 여편네 또 나선다."

---

15 오장 : 간장, 심장, 비장, 폐장, 신장의 다섯 가지 내장을 통틀어 이르는 말.

노인은 보기 싫다는 듯이 눈을 감는다. 병국이가

"아까 경찰서에서 고등계 형사가 전화를 제게 걸었어요."

"뭐라고?"

하고 마님이 병국의 입을 쳐다본다.

"오늘 병훈이 동무들이 모여서 논단 말이 참말이냐고. 그러기에 그렇다 하니까, 그러냐– 그러고는 끊더만요."

"뭘 하러 바로 가르쳐주었냐?"

"왜요?"

병국이는 어머니를 똑바로 바라본다.

"그럼, 또 오늘 밤에 오지 않겠냐?"

어머니의 미간에는 근심의 빛이 떠오른다.

"오면 어때요?"

하고 병훈[16]이가 부드럽지 않게 말대답을 하였다.

"오면 어떻다니. 형사들하고 그 애들하고는 전작인데, 그 사람들이 와서 지키고 앉았으면 우리 병훈이 맘에 오직 편안찮겠냐?"

어머니의 어조는 꾸짖는 듯이 나온다.

"허, 잔소리 퍽 한다. 와서 지키고 있으면 더 좋지. 그놈들 맘대로 놀지도 못하고⋯⋯. 여편네가 웬 잔소리를 그리 해⋯⋯."

하고 노인이 아들의 눈을 살펴가며 마누라에게 핀잔을 준다.

술상을 가운데 놓고 둘러앉았는 병훈의 동무들은 이십 명이 될까 말까 한 적은 수효의 애송이 청년들이었다.

---

16 병훈 : 원문대로. '병국'의 오기인듯.

그들의 의복 차림이나 머리털은 허름하고도 부스스하였다. 그러나 그들의 눈은 총명하게 보였다.

그들에게 정종 석 잔씩이 돌아가자 병훈이는 술상을 걷어치우고 음식상을 내왔다.

아름다운 계집의 몸과 요염한 웃음소리가 없는 대신으로 시월 보름달의 밝은 빛이 정원에 가득하였다.

차고 맑은 바람에 나무 그림자가 산산하게 흔들렸다. 아직 나무에 남아 있던 은행잎은 조금 센 바람이 건드릴 때마다 후루루하고 기운차게 떨어진다.

"자네들 저 은행잎 떨어지는 것 봤나? 가을날 저녁 바람에 날리는 은행잎이라니 참 볼 만한데."

하는 병훈의 말을

"이 사람이 또 시취[17]가 동한 모양이군."

하고 한 청년이 대수롭지 않게 받아버린다.

"아니 들어나 보게. 다른 낙엽이야 참 허는 수 없이 다 죽게 되어가지고야 떨어지네그려. 그러기에 소리 없이 낙엽이 진다고 하지 않던가? 그렇지만 이 은행잎은 바로 싱싱할 때 누렇게 되기 전에도 말이여, 그럴 때도 때를 알고 그 시절을 알고 말이지, 그저 솨―하고 기분 좋게 떨어져버리거든."

"허, 자네 말이 그럴듯―도 하네."

하고 청년들은 고개를 끄덕이며 유쾌한 듯이 웃는다.

"다른 낙엽들은 질 때 보게만은 땅에다 머리를 향하고 손을 나무에 향한 채 억지로 지지마는 은행잎은 똑바로 서서 곧추 떨어지거든."

---

17 시취 : 시적인 정취라는 뜻.

"자네 그러다가 뉴턴의 만유인력의 개종파 돼버리겠네."

하고 학규가 너털웃음을 웃는다.

"나는 은행잎 떨어지는 양을 볼 때마다 시대를 아는 위인의 장한 죽음을 생각해보네. 값있는 죽음을 무서워하는 자 마땅히 은행잎에서 배움이 있어야 한다고 생각하네."

병훈이가 빛나는 시선을 동무들의 얼굴에 보내자

"히꼬모노 사라바 사례[18]."

하는 씩씩한 노랫소리가 누구에게선지 튀어나왔다.

"쉿."

하고 한 청년이 입바람을 내며 눈으로 뜰 한편 구석에 서 있는 오동나무 밑을 가리킨다.

"왜 그래?"

하고 병훈이가 눈을 크게 뜨니까 병훈의 곁에 앉았던 한 청년이 병훈의 귀를 스쳐가며

"저-기 디이 오우 지이[19]!"

하였다.

병훈은 벌떡 일어나서 어둠이 서려 있는 오동나무 쪽을 노려보더니 쏜살같이 마루에서 내려가 그편으로 달려갔다.

그 순간

---

18 히꼬모노 사라바 사례 : 이후 창작집에 수록될 때는 "가네 가네 나는 가네, 너를 두고 나는 가네."로 수정되어 있다.

19 디이 오우 지이 : 상대에 대해 '개(dog)'라고 비하하는 자기들끼리의 암어(暗語)로 보인다.

"엑쿠소—[20]"

하는 병훈의 뼈 박은 모진 소리가 들려오며 두 사람의 그림자가 달빛이 깔려 있는 뜰로 튀어나왔다.

"야, 이놈 잡아라."

하고 병훈의 외치는 소리가 나자, 청년들은 우—하고 뜰로 몰려왔다. 병훈의 기운 쏘올은[21] 오른발은 두 사람을 걷어차기를 그치지 않았다.

"웬 도적놈이 소리 없이 들어와서 남의 집 안을 엿보느냐? 이런 놈은 죽여버려야지."

하고 다시 대들려 할 때

"우리는 도적놈이 아니오."

위엄을 가득 실은 말소리가 침입자의 입에서 떨어지며 두 침입자는 훤하—게 밝은 마루로 올라왔다.

"우리를 도적놈이라고? 다—들 여기 앉아."

침입자는 도리어 청년들에게 호령한다.

"오, 너 김가, 이가 두 놈이로구나. 그래 너희가 무슨 일로……."

병훈이는 씩씩거리며 마루로 뛰어 올라왔다.

"뭐, 두 놈이라니?"

한 자가 병훈의 뺨을 갈긴다.

"이놈 봐라. 요—시[22]."

20　엑쿠소 : 이후 창작집에 수록될 때는 "에끼 놈!"으로 수정되어 있다.

21　기운 쏘올은 : 원문대로. '기운 쏠린'의 의미인듯.

22　요시(良し) : '좋아', '알았어'라는 뜻의 일본어.

하고 병훈이는 그자에게 달려들며

"소리 없이 남의 집을 침범하는 놈이 도적놈이 아니고 뭐냐?"

하고 그자의 멱살을 휘어잡아서 마룻바닥에 동댕이쳤다.

"어-엇 우-웃."

하는 청년들의 함성에 대청마루는 떠나갈 듯하다.

안사랑에서 병국이와 어머니가 뛰어왔다. 마침 정문으로 들어오던 병진이, 병태, 병룡의 삼 형제가 요란한 소리에 대청으로 달려왔다.

"이놈들아! 대체 왜 너희가 남의 집에를 소리 없이 들어와서 엿봤느냐 말이야. 올 테면 정정당당히 들어오지 못하고 좀도적놈같이 담 밑에 엎대서?"

병훈이는 아직까지 두 주먹을 부라리며 두 사람에게 대어든다.

"이놈, 가만히 있지 못해?"

병국이가 병훈에게 눈을 부릅뜨고 호령하면서

"자네들은 돌아가주게."

하고 청년들을 돌아보며 명령한다.

"가만히 있으시오. 결말을 봐야겠소."

학규의 흥분한 말소리가 대답한다.

"글쎄 영감! 우리가 영감에게 양해를 얻지 않았습니까? 그래서 정당하게 연석에 참례하면 저들의 파흥이 될까 봐 저기 저 구석에 서서 지켰습니다. 그랬더니 병훈이가 쫓아와서 발로 차고 때리고 뭐……. 이아, 뭐- 두말 없이 우리는 병훈을 데리고 서까지 가지 않아서는."

하고 김가는 병국에게 말하면서 병훈의 팔을 잡는다.

"안 된다, 안 돼."

청년들의 소리가 와글-하고 나면서 병훈이를 둘러싼다.

"제군! 자네들은 돌아가주게. 학규! 자네가 다들 데리고 나가게. 자— 부탁이네. 어서 어서."

하고 병훈이는 휙 돌아서서 동무들에게 눈짓을 하면서 명령하듯 말한다. 학규는 동무들을 데리고 밖으로 나갔다.

동무들의 발소리가 완전히 사라지기를 기다려서 병훈이는 김가의 팔을 뿌리치며

"나를 가자고? 네 맘대로 나를—."

하는 말이 끝이 나기 전에 어머니는 병훈이를 가로막으며

"자— 그만두고 안으로 들어가자."

하고 병훈이를 떠민다. 어머니의 힘은 세었다. 흥분한 병훈이를 몰아세우고 안으로 들어갈 만큼 어머니의 기운은 세었다.

창수 노인은 일어나 앉아서 병훈이를 불러오라고 바위를 호령하였다. 얼마 아니 되어 마님이 병훈을 앞세우고 들어왔다.

"이놈, 네가 형사를 때렸다지? 응? 네가 기어코 일을 저지르고 말아? 응?"

노인의 성낸 어조는 도리어 가엾게 들렸다. 밖이 소란해지며 병국의 사형제가 들어와서 죽 둘러앉았다.

"철없는 자식!"

하고 병국의 성낸 눈이 병훈이를 흘겨본다.

"가택 침입을 못 하게 하는 것은 제국 헌법이 보증하는 것이니까 그야 물론 불법임에 틀림없다. 그러나, 김, 이 두 형사야 형님의 양해를 즉 호주의 승낙을 얻어가지고 들어왔으니까 결코 불법이 아니지요."

변호사인 병태의 책망이었다. 그러나 성낸 황소처럼 씩씩하고 앉아 있는 병훈이는 아무 말이 없다.

"우리 사 형제가 손이 발 되도록 빌어서 겨우 두 사람을 무사히 보낸 줄이나 아느냐?"

하고 병국이가 다시 병훈을 심문한다.

"오랄 때는 언제고 또 빌어서 보낼 때는 언제요?"

하고 병훈이가 병국을 붉은 눈으로 쳐다보며 도리어 힐문한다.

"요것 봐라 건방지게시리······."

하고 창수 노인이 병훈이를 노리며

"송도 말년에 불가사리라더니 네놈 때문에 내 집은 망하고 말어."

하고 오른손으로 병훈에게 삿대질을 한다. 병훈이는 벌떡 일어나며

"옳소. 아버지 말씀대로 형님들 말씀대로 나는 이 집을 기어코 망해먹고 말겠소. 나는 기어코 송도 말년에 불가사리가 되고 말 테니 두고 보시오. 윤 씨 집 말년에 병훈이라는 불가사리가 있듯이 이 세기 말년에 몇천만 개의 불가사리가 있는지 아시오? 흥 당신네들은 몇백 년이나 이대로 잘 살아갈 줄 알지마는 우리 같은 불가사리가 있는 한에는 당신네들의 신세도 불 앞에 나비 같을 테니 두고 봐요 두고 봐."

병훈이는 잽싸게 밖으로 나갔다. 그러나

"윤 씨 집 말년에 불가사리가 오늘 나가오. 잘 살 때까지 잘 살아보구려."

하는 조소의 말은 분명히 들려왔다.

(『신가정』, 1936. 1.)

일제 말년의 불가사리

남은혜

기생의 잡가 노랫소리로 시작되는 이 작품은 '창수' 노인의 환갑잔치를 배경으로 한다. 중풍으로 반신불수가 되어 5년째 와병 중인 노인은 불구가 되었을망정 회생하였고 잘나가는 아들들이 벌여준 헌수연 동안 자신이 누리고 있는 것들을 짚어보며 흐뭇함을 즐긴다. 그러나 잘나가는 온갖 손님들이 헌수연에 참석한 것을 흐뭇해하다가도 정작 주인공이어야 할 자신은 가을 낙엽 같은 존재임을 탄식하기도 한다. 창수 노인은 도 평의원인 '병국', 병원 원장인 '병진', 변호사 '병태', 도청 주임 '병룡'이와 그에 못지않게 도저한 네 명의 사위들의 화려한 지위를 꼽아보며 흐뭇하다가 막내 '병훈'과 그와 한속이 되어 있는 막내 사위를 떠올리자 기분이 상한다. 그가 '흉악한 역적'이자 '송도 말년에 불가사리'라고 혀를 차는 병훈은 광주고보 재학 때 학생 사건에 관계하였다가 복역하였고 이후에 형사들의 주목을 받고 있는 처지인 것이다. 그러나 막내의 독립운동도 "썩 잘난 사람이 하는 짓"이라고 감싸는 아내의 청에 병훈을 위한 연회도 진행이 되었으나 감시차 찾아온 형사들과 시비가 붙으며 난장판이 되고 만다.

친구들을 청한 자리에서 병훈은 은행잎이 다른 낙엽과 달리 곧추 떨어진다는 점에서 시대를 아는 위인의 장하고 값있는 죽음을 떠오르게 한다고 말한다. 이는 자신의 헌수연에서 뒷방에 누워 자식들과 손님들의 지위로 자신의 영광을 삼으려는 창수 노인의 덧없는 어리석음과 대조를 이룬다. 또한 창수 노인이 독립을 위해 애쓰는 병훈을 '역적'이라고 지칭한 것처럼 병훈과 친구들은 자신들을 감시하는 형사들을 향해 "소리 없이 남의 집을 침범하는 놈이 도적놈"이라고 일갈한다. 이러한 아이러니는 고려가 망할 징조로 나타난 괴물 '불가사리'를 병훈에게 빗댄 설정과, 이 작품에 '불가사리'라는 제목을 붙인 작가의 의도와 관련시켜 읽어볼 수 있다. 창수 노인은 병훈을 가리켜 당해내기 어려운 망나니라는 뜻으로 '송도 말년에 불가사리'라고 했는데, 그 설화의 기원을 한번 확인해보자. 고려 말 송도에 나타난 괴물은 어떠한 방법으로도 처치할 수 없어 '불가살이(不可殺이)'라고 불리게 되었으며 이는 고려 왕조 몰락의 징조로 인식되었다. 스스로를 '윤 씨 집안'의 불가사리라고 자칭하고 집을 떠나며 병훈이 "이 세기 말에 몇천만의 불가사리가 있는지 아시오"라고 통렬히 외친 메시지에는 당시 시대와 체제를 향한 작가 박화성의 목소리가 겹쳐 있다고 할 수 있을 것이다.

온천장(溫泉場)의 봄

온천장(溫泉場)의 봄

무거운 꿈에 짓눌려서 흐느끼던 명례는 자기의 몸이 몹시 흔들리는 통에

"으응."

하는 소리를 내면서 눈을 번쩍 떴다.

"계집애가 웬 꿈을 그리 요란스럽게 꾸느냐? 그래 정신은 차렸니?"

점잖게 말하는 사람이 영감님인 줄을 알자 그는 가슴 위에 얹힌 영감님의 손을 두 손으로 안으면서 두려운 꿈에서 벗어난 안심의 숨을 내쉬었다.

"무슨 꿈을 꾸었기에 그렇게 서럽게 울었니?"

영감은 명례를 품으로 끌어당겼다.

"아주 퍽 무서운 꿈을 꾸었이유."

명례는 영감님의 가슴에 얼굴을 묻으며 말하였다.

"무어 어린애 가질 꿈이나 꾸었니? 어디 말해봐."

"아니에유. 저어ー거시키 아주 무서운 꿈이래유."

하고 명례는 부끄러운 듯이 몸을 틀었다.

들창이 훤―해졌건만 워낙 늦잠만 자 버릇하던 영감이라 금세 두런두런 얘기하던 사람은 딴사람인 듯이 코를 골면서 잠이 들어버리고 명례만이 깨어서 조금 전에 꾸던 꿈을 되풀이해보았다.

꿈에는 명례가 전에 남의 집 살던 대전여관에서 빨래를 하고 있는데 주인집 도련님이 명례 뒤에서 놀다가 빨래 방망이에 맞아서 피가 퀄퀄 쏟아졌다. 그래 명례가 깜짝 놀라서 빨래로다가 피를 닦아주었더니만 주인 마님이 쫓아 나와서 악을 쓰며 방망이로 명례의 등허리를 후려쳤다.

명례가 아파서 울고 있는데 전 남편이 어디선지 튀어나와서 주인 마님을 붙잡고 승강이를 하자 지금 영감님이 생시처럼 점잖게 걸어 들어와서 주인댁에게 호령을 하니까 주인댁은 방망이를 들고 방으로 들어가는 것 같더니만 도로 나올 때는 영감님의 본처가 되어가지고는 손에다 칼을 들고 명례를 찌르려 하였다.

그러니까 명례 남편이 또 달려들어 말리려 할 때 본처는 명례의 남편을 찔러 죽인다고 쫓아다니며 칼을 휘둘렀다. 그것을 보고 명례가 악을 쓰며 울다가 영감님이 깨우는 바람에 그 무서운 꿈을 깨버린 것이었다.

"꿈은 꼭 생시의 그림자라더니만 어쩌면 대전여관 주인댁 하구 영감님 본처하구는 꿈에도 그리 사납대여? 아이구 지겨워."

하고 명례는 몸서리를 치며 돌아누웠다.

"아니 그이는 꿈에두 웬 주제가 그리 사나워? 지금두 밤낮 그 꼴을 하구 있나 원. 꿈에까지 그 꼴루 뵈게."

명례는 눈을 감으며 전 남편의 얼굴을 그려보려 하였으나 자기를 대전여관에 팔고 주인댁이 주는 돈 이십 원을 손에 쥔 채로 눈물이 글썽글썽해서

"일 년만 살고 있어. 내 어떻게든지 이십 원 해가지구 데리러 올게."

하고 차마 못 떠나서 서성거리다가 주인댁이 어서 가라고 소리를 치니까 마지못해 돌아서며 고개를 돌려 바라보던 그 눈물 머금은 눈밖에는 생각나지 않았다.

"그때만 해두 어디 그이가 그러고 싶어 그랬나. 시어머니가 다 저질러놓은 일이니께 허는 수 없어 그랬지. 좌우간 그 돈 갖다가 시아버지 일이나 무사히 됐으면 좋을 텐데 그 후로는 영— 소식도 모르고 나는 석 달 살다가 도망 와버리고 말어버렸으니 뭘."

명례의 가슴에서는 뜻 모를 한숨이 술처럼 괴어가지고 입으로 내뿜어졌다.

"생각하면 다 뭘 해. 인제는 내 몸이 이렇게 되고 만걸."

명례는 다시 한숨 한 번을 길게 내쉬고 영감님의 품에서 기어 나와 온천장에 갈 준비를 하였다.

자기의 병 치료도 할 겸 본처에게 두들겨 맞은 명례의 독풀이도 해줄 겸 해서 영감은 명례를 데리고 유성온천에 온 것이었는데 어젯밤에 한번 온천에 들어가 보니 과연 물속에 들어앉은 때의 정신이 여간 좋지가 않았다.

"영감님이 언제나 깨시나? 어서 또 가봤으면 좋을 텐데……."
하고 명례는 머리를 쓰다듬어 다시 쪽찌면서 영감님의 자는 얼굴을 내려다보았다.

둥그스름하고도 갸름한 얼굴이 오십 넘은 영감 같지 않게 육덕이 좋으면서도 몸은 부자답지 않게 호리—한 게 뚱뚱하지가 않았다.

성질도 포악하지가 않고 다정하고 좋건만 다만 한 가지 아들이 없어서 첩질하는 게 흉이었다.

"나두 첩으로 왔으면서 첩질하는 게 뭐 흉이람메."

하고 명례는 스스로 자기 생각을 정정하면서 영감님을 가만가만 흔들었다.

"이거 보세유. 어서 일어나세유. 벌써 사람들이 온천에 가는데유. 남보다 먼첨 가야 약이 된다는데유—."

명례는 정성스럽게 영감님을 깨웠다.

"먼첨 가야 약이 된다."

는 말귀만이 영감의 귀에 들어갔는지

"그래 약이 되어?"

소리를 하면서 영감님은 눈을 번쩍 뜨고 명례를 보고 들창을 쳐다보고 하다가 기지개를 켜고 하품을 한 후에 천천히 일어나 앉는다.

까치 한 마리가 들창 밖 무슨 나무 위에서인지

"깍깍깍, 깍깍깍!"

하고 사납게 짖고 있다.

온천 특탕(特湯)에는 부인이 벌써 두 사람이나 와 있었다.

명례는 옷을 벗고 물속에 들어가려다가 새로 솟친 물이라 어찌도 맑은지 차마 아까워서 들어가지 못하고 물가에 서서 물속을 들여다보았다.

물속에 비치는 하얗고 날씬한 자기의 몸과 얼굴은 얘기 속에 들어보던 선녀처럼 예쁘게 보였다.

"왜 그렇게 서 계시기만 허우."

하는 서울 부인의 말소리를 듣고서야 명례는 물속에 들어가 몸을 푹 잠갔다.

맑은 물 속에서 보는 명례의 살결은 물처럼 들이비칠 듯이 희고 맑고 고왔다.

"살결도 곱기도 하고 얼굴도 이쁘기도 허지."

하고 나이 지긋한 부인이 칭찬을 하였다.

서울 부인은 명례 곁으로 들어왔다. 그의 살결도 백옥처럼 희고 얼굴은 꽃송이처럼 탐스러웠다.

더구나 금비녀 금귀이개만으로 쪽찐 새까만 머리며 보석 반지와 금가락지를 낀 그의 손은 명례로서 처음 보는 아름다운 것이어서 명례는 홀린 사람처럼 서울 부인의 머리 쪽과 왼손에서 눈을 떼지 않고 보고 또 보고 하였다.

"얼굴이나 살결은 내가 더 나을런지 모르지마는 손만은 어림없다. 나야 오직이나 상일[1]을 많이 했어야 말이지."

이런 생각을 하며 명례는 자기의 손을 보았다.

영감에게 온 지 두 달 만에 터져서 옴두꺼비 상이 됐던 손들이 이렇게 고와졌으니 나도 일 년만 있으면야 저 손등보다 더 고와지지 않으리 하고 스스로 위로를 받았다.

"나두 영감님더러 금비녀 금가락지를 해달래야지. 이따위 보석 반지만 끼면 뭘 해."

명례는 자기의 보석 반지를 들여다보았다.

서울 부인이 물 밖에 나가는 것을 보고 명례도 따라 나가서 때를 밀다가 본처에게 얻어맞은 자리가 붉고 푸르게 멍이 든 어깨를 보자 쓴 한숨이 이때까지의 즐거운 꿈을 몰고 멀리 가버린 듯 쓸쓸한 생각이 가슴으로 가득해졌다.

"영감님이 이틀 밤만 거퍼 내게서 자면 그 지랄 발광이 나니 그 꼴을 어

---

1 상일 : 거칠고 힘든 육체노동.

떻게 당하고 허구한 날을 살어가누?"

명례가 긴— 한숨을 내쉬는 것을 보고 중년 부인은

"젊은 댁이 웬 한숨을 그리 청승맞게 허우? 애—여 한숨 해 버릇허지 말우."

하고 핀잔을 준다.

명례는 다시 물속에 들어갔다. 밑바닥에 새겨진 노—란 꽃송이가 물 위로 동동 떠오르는 것이 천연 영감님을 처음 모시던 날 밤 솜리(裡里) 중매쟁이네 집에서 생전 처음으로 먹어보던 모과수 조각처럼 보였다.

"웬 게 그리 맛이 있어? 나두 애나 서야 그걸 원없이 먹어볼 텐데."

하는 부질없는 희망에서 스스로 얼굴을 붉히면서 명례는 이리저리 둘러보았다.

어젯밤은 밤중이라, 또 처음이라 놔서 어리둥절한 게 하나도 눈에 뵈는 것이 없더니만 이 아침에는 눈에 보이는 온갖 것이 다 신기하게만 보였다.

벽은 잘고도 잔 돌멩이를 보기 좋게 박았고 목간통도 자개 조각을 박아서 만든 것을 보고

"우리 고향 시냇가에는 이런 조개 껍질이 많았는데. 요런 잔 돌멩이도 많고."

하면서 명례는 손가락으로 돌멩이와 자개를 꼭꼭 짚어보았다.

"그 색시 목욕은 안 허구 장난치는 거 보니까 퍽 어리군. 인제야 열칠팔 세 됐지."

하고 중년 부인은 명례의 능금처럼 붉어진 두 뺨을 바라본다.

"인제 열아홉 살 됐이유."

하고 명례는 장난치다 들킨 게 부끄러워서 머리를 숙였다.

문득 들창 밖 길가에서 영감님의 기침 소리가 나는 듯싶어 명례는 허둥 허둥 목욕을 마치고 밖에 나왔다.

과연 새로 지은 호데루[2]라나 하는 큰 집 옆에 영감은 얼굴에 가득한 햇빛과 또 그 햇빛처럼 맑고 밝은 웃음을 띠고서 명례를 기다리고 서 있었다.

명례는 영감님이 이다지도 자기를 아끼고 사랑한다는 기쁨과 만족으로, 또 목욕하고 나온 뒤의 맑은 정신과 밝은 햇빛 때문에 날아갈 듯이 가벼운 몸이 되어서 영감님의 곁으로 가뿐가뿐 걸어갔다.

그날 밤 느지막해서 온천에 들어가니 낮에 보지 못하던 젊은 여인 두 사람이 계란을 풀어서 머리를 감고 있었다.

그들은 둘이서 미국 말 비슷도 하고 일본 말 비슷도 한 말을 지껄이면서 목욕탕이 떠나갈 듯이 떠들어댔다.

나중에 머리 쪽지는 것을 보니 둘이 다 양머리[3]를 쪽쪘다.

"양머리쟁이나 되니께 저렇게들 떠들고 지랄들을 허지."

명례는 아침에 벙어리처럼 조용히 목욕하던 두 부인과 비교해보았다.

그들의 살결은 검고도 푸르고 얼굴도 모두 추물이건만 물에서 나가더니 수건으로 몸을 닦고 향 냄새가 진동하는 향수를 온몸에다 문지르고는 또 향내가 물씬물씬 나는 분가루를 그 위로 바르고 나서 옷을 입으러 나갔다.

"참 별 꼴을 다 보겠네."

---

2 호데루(ホテル) : 호텔.

3 양머리 : 머리를 하나로 묶어 늘여 리본을 매거나 머리를 한가닥으로 굵직하게 땋아서 머리에다 터번 모양으로 두르는 둘레머리. 이 머리 스타일은 1920년대부터 신여성들 사이에서 유행했다.

하고 명례는 신기한 구경이나 한 듯이 혼잣말을 하면서 그제야 몸을 씻기 시작하였다.

양머리쟁이 여자들이 옷을 주워 입고 나간 후에는 무서운 생각이 들어 거뜬거뜬 몸을 닦고 나오려 할 때 여염집 부인 같지 않은 여인 한 사람이 더부살이[4]로 보이는 각시(색시)를 데리고 들어왔다.

"어서 머리 먼저 감어라."

하고 여인은 각시 몸에다가 물을 끼얹어주었다.

각시가 머리를 푸니까 때가 기름에 결은 냄새가 휙 끼쳤다.

"오라지게[5] 때두 많이 꼈구나. 어서 말갛게 감어."

하고 여인은 각시의 머리 감는 것을 일일이 감찰하였다.

"인제 내일 밤부터라두 손님을 뫼실 테니까 머리도 잘 감구 몸에 때두 잘 밀어."

하고 여인은 각시에게 또 한 번 물을 끼얹어주었다.

"내일부터유?"

각시는 여인을 쳐다보며 물었다.

"그럼. 너만 내일 잘 몸을 빼쳐[6] 나와서 전에 말하던 자리에만 와 있어. 우리가 자동차로 실어갈 테니……"

하고 거침없이 말하던 여인은 스스로 깜짝 놀라더니만 명례를 빤히 돌아보다가 그에게서 아무런 위험성을 찾지 못하였던지 다시 말을 계속한다.

---

4 더부살이 : 남의 집에서 먹고 자면서 일을 해주고 삯을 받는 일. 또는 그런 사람.

5 오라지게 : 상당히 마음에 맞지 아니함을 비속하게 이르는 말.

6 빼쳐 : 동사 '빼치다'의 활용 표현으로 억지로 빠져나오려 했다는 뜻.

"너두 인제 분세수두 허구 비단옷두 입구 몸단장만 잘 해봐라. 이 색시 지지 않는 미인이 될 테니……."

하고 여인은 제풀에 깔깔 웃었다.

각시는 말끄러미 명례를 쳐다보았다. 아닌 게 아니라 쌍꺼풀진 눈이나 자그마한 입이며 포동포동한 뺨이 단장과 몸치레만 잘 하면 퍽 이뻐질 것이라 생각하고 명례는 두 달 전 자기가 중매쟁이에게 꼭 이런 일을 당하던 일을 눈앞에 그려보았다.

그때 중매쟁이는 대전여관에 와서 한 달이나 묵으면서 날마다 명례를 데리고 목간통에 갔다. 그악스런 주인댁이건만 그가 돈을 잘 쓰는 것에 기가 질려서 그 여인이 하자는 대로 명례를 목간통에 따라 보냈다.

"그런 여자들은 꼭 목간통에서만 각시들을 돌려 빼나 부다."

명례는 이런 속말을 하며

"너는 누구의 각시였는데 어디서 더부살이를 하다가 어디로 시집 갈랴느냐?"

하고 좋아서 벙글거리는 각시를 돌아보았다.

"너희 여관집 주인마님은 정말 악하더라. 거 어떻게 이날꺼정 배겨났니? 너 인제 네 세상 본다. 얼굴이 저만— 허니 네 수단만 좋으면 뭇 사내들의 사랑을 맘—껏 받을 게야."

하고 여인은 또 각시에게 속삭였다.

여인의 얘기 소리를 들으면 각시는 그의 여관집 더부살이임에 틀림없었으나 '뭇 사내들'이란 말이 나오는 것을 보면 명례 자기처럼 영감님의 청을 받아 중매쟁이가 꾀는 게 아니요 아마 어느 술집으로 데리고 가나 부다 생각하니 각시가 가엽게도 보였다.

그러나 가만히 생각해보면 우선 자기로 볼지라도 영감님에게 가서 팔자가 괜찮고 또 영감님도 명례 얻은 것을 무척 좋아하는 모양이니 저런 짓을 하는 중매쟁이 여인들도 과히 나쁜 일을 하는 게 아니라 남에게 좋은 일을 하는 것이라는 생각에 그 여인을 과히 밉게 보지 않았다.

"그러다가 여기 여관집 주인에게 들키면 어쩌려구 저러나?"

하는 의심이 들어가자 갑자기 이때까지 생각해보지도 않던 새 걱정이 생겨났다.

"대전은 바루 요긴데, 더구나 대전여관 주인댁은 이 온천에를 늘 오는데 여기서 그 마님에게 들키면 어쩌나."

하는 근심이 일어나자 조바심이 나서 더 목욕을 하고 있을 수가 없었다.

그래서 명례는 얼른 목욕을 마치고 이번에는 자기가 영감님을 기다려가지고 여관에 돌아와서는 내일이라도 얼른 온천장을 떠나버리자고 영감님을 졸랐다.

"이 계집애가 별안간 왜 이 모양이여? 너도 좀 푹ㅡ 쉬고 나도 병 치료를 좀 해야 떠나지. 이건 어제 와서 내일 가?"

"정ㅡ 병 치료를 허시랴거든 딴 온천으로 가세유. 어젯밤 꿈이 사나워서……."

"아니 무슨 꿈을 꿨는데 그러니? 설혹 꿈이 나쁘기로 그까짓 꿈이 무슨 소용 있단 말이냐? 잔말 말고 다리나 좀 치고 어서 자거라. 오늘은 너무 늦었다."

하고 영감은 시늉도 해주지 않았다.

그러나 일은 글러졌으니, 닷새 되는 날 아침 목욕을 마치고 여관에 돌아오면서 기어코 대전여관 주인댁을 능수버들 아래서 만나고야 만 것이다.

만일 멀찌감치서 명례가 그를 보기만 하였더라면 명례가 외면을 하고 슬쩍 옆으로 지나쳐버릴 것이 아니던가? 그러면 그가 제아무리 눈때가 맵다기로니 그처럼 외모와 몸치장이 달라진 명례를 어떻게 알아볼 것이랴?

그러나 모퉁이 돌아오는 굽이에서 오다가다 섭적[7] 만나고 보니 땅에 구멍이 뚫어지지 않은 이상 그의 눈앞에서 어디로 벗어날 것인가?

그는 멈칫 놀라 딱 버티고 서고 명례는 주춤하고 놀랐다가 휭―하니 걸어왔다.

그러나 맘이 놓이지 않아 여관 문으로 들어오면서 돌아다보니 넓적하고 뻔뻔한 얼굴이 이쪽을 노려보고 있지 않나?

명례의 팔다리가 발발 떨리면서 가슴에서는 방망이 치는 소리가 나는 성싶었다.

영감은 속도 모르고 왜 먼저 왔느냐고 농담을 걸고, 밥을 왜 안 먹느냐고 잔걱정을 하였으나 명례의 귀에는 그런 말이 들어오지도 않을 뿐 아니라 눈앞에는 조금 전에 노려보던 그 큰 얼굴이 떡 질려 있어 가슴이 막막하고 맥이 톡톡 끊어질 듯이 숨결이 가빴다.

아니나 다를까 방문 밖에서 귀에 익은 밭은기침 소리가 나더니 미닫이가 드르륵 열리면서 주인댁이 암사자처럼 사납게 명례를 노려보고 서 있다.

"웬 부인이 이거 웬 실수이시오?"

하고 영감이 여인을 마주 노려보았다.

영감의 말소리와 풍채로 보아 함부로 족칠 자리가 아니라는 것을 깨달은

7　섭적 : 힘들이지 아니하고 가볍게 선뜻 건너뛰거나 올라서는 모양.

듯이 주인댁은 방 안으로 썩 들어서며 미닫이를 닫고 명례 앞에 가 털썩 주 저앉더니

"너 이년! 내가 너를 오늘이야 만났구나. 어서 내 돈 내놔라."

하고 첫마디에 손을 벌리며 년 자를 붙였다.

"여보 거 댁이 부인으로서 너무 과하오그려. 이건 내 사람인데 전에 무슨 일이 있기로니 순순하게 따져 말할 것이지 이게 무슨 해거란 말이오?"

하고 영감도 눈을 아니꼽게 떠서 여인을 노려보았다.

그제야 여인은 한풀이 꺾인 듯 영감님 편으로 몸을 돌리더니만

"말씀이 점잖으니 영감님 대우로 순순히 말허지유."

하고 기침을 한 번 해서 기운을 도사린 후

"이 애로 말하면 내가 제 남편에게서 오십 원을 주고 산, 이를테면 종 비슷하게 내 집에서 살던 계집애지요."

하고 이십 원을 오십 원이라고 거짓말한 것이 좀 마음에 찔렸던지 명례를 힐끔 보았다.

"그런데 한 번은 웬 년이 내 집에 와서 한 달을 묵고 있더니만 아 이 계집 애를 달고 도망을 쳤습니다그려. 오십 원일 것 같으면 오 년을 살고 십 년을 살아도 다 못 살 텐데 이년이 석 달을 살고 도망질을 쳤으니 내 꼴이 어떻게 됐겠어유? 그때 그 분하던 말이란……."

하고 여인은 또 한 번 명례를 노려보았다.

"거참 좀 분하게 됐소그려."

영감도 맞장구를 쳤다.

"그뿐인가요? 내 집에서 석 달 살 때는 코도 안 보이던 제 남편 녀석이 이 애가 달아난 후부터는 날마다 와서 제 계집 내놓으라고 조른단 말이지요."

비로소 명례는 그 말에 고개를 들었다.

"제 계집 없으니께 못살겠드라고 어디 가서 석 달 동안 무슨 짓을 했다든가 처음에 줬던 돈 이십 원 아니 오십 원을 해가지고 와서는 돈 줄 테니 계집 내놓으라고 됩대 지랄을 하는데 이거 참 안팎으로 어디 살 수가 있어유?"

"흐응 그래, 저 애 남편이 지금도 살어 있소그려."

하고 영감은 명례의 상기된 얼굴을 거쳐서 천장을 쳐다보며 몸을 좌우로 흔들흔들하고 앉아 있다.

"살어 있대도 그런 놈이야 죽은 목숨이나 마찬가지지요. 오직하면 제 계집을 팔어 먹었겠유. 이렇게 영감님 같으신 분을 뫼시고 사니까 저 애 팔자야 늘어졌지요마는 그 녀석이야 평생 그 모양으로 홀애비 팔자밖에 더 되겠어유?"

명례의 충혈된 눈이 여인의 말하는 입을 날카롭게 흘겨보았다.

"아 그래, 그 녀석은 나더러 돌려 팔아먹었다 하고 나는 그 녀석더러 빼다가 팔아먹었다 하고 그저 늘— 다툼이지요. 나중에는 내가 그 녀석 맘을 늦춰주느라고 막걸리 값이나 좋—이 들었지요. 첨에 내 집에 올 적에는 벌거숭이로 오다시피 한 걸 돈을 들여 의복을 해 입힌다 신을 사 신긴다 해놓으니까 이것이 나중에는 뺑소니를 쳤으니 오죽이나 분하겠어요? 정말 영감님 같으신 분을 만났으니까 이만허지 그렇지 않었더면 오늘 여기서 큰 난리가 났을께유."

하고 여인은 숨도 쉬지 않고 말한다. 명례는 무슨 생각을 하는지 눈을 딱 감고 이마를 찌푸리고 앉았다.

"흐응 저 애 남편이 저 애를 무척 사모하는 모양이구려."

하고 영감이 여인을 마주 본다.

"제까짓 녀석이 사모하면 뭘 해유? 영감님처럼 저 애를 저렇게 장-히 거천이나 할께유?[8] 그저 돈푼이나 집어주면 깍 소리를 못 하지유."

"그런 말은 듣기 싫으니 그만둬유."

하는 명례의 말소리가 너무나 당돌해서 여인과 영감은 명례를 내려다보았다.

"저 애 인물이야 참 썩 드물지유. 맘씨도 참 무던해유. 영감님 복력이 좋으셔서 소실이야 잘 두셨지유. 그러니 나두 이래저래 칠십 원 돈만 주시면 두말하지 않구 물러나갈 생각입지유."

여인은 영감과 명례를 한 눈결에 흘려보았다. 영감은 한참이나 잠자코 있더니 지갑에서 돈 칠십 원 내어 여인에게 주며

"엣소. 달라는 대로 돈은 드리오마는 그 대신 저 애 남편에게는 일체 아무 얘기도 말어야 하우."

하고 위엄 있게 말하였다. 여인이 막 돈을 받으려 할 때이다. 명례는 두 사람의 앞으로 썩 나서며

"그 돈은 저를 주세유. 내가 그 돈 가지구 가서 저 댁에 가 더부살이 살테야유."

하고 힘있게 말하였다. 영감과 여인의 눈은 동그래졌다.

"정말이유. 난 저 댁으로 살러 갈 테유."

명례가 다시 다져 말하였으나

---

8 장-히 거천이나 할께유 : 장히는 '훌륭히', '매우'라는 의미로, 매우 그럴듯하게 팔자가 좋아질 수 있겠냐는 의미.

"어서 받어가지고 가서 내 말이나 잘 지켜주시오."

하고 영감은 여인을 재촉하여 보냈다. 여인이 간 후에 명례는 여러 가지의 분한 생각으로 하여 느껴가며 울었다.

"너 네 본남편 생각이 나서 그러지? 바른 대로 말해봐."

하고 영감이 명례의 손을 잡았다.

"나를 우리 집으로 돌려 보내주세유."

하고 명례는 진정의 말을 토하였으나

"흥 내가 너를 맞어 오던 날 솜리 여인에게 얼마나 많은 돈을 준 줄 아니?"

하고 영감은 코웃음으로 그 말을 지어버리려 하였다. 명례는 처음 듣는 일이매 눈물을 그치고 영감을 쳐다보았다.

"내가 그 여인에게 돈 사백 원을 주고 요리 값으로 삼십 원을 주었다. 그러고 오늘 또 칠십 원을 내났으니 니 때문에 오백 원 돈이나 쓰고 너를 보내줄 성싶으냐? 너는 네 남편에게서 오십 원에도 팔려 왔다며? 그러니 내가 너를 오백 원에 산 일을 생각해봐야지. 아무리 어리기로 그런 철도 몰라? 네 소원대로 오늘이라도 여기서 떠날 테니 자 울지 말고 좀 눠 있거라."

하고 영감은 명례를 안아 뉘려 하였다.

명례는 영감의 손을 뿌리치고 방바닥에 엎드려지며 피맺히는 울음을 내났다.

"나는 일평생 이리저리 팔려 다니며 종노릇만 하다가 죽을 목숨인가?"

하고 생각이 들매 바로 아침때까지도 행복스럽게 생각되던 자기의 몸이 벌레보다도 더 천하고 하찮게 보였다.

한참이나 울던 명례가 변소에 가려고 밖으로 나오니까 영감이 따라 나왔다. 그 순간!

"도망할까?"

하는 생각이 번개처럼 머리에 지나가자 며칠 전 온천장에서 보던 각시가 지금쯤 어디로 팔려 가서 자기와 꼭 같은 길을 밟게 될까 하는 생각이 났다.

"그래 도망가자."

하는 결심을 하고 꽃봉오리가 진 배나무 아래로 지나가니 참새 한 마리가 푸루루 날아서 공중으로 올라간다. 명례는 눈을 들어 높고 푸른 하늘과 기운 있게 날아가는 참새의 뒷모양을 바라보며 눈물을 닦았다.

(『중앙』, 1936. 6.)

사고 팔리며 유전하는 '명례'의 이야기

김은하

「온천장(溫泉場)의 봄」을 펼치면 꽃들이 피어나는 온천을 배경으로 낭만적이고 관능적이기조차 한 사랑의 이야기가 들려올 것만 같다. 그러나 식민지기 온천장, 즉 유흥의 공간에서 맞은 '명례'의 봄은 결코 로맨틱하지 않다. 그녀는 누군가의 즐거움을 위해 자신의 봄을 빼앗겼기 때문이다. 주인공 명례는 봄처럼 예쁜 열아홉 살이지만 악몽에 시달린다. 늙은 남자의 첩인 그녀는 본처에게 머리끄덩이를 잡히지 않을지 또 자신이 몸종으로 일했던 대전여관의 주인이 잡으러 오지 않을지 두렵기만 하다. 무엇이 명례의 봄을 끈적하고 불쾌한 악몽으로 만든 것일까?

일제강점기를 배경으로 한 명례의 이야기는 '민족적 수난'이라는 말은 '상투어'일지 모른다는 의문을 자아낸다. 민족의 고통은 계급과 젠더를 가리지 않고 만인에게 공평하게 분배되지 않기 때문이다. 하위계급 여성인 명례는 동질적인 계급 내에서도 착취당하는 타자이다. 명례의 남편은 경제적 어려움에 처한 부모를 위해 아내인 그녀를 대전여관의 주인에게 몸종으로 팔았다. 이후 명례는 가난하지만 얼굴이 고운 여자들을 발굴해 파는 중매쟁이에 의해 '첩'이 되었다. 명례는 대전여관의 주인이 나타나자 다시 영감과 여관 주인 사이에서 거래된다. 남편-여관 주인, 중매쟁이-영감, 여관 주인-영감 사이에서 순환하는 명례는 가난한 젊은 여성은 누군가의 이익 혹은 욕망을 위한 교환의 대상, 즉 상품임을 암시한다. 명례는 가부장적 가족에게는 암소와 다를 바 없는 재산이고, 중매쟁이에게는 땀 흘리지 않고 이익을 거머쥘 틈새시장이자, 부유한 영감에게는 양생(養生)의 대상이었던 것이다.

박화성은 식민지기 하위계급 여성이 처한 부조리한 현실을 끊임없이 사고 팔리며 유전(流轉)하는 명례의 이야기를 통해 날카롭게 그려냈다. 이는 소재가 유사하지만 김동인이 「감자」에서 민족의 수난을 양반가 여성의 성적 전락으로 은유하며 모든 여성에게는 창부성이 잠재되어 있다고 암시했던 것과 다르다. 소설의 마지막에 이르면 명례는 행복을 줄 것만 같았던 젊은 여자라는 자신의 몸이 "벌레보다도 더 천하고 하찮게 보"여 괴로워한다. 자신의 몸값을 두고 협상하는 영감과 대전여관 주인의 대화를 엿듣고 자신이 사고 팔리는 하찮은 존재임을 깨달았기 때문이다. 자신을 둘러싼 가부장적 현실에 눈뜬 명례는 교환의 대상을 면하기 위해 달아날 것을 결심한다. 그러나 참새처럼 취약한 그녀가 눈물을 씻어내고 비상할 수 있는 세상이 존재할까? 명례는 영감을 속이고 달아나는 데 성공했을까? 과연 명례의 도주는 해피 엔딩으로 마무리될 수 있을까? 후속 이야기가 궁금하지 않을 수 없다.

광풍(狂風) 속에서

광풍(狂風) 속에서

소나기가 �솨 쏟아진다. 모처럼 내어 쓴 파나마모자와 들이비치는 고운 입성들이 젖을세라 뭇 신사 숙녀가 콩 튀듯 움직이며 종종걸음을 친다.

대한민국 헌법기초위원 일행을 실은 자동차 세 대는 이 총알 같은 빗발 속에서도 미끄러지는 듯 큰길을 태연자약하게 달려 동대문 밖으로 사라진다. 윤이 번지르르하게 흐르는 칠같이 검은 자동차들은 숭인동 윤상오의 저택에 이르러 키나 몸피가 자그만씩한 손님들을 뱉어 안으로 몰아 넣고 나서 다시 뺑소니를 쳐버리고 남은 것은 문밖에서 경위하는 무장 경관 두 명뿐.

방 안에는 만찬이 벌어졌다. 이 집 주인의 취미인 듯 담 밑으로는 향나무들이 죽 늘어섰는데 짝짝 바라진[1] 가지가지가 비바람을 맞아 갈가리 찢어진 잎사귀들이 춤추는 듯 너풀거리는 양이 유리창 밖으로 은은히 보여 손님들

---

1 바라진 : 식물이 잎이나 가지 따위가 넓게 퍼져서 활짝 열려 있는.

은 눈이 거기 갈 때마다 다 함께 그 모양이 꼭 머리를 풀어 산산이 헤친 여인의 뛰며 날뛰는 양 같다고 생각하며 연방 술들을 마셨다.

그들은 오늘 국회에서 통과한 헌법에 대하여 그들의 질문과 자기네의 답변의 내용들을 떠들썩하게 얘기하며 유쾌하게 웃어댔다. 그러나 오늘 마흔 아홉 번째 생일을 맞는 윤상오의 얼굴에는 흔연한 웃음 속에도 갈피 깊게 숨겨 있는 수심의 자취가 구름 피듯 피어간다.

윤정월[2]에 데려온 새 며느리가 닷새 전에 발광을 하다니. 아들은 대학 출신의 군정청 관리요, 며느리는 최우등으로 전문학교를 마친 재색 겸비의 요조숙녀이었는데 미치다니 이 웬 말인가? 그렇게까지 집안 사람들에게 단속했건만 지금도 들려오는 저 노랫소리, 발광하면서부터 부르고만 있는 저 노랫소리.

> 나는 인형이었네
> 아버지 딸인 인형으로
> 남편의 아낸 인형으로
> 그네의 노리개였네
> 노라를 놓아라, 순순히 놓아다구
> 높은 장벽을 헐고
> 깊은 규문을 열어
> 자연의 대기 속에
> 노라를 놓아라

---

2 윤정월 : 음력 윤1월을 뜻함. 정월은 음력 1월을 다르게 부르는 말.

주인의 얼굴빛이 달라가는 것을 눈치 못 채는 손님들은 태평천하로 먹고 마신다. 아마 누군가 말리는 모양인지 노랫소리가 그치면서 지껄이는 말소리들이 헝클어지더니 다시 더 새되고 맑은 노래가 이어진다.

> 나는 사람이라네
> 남편의 아내 되기 전에
> 자식의 어미 되기 전에
> 첫째로 사람이 되려네
> 노라를 놓아라
> 순순히 놓아다구
> 높은 장벽을 헐고
> 깊은 규문을 열어
> 자연의 대기 중에
> 노라를 놓아라

두 번째 노래가 들리면서부터야 손님들의 얼굴에 놀라는 빛이 번져가면서 모두 입안에 음식을 넣은 채 술잔을 든 채로 동작들을 멈추고 노래에 귀를 기울인다. 떨리는 듯 고운 목소리는 또다시 그 노래를 되풀이하는 것이다.

"거 따님이신가요? 창가³ 하는 이가……."

"참 잘하시는군."

"썩 성대가 좋으신데요."

다 한 마디씩 묻고 칭찬하는 말에

---

3 창가 : 서양 악곡의 형식을 빌려 지은 노래로 근대 음악을 뜻함.

"미거한[4] 딸년이······."

하고 윤상오가 낯을 붉히며 말은 하면서도 일어나 나갈 듯 나갈 듯 몸을 못 가누며 당황해한다.

이 자리에서는 최고 인텔리요, 교수요, 단 하나의 문인인 최길준은

"아니, 따님이 계시던가?"

하고 고개를 갸우뚱하며

"저건 십구 세기 노르웨이 문호 입센의 「인형의 집」이라는 희곡의 주인공 노라의 말을 노래로 만든 것인데······."

하고 눈을 깜박깜박하더니

"여류 화가이면서 글도 쓰던 나 씨[5]가 저 노래를 지었더랍니다. 그렇지만."

하며 나중 말은 삼켜버린다. 그렇지만 손님들이 계신데 소리로 보아 성숙한 여성이 왜 하필 지금 그 노래를 할 필요가 있으랴는 말뜻을 알아차린 윤의 얼굴은 정원까지 켜진 환한 전등 아래서 창백하게 보였다.

노랫소리도 지칠 듯 높고 낮은 멜로디만 가늘게 들려오는 동안 주안상은 물려지고 밥상으로 새판을 차렸다. 바람이 거세지며 빗소리가 또 그악스럽다.

손님들은 불빛에 너펄거리는 향나무를 바라보며 아까 최의 말에서 받은 야릇한 암시에서 말없이 수저를 놀리고 있을 때 별안간 밖이 왁자지껄하며 우당퉁탕하더니 미닫이가 싹 열리며 향나무 잎새처럼 그렇게 갈가리 머

---

4 미거한 : 철이 없고 사리에 어두운.
5 여류 화가이면서 글도 쓰던 나 씨 : 서양화가이자 제1기 신여성 작가였던 나혜석(1896~1948)을 가리킴.

리칼을 풀어헤친 젊은 여인이 썩 들어서자 윤상오는 외마디 소리를 지르며 벌떡 일어났다.

밖에서도 생소란이 났다. 부인들이 잡으러 오자니 방 안 손님들께 죄송스럽고 잔심부름하던 청년들은 당자에게 함부로 손을 댈 수 없는 터이라 공연히 황황하게 덤비기만 했지 안에서 밀어내려는 윤상오와 함께 절대의 기운을 가진 이 광인에게는 썩은 새끼줄처럼 무력한 것이었다.

"아버님, 잠깐 제 말 좀 들어주세요."

"썩 가지 못하느냐? 여기가 어디라고."

윤은 눈을 부릅뜨며 발을 구른다.

"하하하, 여기가 어디야요? 대한민국 헌법기초위원들께서 모이신 좌석이죠."

간드러지게 웃는 소리가 은방울을 굴리는 듯 아리땁건만 손님들의 얼굴빛은 파랗게 질려 있다.

"썩 끌어내지 못해? 경수는 어디 있느냐?"

"어제 제 처가에 보내지 않으셨수."

마님의 가만한 말소리가 문밖에서 난다.

"어버님, 그러실 게 아니에요. 제가 저기 계시는 저분들께 꼭 드릴 말이 있어서 온 거예요. 이거 보세요, 여러분 선생님, 제 말 좀 들어보세요."

그는 윤을 밀치며 밥상 앞으로 다가선다.

"아이, 저를 어쩌면 좋아."

미닫이 밖에서는 안타까워서들 야단이다.

"얘들아, 썩 끌어내라."

윤이 곁에 있는 남자들에게 호령한다.

"이거 보시오, 영감. 정말 그러실 게 아닌 듯싶습니다. 우리에게 할 말씀이 꼭 있다니 따님의 말씀을 듣기로 하지요."

어느샌지 최길준이 윤의 옆에 와서 신중하게 하는 말이다. 딴사람들도 동의하는 표시로 고개들을 끄덕였다. 여인은 아까부터 저대로 말 시작을 한 것이다.

"저는 저 남쪽 조그만 섬에서 나서 자라난 섬 계집애예요. 게다가 첩의 딸이었드랍니다. 아하하."

입은 웃는지 우는지 그 휑하게 시원한 눈에 눈물을 어릴망정 산발한 속으로 보이는 대리석처럼 투명한 갸름한 얼굴에서 뻗치는 찬 기운은 그 눈에서 풍기는 것이었다.

"얘들아, 저리들 물러가거라."

거의 애원하듯 청년들에게 절망적인 명령을 하며 윤은 털썩 주저앉고 밖에서는 숙덕거리는 소리가 더 크게 들려온다.

"글쎄, 첩의 딸인 섬 계집애가 전문학교 좀 나왔기로니 서울 양반 대갓집 외동 며느리가 어디 가당합니까? 우리 부모는 바보야. 서울 양반 사돈이 섬 놈에게 무슨 행셋거리가 됩니까, 글쎄? 하하하하, 비극의 실 끝은 여기서부터 풀렸거든요. 하하하하."

두 팔을 댄스하듯 벌려 올리며 머리를 뒤로 젖히고 웃을 때 머리털이 인어의 것처럼 뒤로 서리어 하얗게 소복한 날씬한 그 몸매의 율동적인 곡선이 요정의 어느 연극 한 장면을 바라보는 것같이 무시무시하게 느껴졌다.

"서울 양반들은 갈매기만 깃들여 사는 데가 섬이오, 사람은 못 사는 덴 줄 아나 봐요. 섬은 조선 땅이 아니죠, 아마? 당신네들이 국민헌법을 기초하실 때 대한 국민의 영토는 한반도로만 하고 그 부속 도서는 다른 왕국으로 한다고 왜 하시잖으셨나요? 하하하하, 그러고는 왜 섬사람을 다른 나라 사람 취급을 하러 들어요."

그는 웃는 시늉을 하되 눈으로는 누구인지를 흘기더니 발뒤축으로 한 번 핑 돌아 미달이 쪽을 노려보며

"예, 나는 첩의 딸이에요. 그러면서 당신은 왜 첩 꼴을 보시나요?"

하는 말이 떨어지자마자 밖에서 키가 성큼한 중년 부인이 들어와 광인의 팔을 잡아 끌어내려 하나 광인은 몸을 움직여 이쪽으로 피하며 부인을 복도로 밀쳐버리고

"하하하하, 첩의 딸이 낳은 자식은 양반댁 봉사자가 될 수 없다죠? 그러기에 내 배를 이렇게 가르고 양반댁 씨를 뿌리째 뽑아버릴 테예요. 그 더러운 양반의 씨를……. 애튀튀."

하며 복도를 향해 침을 뱉는다. 윤상오가 머리를 두 손으로 움켜쥐며 일어나려 할 때 최가 다시 윤의 팔을 잡고 귓속말을 한다. 광인은 팽이처럼 또 돌아선다.

"당신들은 축첩법 금지를 헌법으로 제정하셨나요? 축첩자는 국민으로의 모든 자격과 의무를 상실한다, 이렇게요. 당신들도 다 축첩을 동경하시는 모양입니다그려[6]. 하하하하, 아스세요.[7] 인간으로서 생존력과 생존권이 박약한 가련한 여인과 자손들을 당신들은 얼마나 불리실 셈인가요? 흥, 걸핏

---

6 축첩을 동경하시는 모양입니다그려 : 축첩을 하는 사람을 부러워해서 금지한 것이 아니냐는 의미. 즉, 축첩법 급지가 첩이 될 수밖에 없는 여성의 현실을 외면한 남성 중심적인 법률이라는 비판의 의미로 보인다.

7 아스세요 : 동사 '아스다'는 그렇게 하지 말라는 의미의 방언이다. '아스세요.'는 그런 법을 만들지 말라는 의미로 보인다.

하면 법률로써 제정한다구요? 대체 법률은 누가 누구를 위해서 만드는 것인가요? 병자와 약자와 극빈자를 보호 양생하는 기관을 세운다는 새 헌법이 나기 전에는 국문의 주권과 권력이라는 건 다 거짓이어요."

그의 창백한 얼굴이 복숭아처럼 빨개지며 두 손으로 허리를 짚고 버티고 선다.

"모든 국민들은 법률 앞에 평등이며 성별이 없다구요? 그래서 여권 옹호에 있어서는 아무런 생각들도 않으셨나요? 아주 여성을 무시하고 생렴[8]도 않으셨나요? 당신네 국회에 한 명의 여성이 없다는 건 당신네는 어떻게 생각하며 그 책임을 누구에게 지우십니까?"

그는 주먹을 마주치며 자리를 둘러본다. 손님들의 눈에는 강렬한 동요의 빛이 나타난다.

"또 보세요. 금년 여자대학교에 입학 지원자들이 전혀 없게 된 그 원인이 어디 있다고 생각하십니까? 여러분은 그걸 남의 일로만 방관하실 작정이시죠? 그렇죠? 그렇다면 비겁해요. 무력해요. 보기 싫어요. 빨리들 돌아가세요."

그는 발을 탕탕 구르며 소리친다.

모처럼의 연회가 망발이 되었을[9] 뿐 아니라 집안의 비밀과 알력[10]을 남에게 보인 것이 너무도 창피하고 분해 윤상오는 손님들을 보내고 나서 소리소리 지르며 집 안을 뒤흔든다.

---

8 생렴 : 어떤 생각을 가지거나 엄두를 낸다는 의미의 '생념'을 잘못 적은 것으로 보인다.

9 망발이 되었을 : '망발되다'는 망령이 나서 말이나 행동이 잘못된다는 뜻.

10 알력 : 다툼, 분쟁, 갈등.

"얼른 김 박사를 오시라 해라. 대관절 어찌 된 셈인지 좀 더 알아봐야겠다."

김 박사는 ×××병원의 원장이요, 며느리 조영희의 선생이며 교의였으니 진찰이야 오직 착실히 했을까마는 오늘 밤 일이 너무 맹랑하며 참고 있을 수 없어 다시 청해 오는 것이다. 자동차 소리가 나며 키가 훨씬 큰 김 박사가 들어선다.

"밤늦게 오시래서 미안합니다."

윤은 그의 손을 잡아끌어 올리며 맞는다.

"인제 아홉 시 반인데 늦기야 뭐 늦습니까마는……."

김 박사는 근심스러운 표정으로 윤을 쳐다보며 다음 말을 기다린다.

"오늘 밤에 뭐 별일이 다 났었습니다. 좌우간 또 한 번 봐주시지요."

윤이 앞서서 영희의 방을 들어간다. 과도한 흥분과 뭇 사람의 공격에 지쳐 떨어진 영희는 자리에 누워 혼혼히[11] 잠자는 듯 고요하다. 김 박사가 조용히 진찰을 시작할 때 영희는 눈을 떴다.

"아이 선생님."

눈귀로는 눈물이 흐른다. 한 방울 또 한 방울.

"누누이 말씀드린 것처럼 역시 임신 중 모든 신경이 약할 때 과격한 감정의 자극과 충격을 받아 잠깐 정신의 혼란 상태를 일으킨 것이니까 안정 치료하면 차차 좋아질 겁니다. 먼저 나가시지요. 환자에게 일러둘 말이 있으니까……."

진찰을 마친 김 박사가 영희의 이불자락을 고쳐 덮어주며 윤에게 하는 말

---

11 혼혼히 : 정신이 가물가물하고 희미하다는 뜻.

이다. 말없이 영희의 방에서 나오는 윤상오는 속으로 굳은 결심을 하였다.

'제 친정 사람들이 오면 아주 보내버려야겠다.'

"영희! 언제까지 이렇게 미쳐 있을 작정인가?"

김 박사의 애타서 하는 말소리가 애절하다. 영희는 말끄러미 김 박사를 쳐다보다가

"선생님, 미치잖고 어떡해요?"

하고 눈을 스르르 감았다 다시 번쩍 뜬다.

"자살한 셈만 치심 돼요. 생존 경쟁에 패배한 사람의 아주 죽어버리는 자살이 아니라, 다시 소생할 수 있는 자살요. 발광은 자살의 정화된 형태일 거예요. 이 윤 씨 댁 며느리로서의 조영희, 엄숙한 나의 반려가 될 수 없는 윤경수의 아내로서의 조영희는 이미 죽었어요. 인형의 집을 뛰쳐나오던 '노라'도 그때는 미친 여자로만 보였을 거예요."

영희의 눈에서는 눈물이 흘러내렸다. 이윽하여 조영희는 다시 말을 이었다.

"선생님, 저 때문에 너무 걱정 마세요. 전 기쁘게 쫓겨가겠어요."

김 박사는 심각한 표정으로 그를 내려다보고만 있었다.

"다음 날 제가 다시 선생님 앞에 나타날 땐 선생님께서 그래도 네가 그 광풍 속에서 살아났구나 하구 신기롭게 여기실 테죠. 그렇죠? 선생님!"

애써 웃으려고 하는 조영희의 입술에는 가느다란 경련이 아물댔다.

(『서울신문』, 1948.7.17~23.)[12]

---

12 『서울신문』 해당 지면의 보존 상태가 좋지 않아, 창작집 『잔영』(휘문출판사, 1968)에 실린 텍스트를 저본으로 삼았다.

여성해방은 어떻게 가능할까?

김은하

「광풍(狂風) 속에서」는 일제 말기에 절필했던 박화성이 해방을 맞아 창작 활동을 재개하면서 발표한 작품 중의 하나다. '축첩제 폐지'를 주제로 한 이 작품은 박화성이 8·15 해방을 여성사의 새로운 전환 국면으로 인식했음을 보여준다. 일반적으로 1945년 해방은 조선 사람이 제국의 압제에서 벗어나 자유를 획득한 민족적 사건으로 인식되어왔다. 그러나 '광복'은 식민지와 가부장제라는 이중적 구속 상태의 여성들에게는 여성해방의 물결이었다. 여성 지식인들은 설령 남성은 해방이 되었다 하더라도 여성이 해방이 되지 못했다면 그것은 절반의 해방에 불과하다면서 구질서, 즉 가부장제의 파괴를 주장했다. 1948년 남북한 단독 정부가 들어서고 좌익과 우익의 이데올로기 내전으로 민족이 갈라지기 전까지 남북한 양측에서는 남녀평등법을 발표하고 '부녀국'을 설치하는 등 여성해방을 위한 제도적 해법을 찾고자 했다.

이 작품이 창작되던 당시에 박화성은 '조선문학가동맹' 목포 지부장을 맡으면서 진보적 문예 운동 조직의 건설이라는 임무를 맡고 있었다. 그러나 일제강점기의 신여성인 작가는 여성해방의 물결을 외면하지 못했다. '이데올로기'가 아니라 당대 여성계의 주요 이슈였던 '축첩제 폐지'를 소설의 소재로 채택했기 때문이다. 그러나 박화성은 좌익 계열의 여성 지식인으로서 미군정이 통치하는 남한 정부의 '축첩제 폐지' 결정에 비판적 입장을 취했다. 이 소설은 대한민국 헌법기초위원 중의 하나인 '윤상오'의 대저택에서 이루어지는 정부 고위 관료들의 모임을 소재로 하고 있다. 헌법기초위원들은 국회에서 '축첩자는 국민의 자격과 의무를 상실한다'는 골자의 법이 만장일치로 통과된 것을 축하하기 위해 모였다. 그러나 윤상오의 며느리인 '영희'가 모임 한가운데 불쑥 등장함으로써 잔치는 엉망이 되고 만다. 영희는 '미친 여자'라는 의장 혹은 가면을 빌려 '축첩제 폐지'는 여성들을 위한 법이 아니라고 항의한다.

박화성은 가부장제의 폐지를 주장하는 신여성 작가이면서도 왜 축첩제 폐지에 동의하지 않았을까? 여성의 경제적 자립이 이루어지지 않은 사회에서 축첩을 금하는 법률은 여성해방의 근본적 대안이 될 수 없다고 보았기 때문이다. 법률과 정책이 '첩'이 되어서라도 생존하고자 하는 여성들의 처지를 외면하고 이들의 삶을 불법과 파행으로 도덕화해 낙인 효과를 발휘할 수 있다고 본 것이다. 국회에 한 명의 여성 정치인도 없고 여자대학교에는 여학생들이 입학하지 않고 있다는 영희의 발화를 통해 알 수 있듯이 여성은 사회적으로 무권력 상태이고 빈곤은 젠더화되어 있는 것이다. 이러한 현실에서 축첩제 폐지는 가부장제를 무너뜨리는 실질적인 힘을 발휘하기보다 '첩'이 된 여자들과 그 자녀들에 대한 차별을 강화할 가능성이 높다. 축첩제 폐지 법률은 여성의 현실을 외면한 탁상공론에 불과하다. 그래서 박화성은 '미친 여자'의 목소리를 빌려 법이 중산층/남성/엘리트중심주의에 사로잡혀 있다고 비판했던 것이다.

샌님 마님

샌님 마님

건넌방 아랫목에 자는 듯이 누워 있던 은애 할머니는 갑자기 눈을 번쩍 뜨고 부시시 몸을 일으켜 앞 미닫이를 열고 마루 끝으로 걸어 나왔다. 주먹으로 두어 번 허리께를 두드린 그는 나직한 시렁 위로 구부정한 두 팔을 올려서 양복 상자 뚜껑을 내렸다. 그는 그것을 소중하게 받쳐 들고 고개를 기웃이 빼서 안방으로 향했다. 방에서는 재봉침 소리가 달달달달 굴러나왔다.

"어이구! 허구한 날 저 짓만 허니……."

은애 할머니는 가만히 중얼거리며 양지쪽으로 상자를 놓고 그 앞에 퍼더버리고 앉았다. 상자는 푸르고 노랗고 희고 그리고 또 보라색 따위의 종이로 가득 채워져 있었다. 독감에 걸려 열흘 동안인가 앓는 동안에 꽤 많이 모여졌다고 은애 할머니는 오른손을 짝 펴서 꾸욱 눌러보았다. 산뜻한 종이의 색깔로 하여 그의 손이 더욱 검고 쭈글쭈글하게 보였다.

딸의 바느질 솜씨 덕을 보려고 들어오는 옷감들은 대개 매끈하고 반들거리는 색색 종이에 싸여져 왔다. 전에는 들어오는 대로가 다 그럭저럭 찢겨지고 구겨지고 그래서 버려지기 마련이었는데 이제는 할머니의 손으로 정리되는 것이다.

소일거리가 없는 그는 늘 헤프게 없어지는 종이가 아깝게 생각되어서 한번은 그것을 꼭 모아두었다가 떡장수 하는 조카며느리에게 주었더니 보름이 지난 후에 질부[1]는 아리랑 담배 다섯 갑을 사서 들고 왔다.

"아주머니께서 주신 종이 덕분에 떡이 더 잘 팔렸지 뭡니까? 딴사람들은 모두 누리께한 잡짓장이나 신문 쪽인데, 전 곱다란 종이에 싸서 주니깐 아주 기분이 좋다구 야단들이죠."

"그까짓 게 몇 장이나 돼서?"

"한 장에 여덟 조각은 나거든요. 그러니 조옴 많습니까? 다음에도 또 좀 모아주세요."

그렇게 하여서 은애 할머니에게 종이를 정리하는 일거리가 생겼고, 그러면 또 번번이 담뱃갑이 쥐여지곤 했던 것이다.

"이번엔 웬 이렇게 찢어진 게 많아? 그래두 잊지 않고 상자 속에 넣어준 것이라도 고맙지 뭐야."

할머니는 성한 것과 상해진 종이들을 가려놓고, 찢어진 곳을 가위로 도려서는 성한 것들 위로 얹었다. 그리고 찢어진 종이들은 또 한데로 함께 모았다.

문득 눈앞에 가물가물 어릿대는 것이 있는 듯하여서 머리를 드니 흰나비 한 쌍이 아직은 반쯤만 피어 있는 개나리 나무 바퀴를 팔랑팔랑 오르내리

---

1 질부 : 조카의 아내를 부르는 말.

고 있었다.

"꽃들은 필랑² 멀었는데 나비는 먼저 왔군!"

어쨌거나 나비를 보니 완연히 봄은 온 모양이라고 할머니는 버릇이 되어 버린 한숨을 또 길게 내쉬었다.

"인제 여든이 꽉 찼으니…… . 무슨 시원한 꼴을 더 보겠다고 또 해를 넘겨? 인젠 갈 데로 가버려야지 후유!"

나비들은 아무래도 꼭대기까지는 못 기어오르겠다는 듯이 날개를 팔팔거리며 뱅뱅 돌다가 담 구석에 무더기로 피어 있는 배추꽃 쪽으로 날아가 버렸다.

대문 밖에서 자동차가 빵빵 기척을 하니까 식모애가 벌써 알아듣고 달려가서 빗장을 뺐다. 문 안이 바듯하게 들어선 여인은 할머니를 보고 큰소리를 냈다.

"샌님 마님, 안녕하셨어요?"

그다지 뚱뚱한 몸피는 아닌데도 서기가 뻗치도록 번쩍대는 은색 상하 의복의 치마가 부풀어서 대문이 부듯했던³ 모양이었다.

"은애 엄마 방에 있어요?"

그는 겨드랑에 끼었던 납작한 책보를 들고 대청을 향하여 걸어갔다.

"아유! 인천 학생 왔수? 애, 어멈아! 인천 학생 왔다!"

재봉침은 그만두고 손으로 만지는 바느질을 하는지 조용하던 방에서 은애 엄마가 대청으로 발소리를 내며 나왔다.

---

2 필랑 : '피려면'이라는 뜻으로 보인다.

3 부듯했던 : 부푼 치마 때문에 대문이 꽉 차게 느껴졌다는 의미.

"언니 오셨어요? 어서 들어오세요. 어머닌 밤낮 인천 학생이야. 노인이 다 된 마님더러 학생이라면 되나요?"

"아이 어때? 난 여길 와야만 옛날의 회상을 일으킨단 말야. 인천 학생이라는 그 정다운 발음에서 말이지."

오십 대의 여인은 연신 입을 놀리면서 은애 엄마를 따라 방으로 들어갔다.

"흥, 세상은 참 자알 돌아갔지. 저런 사람이 양반 행셸 하지 않나, 육십이 내일모레인데도 새댁 차림을 허구 다니지 않나, 돈이 많으니 진짜 양반도 못 타는 전용 자동차를 가지고 있지 않나. 아유! 우리네처럼 가난뱅이에겐 야속한 세상이지만두 저런 치들에겐 예서 더 좋은 세상이 어디 또 있을꾸?"

은애 할머니는 거진 입속말로 신이 나서 중얼거렸다. 그러노라고 한 번만진 종이를 또 만져서 이리저리 놓았다 들었다만 하였다.

"그렇지만 말은 옳지. 제 말대로 나도 저치에게서 샌님 마님이란 말만 들으면 그만 옛날 생각, 영감 생각이 꼬릴 물구 뎀비거든."

은애 할머니는 두 손을 놓고 멍하니 샛노란 개나리꽃에 눈을 주고 있었다. 머리로는 아득한 40여 년 전의 옛일을 더듬으면서……

지금은 은애 할머니지만 그때에는 명칭이 둘이나 있었다. 딸이 그때 네 살이었으니까 정선 어머니라고 불러도 되련만 기숙사의 학생들이 드난살이[4]로 들어간 내외를 무엇이라고 부르는지 몰라서,

---

4 드난살이 : 남의 집에서 드난으로 지내는 것을 뜻함. 여기서 '드난'은 임시로 남의 집 행랑에 붙어 지내며 그 집의 일을 도와주는 것을 뜻한다.

"우린 어떻게 불러야 되나요?"

하고 물을 때 서른다섯의 젊은 마누라는,

"우리 영감님은 비록 가난해서 학교로 내외가 드난살이를 왔지만 본래 양반의 자손이시니깐 샌님[5]이라고들 부르구려."

하였다.

후취댁이나 되는지 샌님이라는 영감은 십오 세나 위여서 백발이 희끗희끗하고 주름살도 꽤 깊이 져서 노티가 있었다.

"그럼 아주머닌 그대로 아주머니라고 해도 돼요?"

"내가 샌님이면 우리 마누란 샌님 마님이 되는 거라우."

이번에는 남편인 샌님이 나섰다. 학교의 바깥 심부름을 하는 즉, 뜰을 쓸고 학교의 정문이나 사무실의 문을 열고 닫고, 무엇이나 직원들의 요구하는 물품이나 사 오고 일을 시행하는 소위 소사(小使)요, 솔직히 말해서 머슴의 사역으로 들어온 김응교(金應敎)는 기숙사가 새로 만들어지자 그의 아내를 기숙생의 식모로 일하게 하여서 안팎으로 벌도록 한 것이다.

그래서 기숙생들에게서는 샌님이니 샌님 마님이니의 존칭을 받지만 (스스로들 호칭을 지어주었으니까) 학교에서는 언제나 '응교'였다.

사무실 유리창으로 새파랗게 젊은 일인(日人) 여선생들이 머리를 내밀고,

"응교! 응교! 응교 어디 있소?"

하고 째어져 갈기 난 목소리를 쨍쨍 울리면서 불러댈 때 마누라는 그만 귀

---

5 샌님 : 오늘날 샌님은 다소 융통성이 없고 부끄러움을 많이 타는 사람을 가리키지만 여기서는 공부도 많이 하고 행실도 점잖은 양반이라는 의미로 남자를 높여 부르는 말로 볼 수 있다.

를 막고 싶도록 불쾌하고 듣기 싫어했다.

그러나, 마누라를 부를 때는 '응교 부인'이라고 비교적 존대를 했다. 남편을 찾다가 없을 때 그들은 곧잘,

"응교 부인! 응교 어디 갔소?"

하고 물었다. 아니꼽고 화가 치밀지만 목구멍이 포도청이라고 마누라는 꾹 참고 살아온 것이다.

많지 않은 일가붙이들은 정선 어머니라고 하여서 그에게는 '샌님 마님'이니 '응교 부인'이니 하는 것까지 합하여 셋씩이나 이름이 붙었다.

그러나, 그중에서도 꼭 그의 마음에 들어 그를 흐뭇하게 해주는 호칭은 샌님 마님이라는 것이었다. 학생들이

"샌님 마님!"

하고 새된 소리로 부르면,

"네에, 왜들 그리우!"

하면서 쏜살같이 그들에게로 달려갔다. 그들은 샌님에게 시키지 못할 것들을 그에게 부탁하고, 그중에서도 인정이 많은 소녀들은 정선이 주라고 시골에서 보내온 음식들이나 혹은 돈푼까지 주기도 했다.

인천 학생이 열두 살, 그때는 여자고등보통학교 본과 1학년에 입학이 되는 터라 그는 기숙사에 어린 학생으로 입사하였던 것이다.

인천 학생은 응교 내외를 보고 깜짝 놀랐다. 구면인 것이다. 그들은 인천에서 살다가 서울로 올라왔고, 인천 학생네와는 바로 이웃이었다.

"웬일이세요?"

"여기까지 흘러온 거지 뭐."

그들은 피차 당황해하던 나머지 이렇게 싱거운 말을 교환했다.

인천 학생네는 백정이었다. 자기네가 직접 쇠고기를 팔지는 않지만 남을 시켜서 큰 푸줏간을 경영하고 있었다. 소녀의 어글어글하게[6] 큰 눈에 애원의 빛이 가득했다. 저들의 입에서 자기네의 근본이 탄로되면 어쩔까. 제발 입을 좀 다물어주었으면……. 그런 눈초리로 그윽이 샌님 마님을 쳐다보았다.

"걱정 말아요."

불쑥 그에게서 튀어나오는 말에 소녀는 비참하도록 일그러진 웃음을 띠고 새까만 머리통을 숙였다.

"샌님 마님 고마워요. 샌님 마님만 믿겠어요. 그 은혜 잊지 않을게요."

소녀로서는 좀 엉뚱한 뒷받침까지 하였다. 그날 밤에 마누라는 남편에게 보고 겸 부탁을 했다.

"우리만 입을 다물면 누가 알겠어요? 인천에서 저 혼자 왔으니 우리 묻어줍시다."

과연 그들은 일체 숙면인 체를 하지 않았고, 인천 학생은 토요일에 가서 일요일에 올 때마다 무엇인가를 가져다 주었다. 생선 말린 것이나 떡이나, 때로는 쇠고기 뭉치까지도……. 돈이 아쉬울 때는 인천 학생이 가져오는 고기를 팔기도 했다. 밖에 가지고 나가서 외치고 파는 게 아니라, 기숙사의 반찬으로 정육을 사 오랄 때는 넌지시 자기네의 것을 디밀었다.

그럴 때마다 좀 께름칙은 했지만 뭐 그냥 받는 게 아니고 정정당당히 물건을 주었으니까 번번이, '이건 죄가 아니야. 당연한 일이지' 하는 자위를 하였던 것이다.

---

6 어글어글하게 : 얼굴의 각 구명새가 매우 시원스럽다는 의미.

3년간 인천 학생의 덕을 톡톡히 보다가 소녀가 졸업반 때에 그들은 아주 서울로 이사를 했는데도 꾸준히 서로 왕래를 하였고, 무슨 전문학교라나를 나와서 부잣집의 아들과 결혼하여 자녀를 낳고 떵떵거리고 사는 이날까지 인천 학생은 여전히 사흘이 멀다고 찾아오는 것이다.

다만 그냥의 방문이 아니라 바느질감을 끼고 오는 것이 서글펐다. 백정의 후손으로도 저렇게 장안을 휘젓도록 잘 살고 있는데, 양반의 종자면서도 없는 탓으로, 가난한 죄로, 오십이 이마에 닿았건만 외딸 정선은 밤낮으로 바느질품만을 들고 있는 것이다.

"후유! 그놈들만 살았더라도……."

어디를 갔다가 다시 넘어왔는지 흰나비 한 쌍이 이제는 마당 한복판에서 너울거렸다.

은애 할머니는 치마 끝을 뒤집어서 눈을 닦았다. 정선의 위로 두 번이나 참척[7]을 본 아들놈의 생각만 나면 아무 때나 눈은 질척거려지고 금창이 미어지는[8] 듯했다.

"그럼 언니! 모레나 보내보세요만 워낙 밀린 게 많아서 어쩔지 모르겠어요."

"바쁜데 나오지 말아. 보내긴 누굴 보내? 내가 받으러 또 와야지."

딸과 인천 학생이 말을 주고받으며 대청으로 나오는데 운전사가 대문 밖에서 말을 넘겼다.

"이 과자 상자를……."

---

7   참척(慘慽) : 자손이 부모나 조부모보다 먼저 죽는 일.

8   금창이 미어지는 : 기가 막힌 일을 당하여 억울하고 답답하다는 의미.

"오, 참."

대문이 열리고 여인은 두툼한 상자를 받아 식모애에게 주었다.

"이거 샌님 마님 잡수시라고 가져온 거야."

"아이 뭘 그렇게 번번이……."

그제야 은애 할머니는 마루에서 앉음새를 고치며 몸을 들썩거리고, 딸은 대청 끝에서 인사를 치렀다.

"언닌 저래 탈이야. 인제 그만 가져오세요. 그럼 언니, 안녕히 가세요오."

자동차 소리가 골목을 빠져나가기도 전에 샌님 마님의 입귀가 일그러졌다.

"세상두 좋지. 언니라니! 반말에 허세요에……. 돈이면 그만인 세상이니 더 말해 뭘 해?"

워낙 바느질 솜씨가 뛰어나서 한 번만 맡겨본 여인이면 누구나가 다 단골이 되니까 날마다 들이밀리는 바느질감에 묻힐 지경이었다.

안방에는 테이블만치 높은 길쭉한 바느질 상이 윗목으로 떡 가로놓이고 그 앞 한쪽으로 재봉침이 있다. 식모애를 두어 부엌일은 참견하지 않고, 또 지시를 받아 박음질만을 하는 조수 여인을 데리고 하건만 바느질감은 책상으로 수북이 쌓인다.

"정말 모레 입게 해주세요, 네?"

서로들 빨리만 해달라고 조르지만 하는 수 없이 날짜를 정해야 하고 또 넘쳐 들어오는 것은 되돌려야 했다. 삯도 다른 데보다 2, 30원이 더 비싸지만 유행과 맵시를 숭상하는 여자들의 사치욕이란 끝이 없는지 새로 났다는 각색 비단은 철철이 이 집에 먼저 모이는 듯싶게 옷감이 밀려드는 것이다.

인천 학생의 경우처럼 새치기를 할 때는 보통 삯의 갑절이나 세 곱을 내는 까닭에 정리로 보더라도 거절하지 못하고 울며 겨자를 먹는 셈이었다.

"아유! 어미는 남의 밥만 해주고 늙었는데, 딸년은 남의 바느질만 해주고 늙다니. 원 조상에 무슨 죄를 지었길래 대대손손이 이 모양일까."

입버릇이 되어 있는 푸념이 또 푸르르 솟아올랐다.

두 아들을 참척 본 후에 서른 살에야 얻은 딸이었다. 기숙사의 밥을 해주며 찌꺼기 음식으로 길렀을망정 내외에게는 다시없는 소중한 자식이었다.

'이 애나마 남부럽지 않게 살게 해줘야지.'

내외는 앉으면 그런 공론과 결심을 했다. 보통학교를 거쳐 그래도 장안에서 일류로 꼽히는 이 여자고등보통학교를 졸업시켰다.

어려서부터 수예에 뛰어나고 얌전하며 착실한 데다가 인물마저 훤하니까 사윗감도 투철하게 나타났다. 집안도 좋고 전문학교를 나왔대서 졸업하자마자 큰 회사에 취직이 되었다.

응교 씨네는 오랜만에 학교를 나와 딸과 함께 살았다. 다행히 시댁에 부모가 계시지 않고 직손이라 정선이 내외는 친정 부모를 알뜰히 섬겼다. 칠순이 가까운 아버지와 오십 대의 어머니는 안팎으로 살림을 계란처럼 깨끗하고 알차게 꾸며주었던 것이다.

그러나 웬일인지 자손이 귀했다. 처음 2, 3년은 어린 신부니까 그렇겠거니 했지만, 5년을 접어들자 부모는 겁을 더럭 냈다.

'이게 영영 해산을 못 하려나?'

어머니가 느즈막히 출산을 시작했으니 딸도 내림이면 다행하지만 혹 하는 우려로 날마다 조바심을 댔다.

'나처럼 낳아도 참척을 본다면야 차라리 안 낳는 게 났지만 그래도……'

그러던 게 7년 만에야 태기가 있어서 딸을 낳았다. 아들이 아니라 섭섭은

하지만 사위도 그해에 과장으로 승급하여서 손녀 은애는 이름 그대로의 은혜와 사랑을 타고났던 것이다.

영감은 손녀를 안아보고 사위와 딸의 극진한 정성을 다한 장례식으로 파란 많던 일생으로 끝났다. 그는 운명하기 전까지도,

"딸이라고 섭섭히 여기지 말우. 낳기 시작했으니까 옥동 같은 아들도 낳겠지."

하는 위로와 희망을 잃지 않았다.

그러나 다음 아들을 기다려야 할 시기에 사위는 급성폐렴이라는 이상한 열병으로 세상을 버리고 말았다. 정선이 스물아홉 살 되던 해 봄이었다.

"그놈의 아홉수가 기어코 나빴단 말이야. 원 그 달덩이 같은 년의 어디가 박복하게 생겼길래 청상과부가 되었을까?"

샌님 마님의 한숨이 말끝마다에서 호흡마다에서 사라질 줄을 모르는 날과 달이 끈끈이 마냥 깐깐하게 지나가고 넘어가 20년이라는 세월이 흐르고 흘렀다.

"기집이란 너무 손끝이 얌전해도 탈이지. 그걸 그예 풀이해 먹고살게 마련이니 말이야."

인천 학생 모양으로 설렁벌렁하는 덜렁꾼이가 도리어 대복을 타고나는지 모른다. 양주 학생은 음전하고 부잣집 맏며느릿감 같더니만 과연 대갓집 종손이 되었고, 춘천 학생은 영리하고 민첩해서 학감이나 사감의 비위도 잘 맞추고 사랑도 받더니 기막히게 출세하여 나중에 대신의 부인이 되고 말더라니…….

그리고 그 심술 사납고 변덕쟁이 마산 학생은 남편과 이혼하여 행상을 한다던가. 언제나 말이 없이 생글생글 웃고만 있던 얄상얄상한 개성 학생

은 청춘에 죽어버렸다고. 그리고 공부나 글씨나 무엇이든지 첫째로 꼽던 전라도 광주 학생은 지금 서울에서 헌다 하는 여학교를 세워서 교장이 되었다 했다.

"나무 될 상은 떡잎 때부터 알아본다더니만 그걸로 보면 사람 될 상은 어릴 때부터 그려지는 모양이지. 오, 참 또 하나 있군."

함경도 원산 학생은 서글서글한 게 연한 뱃속같이 상냥하면서도 차고 매몰찬 데가 있었다. 그 학생은 달밤에도 혼자 나와서 운동장 한가운데 우뚝 서 있거나, 유동목(流動木) 나무에 걸터앉아서 한참씩 뭔가를 생각하고 있기를 좋아하였다. 그 학생이 상급생이라 기숙사의 비용을 맡아서 썼는데 한 번은 자기가 덜컥 자기네의 소용되는 물건을 사버리고는 정작 반찬거리를 잊고 왔다.

"그럼 왜 돈이 틀려요? 그 반찬거리 살 돈은 남아야 텐데요."

"아이구, 내 정신 좀 봐! 깜박 잊었네. 내가 뭘 하나 샀더니만. 내 얼핏 다시 사 오리다."

"샌님 마님이 뭘 사셨길래요?"

"빨간 비단신이 하두 이쁘길래 우리 정선이 신발을 떠억 사구선 그만 깜박 잊었지 뭐유?"

원산 학생은 그 새까맣게 총명한 눈을 깜박대고 있다가 방긋이 웃었다.

"그럼 그건 제가 정선이께 선사하죠. 오늘은 그냥 이걸로 저녁 반찬 하시구 그건 내일 사기로 허세요."

"그래서야 되우?"

"아녜요. 그 돈은 제가 물 테니까요. 그러잖아두 추석인데 제가 정선이께 선물 하나쯤 할 만하지 않아요?"

"너무 고마워 이걸 어떡허우?"

"별말씀을 다 하시네요."

원산 학생은 싹 돌아서서 방으로 들어가버렸다. 그때가 열네 살인데 어린 처녀로는 지나치게 알심[9]이 있고 인정이 많더니만 지금은 이 나라에서도 아주 유명한 큰 책을 만드는 여자가 되었다고 하였다. 그 원산 학생은 인천 학생보다 한두 살 위인데도 아직도 젊은 티가 가시지 않았는데, 그 역시 뻔질나게 바느질감을 보내왔다.

그뿐인가, 양주 학생도 가끔씩 운전사에게 두루마기니 저고리를 부탁해오고, 그 장관 마누라가 된 춘천 학생도 두세 번 온 일이 있는데, 그들 중에서 제일 교만을 부리는 치가 그 춘천 학생이었다.

"그때도 깜찍하더니만……."

모두 다 언니로 통하면서도 딸은 광주 학생이나 원산 학생이 오면 꼭 선생님이라고 존칭을 했다.

"그 학생들더러 왜 선생님이라니?"

"아이, 어머닌 아무 보구나 밤낮 학생이래. 한 분은 교장 선생님이고, 또 한 분은 우리 모두에게 교훈이 되는 글을 써주시는 분이니까 선생님이라고 해야지 않아요?"

"얘! 지금 가만히 생각하니깐 어려서 내가 짐작한 대로 다 되고 말더라."

"그러다간 어머니 관상쟁이가 되시겠네."

"그러게나 말이다. 거진 다 되어 있지. 그렇지만 우리네 앞길은 모르지 않았니? 난 남의 밥만 지어주고 늙었는데 넌 남의 바느질만 해주고 늙었으

---

9 알심 : 야무지다는 의미.

니 말이다."

"어머닌 또 그 소리셔."

딸은 발끈해서 그냥 바느질 방으로 들어가고 말았다. 그런데 이 샌님 마님에게 가장 큰 걱정거리가 있다. 손녀 은애마저 양재인가 뭐를 전문한다고 늘상 그 어머니의 상 앞에 서서 큰 종이나 옷감을 펼쳐놓고 그려가며 가위로 싹둑싹둑 잘라대는 데는 딱 질색인 것이다.

'목수쟁이는 끝이 있어두 바느질아치의 끝은 없다는데. 밤낮 가위질로 천을 싹싹 오려내고만 있으니깐⋯⋯.'

은애만은 그야말로 인천 학생이나 양주 학생처럼 편히 살게 하고 싶었다. 책을 만든다거나 학교를 세운다는 일은 저마다 못 하는 것이지만 평범한 주부로의 평안한 생활쯤이야 흔히 바랄 수 있는 사실이 아닐까? 그만큼 뛰어나게는 (자가용을 가질 만큼) 살지 못할지라도 제 어미처럼 평생을 바늘만 가지지 않도록은 할 수 있지 않겠는가.

"애! 넌 딸 하날 가지구 딴 걸 시키지 왜 하필이면 그걸 하게 내버려두니? 진절머리도 나지 않아서⋯⋯."

"지가 하겠다는 걸 어떡해요? 또, 그거 아니면 별수 있어요? 혼자 벌어먹긴 그게 편리한 직업인 걸요."

"아니, 너 미쳤니? 아직 결혼도 않은 앨 보고 혼자라니?"

"사람의 일생을 누가 장담합니까? 전들 이렇게 될 줄 짐작이나 했겠어요? 그러니 미리 생활력을 길러야죠."

"이런 생각들이 다 방정이란 말이야."

할머니는 손녀의 앞날을 (제 어미처럼 재봉틀에 매달리는⋯⋯) 내다보는 것 같아 불안해서 견딜 수가 없었다.

"애, 은애야! 어미가 아무런들 너 하나쯤은 맘껏 공부시킬 수 있을 텐데, 왜 그 청승맞은 양잰가를 허는 거냐, 응?"

"할머니도 참, 난 엄마하고 달라요. 양재도 하지만 디자인이라는 걸 연구하거든요?"

"뭐? 띠자잉?[10] 아니 뚜쟁이가 좋겠다. 연구는 해 뭘 해? 밤낮 연구 영구[11]!"

"호호, 할머니도. 지가 성공만 하면요오, 그날부티 엄만 이걸 다 집어치우고 지가 만들어드리는 양복을 떠억 입고, 호호."

"미친 것!"

잘은 모르나 어쨌건 어미가 바느질을 집어치운다는 건 반가운 소리요, 또 제 입성도 은애가 제 손으로 지어서 버젓하게 입고 다니는 게 싫은 일은 아니나 제발 그 재봉침과는 인연을 멀리하게 하고 싶었다.

"난 밥 짓다 늙고, 어민 바느질하다 늙었는데, 너두 또 옷 짓다 늙을 테냐?"

"그럼 어때요? 사람이란 일생을 뭘 하면서 늙어가는 게 아녜요? 할머니나 엄마나 다 남을 위해 봉사를 했으니 안 한 거보다 얼마나 장해요? 저두 그렇죠. 디자인을 연구해서 작은 걸루두 크게, 나쁜 걸루두 좋게, 좋은 걸루는 더욱 훌륭하게 만들면 오죽 좋아요? 참, 할머니! 지가 할머니 나이트가운 한 벌 지어드릴게, 응?"

"에라 미친 것! 다 늙은 게 양복을 입어? 고게 별소릴 다 하네."

---

10 띠자잉 : 디자인.

11 영구 : 원문대로.

"호호, 양복이 아니라 자리옷 말예요. 그걸 입으심 아주 멋질 거야!"

은애는 팔딱팔딱 뛰어서 안방으로 건너갔다. 스물세 살에 저만큼 철이 들면 괜찮겠다 싶어서 샌님 마님은 합죽한 입을 헤벌리며 웃었다.

게다가 듣자니까 아직 어린데도 무슨 발표회를 한다든가 해서 한 번은 각색 화초의 화분이랑 붉은 천을 줄레줄레 단 꽃다발을 한 짐이나 싣고 왔고, 인물도 어미보다 더 기묘하게 아기자기 예쁜 데다가 키마저 날씬하여서 양장을 하고 나갈라치면 그저 통으로 깨물어 먹도록 싶게 맵시가 곱고 아담하고 귀여운 것이다.

"하느님, 그저 우리 은애만은 제 남편이랑 백년해로하게 해줍시오."

하루에 몇 번씩이나 되풀이하여 빌고 있는 축원을 할머니는 또 한 번 정성껏 외고 나서 종이를 마저 추렸다. 성한 것들은 돌돌 말아서 끈으로 감고, 찢어진 종이들도 성한 것으로 한 번 싸서 돌돌 말아 그것은 표적이 나도록 끄나풀로 묶었다.

할머니는 치마를 털고 일어나 빈 상자는 다시 시렁에 얹고, 파지 묶음은 안방 바느질상 아래 구석께에 있는 쓰레기통으로 던진 다음 좋은 것은 들고 건넌방으로 들어와서 선반에 올려놓았다. 질부가 담뱃갑이나 가지고 오면 쥐여줄 양으로…….

"어머니, 아까 인천 언니가 가져온 과자 잡수겠어요?"

딸의 소리가 방을 건너왔다. 할머니는 또 아랫목에 잠시 몸을 뉘고 있던 참이었다.

"뭘? 이따가 은애 오건 같이 먹지. 지금은 아무 생각도 없다."

"그럼 그러세요."

잠깐 잠이 들었던가 떠들썩하는 소리에 눈을 뜨니 은애가 쟁반에 큰 접시랑 차 그릇이랑을 잔뜩 담아가지고 들어왔다.

"할머니 일어나세요. 이거 잡숫게……."

접시에는 샛노랗고 말랑말랑해 보이는 카스텔라가 수북이 괴어 있었다.

"자, 할머니!"

은애는 큰 덩이 한 개를 집어 할머니에게 드렸다.

"어멈은?"

"엄만 나중에 잡숫겠죠. 지금은 이거예요."

은애는 제 눈에 대고 손가락을 배앵 뱅 돌렸다. 눈알이 돌도록 바쁘다는 표현이었다.

"그럼 너나 먹으렴."

"물론이죠."

은애는 한 입을 크게 베어 볼이 불룩하도록 입에 물고 우물거리면서 찻잔에 차를 부었다.

"이거 반도호텔의 특제라니 많이 잡수세요 할머니!"

"오냐, 오냐."

과연 전에 먹던 것보다 더 만문한[12] 샛노란 양떡은 입에서 살살 녹아났다. 어느샌지 한 덩이가 눈 녹듯 입속에서 스러졌다. 독감 후라 밥맛은 없었는데 그것만은 참 맛나다고 생각했다.

"자요, 할머니!"

은애가 집어주는 대로 널름널름 다 먹고 나서 차를 두 잔이나 마셨더니 허리에 착 달라붙었던 뱃속이 볼록하게 일어났다.

---

12 만문한 : 연하고 보드라운.

"얘참, 자알 먹었다. 어멈도 먹으래라. 여간 맛있는 게 아니라구."

"할머니 이따가 또 잡수세요, 네?"

은애는 다 거둬가지고 밖으로 나갔다. 영감은 이 좋은 호강을 받지 못하고, 저 예쁜 손녀의 장성한 모습도 못 보고 가고 만 것이다.

'그저 우리 은애만은⋯⋯.'

날마다의 차례가 정해졌는데, 인천 학생의 시급한 저고리 때문에 새치기를 감행하는 정선은 저녁밥마저 가족들과 함께 먹지 못하고 말았다.

'그저 종일 저러구 서서⋯⋯. 정말 골병감이야.'

이날따라 할머니는 저녁 밥맛도 괜찮아 반쯤이나 먹고, 또 자기 직전에 은애의 간곡한 권으로 양떡을 한 덩이 먹고 잤더니만 기어코 밤중에 탈이 나고야 말았다. 배가 부글부글 끓고 창자가 쥐어뜯는 듯이 아팠다.

"아이구 배야! 늙으면 그저 죽어야지. 철따구니 없이 맛나다고 양껏 먹었으니 왜 탈이 안 날꼬, 아이 배야."

새벽 한 시엔가 잠이 든 딸이 깰까 봐 할머니는 이를 악물고 소리 없이 앓다가 변소에 갔다. 불이 없으니까 발로 더듬어서 몸을 앉히고 한바탕 시원스럽게 쏟았다. 휴지통을 더듬으니 종이가 시원찮게 남아서 부스러기까지 다 주워서 용변을 마쳤다.

"내가 앓느라고 파지 뭉텅이를 가져다 놓지 않았더니만⋯⋯."

변소에를 다녀오니 뱃속이 좀 편한 것 같더니 조금 있으니까 또 새롭게 부글거리며 아래가 무직한 게 갑자기 뒤가 급해졌다. 분합문 소리가 나지 않도록 다시 조심조심 유리 문을 열어놓고 나니 금세 쏟아질 것 같은데 인제 휴지가 문제였다. 할머니는 낮에 쓰레기통에 던져둔 파지 뭉텅이 생각이 나서 가만히 안방 미닫이를 열고 책상 아래를 더듬느라니까 마침 끄나

풀로 묵은 종이 뭉텅이가 손에 잡혔다.

'그게 왜 통에서 떨어졌을까?'

그런 막연한 생각을 하며 그는 달리다시피 변소로 가서 한 번을 내리쏟고 나니, 또 뒤가 무직했다. 할머니는 밤중에 또 오지 않도록 차분하게 일을 마치고 파지를 헤쳐서 우선 아무 종이 쪽이나 집히는 대로 써버리고 나머지는 휴지통에 꽂아놓고 나왔다.

깐질깐질 배는 아프지만 다행히 다시 변소에는 가지 않아 깊은 잠을 못 이루고 자며 깨며 하다가 날을 밝혔는데 밖에서 식모애가 호들갑스러운 소리를 질렀다.

"어머니, 아니 언니! 이것 좀 보세요. 이게 웬일이죠?"

할머니는 건넌방 앞 미닫이를 열고 은애의 모녀는 식모애를 따라 변소로 들어갔다.

'아마 내가 밤중에 어두워서 바닥에 깔기고 온 모양이군.'

그러나 딸의 손에는 한 뭉텅이의 새빨간 종이들이 들려 있지 않는가.

'어제 내가 싼 종이는 보라색이었는데……'

"이게 웬일일까? 이게 왜 거기 가서 있지? 이걸 어째? 오늘 찾아가겠다는 저고린데……."

딸은 대청 끝에 그것들을 펼쳤다. 할머니는 벌떡 일어나 그리로 갔다. 진홍색은 안감인 모양이요, 그 안에는 연연한 하늘색의 은빛 섞인 거죽감이 번쩍대고 있었다.

"아니 하필이면 거죽이 없어졌네. 이것 봐! 섶[13]이랑 깃 하나가 없어졌어!"

---

13 섶 : 저고리나 두루마기 따위의 깃 아래쪽에 달린 길쭉한 헝겊.

하나씩 챙겨보던 딸이 변색을 하며 부르짖었다.

"애야! 그거 내가 파지 뭉텅인 줄 알고……. 어젯밤 내내 배가 아파서 설사를 했는데……. 아이구 저걸 어쩌면 좋아!"

샌님 마님은 펄썩 마룻바닥에 주저앉으며 비명에 가까운 소리를 냈다.

"어머니가?"

딸이 멀거니 어머니를 건너다보는데 곁에서 얼른 은애가 옷감을 채 갔다.

"이거 이따가 제가 모자란 만큼만 사 오겠어요. 그건 그렇구, 할머니가 설사를 하셨어요? 어머! 정말 눈이 퀭하게 들어가셨네. 아마 어제 그 카스텔라가 말썽이었나 봐! 너무 제가 강권을 했더니만, 그저 모두가 다, 제 탓이에요. 할머니, 조금도 염려 마세요. 제가 가서 곧 사 올게요. 자아, 어서 방에 들어가 누우셔야지."

은애는 할머니를 일으켜서 방으로 모셔 들어가면서 어머니에게 눈짓을 했다. 은애 엄마는 건넌방 문턱에서 말했다.

"어머니 염려 마시고 약이나 잡수세요. 은애야! 이따가 옷감 가져오면서 사 오너라."

"네."

방울같이 맑고 짤랑한 소리로 대답하면서 은애는 할머니의 베개를 그의 머리 밑으로 밀어 넣었다.

"애, 은애야! 안감에도 흙이 묻지 않았던? 더러워졌을 텐데……. 아이구 늙으면 어서 죽어야 해!"

"그까짓 다시 떠 오면 되잖아요?"

"또 돈이 무척 들 게 아니냐?"

"뭘요? 그 헝겊은 제가 얼마든지 이용하니깐 하나도 버리진 않아요. 딴 돈 안 들구 좋죠 뭐."

"그런 걸루다 뭘 만들게?"

"별거 별거 다 만들죠. 작은 걸루두 크게, 나쁜 걸루두 좋게, 좋은 걸루는 더 훌륭하게 만들어낸다니깐요. 글쎄 엄마 바느질하고는 여엉 틀린다지 않았어요? 그러니 할머닌 아무 걱정 마시구 오래오래만 사세요 네?"

"그 양재라는 게 말이지?"

"글쎄 그렇다니깐요."

"그렇기만 하다면야 조움……."

하다가 할머니는 '좋을까?'를 입속에서 덧붙였다.

'난 남의 밥만 짓다 늙었는데, 어민 남의 바느질만 해주다가……'

그렇지만 자기의 양재는 어미의 그 융통성이 없는 바느질과는 아주 다르다고 뽐내는 손녀의 능금마냥 싱싱한 뺨을 바라보면서 샌님 마님은 저녁놀같이 붉은 희망을 품어보는 것이다.

(『현대문학』, 1965. 7.)

노동이 여자를 구하리라

김은하

「샌님 마님」은 걱정거리 없이 평안하기만 한 할머니의 일상에 관한 이야기처럼 보인다. 그러나 좀더 자세히 살펴보면 주인공 '은애 할머니'는 복 많은 할머니가 아니라 남모를 상처와 아픔을 짊어진 사람임을 알 수 있다. 그녀는 가난한 남자의 어린 아내로 여자고등학교 기숙사에서 드난살이를 하며 어렵게 자식 셋을 키웠다. 그러나 보람도 없이 두 아들을 모종의 사건으로 떠나 보내는 참척의 슬픔마저 겪었다. 추스를 수 없는 상처를 입은 그녀는 하나 남은 딸만이라도 행복하기를 바랐지만 딸은 일찍이 혼자가 되어 한복 바느질을 하면서 늙어만 간다. 은애 할머니는 남들에게 "샌님 마님", 즉 양반의 아내로 불리는 것으로 고단했던 삶을 위안받고자 하는 소시민적 인물이다. 그런 그녀에게 인간의 운수, 즉 세속적 복락을 관장하는 천도(天道)는 존재하지 않는 것이나 마찬가지다.

여든 살이 된 은애 할머니에게 세상이 부조리하게 여겨지는 까닭은 아들의 죽음 때문이다. "금창이 미어지는 죽음"이라고 한 것으로 보아 은애 할머니의 아들들은 자연사하거나 사고사한 것이 아니라 일제 식민지하의 부조리한 현실

속에서 억울하게 죽었으리라고 추측할 수 있다. 그러나 살아갈 날이 얼마 남지 않은 할머니에게 작은 위로가 될 만한 일이 있다면 부조리와 모순 속에서도 인간의 역사는 그런대로 진보한다는 것이 아닐까? 백정의 딸이 부유한 사모님이 되고, 노동 혹은 일이 더 이상 "팔자 사나운" 여자의 굴레가 아닐 만큼 계급, 젠더의 벽이 무너지고 있기 때문이다. 시간은 정의를 모르는 것 같지만 조금씩 진보를 향해 가고 있는 것이다.

이 소설에서 우리가 주목해야 할 것은, 여자의 일 혹은 노동을 바라보는 박화성의 시선이다. 은애 할머니는 혼자된 딸이 바느질더미에 파묻혀 허리조차 못 펴고, 외손녀 은애마저 의상학을 전공하는 것이 못마땅하기만 하다. 그러나 자세히 보면 바느질 노동은 딸이 경제적으로 자립하고, 많은 사람들에게 존중을 받는 자존의 원천이다. 은애 할머니는 은밀히 딸과 손녀에 대해 자랑스러운 감정을 품기조차 한다. 무엇보다 은애 할머니는 오래전 여학교에서 자신이 만났던 어린 여학생들이 시간이 지나 사회를 이끌어가는 직업인 혹은 전문가가 된 것을 알고 감격한다. 이는 여성에게 일 혹은 노동이 더 이상 수치가 아니라 자립과 해방의 증거임을 의미한다. 중년의 상당한 기간을 집필 활동을 중단했던 박화성은 1950년대 중후반에 서울로 이주한 뒤 작가 활동을 재개하며 이후 많은 장편소설을 발표했다. 은애 할머니의 이야기는 박화성 자신의 일과 노동에 대한 노년의 생각과 철학을 담고 있는 것처럼 보인다.

휴화산

휴화산[1]

　모두들 나를 신자(神子)라고 부릅니다. 한자로 써놓으면 제법 그럴싸하지요. 신의 아들이라니 얼핏 업수히 여길 수 없는 위엄마저 풍기거든요. 그렇지만 정직하게 풀이하여 귀신의 아들이라 그 말씀입니다. 귀신의 아들이라니 얼마나 섬뜩한 호칭입니까? 신재식이라는 아버지가 있었고 버젓하게 현재까지 생존해 있는 고정애라는 어머니가 계신데도 강보에서부터 나는 귀신의 아들로 주욱 통해오는 것입니다.

　다시 말해서 출신이 귀신의 소생이었다는 것입니다. 가령 아버지가 끼쳐[2] 놓고 요사(妖死)[3]를 했거나 횡사(橫死)를 했다고 합시다. 그런 불행한 씨라도 열 달 동안 어머니의 뱃속에서 조용히 자라나 뭇사람의 주시(注視)와 동정

1　휴화산 : 『한국문학』에 발표되었을 당시 원래 제목은 '어머니여 말하라'.
2　끼쳐 : 동사 '끼치다'는 어떠한 일을 후세에 남긴다는 뜻.
3　요사(妖死) : 기괴하고 끔찍한 사연을 가진 죽음.

을 받으면서 세상 밖에 나오면 이내 축복이 따르는 유복자가 되는 게 아니겠습니까? 이를테면 아니 이를테면이 아니라 정작 나도 당당한 유복자이건만 아무도 나를 유복자라고 인정해주지 않고 도리어 귀신의 아들이라고 딱지 붙이듯 했단 말씀입니다.

게다가 내가 태어난 곳이 형무소의 감방이라는 데서 그 섬찟한 호칭이 더욱 튼튼한 밑받침을 달게 되었음에 틀림없을 것입니다. 감옥소에서 출생한 귀신의 아들. 썩 어울리는 출신과 출신이라고 생각하시지 않습니까?

이러기 때문에 나는 외갓집 식구들에게서 따돌림과 멸시를 받았습니다. 자주 접촉한 일도 없지만 어쩌다가 한 번쯤 내가 심술이나 고집 부리는 장면을 목도한 외할머니는 이내

"앵이 감옥소 귀신이 씌운 새끼라 저리 못돼먹었어."

하는 악담을 퍼부었어요. 귀신의 아들을 떼고, 감옥소 출생의 출신을 떼어 버린 감옥소 귀신이라는 약어(略語)로 말씀입니다.

흔히들 친할머니보다 외할머니가 더 만만하고 흉허물 없이 정다웁다는데 내 경우만은 두 분의 사이에 하늘과 땅의 차이가 있었습니다. 친할머니는 무조건 어머니와 내 편이었고 맹목적으로 우리 모자를 사랑하셨지만 외할머니는 언제나 우리와 맞서서 원수처럼 대하셨고 따라서 외갓집 언저리의 사람들마저 우리를 달갑게 여겨주지 않았습니다. 내가 강보의 유아로 있을 때부터 24세가 된 지금까지 말씀입니다.

참, 제 이름을 소개하겠습니다. 저는 신현구라고 합니다. 감옥소 태생인 신자(神子)이니까 미천한 신분이라고 외갓집 어른들은 깔보았지만 교육자 가문인 친가의 백부님들이 돌보시고 현숙하고도 씩씩한 어머니의 분투하신 덕분으로 만난을 돌파하고 현재 일류 대학교 정치과 3학년 학생이 되기

까지에 이른 것입니다. 물론 군 복무도 재학 중에 깨끗이 치렀구요. 하필이면 요새 잘 팔리는 공과 계통이 아니고 왜 말썽스러운 정치과를 택했느냐고 주위에서들 염려해주지만 아버지이셨다는 신재식 씨가 정치과 2학년에서 아깝게도 요절했기 때문에 어머니의 은근한 배려가 나를 정치과로 보낸 것 같습니다.

대학의 최고 학년생인 24세나 되는 현대의 청년이 이제 새삼스럽게 귀신의 아들 어쩌구 한다면 누구나가 다 망발이라고 웃어넘기겠지만 내가 여직껏 살아온 사실이 엄연히 그러하였을 뿐 아니라 맘속 깊이에 풀지 못할 수수께끼가 있는 까닭에 이렇게 나를 노출시킴으로 귀신의 아들이라는 딱지를 떼어버리고 사람의 아들이라는 당당한 명칭을 가지려는 데에 고백의 의의(意義)가 있는 것입니다.

그리스도는 인자(人子)로 태어났어도 결국 하나님의 아들 즉 신자(神의 子)로 후세에 이름을 남겼지만 나는 귀신의 아들이라는 신자로 태어났기 때문에 후세가 아닌 현세(現世)에서 인간의 아들로 참다운 인생을 살고자 이렇게 인자(人子)를 갈망하는 것입니다.

그러면 어찌하여 내가 그런 섬뜩한 호칭을 갖게 되었는지 다음에 나타나는 장면에서 짐작하시리라 생각됩니다.

1948년 4월 24일 밤 8시. 제주 성내리에서도 가장 끝동네 귀퉁이에 초연하게[4] 서 있는 신재식의 집에는 고요하고 엄숙한 분위기 속에서 말없이 움직이는 여인들의 치맛자락만이 가끔씩 무겁게 펄럭이었다. 자정(子正)에 있

---

4 초연하게 : 어떤 현실 속에서 벗어나 그 현실에 아랑곳하지 않고 의젓하게.

을 혼례식에 소용되는 약간의 음식을 준비하고 있는 것이다.

혼례식이라면 그래도 경사(慶事)일 테고 경사일진대 웃음도 있을 법하건만 그들의 입은 굳게 닫겨져 손과 몸만이 기계처럼 놀려지고 웃음은커녕 어쩌다가 동작이 필요한 문답도 소리 없는 극히 짧은 대화로 끝나곤 한다.

다만 삼월 보름 달빛이 넘칠 듯 가득히 찰랑대는 좁지 않은 뜰과 새하얀 꽃이 만개하여 환한 달빛에 더욱 화사하게 보이는 두 그루의 배나무가 귀기(鬼氣)마저 도는 듯한 이 집의 분위기를 겨우 낭만적인 정경으로 끌어올리듯 했다.

건넌방 문이 열리고 재식이 누이 재희가 침묵을 깨며 마루로 나왔다.

"큰아버지랑 오빠가 왜 입때⁵ 안 오실까?"

아무도 대답을 해주지 않으니까 재희는 아랫방 툇마루에 걸터앉아 달을 쳐다보고 있는 어머니에게로 가서 그 곁에 살포시 내려앉았다.

"엄마. 언니는 또 웬일까? 낮에 올 줄 알았는데."

"이 난리 통에 어찌 시간을 대 오겠니? 늦게라도 와만 주면 좋겠지만, 한림⁶ 길이 아직도 안 터지진 않았을 텐데."

속삭이듯 탄식하듯 가만가만 말하는데도 여인들 틈에서 역시 소곤대는 듯한 대답이 들려왔다.

"한림 길이사 버얼써 터졌지요. 어제도 우리 집에 한림 사람이 왔다 갔는데."

---

5 입때 : 지금까지, 아직까지.
6 한림 : 제주도의 지명.

"거봐요 엄마. 안 오실지도 모르지 않우?"

"아니다. 큰아버지 꼭 오신다."

어머니의 신념을 증명하듯 일각대문[7]이 삐걱 열리고 큰아버지의 부자(父子)가 들어섰다. 오십 고개를 넘을까 말까 한 풍채 좋은 신사와 20여 세쯤 되어 보이는 청년이다.

모녀는 퉁기듯 일어나 그들의 앞으로 갔다. 손님들의 손에는 손가방이 들어 있어서 재희는 가방 두 개를 양손에 받아 들고 안방으로 앞서 들어갔다.

"오시며 고생은 안 하셨는가요?"

어머니가 시아주버님인 영진 씨에게 은근히 물었다. 그는 걸으며 대답했다. 달빛을 등진 그의 그림자가 마루 위로 쑥 올라갈 만큼 큰 키였다.

"왜요? 좀 말썽은 부리지만 그런대로 버티고 왔습니다."

"아무튼 잘 오셨어요. 어서 들어가세요. 윤식아 안방에 모시고 들어가라. 어서 저녁 드셔야지."

"저녁은 먹구 왔습니다."

윤식의 대답이다. 굵직하고 무게가 있는 음성에 어머니는 문득 재식의 것인 듯 착각하고 사촌끼리 너무나도 흡사하다는 한탄을 하였다.

"이 소란 통에 어디서?"

"다 통하는 재주가 있으니까요."

"그럼 감주들이나 좀 드시지."

어머니는 부엌에 지시를 하고 재희에게 가까이 오라 하여 귓속말로 물었다.

---

7 일각대문 : 기둥 두 개를 세우고 위에 지붕을 둔 대문.

"언니가 뭘 하고 있니?"

"뭔가 쓰고 있더군요."

역시 재희의 귓속 대답이다. 어머니는 가볍게 고개를 끄덕이고 쓰라린 듯한 긴 숨을 내쉬며 달을 쳐다보았다.

일각 대문짝이 부서질 듯이 좍 열리고 보퉁이를 머리에 인 재순이 허둥대며 들어오는 것을 보고 여인들 중에서 한 사람이 우르르 마주 나가 보퉁이를 안아 내렸다.

"인제야 오는군. 우린 못 오는 줄 알았지."

여인들은 웅성대며 반가워했다. 안방에서 영진 씨 부자가 내다보다가 윤식은 마루에서 내려갔다.

"누님 요옹케 빠져 오셨소그려."

"누가 아니래? 보퉁일 가져다가 저희네 신주[8] 삼으려는지 그것만 달라지 않아?"

"거기 뭐가 들었기에요?"

"뭐는 뭐야? 괜시리 트집 잡느라고 그러지. 잡동사니 가져다가 잡화점 낼 테냐고 마주 악지[9]를 쓰며 대들었지. 어떻게 해? 와야는 해야겠고 시간은 자꾸만 가고. 아이 땀이 다 흥건하게 났네그려. 못된 새끼들 같으니라구. 인제 그만저만 날뛰잖고……."

재순은 푸더분하게[10] 지껄이면서도 실심하고 서 있는 어머니의 표정을

---

8 신주(神主) : 죽은 사람의 위패. 여기서는 귀하고 소중한 것이라는 의미로 쓰임.

9 악지 : 잘 안 될 일을 무리하게 해내려는 고집.

10 푸더분하게 : '푸더분하다'는 여유 있고 넉넉하다는 뜻을 가진 '푼더분하다'의 방언.

훔쳐보기에 신경을 썼다.

"그럼 저녁도 못 먹었겠구나."

"엄마두 참. 그것들하고 쌈하려기에 저녁 먹을 틈이 어디 있어요?"

"언니 일루 와. 내 밥 차려줄게. 언니 줄 거 따로 아껴두었거든."

"아이그 그저 내 동생이 제일이지. 애, 재희야……. 갠 어디 있니 지금."

재순은 수선스럽게 말하면서 눈을 꺼벅댔다. 재희는 말없이 건넌방을 고 갯짓으로 가리켰다. 재순은 이내 심각한 표정이 되어 물끄러미 건넌방을 바라보다가 재희를 따라 부엌방으로 들어갔다.

영진 씨 부자는 대청에 초례청[11]을 꾸몄다. 병풍을 치고 탁자를 놓고 화병 에는 뜰에서 꺾어 온 배꽃을 꽂아 테이블 위에 놓았다.

"제 소원이 그렇다니 그대로 하긴 그래도 합니다마는 아무래도 썩 내키 진 않는군요."

"끝끝내 제 소원을 고집하니 별수 있어요? 제집에서는 완전히 떨어져 나 온걸요. 부모 형제 다 버리고……."

"애기가 나온 게 아니라 그 집에서 걔를 쫓아낸 셈이지요. 자기네 자식 아니니 너 갈 데로 가라 했다며요?"

"글쎄 그렇긴 했다지만……."

어머니는 말끝을 맺지 못하고 또 울먹였다. 영진 씨는 입을 다물고 윤식 은 대문께를 바라보며 초조해하였다.

"열한 시가 넘었는데 이 사람들이 왜 아니 올까? 또 무슨 일이 생겼나?"

"세상이 하도 소란하니 안심할 수가 있어? 와야 오나 부다 하지."

---

11 초례청 : 초례를 치르는 장소. '초례'는 전통적으로 치르는 혼례식.

재순이 향로를 가져다가 화병 반대쪽에 놓으며 말하는데 대문이 조용히 열리고 두 사람이 들어섰다. 검은 양복의 청년과 흰 두루마기에 큰 액자 같은 것을 옆구리에 낀 청년이었다.

윤식과 재순, 재희는 마당까지 달려 내려가 그들을 붙잡고 반가워 어쩔 줄 몰라 하고 그들을 마루 끝에서 기다리던 어머니는 두 청년을 한 아름에 얼싸안으며 비로소 울음을 터뜨렸다.

"너희들은 살았는데……. 아이구 너희들은 살아 왔는데에……."

참고 있던 울음이 분출구를 얻은 듯 아픈 넋두리를 섞어가며 몸부림쳤다.

"제수님! 고정하십시오. 지금 이러시면 어떻게 합니까? 어서 진정하시고 일을 치르셔야지. 참 자네들도 어서 저쪽에 가서 잠깐 쉬도록 하게."

영진 씨는 우는 사람을 달래고 손님들에게 앉을 자리를 분별해주었다. 재순은 그들에게 감주로 목을 축이도록 권하면서도 쉬지 않고 그들에게 무엇인가를 열심히 묻고 있었다.

"재희야! 건넌방의 준비는 다 되었더냐?"

영진 씨가 물었다. 향을 갉아내고 있는 재희 대신 재순이 건넌방으로 들어가더니 이윽해서야 도로 나왔다.

"큰아버님, 시작하시면 어떨까요?"

"오냐 알았다. 마당에 계신 분들도 다 올라와서 참례하시게 해라."

마침 괘종이 열두 번을 뎅뎅 울렸다. 영진 씨의 지시로 사람들은 각각 제자리를 찾고 영진 씨가 주례석에 섰다. 검은 양복의 청년이 사회 역을 맡았다.

"지금 신랑 신재식 군과 신부 고정애 양의 결혼식을 올리겠습니다."

나지막하고 폭넓은 음성이었다. 그렇지 않아도 숙연하기만 하던 좌석이 더욱 고요해졌다.

"신랑 입장!"

흰 두루마기의 청년이 액자를 안고 천천히 걸어와 미리 시설해놓은 자리에 기대어놓았다. 신재식의 사진이었다. 개름한[12] 윤곽에 곱슬머리칼이 매력 있고 크지 않은 눈은 날카로웠다.

"신부 입장!"

흰 두루마기가 사라지자 사회가 더 낮은 목소리로 신부의 입장을 알렸다. 배꽃같이 새하얀 치마저고리를 입은 신부 고정애가 흰 꽃을 안고 고요히 걸어와 주례의 왼편, 사진의 우측으로 신랑과 나란히 섰다. 배꽃처럼 하얀 면사포 아래 신부의 얼굴도 배꽃같이 청순하다.

누구에게선가 가느다란 오열이 새어 나왔으나 이내 조용해지고 향로에서는 실오라기 같은 향연이 피어올라 은은하게 번져 든다.

"이제 신랑 신부가 상견례를 하겠습니다."

주례가 자기를 향해 있던 사진을 신부에게로 돌리고 신부 고정애는 신랑 신재식에게 신부로서의 첫 번째의 절을 올렸다.

"지금은 신랑 신부의 예물 교환이 있겠습니다."

주례인 영진 씨가 재순이 드리는 반지곽을 받아 그 속에서 둥근 백금 반지를 집어내고 조용히 신부에게로 다가와서 그의 왼편 무명지에 신랑의 선물인 결혼반지를 끼워주었다.

신부인 고정애는 품에 안았던 흰 꽃묶음 속에서 끝에 별이 달린 백금 목걸이를 내어 신랑의 사진에 걸어주었다. 오열 대신으로 이쪽저쪽에서 콧물

---

12 개름한 : 귀여우면서도 조금 긴 듯하다는 뜻.

훌쩍이는 소리가 들렸다.

"이제는 주례 선생님의 주례사가 있겠습니다."

주례인 신영진 씨는 잠깐 묵도에 잠긴 듯 눈을 지그시 감았다가 뜨고 이어 입을 열었다.

"이제 전에도 없었고 후에도 있을 성싶지 않은 혼령과의 결혼식은 끝났습니다. 이로써 신재식은 고정애의 영원한 남편이요, 고정애는 신재식의 영원한 아내임을 여러분에게 선포합니다."

주례의 침통한 선언에 사회까지도 손을 모으고 고개를 숙였다. 어머니는 넋을 잃은 사람처럼 멀거니 신부만을 주시하고 앉았는데, 그러한 숙모를 윤식이 제 팔로 받쳐주고 있었다.

"재식 군은 여러분이 알고 계시다시피 정치학을 전문하는 유망한 학도로서 뭇사람의 촉망과 기대를 한몸에 지니고 있었습니다. 그러나 불행히도 제 결혼식인 오늘 이 자리에 있지 못하고 이 세상에서 사라지고 만 것입니다."

목이 메는 듯 영진 씨는 말을 끊고 밭은기침을 두어 번 하여 목을 트인 후에 다시 계속했다.

"재식 군의 육신은 비록 이곳에 없을지라도 그의 혼령은 엄연히 이 자리에 참석하여 그의 아내가 되기를 갈망하는 신부 고정애와의 결혼식을 이룬 것입니다. 신부 고정애는 남편인 재식 군의 보호로써 많은 세월에서 신재식의 훌륭한 아내로 두 사람의 인생을 빛낼 것입니다. 그러므로 우리는 이 두 사람의 결합을 충심으로 축복하며 오늘 밤 이 결혼식에서 뜻깊은 감동을 받은 것입니다. 여러분께서도 음으로 양으로 두 사람의 앞길을 열어주시고 도와주시기 바랍니다. 감사합니다."

간곡하고 호소하는 듯한 주례사가 끝난 후에 사회가 다시 알렸다.

"지금은 신랑 신부가 인사를 드리겠습니다."

주례가 신랑의 사진을 신부에게 들려서 돌아서게 하고 신랑의 사진을 안은 신부가 허리를 깊숙히 굽혀 공손한 절을 올리자 숙연한 분위기와는 대조적인 박수 소리가 우레처럼 터졌다.

그렇게 하여서 혼령의 아내가 된 고정애 신부는 그날부터 눌러 할머니의 새 며느리가 되었고, 따님이 혼백 결혼을 했다는 소문에 외가댁에서는 외할머니가 기절까지 하는 소동이 일어났던 것입니다.

원래 서울 유학생이던 신재식 씨와 목포 유학생이던 고정애 씨는 본도[13]에서도 서로 잘 알고 지내는 사이었지만 제주까지 왕복하는 여로(旅路)에서 더욱 절친하게 되었고 그러는 동안 의지가 통하는 청춘 남녀는 물불이라도 가리지 못할 만큼 열렬한 사랑에 빠져 있었던 것입니다.

목포의 일녀(日女)들 학교에서 배우고 있던 고 씨는 해방이 되던 다음 다음 해(1947년)에 여중을 졸업하였으나 완고한 부모의 반대로 상급학교에 취학하지 못하고 직장 생활을 하게 되었고, 신 씨는 세칭(世稱) 일류 대학에 입학하여 사람들의 선망을 받았으나 고 씨의 가문에서는 외면을 당하고 있었습니다. 이유야 뻔하지요. 대대로 부(富)를 이어오는 고 씨 집안의 남자들은 관계(官界)와 군문(軍門)[14]에서 국록(國祿)[15]을 타먹으며 떵떵거리고 살고 있는 반면에 육지에서 떠돌이 교사로 들어와 뿌리를 박고 겨우 연명이

13　본도 : 지금 이야기하고 있는 이 섬, 즉 제주도.

14　군문(軍門) : 군대를 비유적으로 이르는 말.

15　국록(國祿) : 나라에서 주는 녹봉(금품).

나 하고 살아가는 신 씨네인 까닭에 도시가 자기들의 상대가 되지 않는다는 것입니다.

그래서 자기네의 귀한 고명딸[16]이 하찮은 신재식과 죽을 둥 살 둥 모르게 어울려 있는 것을 누차에 걸쳐 강경하게 타일렀건만 결국은 결혼까지 하겠다고 맹렬하게 주장하고 나서는 딸에게 차차 증오와 환멸을 느끼게 되었습니다.

그러던 차에 1948년 4월 3일에 폭동 사건이 일어나 고 씨 가문은 피해자의 입장에서 다소 괴로움을 당하였고 그때는 9월이 신학년이어서 학기 시험을 끝내고 봄방학에 고향에 돌아와 있던 신재식 씨는 행방불명이 되었다가 결국 죽음이 확인되었던 것입니다.

내용이야 어찌 되었건 일방적으로 신 씨를 원수로 치부하고 있던 고 씨 집안에서 딸이 기어코 신 씨의 집으로만 들어가 살겠다고 버티는 까닭에 그들은 별수 없이 고정애를 포기하였고, 딸은 좋아라고 집을 뛰쳐나와 애인끼리 언약하여 정해놓은 4월 24일에 기어코 혼백 결혼을 강행하였던 것입니다.

그래도 한 가닥의 정은 남아 있었던지 고정애 씨는 어머니가 기색하였다가 오랜만에 소생하여 겨우 의식을 회복하였다는 소식을 듣고 어느 날 밤에 조용히 친가를 찾아왔답니다. 들어서자 올케들의 눈초리가 싸늘하게 모가 서는 것을 알아차렸지만 어머니야 설마 어쩌랴 하고 딸은 어머니의 발치에 내려앉아 어머니를 조용히 불러 병세가 어떠시냐고 물었더니 딸을 본 어머니는 다 죽어가는 시늉은 간데없이 어디에서 그런 힘이 솟구쳤는지

---

16 고명딸 : 아들 많은 집의 외딸.

자리를 차고 벌떡 일어나 앉으며

"이 귀신의 기집년이 어디라고 감히 내 집에 발을 댔느냐? 썩 나가지 못할까?"

하는 고함을 치고 눈을 부릅뜨며 이를 드득 갈아붙이더랍니다. 졸지에 그 꼴을 본 딸은 어안이 벙벙해 멀거니 앉아 있었더니 두 번째의 욕설이 떨어졌습니다.

"귀신의 기집이 됐으니 너도 인젠 귀신이다. 이년! 이 더러운 귀신년 같으니라고. 얘들아! 이 귀신 쫓아내라! 어서 썩 쫓아내라!"

게거품을 물고 발악하던 병자는 자기의 독을 못 이겨 다시 쓰러지고 아니나 다를까 올케 두 사람이 들어오더니

"빨리 나가요! 어머니가 겨우 진정하셨는데 왜 다시 덧쳐드려요[17]?"

하고 시누이의 팔을 잡아 일으키더래요.

굼벵이도 밟으면 꿈틀한다는데 벌레가 아닌 고정애 씨의 감정인들 그런 모욕을 당하고 폭발하지 않을 수 있겠어요? 아무리 모녀간이지만 말씀입니다. 더구나 올케들의 그 말본새라니 자기네가 언제적 효부이었다고. 불효막심한 며느리들인 줄 너무나 잘 알고 있는 시누이에게다가……

"손 놔요! 귀신의 손 잡았다가 모진 귀신 붙으면 재미있는 세상들도 못 살 텐데 썩 놓지 못해요?"

혼령과의 결혼을 고집하여 성공한 만큼 고정애 씨의 성격이 어떻다는 것쯤은 누구나가 다 짐작할 만하지 않습니까? 그 수려한 눈을 모질게 홈쳐 뜨

---

17 덧쳐드려요 : '덧치다'는 '더치다'의 잘못. '더치다'는 낫거나 나아가던 병세가 다시 더하여진다는 뜻.

고 날카롭고 쟁하게 울리는 음성으로 올케들에게 대들었습니다. 위엄이 서릿발처럼 돋아난 얼굴을 내려다보던 올케들은 부지중에 손을 떼고 머쓱해서 있는데, 이번엔 어머니를 향하여

"갑니다 가요. 귀신 물러가니 사람들끼리 행복스럽게 잘들 살아보세요."

던지듯 뱉듯 무겁게 쏘아붙인 딸은 엄연하게 일어서서 밖으로 나왔습니다.

마침 집으로 돌아오던 대령의 계급장이 달린 군복 차림의 둘째 오빠와 대문간에서 맞닥뜨렸습니다.

그는 상큼하게 얼어붙은 누이의 표정에 우선은 멈칫했으나 그 역시 속속들이 쟁여진 울화가 터지는 듯 발을 탁 구르며 군대식 호령을 터뜨렸습니다.

"야! 짜식 너 여기 왜 왔어?"

말끄러미 그를 쳐다보던 고정애 씨는

"못 올 델 왔기에 그냥 가는 거예요."

하는 대답을 휙 던지고 대문 밖으로 유유히 걸어 나왔더랍니다.

그 후로 외가댁과의 인연은 완전히 끊어지고 고정애 씨는 자애로운 시어머님과 상냥스럽고 영민한 시누이와의 평화스러운 나날을 보내면서 손위 시누이인 재순 씨의 세심한 배려와 한림중학교의 교장이신 백부님의 지독한 사랑을 독점하고 있었습니다.

한림중학교의 말이 났으니 잠깐 그 이력을 알려드리겠습니다. 원래 그 학교는 백부님인 영진 씨와 내게로는 조부님이 되시는, 즉 재식 씨의 아버님이시고 영진 씨의 친아우가 되시는 영태 씨가 설립한 학원이었는데 해방이 되자 중학교로서의 자격을 얻게 된 것입니다. 일제 치하에서는 좀처럼 학교의 허가를 내주지 않고 학원으로서만 묶어두었기 때문에 학원을 그만

큰 키워오기에 두 분의 고충은 여간 크고 심각하지 않았다 합니다.

그러나 영태 씨는 학교의 인가를 받은 그 기쁨도 미처 사라지지 않은 1946년 1월에 별세하셔서 영진 씨가 초대 교장이 되셨고, 그의 둘째 아드님인 윤식 씨가 교무주임이 되어 있는 것입니다.

소란스럽던 제주도의 치안도 평정이 되고 파란만장한 초여름과 영주선경의 극치를 나타내는 녹음과 단풍의 계절이 뒷걸음침에 따라 고정애 씨에게는 점차로 이상(異常)이 생겨났습니다.

고 씨 자신이야 자기 몸에 일어나는 자초지종의 증세를 잘 알고 있겠지만 오직 자기 혼자만의 비밀로 간직할 뿐이었겠지요. 그러나 밖으로 나타나는 이상이야 어찌 남의 눈을 가릴 수 있겠습니까?

11월이 되자 고 씨의 배는 완연하게 둥실 두드러졌습니다. 초산이어서 그때까지는 몸매의 이변(異變)이 없었으나 날로 커가는 태아(胎兒)의 성장을 막을 길이 없으니 임신이라는 것을 숨길 도리가 없지 않겠습니까? 주위의 쑥덕임이 여러 가지로 변질도 되고 진화(進化)도 되었습니다.

"분명 혼백 결혼이 아니었소?"

"누가 아니래요? 우리도 가서 도와주며 참례하지 않았나 베요."

"거 참 이상하지? 혹시 죽기 전에 만들어놓은 것이나 아닐까?"

"그럴 수도 있지만……. 이봐요. 혹시 살아 있는 거나 아닐까?"

"에끼. 죽은 건 확실하지 않아?"

"누가 시체를 확인했어? 재식이가 죽어 넘어졌는데 어떤 작자가 끌고 가는 것을 목도하고 도망쳐 온 방앗간 아들의 말을 그대로 믿은 거래요."

"그러니 틀림없이 죽은 거 아니오? 예수라고 다시 살아나겠소?"

"그렇다면 그 애는 뉘 애란 말요? 설마 혼령이 씌어서 아이가 된 건 아니겠지. 혼령이 어떻게 애를 만들어?"

"아유 머릿살 아파. 어미 자신이야 알고 있겠지. 우린 그만두자고. 결말도 없는 말 밤낮 해 뭘 하오?"

그런 대화는 그 사실을 아는 집집마다에서 계속되어 나중에는 재식이가 꼭 살아 있을 것이라느니, 정애에게 딴 애인이 있어 임신이 되었다느니, 두 가지의 결말로 일대도약(一大跳躍)을 했었더랍니다.

고정애 씨는 가끔 수사의 대상이 되기도 했습니다. 결혼 직후에도 몇 번인가 불려가서 신재식 씨의 행방불명이 된 그 현장과 성격에 대한 질문을 받은 적이 있었으나 아무런 혐의가 없으므로 늘 무사하였고, 생활비도 한림 백부님에게서 영태 씨의 은급[18]이랄까 영구 봉급이랄까의 명목으로 보내오기 때문에 군색하지 않은 살림은 해왔던 터이었지요.

그러나 임신이라는 새로운 사실에서 문제는 좀 달라졌습니다. 파다하게 소문이 돌아 있는 재식 생존설과 딴 애인이 있다는 풍설이 도화선이 되어 고정애 씨는 수없이 수난을 당하는 처지가 되었으니까 말씀입니다. 애인이 있다는 말은 당초에 무근한 낭설이니까 곧 바로잡아졌지만 생존설까지 부인하는 데 대해서는 모두가 잘 납득을 하지 않았습니다.

왜냐하면 재식 씨가 생존해 있을 때에 임신된 것이라면 흰 눈이 펄펄 날리는 12월쯤에 반드시 아이가 출생되어야 할 게 아니냐는 것입니다. 그런데도 12월 중순이 지나 하순에 접어들었건만 출산 소식은 감감하고 오히려 엉뚱한 큰 사건이 벌어졌습니다.

---

18 은급(恩給) : 정부 기관에서 일정한 연한(年限)을 일하고 퇴직한 사람에게 주던 연금을 뜻함.

1949년 1월 17일 여수 형무소의 여자 감방에는 만삭의 고정애가 새우잠이나마 이루지 못하고 전전반측하였다. 이쪽저쪽으로 바꾸어 누워보아도 태아의 압박과 동요에 잠시도 편한 위치가 되지 않는 까닭만이 아니다.

오늘은 음력 섣달 보름날. 시어머니의 생신이다. 시집와서 처음 맞이하는 어머니의 생일을 외며느리로서 한 번 푸짐하게 잘 차려드리려고 몇 달 전부터 은근히 별러왔었는데 생일 차림은커녕 이런 돌발 사고로 어머님은 얼마나 애통하고 계실까. 더구나 만삭의 임산부를 감옥에 보내놓고…….

고정애는 무거운 몸을 겨우 뒤채며 피가 맺히는 한숨을 내뿜었다. 곁자리에 끼어 있던 여인도 덩달아 긴 숨을 내쉬었다. 달빛은 짧고 좁은 창문에라도 새어 들어 여인의 어깨 언저리에 창살 그림자를 길쭉하게 폈다. 고정애는 또 한 번 피가 듣는 듯한 한숨을 불어냈다.

고정애가 이곳으로 끌려온 것은 크리스마스의 열기가 돌기 시작하는 12월 22일, 이해 들어 제일 혹한이던 동짓날이었다. 동지팥죽을 한 솥 가득히 쑤어놓고 붙들려온 것이다.

여수 순천 사건이 발생된 본거지인 데다가 그로부터 두 달밖에 경과되지 않은 시가의 분위기는 역시 제주 사건 이후에 제주 성내의 그것과 흡사하였다. 다만 경찰보다도 군인들의 활약이 주도적인 것 같은 것만이 달라 보였다.

고정애가 연행된 곳도 군의 기관이었다. 그들은 대뜸 신재식이 어디에 숨어 있느냐고 물었고, 고정애네가 이 반란 사건에 관련된 어떤 군인을 하룻밤 재워준 일이 있지 않느냐는 허무맹랑한 심문을 했다.

영리한 고정애는 이런 허무맹랑한 심문을 받게 된 그 이면에 반드시 음험한 음모가 도사리고 있었음을 직감하고 곧 그런 헛소문을 발설한 장본인을 대달라고 맹렬히 추궁하였더니 며칠 후에야 관련자를 재웠다는 혐의는 풀렸으나 신재식을 왜 죽은 사람으로 가장하여 결혼식까지 올렸느냐는 꽤 구체적인 질문만은 좀처럼 늦추지 않았다.

그들이 내세우는 이유는 고정애의 임신한 사실이었다. 혼령이 아이를 만들 수는 절대로 없는데 너의 엄연한 현실은 남편이라는 신재식의 생존을 훌륭하게 증명하고 있다는 결론에서 맴돌고 있는 것이었다.

그렇기 때문에 차일피일 밀어온 것이 새해를 훨씬 넘어 반달이나 지난 이 날까지 이른 것이다. 그동안 재순과 재희가 함께 다녀가고 백부님 부자는 번갈아 와서 차입과 면회를 해주었다. 그럴 때마다 백부님은 곧 나오게 될 테니 안심하라고 위로를 하셨으나 재순 자매는 올케의 덩실한 배와 기미투성이가 되어 있는 수척한 얼굴을 바라보며 울기만 하다가 돌아간 것이다.

'아아 가엾으신 어머님!'

정애는 집에 혼자 남아 있을 어머니를 생각하면 언제나 구곡간장[19]이 녹아나는 아픔을 느낀다. 딸의 임신 소식을 듣고는 더더구나 만장같이 펄펄 뛰며 갖은 악담을 퍼부었다는 친어머니는 꿈에 보인대도 섬찍할 것 같다. 더욱이 어떻게든지 자기를 궁지로 몰아넣으려고 하는 친가 오빠들과 그 언저리에 생각이 미칠 때는 소름마저 오스스 돋아나는 것이다.

아득히 닭 우는 소리가 들려왔다. 곁에 낀 여인이 그 통에서도 잠꼬대를 하느라고 배퉁이를 어깨로 치며 중얼대어서 정애는 깜짝 놀라 두 손바닥으로 배를 감쌌다. 문득 그제 심문관에게 항변하던 말이 되살아났다.

---

19 구곡간장(九曲肝腸) : 굽이굽이 서린 창자라는 뜻으로, 깊은 마음속 또는 시름이 쌓인 마음속을 비유적으로 이르는 말.

"당신네는 눈에 보이는 내 배만을 문제 삼는 겁니다. 분명히 말해두지만 임신이란 아니 출산이란 지정일보다 훨씬 빨라질 수도 있어요. 8개월이나 9개월 만에 출산할 수 있는 반면에 훨씬 늦어질 수도 있단 말입니다. 만 십 개월을 잡을 만큼요. 그런데도 자꾸만 없는 사람의 종적을 추궁하면 난들 어떻게 할 도리가 없지 않아요? 당신들이 말하는 대로 그이가 살아 있기만 하다면 난 그이가 어떤 중대한 죄인이어서 함께 갈산지옥[20]에 가는 한이 있 더라도 절대로 놓치지 않을 겁니다. 정말입니다."

그들은 눈을 반짝대면서 듣기만 하고 있었으나 아무런 결말도 없이 또 이대로 방치해두는 것이다.

다음 날은 아침부터 고정애에게 진통 비슷한 아픔이 와서 종일 고통을 겪다가 다음날 아침에야 곁에 있는 여인의 보고로 정애는 병감에 불려가 의사의 진단을 받았다. 5일 이내에 해산하리라는 것이다. 정애는 미리 해산 에 필요한 것들을 나이 지긋하고 비교적 친절한 여간수에게 부탁하여 약간 준비한 것이 있었지만 종시 22세의 어린 산모에다가 아무런 경험이 없는 초산에 장소마저 지극히 자유롭지 못한 감방이고 보니 불안과 공포가 겹쳐 날마다가 두렵고 괴롭고 지루하기만 하였다.

드디어 닷새 후인 1월 24일 오전 열 시에 고정애는 병감 한구석에서 남 아를 분만하였고 산모와 출생아가 함께 건강하다는 것에 겨우 맘을 놓았던 것이다.

---

20 갈산지옥 : 원문대로. '칼산지옥'의 뜻으로 보임. 칼산은 지옥에 있다고 하는 칼이 삐죽삐죽 솟은 산.

나 신현구는 음산한 감방 한구석에서 그렇게 인생으로의 첫 순간을 맞이한 것입니다. 여러 갈래의 의문점을 안고 말씀이지요. 아버지가 죽었다 살았다, 있다 없다, 혼령이다 아니다, 잡다한 소음(騷音)도 소음이려니와 하필이면 감옥 출생이라니 참 기구한 운명을 타고난 비상(非常)한 존재임에 틀림없습니다. 그러니 누가 이 신현구를 결혼의 대상은커녕 애인으로라도 택할 용기를 내겠습니까? 재수 없다는 타박 맞기 안성맞춤이지요.

그건 그렇고. 어쨌든 나의 젊은 어머니는 생후 일주일밖에 되지 않은 강보 영아를 안고 1월 30일 이른 아침 여덟 시에 형무소의 문을 나왔습니다. 겨울의 여덟 시면 바람도 맵고 한기도 제일 날카로울 시각인데 이 가련한 모자를 마중해줄 사람은 아무도 없었습니다.

더구나 제대로 조리도 섭양[21]도 못 해본 산모는 일주일에도 몸을 잘 가누지 못할 만큼 쇠약해 있었는데 말씀입니다. 애기의 출생과 출옥 날짜는 전보로 본가에 알렸지만 풍랑이 심하여서 배가 결항(缺航)하였는지 옥문 밖에는 낯익은 얼굴이 보이지 않았습니다.

어머니가 잠깐 두리번거리는데 저쪽에서 신사 내외분이 달려와서 우리를 얼싸안았습니다. 목포 사범학교의 교유[22]로 계시는 백부님의 큰아드님, 즉 윤식 씨의 형님 형식 씨 내외분이 무전으로 연락한 아버님의 통고를 받고 밤차로 달려오신 것입니다. 진실로 절처봉생[23]이란 이런 경우에 꼭 적용되는 말이었습니다.

---

21 섭양(攝養) : 병에 걸리지 아니하도록 건강 관리를 잘하여 오래 살기를 꾀함.

22 교유 : 일제강점기에, 정식 자격을 가진 중등학교의 교원을 이르던 말.

23 절처봉생(絕處逢生) : 오지도 가지도 못할 막다른 판에 요행히 살길이 생김.

두 분은 추위와 주림과 희열로 발발 떨고 있는 어린 산모를 가까운 주막에라도 들어가 어한[24]을 시켜야 한다면서 제일 가까운 음식점으로 들어갔습니다.

다행히도 뜨뜻한 방을 안주인이 선뜻 내주어서 모자를 눕히고 부인이 분주하게 드나들며 우리를 먹이고 재우고 하는 시중을 들어주셨습니다.

그분들의 주장은 우선 목포로 내려가 자기의 집에서 삼칠일, 즉 20일간의 산모 후산[25]을 깨끗이 치러 본가로 보내겠다면서 오후의 급행으로 떠나자는 것이었습니다.

그런데 외갓댁과 어머니와의 관계를 정확히 모르고 있는 형식 씨 내외분은 자기와의 중학교 동창인 고광석 대령 즉 어머니의 둘째 오빠인 그분이 바로 여수역 앞에서 살고 있다는 소식을 전하고, 여수의 치안 확보를 위하려 수완과 능력이 비상한 고 대령이 임시로 출장하였다는 자랑 비슷한 말까지 덧붙였습니다.

굳이 반박할 필요도 없다고 생각한 어머니는 잠자코 있을 따름이었는데 이분들은 여수역에 이르는 도중에서 기어코 그 고 씨의 집에 들르고 말았습니다.

"광석이! 광석이 있나?"

퍽 소탈한 성격인 듯 형식 씨는 문간에서 거침없이 옛 친구를 부르고 이 시간에 어떻게 마침 집에 나와 있었던지 광석 씨는 어김없이 현관에 나왔습니다. 역시 늠름한 군복 차림이지요.

---

24 어한(禦寒) : 추위에 언 몸을 녹임. 또는 추위를 막음.

25 후산(後産) : 산후조리를 의미하는 것으로 보임.

"고 대령 무고하신가?"

"어 형식이. 자네 웬일인가?"

외가댁에서는 신 씨 가문을 탐탁하게 여기지 않았다는데도 이 두 분의 우정만은 그런 사이가 아닌 듯 퍽 정다웠습니다.

"어서 올라오게. 나 마침 또 나가려던 참이었네마는. 웬일인가? 자네."

반갑게 악수를 교환한 후에 고 대령이 형식 씨에게 그렇게 말했습니다.

"응, 나 우리 질부 마중 왔네."

"질부라니?"

"아, 정애 말여. 일주일 전에 아들 낳아서 오늘 출감했지 않나? 지금 저기 있네. 얘 아가!"

형식 씨는 아기를 안은 자기의 아내 곁에 다소곳이 서 있는 어머니를 가리키며 의기양양하게 불렀습니다. 어머니에게 힐끗 눈길을 보내던 고 대령의 낯빛이 새파랗게 질리더니 그 눈살에 독기를 잔뜩 올렸습니다. 그러는데 이들의 대화를 들은 듯 안에서 올케의 모습이 나타나 문밖의 광경을 일별하고는 이내 남편의 팔을 이끌고 안으로 가더니 고 대령이 다시 나와서 격한 음성으로

"자네만은 반갑네만은 저 귀신의 기집이나 귀신의 자식만은 집에 들일 수 없네. 다음에 자네나 만나세."

하는 게 아니겠습니까? 내가 생후 맨 처음으로 귀신의 자식이라는 호칭을 얻은 것이 바로 이때였습니다. 이번에는 형식 씨의 낯빛이 새파랗게 질렸습니다.

"뭐라구? 귀신의 기집? 귀신의 자식? 누가 귀신이란 말이냐? 응."

형식 씨는 대뜸 고 대령의 멱살을 잡으려다가 군복임을 깨닫고 손을 내

렸습니다. 그러나 입으로는 총알처럼 퍼부었습니다.

"네 눈엔 아무도 안 보이냐? 다 귀신으로 보인단 말이지? 누가 진짜 귀신인지 두고 보자!"

형식 씨는 뒤도 돌아보지 않고 밖으로 나와서 벌써 얼마큼이나 앞서 가는 우리를 따라오셨습니다.

나중에 들은 말이지만 고 대령의 아내는 불길한 사람들, 즉 감옥소에서 낳은 귀신의 자식과 그 어미가 다녀갔다 하여서 귀신을 쫓는 무당의 푸닥거리까지 하였다는 것입니다.

세월은 흐르는 물같이 빠르다고들 하지만 우리 모자에게는 가시밭을 걷는 듯한 괴로운 나날이 더디게 지나가는 것만 같았습니다. 그래도 내가 중학생이 되던 첫날 중학교의 교복을 입히시면서 기뻐하는 듯 슬퍼하는 듯 복잡한 표정을 하시던 어머니와 두말없이 나를 붙들고 좍좍 울어대는 할머니 두 분의 영상은 늘 가슴에서 지워지지 않았습니다.

1961년에 우리는 한림에서 살고 있었습니다. 내 중학 진학 때문에 전해에 이사 온 거지요. 6·25 동란에는 다행히 제주도가 피난처로 되어 있어서 별다른 고생은 없었지만 내 출신이 언제나 말썽을 빚어서 할머니와 어머니의 심정을 괴롭게 하였던 것입니다.

나는 잊혀지지 않습니다. 국민학교 4학년 때에 외갓댁의 아이들과 동급이어서 자주 싸웠는데 한 번은 그 집에까지 붙들려가서 외숙모란 여인에게 따귀를 맞으며 주문처럼 뇌까리던 귀신의 자식이란 언어하며, 외할머니란 노인의 감옥소 귀신이 씌어서 못돼먹었다는 저주의 욕설하며를 내 생명이 다하는 날까지에는 절대로 절대로 잊어먹지 않을 것이니까요.

한림으로 이사 오면서 제일 시원한 것이 외갓댁 아이들과 헤어지는 일이었습니다. 그리고 제일 자랑스러운 것은 우리 할아버님들이 세우신 학교에서 당당한 중학생이 되어 있는 일이구요.

나는 1학년 1학기에서도 우리 반에서 최고점을 땄습니다. 좀 쑥스러운 자랑 같지만 국민학교에서도 줄곧 최우등의 자리를 빼앗긴 적이 없었으니까요.

그래서 외갓집 아이들이 제집의 어른들이 지껄이는 말을 들은 대로

"귀신의 아들이라 귀신같이 공부를 잘하는 거지? 그렇지 넌?"

어쩌구 하다가 내게서 대판 얻어터지기도 하였던 것입니다.

여름방학에는 애월(涯月)에서 큰 상점을 하고 있는 재순 고모 댁에 가서 거기의 사촌 형제들과 얼마나 재미나게 잘 놀고 왔는지요. 할머니와 어머니께 드릴 선물을 잔뜩 가지고 온 것은 물론, 학과의 숙제도 빠짐없이 완벽하게 해 왔기 때문에 가을 학기를 신나게 기다리고 있었습니다.

그러나 호사다마라더니 우리에게도 슬픈 날이 닥쳐왔습니다. 큰할아버지께서 교장의 직을 그만두게 되신 것입니다. 61세 이상의 노인들은 모두 현역에서 물러나라는 문교부의 새 학령에 따라 작년에 회갑을 지내신 조부님이 현직에서 떠나게 되셨는데, 아직도 학교에 대한 기획과 포부가 많은 터에 갑자기 그 모든 애착을 버리고 돌아서시기란 너무나 한스러우신 듯 무한히 슬퍼하시고 애달파하셔서 주위의 우리들 역시 서운한 심정을 달래기 어려웠습니다.

"아직도 10년은 끄떡없겠는데, 어허 인제 나도 퇴물이 되었단 말인가?"

조부님의 탄식 소리를 들으면서 어머니도 퍽 서글퍼하셨습니다.

9월 말에 교감이던 분이 교장이 되고 조부님이 이사장이 되셨으나 웬일

인지 옛날에 그 벌벌 타오르는 듯하던 정열적인 활동적인 패기는 보이지 않고 풀기[26]가 없이 축 늘어진 듯한 인상을 풍기시어 우리를 슬프게 하였습니다마는 윤식 백부님이 교감이 되셔서 불행 중 다행이기도 했습니다.

그런대로 나는 할머님과 어머니와 고모들, 참 재희 고모도 이제는 어엿한 사모님이 되었어요. 우리 학교 교무주임 선생의 부인이신 것입니다. 그리고 백부님들의 보호와 사랑을 맘껏 받으면서 중학의 과정을 최우등생으로 마쳤습니다.

가시밭길을 걷는 듯이 더디게만 느껴지던 세월이었는데 돌아보니 어느덧 10여 년이 살같이 달아나고 만 듯한 놀라움도 곁들여 한편 흐뭇한 맘도 들었습니다. 더구나 내가 변성이 된 음성으로 소년답지 않게 엉뚱한 말을 지껄일 때에 대견해하시는 할머니와 어머니를 보면서는 누구의 자식이 되었든 감방이 아닌 마굿간에서 태어났더라도 이 세상에 존재하게 된 것만을 다행하게 생각하였습니다.

다만 할머니의 머리에 백발이 늘어나고 그 고운 어머니의 눈가에도 실주름이 잡혀지는 것을 볼 때에는 가끔씩 너무나도 기구했던 모자의 운명을 되새기곤 했습니다.

1967년 4월에 나는 당당히 S대학의 정문을 드나들었습니다. 정치과 일학년생으로 말씀입니다. 사실 내 진학에 대해 할아버님과 백부님들과 어머니와의 논란이 여러 번 있었습니다. 할아버님은 사랑스러운 손자, 더구나 창립이래 언제나 최고점만을 유지하고 있는 나를 끝내 자기네 학교에 두고 싶으

---

26 풀기 : 드러나 보이는 활발한 기운.

섰지만 어머니가 타교에 진학을 극히 주장하고 백부님들이 여기 동조(同調)하셔서 서울에서도 일류라는 K고교에도 시험을 치른 결과 수석은 못 되었어도 다섯 째 안에 드는 좋은 성적으로 K고교의 학생이 되었던 것입니다.

어머니는 내 학비의 조달을 위하여 학교에 가까운 동네에 구멍가게를 내고 밤낮으로 노동을 하셨습니다. 전날의 수입은 할머님의 생활비로 충당해 드리고 두 목숨과 자식의 학비를 이어가느라고 하루 종일 허리를 펴고 앉아볼 사이가 없었습니다.

조석밥을 지으실라, 매상고는 적으면서도 허다한 종류의 물품을 하나둘씩 사러 오는 많은 손님들에게 물건을 팔으실라, 새로운 물자를 구입하실라, 빨래하실라, 머리엔 언제나 먼지가 끼고 손은 엉망으로 거칠어져서 옛날의 모습은 언뜻 찾을 수 없이 되어갔습니다. 밤이면 그것도 장사라고 주판을 들고 계산을 하시는데, 내 공부방만을 밝고 넓은 데다 정해주시고 자기는 점방[27]에 달린 쬐그만 방에서 행여나 내 공부에 방해나 되지 않을까 신경을 쓰면서 가만가만히 주판알을 굴리시는 것에 밤마다 내 가슴은 미어지는 듯했습니다. 그러면서도 사흘에 한 번씩 불효막심한 자기를 용서해주시라는 상서를 할머님께 올리시는 것입니다.

이러한 어머니의 노력과 정성이 헛될 이치가 있겠습니까? 고된 나날이면서도 크나큰 보람으로 잔잔하게 살아가는 우리에게 또 하나의 충격이 있었더랬습니다. 물론 외가댁과의 충돌이지요. 우리가 살아오는 동안에 그 댁에는 수차에 걸쳐 경사가 많았습니다. 즉 외삼촌들이 관계에서나 군문에서 빛나는 승진을 거듭하였던 것입니다.

---

27 점방(店房) : 가게로 쓰는 방.

그런데 원수는 외나무다리에서 만난다더니 하필이면 대학의 합격자 발표하는 자리에서 만날 게 뭐겠습니까? 가끔씩 우리에게 꾸준한 욕설을 계속한다는 소문만 듣고 대면한 일은 도무지 없었는데 말입니다.

그 자리에는 수많은 학부형 모자매[28]들이 구름같이 모여들었는데 그 복판에 우리 모자와 윤식 백부님도 섞여 있었어요. 관중의 가슴을 지지리도 태우던 방이 나붙자 여기저기서 환성과 비명이 교차로 들리기 시작했습니다. 드디어 내 수험 번호가 먹물로 뚜렷하게 나타나지 않겠습니까?

"장하다! 우리 현구!"

윤식 씨는 내 팔을 번쩍 들어 올리시며 큰 소리로 외치시고 어머니는 한 팔로 내 등을 감싸며 감격적인 흐느낌을 하셨습니다. 바로 이때입니다.

"흥 장하면 뭘 해? 귀신의 자식이……."

하는 비웃음이 등 뒤에서 나지막하나 날카롭게 들려오지 않겠습니까? 우리 셋은 똑같이 휙 머리를 돌렸습니다. 광현 씨의 둘째 아들, 나하고 국민학교 때 늘 싸움하던 그 애는 죽을상이 되어 머리칼만 쥐어뜯고 서 있는데 그의 어머니란 여인이 독살스러운 눈초리로 우리를 노려보고 있었습니다.

"그 말 지금 누가 했소?"

윤식 씨가 여인의 앞으로 바싹 대들며 따졌습니다. 여인은 태연했습니다.

"내가 했소."

"그 말 다시 한번 해봐요! 냉큼 다시 한번 해봐요!"

---

28 학부형 모자매 : 원문대로. 수험생의 아버지와 형제, 어머니와 자매 등 가족을 지칭하는 것으로 보임.

"당신 무슨 자유가 있어서 내게 호령하는 거요?"

적반하장도 유분수지 얼마나 반석같이 단단하게 믿는 구석이 있고 얼마나 호화로운 배경이 있으면 인간이 저렇게 당돌하게 되는 것일까요?

"자유?"

"그래요. 무슨 권력이 있어서 덤비느냐 말요."

"권력?"

이때에 어머니가 나섰습니다.

"너무 그렇게 잘난 체하지 말아요. 아무리 귀신의 자식이라도 당신네의 그 자유 그 권력 조금도 부럽지 않으니 그 자유 그 권력 그늘에서 당신네나 영원히 잘 살아요. 가세요 아주버님! 상대가 돼야 말하지요. 가자 현구야! 어서 가서 수속이나 해야지."

우리는 서로 손을 잡고 새파랗게 질려서 저게 저게 하며 발을 동동 구르는 여인을 무시하고 군중의 틈으로 섞여들었습니다.

그 일이 있은 후로 어머니의 얼굴에는 가다가 혹 침울해하는 빛이 어리곤 했습니다마는 내가 육군의 졸병으로 입대하게 될 때까지의 생활에서는 그 나름대로의 행복감을 느끼시는 듯하였습니다.

드디어 1973년 5월입니다. 할머님과 어머니를 여러 번 울려드리던 군 복무도 완전히 끝나고 다시 배움의 보금자리로 되돌아온 것입니다. 군 복무 기간 중에서도 모범 군인으로 웃어른들과 동료들의 사랑을 많이 받아 비교적 맘 편한 날마다를 보낸 셈입니다마는 함께 군에 입대하여 복무 과정에서 간간이 맞닥뜨리게 되는 외갓댁의 아이들 때문에 늘 울화가 터졌더랬습니다.

이를테면 외사촌 형제끼리가 아닙니까마는 미천한 출신이요 출생이라고 마구 터놓고 내 주위의 동료들에게 상세한 내용까지를 퍼뜨려 나를 괴롭히는 것을 낙으로 삼았습니다. 그러는 중에 차차로 내 가슴에는 어떤 결심이 굳어가고 있었습니다.

돌아와 보니 어머니는 구멍가게를 청산하고 서울에 집을 사서 하숙을 경영하며 아직도 정정하신 할머님을 모시고 계셨는데, 나의 통학을 배려하여서 집도 도보로 3분쯤 걸리는 D동에 마련하셨더군요.

그런데 가장 슬픈 일이 있었습니다. 할아버지께서 돌아가신 겁니다. 교장직을 물러나 이사장직에 계시면서부터는 스스로 노쇠하다는 것에 신경을 쓰셔서 기운을 저상[29]하셨는데, 그 증상이 그대로 계속되어 패기를 잃으시고 따라서 건강마저 후퇴하였던 것입니다. 후에 다시 65세까지의 연한이 되어 복직하시기를 주위에서는 권하셨지만 한 번 물러선 자리라고 굳이 사퇴하시고 학교 행정의 뒷받침에 꾸준히 전력하셨으나 끝내 별세하셔서 목포 사범대학에 계시던 형식 백부님이 아버님의 유지를 받들어 3대 교장이 되셨던 것입니다.

그러나 아깝게도 형식 백부님마저 65세의 정년으로 금년에 은퇴하시게 되어 윤식 씨가 4대 교장이 되셨습니다.

할아버지께서 한창 정열적으로 일하시다가 중동을 잘려 봇물이 막히듯 갑자기 쇠퇴해지신 전례로, 형식 백부님 역시 대단히 서글퍼하는 모양이시라 그분도 스스로 의기를 상심하셔서 상서롭지 못한 결과가 될까 우리 후손들은 퍽이나 심각한 염려를 하고 있는 것입니다. 그리고 나이에 구애하지 말고 그들의 인격이나 실력에 맡겨 언제까지고 자유로 활동하시게 하는

---

29 저상 : 기운을 잃어버렸다는 뜻.

제도가 다시 나타났으면 하고 은근히 바라보기도 하는 것입니다.

신록이 아름다워 우리 집에서 내려다보이는 학교의 정원이 연연한 연둣빛 장막을 두른 듯 싱싱한 단 공기를 발산하는 듯 상쾌하게 갠 어느 일요일에 하숙생들이 다 외출하기를 기다려 나는 어머니께 여쭐 말씀이 있다고 나와 마주 앉으시도록 하였습니다.

"어머니 전 이민 가기로 결심했습니다."

나는 단도직입적으로 나의 결심을 토로했습니다.[30]

돌연한, 그리고 총알처럼 무게가 있는 내 발언에 어머니는 아연히 나를 바라보다가

"그게 무슨 말이지?"

하며 애써 침착하려고 하셨습니다.

"전 이민을 가기로……."

미처 끝나기도 전에 어머니가 내 말을 끊으셨습니다.

"뭐라구? 누구와 의논한 거냐?"

"저 혼자의 결심입니다. 제가 아무리 여기서 버티어보았대야 귀신의 자식이라는 명칭이 끝내 따라다닐 테니까요. 차라리 깨끗하게 여기를 떠나서 자유롭고 활발하게 살고 싶어요."

"어미와 나라를 버리고 너 혼자의 생존을 위하여 이민 가겠단 말이지? 네가 그렇게 얕은 생각을 가질 줄 난 정말 몰랐구나."

"그럼 어쩌란 말입니까? 언제 어머니께서 아버지에 대한 무슨 말씀을 내

---

30 나는 단도직입적으로 나의 결심을 토로했습니다 : 이 부분은 『한국문학』 발표 시에는 없었는데 후에 삽입됨.

게 들려주셨단 말입니까? 돌아가셨는지 아닌지 항간의 소문만으로 결정지을 수도 없지 않아요? 어머니께서 나를 어떻게 낳으셨는지 즉 몇 달 만에 낳게 되셨는지 상상으로도, 주위의 알림만으로도 극히 모호하고 석연찮기만 하거든요. 그런데도 귀신의 아들이라는 딱지는 끝내 떨어지지 않고 말입니다. 그러니까 말썽 많은 이 자식만 훌쩍 떠나버리면 영구한 망각이 있을 뿐 아니겠습니까?"

어머니는 흥분을 이기시려는 듯이 눈을 지그시 감고 있다가 이윽고 다시 눈을 떴습니다.

그리고 천천히 말했습니다.[31]

"인간이 생존하는 가치도 조국이 있음으로이요, 외국에서나 국내에서 열심히 배워 학위를 따고 성공하려는 것도 나라에 봉사함으로써 보람과 영광이 있는 것이지 외국에 이민으로나 가서 제 일신의 호구에만 일생을 바친다면 그건 국민으로서의 긍지를 잃는 것이 아니냐? 난 차라리 내 나라에서 거지가 될지언정 딴 나라에 가서 부자 되기를 원치 않는 주의다. 어미의 뜻이 이런데 자식인 네가 어떻게?……."

"그럼 나는 어쩌란 말입니까?"

이번에는 내가 어머니께 아프게 반문했습니다.

"귀신의 자식으로 살아가란 말인가요?"

"네가 왜 귀신의 자식이란 말이냐? 엄연히 훌륭한 아버지가 계신데……."

"어머니! 툭 털어놓고 말씀해주십시오. 내가 알고 싶어 하는 모든 사실을

---

31   어머니는 흥분을 이기시려는 듯이~그리고 천천히 말했습니다 : 이 부분은 『한국문학』 발표 시에는 없었는데 후에 삽입됨.

요. 네? 어머니!"

"그래."

어머니는 한 마디를 침통하게 토하셨습니다. 정말 토하시는 듯한 어조였습니다.

"인제야 내가 말해줄 시기가 닥쳐온 것 같다."

"어머니! 오늘에야말로 모든 것을 말씀해 주십시오. 어머니의 말씀에 따라 제 인생의 행로를 결정하겠습니다."

중요한 대화를 앞에 둔 이 집의 뜰에는 5월의 미풍이 한가롭게 넘나들고 있었습니다.

(『한국문학』, 1973. 12.)

작품 해설

치유되지 못한 슬픔과 역사의 유령

김은하

「휴화산」은 "귀신의 아들"로 불리는 '신현구(24세)'의 비밀스러운 출생에 관한 이야기이다. 제주도 출신의 정치학도인 신현구는 출생의 트라우마를 짊어진 인물이다. 그의 어머니인 '고정애'는 제주 4·3항쟁으로 혼령이 된 애인 '신재식'과 1948년 4월 24일에 혼례식을 올리고 그로부터 10개월 후인 1949년 1월 24일에 신현구를 낳았기 때문이다. 고정애에게 숨겨둔 애인이 있었던 것이 아니라면 신현구의 출생은 과학적 합리성으로 설명되지 못한다. 이 소설이 판타지 장르가 아닌 한 신현구의 아버지는 살아 있다고 추리할 수 있다. 그렇다면 신재식은 왜 살아 있으면서도 죽은 자로 행세해야 했던 것일까? 신현구의 출생은 한국 현대사의 부조리 혹은 비극성을 풍부하게 은유한다. 신재식은 전체주의적인 한국 사회에서 금기 중의 금기인 "빨갱이"로 낙인찍혔기에 '유령'으로 살 수밖에 없었던 것이다.

「휴화산」은 제주 4·3항쟁을 소설화한 극히 드문 사례에 속한다. 그러나「휴화산」은 독자에게 그다지 친절하지 않다. 가령, 신재식은 왜 4·3항쟁에 가담했고, 구체적으로 무슨 일을 했으며, 가족들에게마저 죽은 사람이 되어야 했던

가에 대해서 독자는 알 수가 없다. 소설의 마지막에 이르면 모자(母子)의 대화를 통해 신재식이 살아 있다고 암시되지만 독자가 그의 행방을 추적할 단서조차 찾기 어렵다. 이와 같은 서사의 부재 혹은 공백은 시대의 억압과 부조리를 보여준다. 이 작품이 발표된 1970년대 초중반은 반공 국가의 검열 제도로 인해 작가들의 창작의 자유를 갖지 못했던 때이다. 따라서 이야기의 비어 있는 지점을 채우는 것은 '민주화' 이후를 살아가는 독자의 몫으로 남아 있다고 보아야 한다.

그런데 목포 출신의 박화성은 왜 먼 곳에서 벌어진 사건에 관심을 가졌던 것일까? 서정자에 의하면 「휴화산」은 박화성이 해방기에 창작했지만 작품을 발표하지 못하고 우여곡절 끝에 원고마저 소실했던 「활화산」을 다시 쓴 작품이다 (뒤에 수록된, 「박화성의 문학 지도」 참조). 박화성이 정작 이야기하고 싶었던 것은 4·3항쟁이라기보다 1949년의 여순반란사건 같은 해방기 국가 폭력들이었을 것이다. 실제 갑자기 군인들이 나타나 고정애를 끌고 가 신재식의 행방을 다그치고 그녀를 감금한 곳은 여수였다. 고정애의 군인인 오빠가 출산으로 몸을 추스르던 고정애 앞에 다시 등장한 곳도 여수였다. 군인인 그는 여순사건의 "반란군"을 진압하기 위해 여수로 왔던 것이다. 박화성은 「휴화산」에서 폭력이 가족과 친구를 어떻게 두 개의 적대 그룹으로 쪼개는가를 보여줌으로써 민족의 분열을 우려하고 있다. 비록 소박한 재현이기는 하지만 침묵을 깨고 사회적 금기를 이야기하고자 했다는 점에서 박화성 문학의 사회성을 엿볼 수 있다.

여류작가가 되기까지의 고심담

여류작가가 되기까지의 고심담

S형, 나더러 '여류작가가 되기까지의 고심담'을 쓰라구요? 이 부탁을 받고 내 손이 미처 붓을 잡기 전 문득 머리에 먼저 떠오르는 것은 저 이름 높으신 김동인 씨(문단의 노대가(老大家)라고 자타가 공인하는)의 화성(花城)을 평하신 말씀입니다.

"일개 여류문예 독호가로서 습자(習字)[1] 『백화』며 「하수도 공사」를 발표한 것이 벌써 4, 5년 전의 일이다. 그 사이 4, 5년간 수로 보아서 적지 않은 작품을 세상에 내놓았는데 「하수도 공사」에서 지금 「눈오는 그 밤」[2]까지에 한 걸음의 전진도 없다. 상(想)도 그 상이요, 표현도 그 표현으로 촌진(寸進)도 없다[3]."

---

1 습자 : 습자는 글씨 쓰기를 배워 익힌다는 뜻으로 박화성의 소설이 문학다움을 갖추지 못했다는 냉소적 의미를 담은 단어로 볼 수 있다.
2 눈오는 그 밤 : 원문대로. 원래의 제목은 「눈 오던 그 밤」. 김동인이 박화성의 문학에 대해 비평하면서 작품의 제목조차 틀리게 썼다는 것을 보여준다.
3 촌진도 없다 : 한 치도 나아가지 못했다는 뜻.

S형, 이것이 금년 3월 『매일신보』에다가 3월의 창작평으로 쓰신 김 씨의 「눈 오든 그 밤」에 대한 비평의 한가닥 말입니다.

그러나 여기에는 한 큰 불행이 있습니다. 김 씨께서는 『신가정』 1, 2, 3월 호에 연재소설로 낸 「눈 오든 그 밤」의 1, 2회는 빼놓고 끝 회인 3회 것만 독립된 한 개의 단편으로 쳐서 읽으시고 쓰신 것이니, 만일 극히 다행한 일로 김 씨로 하여금 그 전부를 다 읽으시게 하였던들 좀 더 혹독한 그리고 철저한 가르침을 받았을 것이 아닙니까?

나는 그것을 가위로 오려서 일기책 속에 끼워두고 날마다 한 번씩 읽으며 자신의 능력을 반성하여봅니다. 동시에 김 씨의 최초의 작품과 최근의 작품을 비교하여 보는 일 역시 지성껏 하고 있습니다.

S형. 이렇게 되고 보니 지금도 내 귀에 모깃소리처럼 스쳐가는 것은 "네 까짓 게 무슨 여류작가이냐? 습자 시대에서 헤매는 꼴에 작가가 무슨 건방진 작가냐?" 하는 김동인 씨의 나를 비웃는 말씀입니다. 그러니 어찌 이에 대한 고심담을 쓸 붓대인들 용감스럽게 잡을 수 있겠습니까?

그러나 S형, 나는 귓가에서 윙윙거리는 그의 조소를 대갈일성[4]에 물리쳐 버리고 형의 부탁하신 뜻을 받고자 새로운 힘으로 붓을 잡았습니다. 왜? 어떻게?

내가 어릴 때 열광적 도취에서 탐독하던 그의 초기의 작품에 비하여 그의 최근의 작품에 나타난 상(想)이나 (그의 말씀대로) 표현이나 수법 등은 진보는커녕 오히려 퇴보하였다고 볼 수 있는 것은 무슨 까닭일까? 이것이 그의 퇴보를 말하는 것이 아닐진대 그의 한 애독자로서 화성의 성장(成長)

---

4 대갈일성(大喝一聲) : 크게 외쳐 꾸짖는 한마디의 소리.

을 보여줌이 아니고 무엇일까? 김 씨께서 졸작 등을 모조리 다 읽어보시고 하시는 말씀인지 아닌지는 모르나 「하수도 공사」에서부터 이날까지의 나의 창작 과정을 더듬어보신 선배이시라면 그의 한 후배에 대하여 오직 한 마디로 4, 5년간 촌진(寸進)도 없다고 단언하신 그 태도를 S형, 나는 어떻게 취해야 정당할 것입니까? 후진에 대한 선진의 친절하고 엄중한(호의로 해석해서) 교시[5]로 볼까요? 동배끼리의 추한 질투로 볼까요? 김 씨 자신이 만년 청년인 순수 문예 대가란 탓으로 볼까요? 전자(前者)로 보자니 그 정다운 뜻이 전혀 섞여 있지 않고, 후자로 보자니 김 씨가 ××게 보여서[6] 다만 "작품마다 그 상과 그 표현을 변하지 않는다고 꾸짖으신다면, 나를 개성이 뚜렷한 한 인간으로 보심이 아니고, 때 따라 색을 변화시키는 칠면조로 보심이 아닐까" 하는 중얼거림에서 그치고 모름지기 시비를 가리지 않는 것이 명일을 내다보는 앞길이 창창한 후진의 점잖은 태도이거니 하는 생각에서—

S형, '여류작가'라는 이 네 글자의 무거운 멍에를 바로잡기 위하여 쓴 앞잡이말이 너무나 길어져서 아즉도 가슴은 답북 찼는데[7] 길고 긴 가을 밤의 이경[8]도 훨씬 넘었으니 언제 가득한 이 말의 구리[9]를 얽힘 없이 다 풀어내 놓을꼬? 가을밤 저 흘러가는 대로 맡겨놓고 내 붓대 저 가는 대로 달리노라

---

5 교시(敎示) : 가르쳐서 보인다는 뜻.
6 김 씨가 ××게 보여서 : 원문 그대로 적었다. 맥락으로 미루어 볼 때 '김 씨가 추하게 보여서'라는 뜻을 가려놓은 것으로 보인다.
7 답북 찼는데 : 마음에 가득 찼다는 뜻.
8 이경 : 하룻밤을 오경(五更)으로 나눈 둘째 부분. 밤 아홉 시부터 열한 시 사이를 뜻함.
9 구리 : 꾸리라는 뜻. '꾸리'는 둥글게 감아 놓은 실타래.

면 설마 첫닭이 울기까지야 이 말이 끝나지 않으리까?

S형. 나는 퍽 어릴 때 언문을 알게 되면서부터 웬일인지 소설을 밥보다도 더 좋아했답니다. 일가집 할머니나 아주머니가 오시면 어느 자리나 어느 때든지 꽉 틀어잡고 옛날이야기를 해달라고 들이졸랐고, 소설책만 손에 들면 밥도 잠도 어머니 젖도 다 잊어버리고 그저 그것만 들여다보았었습니다. 앓고 누웠을 때라도 머리맡에 놓인 약병과 과일 수효보다는 이불 밑에 감추고 읽어보는 소설책 수효가 더 많았거든요. 집에 있는 것은 모두 삼독 사독이요, 책집에서 하루에 2전씩 주고 세내 오는 것은 고사하고 어머니를 졸라서 아는 집에서 얻어 오게 하는 것은 또 어떻게 하구요?

지금 생각하니 우리 어머니는 참으로 고마우신 어른이었습니다. 겨울의 추운 밤에 한창 눈공 들여 바느질을 하시다가도, 당신의 막내둥이가 부득부득 조르면 못 이기는 척하시고 나가서 소설책을 두어 권씩 치맛귀에 싸가지고 오셨습니다. 그러면 밤을 새우면서도 그 책들을 다 읽고 말았구만요.

그러기에 어려서의 내 소원은

"어떻게 하면 크고 큰 방에 각종 소설책으로 가득 들이쟁여놓고 원없이 한없이 밤낮으로 읽어볼꼬?"

하는 단순한 것이었습니다. 그리고 읽어본 소설 중에서 얻은 지식으로 소설을 써봅네 하고 튀기소설을[10] 끄적거리던 일을 생각하면 지금도 얼굴이

---

10 튀기소설 : '튀기'는 종(種)이 다른 두 동물 사이에서 난 새끼를 가리키는 말로 문맥상 인상적으로 읽은 여러 소설을 모방해 창작 연습을 했다는 의미로 보인다.

후끈거립니다.

S형. 그러니 그것을 누가 알았겠습니까? 그 안달발광이 오늘날 이 답답한 붓대에 전 생명을 걸고 붓지랄치는 소위 소설장이가 될 전조라는 것을

—

S형. 그러나 세계적 문호의 명작과 이광수, 김동인 씨 등의 작품을 어느 정도 비판적인 머리로 읽게 되면서부터는 언감생심 소설을 써볼 풋용기를 가지지 못하고, 학교 선생님에게서 받는 "작문을 잘한다"는 말과, 밖의 사람들에게서 듣는 "편지 사연을 잘 짓는다"는 칭찬에서 자존심만 잔뜩 길러 갔었습니다.

S형. 조선 작가로서 내게 가장 많은 영향을 준 분은 역시 이광수 씨였습니다.

대체 그의 작품 쳐놓고는 읽어보지 않은 것이 하나도 없었으니까요. 그러니까 이씨의 작품이 내게 얼마나 한 영양(營養)을 주었는가는 모를 일이거니와 내가 한 인간으로서 반드시 가져야 될 그 무엇을 가지게 되면서부터 이 씨에 대한 나의 문예적 추앙은 스스로 얇아가지 아니치 못하였습니다.[11]

그러나 나를 문예의 길로 가야 할 사람이라고 잡아준 곳은(場所) 영광(靈光邑)이요, 사람은 거기 계시던 시인 조운(曺雲) 씨 외의 여러 선생이십니다.

내가 열아홉 살 때 민립 보통학교의 교원 노릇을 하면서부터 비로소 소

---

11 얇아가지 아니치 못하였습니다 : 점차로 실망해 존경심을 잃기도 했다는 의미로 보임.

품(小品)이니 신시(新詩)니 소설이니를 그들의 지도와 비평 아래에서 제법 법대로 써보게 되었었으니까요. 열아홉 살 때 쓴 「팔삭동」이란 단편소설이 소설로서 처음 써본 것이고, 20세 때 쓴 「추석 전야」가 처음으로 『조선문단』지(誌)에 활자로 나타나게 된 작품입니다.

이광수 씨가 저번 『조선문단』 시절의 회고담을 하시면서 "웬 여자가 작품을 하나 보냈는데 문장이 거칠어서 의미가 잘 통하지는 않았으나, 사람의 마음을 쿡 찌르는 맛이 있기에 문장과 내용을 고쳐서 냈는데 그 여자가 화성이었다."라고 하신 것은 기억력이 좋으신 이광수 씨의 일이매 물론 중간에서 쓰신 분의 잘못 들으심이라고 생각합니다.

사상 전환기에서 한창 고민하던 나는 그때 「추석 전야」를 써놓고 어떻게나 여러 번을 읽어봤던지 글자 하나 틀리지 않게 족족 외우게까지 되었는데, 나중에 『조선문단』에 난 것을 보니까 글자 하나 고친 곳 없이 꼭 그대로 나왔습니다. 정말로 이광수 씨가 좀 고쳐주셨더라면 지금쯤 내보면서도 만족하여할 것이 아니겠습니까마는—

S형. 그러나 내가 영문학에 뜻을 두고 바다를 건너간 후에는 시나 소설을 써볼 틈이 없이 자전[12] 찾기와 단어 외우기와 소설 번역하기에 나의 전 시간을 뺏기고 말았습니다. 또 그때는 나의 사상이 어느 정도까지 확실히 터가 잡힌 때라 소설가로서 일생을 마치려니 하는 생각은 꿈에도 없었으나 워낙 타고난 버릇이라 그런지 문호의 걸작을 원서대로 배울 때는 그들의 풍부한 소양과 치밀하며 침착하고 날카로운 묘사와 문장 등에 온 마음을 사로잡히고 있었습니다.

---

12 자전 : 사전.

S형. 형도 잘 아시는 그 말썽꾸러기『백화』에 손을 대게 된 것은 내가 스물다섯 살 되었을 때입니다. 계획은 있었으나마 우연한 동기로 힌트를 얻어 쓰다가 두었다가 가형의 원조를 입어가며 또 수정하다가 됐다가 이렇게 하다가 무릇 전편을 고쳐쓰기를 네 번이나 했으니 그때 내 장지 손가락 끝에는 펜 잡은 못이 박여서 콩알만 한 혹이 덧나서 곪은 일까지 있었습니다. 이렇게 온갖 고초와 구설을 이겨가면서『백화』를 세상에 내놓고 보니 내 앞에 떨어지는 것은 그 무엇이더이까? 그것은 화성이가 여자이기 때문에 사회로부터 받은 한 큰 상이요, 귀중한 선물이었습니다.

S형. 그러나 정작 내게 문사라는 쇠고랑을 채워준 것은 이 진저리나는 이『백화』였습니다. 스물다섯 살 때에『백화』를 가지고 갖은 요망을 다 부리다가 결혼한 후 4년 동안은 가난한 살림에서 아이들을 서고, 낳고, 키우고 하느라고 틈도 없는 데다가 남편이 그런 것을 싫어하는 까닭에 작은 틈만 있으면 그가 좋아하는 공부를 함께 하느라고 문예와 아주 거리가 멀어져버리고 말았습니다.

그러다가 남편이 입옥(入獄)하게 되자[13] 물질 때문에 당하는 고통은 그야말로 살인적 고통이더군요. 그래서 깊이깊이 감추어두었던『백화』를 꺼내어 당시『동아일보』편집국장으로 계시던 이광수 씨에게 '읽어보시고 웬만하면 내주시라'고 간청했습니다. 그랬더니 오래오래 있다가야 '준비 공작으로 단편을 하나 써보내라'는 이 씨의 명령이 있었습니다.

그러나 그때 나는 10리나 되는 형무소에 남편의 사식을 갖고 다니는 (하

---

13 입옥하게 되자 : 감옥에 수감되자.

루에 한 번씩이었지만) 몸이었으니 무슨 틈이 있겠습니까?

S형. 지난 일이라고 철없는 이 붓대는 슬슬 잘도 내려갑니다만은 그때 그 고생되던 말이야 어찌 한 입, 한 붓으로 다 형용할 수가 있겠습니까? 두 살 된 계집애, 젖먹이 사내(젖조차 부족한)를 나 혼자서는 도저히 어떻게 할 수 없어서 늙으신 어머니를 모셔다가 아이들의 뒤를 봐주시게 하니 컴컴한 (방 안이라고 바느질도 못 하게 어두운) 한 칸 방 속에서 그래도 고리짝을 들여놓고 살림이랍시고 놔두고 네 식구가 그 추운 겨울밤을 웅숭크리고 지냅니다.

날마다 첫새벽에 일어나서 등겨(벼껍질) 탄 재를 한 삼태기 잔뜩 담아가지고 먼 곳까지 버리러 가노라면 재가 바람에 날려서 눈으로 입으로 마구 들어옵니다그려. 그래서 눈을 감고 걸어가다가 곧잘 얼음판에 미끄러졌지오. 아아 그 겨울처럼도 추웠으며 그 겨울처럼 눈도 많이 왔었으리까?

등겨를 때서 밥을 하고 나면 (풀무를 불고 앉았으니까) 어깨는 빠지려 하고 손등은 등겨에 부대껴서 빨갛게 터집니다.

"아이, 장작이나 때서 밥 좀 해봤으면."

이런 소리를 하면서 밥을 해가지고 어머니와 아이들을 먹이고 반찬 준비 좀 해서 형무소에 가져갈 밥을 싸놓고, 어린애 젖을 좀 먹여놓고 누룽밥을 훌쩍 둘러 마시고는 형무소로 달려갔다가 (눈 속에 고꾸라져가며) 오후 2시쯤 돼서 돌아옵니다. 갈 때는 두 손에 잔뜩 들고 가는 밥그릇 국그릇이 무거운 줄도 모르고 추운 것도 느끼지 않으며 씩씩하게 달려가건만 얼음이 녹은 오후에 빈 그릇을 들고 돌아올 때는 왜 그리 추우며 빈 그릇도 무겁던지요.

돌아오면 기저귀 빨래니 차입 의복이니 저녁거리 장만이니 어디 앉아볼 틈이나 있나요? 밤이면 바느질 좀 하고 젖먹이가 11시에나 자니까 겨우 뒤

끝을 정리하고 나면 밤 12시가 됩니다.

　S형. 결혼 전까지는 밥도 내 손으로 해 먹어본 일이 없이 귀동이로 자라난 내가 별안간 뼈에 안 박힌 일에 온종일을 시달려놓으니 몸인들 얼마나 아프며 젖먹이를 빨리는 뱃속인들 오죽이나 출출하겠습니마는 12시 넘어서야 정신을 차려가지고 (밖에 나와서 몸을 얼려가지고) 가만히 소설 구상을 해보고 낮에 틈을 얻어서는 사실 조사를 다녔습니다.

　그때야말로 몸살과 감기로 어떻게나 몹시 앓았던지요. 몸이나 성할 때는 강철같이 버티어나지만 아이들이 자꾸만 앓을 때나 내 몸이 아플 때는 그야말로 어떻게 해야 좋을지 천지가 아득하였습니다. 그렇게 몹시 아팠건만 낮이면 20리 길을 다니고 온갖 상일을 다하고도 밤이면 다시 책상(작은 밥상) 앞에 앉아놓으니 과연 얼마나 괴로웠겠습니까?

　그러나 이광수 씨와의 약속 기일은 2, 3일밖에 남지 않아서 밤이면 새로 2시부터 아침 6시까지 남폿불 아래서 39도쯤 되는 (누워서도 정신 모르고 앓을 만큼 핀 신열이건만) 뜨거운 김을 입으로부터 훅훅 뿜어가며 가끔 누워서 꽁꽁 앓아가며 오늘 밤에 겨우 기초(起草)를 끝냈습니다. 다시 읽어보고 수정하고 해서 나는 쓸 틈이 없으니까 소년 한 사람을 데려다가 정서를 하게 해서 이광수 씨에게 보낸 것이 S형 김동인 씨가 말씀한 습자 「하수도 공사」였습니다.

　S형. 지금의 내 버릇은 언제나 창작만은 머리에서 다 얽어매가지고 원고지에다가 바로 내리쓰건만 「하수도 공사」만큼은 정성껏 초하고 수정하고 청서하고 해서 정중히 쓴 것입니다. 그 지긋지긋스러운 병과 싸움을 하면서―. 더구나 기막힌 가난과 바쁨 속에서―.

　그랬건만 내 피로 아로새긴 「하수도 공사」는 그 후 다섯 달이 지나서야

『동광(東光)』 5월호에 '춘원 추천 소설'이란 우스운 레테르를 붙여가지고 나왔습더이다. 그 레테르 때문에 또 얼마나 귀 시끄러운 구설을 들었겠습니까?

그때쯤은 원고료 받는 속을 잘 몰랐지만 지금 생각하니 2백 40자 원고지로 당당 1백 20페이지나 되는 (아무리 보잘것없었지만) 피묻은 작품의 그 품값으로 한 푼의 원고료도 못 받은 일을 생각하면 선배 제씨야말로 좀 냉혹한 편이 아닙니까? 뭐요? 원고료 대신 '춘원 추천 소설'이란 귀한 간판¹⁴을 받지 않았냐구요? 하하, 과연 그랬군요. 영리하고 현명하신 그들은 원고료 문제를 일으키지 않기 위해서 '춘원 추천 소설'이란 지극히 안전한 상표를 붙였으니까요. 그것 역시 여자이기 때문에 (꼭 그렇지도 않습니다. 여자라 더 우대받은 일도 있지만) 시골뜨기기 때문에 받은 한 에피소드라면 이겠지요.

S형. 5월에 (3년 전) 「하수도 공사」가 나고 6월부터 동아일보에 『백화』가 실렸습니다. 그걸 실리면서 고생한 말은 또 어떻게 다 하겠습니까? 글쎄, 3개월이 지나도 원고료를 보내주지 않는군요. 그것도 내가 시골뜨기인 까닭이었겠지요. 별별 말을 다해서야 받아다 쓰노라니 거저나 받는 것처럼 구구하면서도¹⁵, 나는 굶어가며 그것을 다섯 번째 고쳐 써 보냈습니다 그려. 그때는 남편이 3년 징역의 판결을 받은 후라 밥 가지고 다니는 괴로움은 없었지만, 가사가 너무 번다하여 그걸 피하느라고 젖먹이만 데리고 나주읍에 가서 밥을 사 먹으면서 써 보내지 않았던가요?

---

14 귀한 간판 : 반어적인 의미를 담은 표현으로 보인다.

15 구구하면서도 : 구차스러우면서도.

『백화』가 실리게 되면서부터 각 잡지사에서 글을 청구하는 부탁이 오는데 슬슬 대꾸를 하고 있었더니만 그 후부터 차차 각 신문사니 각 잡지사에서 소설이니 수필이니의 청이 마구 들이닫지요. 세 번에 한 번씩 써 보낸다 하여도 그건 여간한 큰 일이 아니었습니다. 이렇게 하여서 나는 내가 소설가가 되고 싶어서 되었다는 것보다 경제 문제로 하여 『백화』를 내기로 된 동기로 해서 수동적의 소설장이가 되어버린 셈이 되었습니다.

그러니 S형. 오늘까지 4, 5년을 지내올 때 여류작가로서 여성이기 때문에 받는 그 괴로움이 오죽이나 많았겠습니까? 이번 배재학교에서 작품 수효를 물어보기에 헤어보았더니 장편이 2, 단편이 13, 동화가 2, 콩트가 1, 그렁저렁 모다 합해서 17개가 됩니다. 4년 동안의 생산으로서 많은 수효라고는 할 수 없으나 재산도 없이, 남편도 없이, 직업도 없이, 약간의 수입만으로 생활을 하면서, 자식 된 몸으로서 한 가장으로서 주부로서 어머니로서 식모로서 모든 도리를 다 해가는 중에다가 문사로서의 일 많고, 말 많고, 돈 적은 직책을 감당하려니 내 몸이 무쇠가 아니요, 내 살이 강철이 아닌 바에 어찌 1분인들 정신과 육체가 다 같이 참으로 평안하다는 그 단맛을 맛보았을 리가 있겠습니까?

동지섣달 긴긴 밤에 제법 잠 한 번을 편하게 자봤겠습니까? 3, 4월 긴긴 해니 어느 동무와 제법 5분이나마 마음 놓고 놀아보기를 했겠습니까? 목포 명소인 군산동에 벚꽃이 웃으며 사람을 부른들 그 봄이 내게 무슨 반가운 봄이며, 대반동과 외달도의 해수욕장에서 인어 떼가 산 채로 승천을 한다고 한들 그 여름이 내게 무슨 시원함을 가져왔었을까? 가을 잎! 겨울 눈! 사람들이 싫다고 내버리는 이것들이나마도 가슴 깊이 내게 안겨본 일이 있었던가? 그렇건만 각 신문사와 각 잡지사에서는 봄 꿈을 말해봐라, 여름 풍경을 수놓아라, 가을의 맘을 그려라, 겨울의 얘기를 해라 하고 조릅니다그려.

S형. 나의 작가 생활에서 가장 잊지 못할 쓰린 이야기를 들추어내라 하면, 나는 서슴지 않고 『백화』 출판하던 얘기를 말하겠습니다. 산전수전을 다 겪었던 나는 그때야 비로소 사람의 전쟁을 한 번 겪어봤으니까요. 사람들의 속 깊이도 그때 알고 돈이란 극히 잘나고 위대한 물건이란 것도 그때야 알았습니다. 여러 말 길게 다 못 하거니와 두 주먹 새빨간 채로 천 원이나 가까운 돈을 돌려낼 때[16] 그 얼마나 속 뒤집히는 꼴과 비위 상하는 일을 많이 당했겠습니까마는 다행히 그 귀한 금전을 용감하게 내주신 여러분이 계신 덕택에 『백화』야말로 출세하게 된 것입니다.

그러나 S형. 나는 내 의붓자식(진정한 내 양심이 부족하게 들어있는고로) 같은 이 『백화』 때문에 끝날까지 여러 가지의 고난과 구설과 무신하다는[17] 책망을 면치 못하게 됩니다. 어서 『백화』가 날개가 돋친 것처럼 재판 3판 팔리기나 잘 한다면 이 때문에 상한 속풀이로 보약이나 몇 제 지어다가 정력을 기르겠습니다마는―. 그러기에 『백화』는 이래저래 내게는 잊을 수 없는 귀한 딸자식입니다.

S형. 내게는 여류작가로서의 고통보다도 그 이상의 번민이 있습니다. 여기서 자세하게 말할 수 없거니와 소개와 힌트를 함부로 잡을 수 없는 것과 (인정 문제에서만) 나의 어떤 양심이 작품 행동을 엄하게 감시하는 것 같은 것은, 내게 있어서는 가장 착실한 근신이며 동시에 고통이 되지 않을 수 없

---

16 돈을 돌려낼 때 : 목돈을 마련하느라 돈을 빌리며 애를 쓰다.

17 무신하다는 : 신의가 없다.

는 것입니다.

다음에는 여행에 대한 고통입니다. 작품 하나를 쓰자면 준비 여행이 있어야 하는데 첫째 여비가 없어 번민이요 둘째 여자가 되기 때문에 아무 데나 유숙할 수가 없는 게 큰 고통이 됩니다. 남자만 같으면야 아무런 궁벽한 산촌에서나 바라진 어촌이거나 봉놋방[18]에거나 주막방에거나, 하다못해 노숙이라도 할 수 있건마는 요놈의 꽤 까다로운 여자이기 때문에 난처한 때가 많고 많습니다. 그런 때는 땅을 치고 엉엉 울고도 싶어요.

S형. 이런 일에까지 고통을 당하는 우리 여자에게 비하여 그 머릿속이 미쳐날 듯이 뒤숭숭한 가정의 모든 잡무와 아무런 상관 없는 남자들, 여행에 대해서도 아무런 멍에를 가지지 않는 남성작가들에게서 걸작이 아직 나오지 않는 일을 (우리는 의례히 그러하려니와) 생각하면 그것 참 희귀한 일이지오. 그러면서도 번연히 자기들보다 훨씬 올라가는 높은 작품을 내놓는 여성작가 보고는 "여성작가의 것은 괴벽이 있어 읽지 않느니" "여성은 작가로 치지 않느니" "여류작가는 어디 참으로 있기나 하느냐"는 둥 온갖 말들을 거침없이 잘 하지만 자기네도 양심이 있는지라 아무리 겉으로는 우리를 무시하건만 속으로는 "요런 강적 봤나?" 하고 먼저 질투심을 가지게 된답니다.

S형. "웬 말이 이리도 많나? 길기도 하네." 하고 읽으시는 분이 입살을 주시겠지요.[19] 그러나 이것은 하고 싶은 말의 백분의 일도 못 되지만은 한 가지만 더 말하고 그만두렵니다.

---

18 봉놋방 : 주막집에서 여러 나그네가 함께 묵을 수 있던 큰방.

19 입살을 주시겠지요 : '입살'은 악다구니가 세거나 센 입심을 뜻하는 명사로, 여기서는 타박을 할 것만 같다는 의미로 보임.

S형. 나는 소설을 쓰기 위하여서 내 생활과 수입으로는 도저히 알맞지 않는 노릇을 하고 있지 않습니까. 금년 봄에는 어린것은 젖이 없고 시간조차 없으니까 (어린 애를 낳아놓고 당한 그 몸의 고통과 우유 먹이느라고 종일을 매달려서 고생하던 그 고통이라니-) 한 달에 거금을(나 딴은) 벌어서 유모에게 맡겼고 여섯 살과 네 살 난 남매는 유치원에 보내어 과분한 학비와 비용을 들입니다.

이것은 내가 신여성이 되어 유치원 교육을 주장해서 하는 게 아니라, 나의 창작의 세계에서 각색[20] 훼방을 부리는 어여쁜 두 악마를 유치원으로 몰아내기 위하여 지어낸 이기적인 어미의 간사한 꾀랍니다.

그러기에 아이들을 보내놓고 나서 겨우 (보낼 때까지는 아주 큰 난리속처럼 시끌덤벙하고 혀가 달아지지요) 구상을 좀 하노라면 어느새 점심 먹으러 오고 하학했다 몰려오고 와서는 책상 위에 벌여놓은 원고지를 달라고 조르지요. "엄마! 나도 종이 줘야. 나도 소설 써야" 하고요. 그 수선 떨고 심술 피고 졸라대고 하는 꼴이란. 그러면 나는 방문을 잠그고 회초리를 갖다가 놓고 악을 써가며 몇 자씩 그려가다가 정-말을 아니-들으면 쫓아나가서 때리기도 한답니다.

그러자니 건방진, 덜된, 문사 어머니를 둔 애들도 참 못 당할 일이어니와, 서재 하나도 가지지 못한 내 몸도 가여울 뿐 아니라, 70이 넘으신 어머니께서 잘난 소설장이 딸 좀 두었다가 밤과 낮으로 아이들과 싸움하기에 기력이 지치시는 양은 과연 보기 어려운 사정입니다.

S형. 생각하면 참 딱하지요. 아이들과 억지로 정을 떼가며 호랑이 노릇

---

20 각색 : 갖가지.

을 해가며 어머니에게는 불효 노릇을 해가면서도 도적놈 도적질할 구멍 엿보듯이 밤낮으로 조용한 시간만 가져볼 궁리나 머리에 가득이 가지고 집안일은 밤을 새워 해가면서, 게다가 구설깨나 좋게 들으면서도[21] 그래도 이 붓대를 놓지 못하는 것은 대체 상말[22]마따나 무슨 귀신이 씌었길래 이 모양일까요? 이거야말로 타고난 지랄이라 못 버리고 있는 것일까? 사방에서 너무 조르기 때문일까?

S형. 한참 써놓고 나니 빈혈증이 더치느라고 글자가 뱅뱅 돕니다. 나머지 말은 좀 더 살아가다가 그때 당하는 고생과 합쳐서 말하기로 하고 이젠 정말 그만둬야 하겠습니다만은 써놓고 보니 싱겁기 짝 없는 글이 되었습니다. 대체 이다지 고생을 했으니 나를 어쩌달란 모양인지요? 나를 동정해 달란 뜻인지 나를 장하게 여겨달란 아첨인지 나로서도 모를 일입니다. 그러나 다행히 이 고심담을 읽어주시는 이 있어 우리 여성작가들의 더구나 나같이 가지각색의 고통을 도맡아 가진 작가의 고심은 이러하였구나를 10의 1만이라도 알아주시며, 또한 이 길에 나오고자 하는 어린 동무가 있어 이것을 읽으시고 "우리의 앞서간 이들의 길은 이러했었구나" 하고 기억하여 주신다면 이 글을 쓰는 본의는 헛것이 되지 않으리라고 생각합니다.

(『신가정』, 1936. 2.)

---

21 구설깨나 좋게 들으면서 : 시비하거나 헐뜯는 말을 빈번하게 듣는다는 의미. 여기서 '좋게'는 좋다는 뜻이 아니라 '좋이'의 의미로 상당히 자주 들었다는 뜻.

22 상말 : 항간(巷間)에 떠돌며 쓰이는 속된 말.

글 쓰는 여자의 불온성

김은하

　수필 〈여류작가가 되기까지의 고심담〉은 박화성이 여류작가가 되기까지의 고심담을 써달라는 편집자의 청탁을 받고 쓴 글이다. 이 글은 박화성이 작가의 꿈을 품고 습작기를 거쳐 문단에 데뷔하기까지를 비교적 상세하게 보여주고 있어 작가 연구의 자료로서 가치가 높다. 또한 남성들이 중심을 차지한 문단에서 여성작가들이 열세에 처해 있었음을 여실히 보여주고 있어 식민지기 문단과 문학 제도에 대한 연구 자료로서도 가치가 높다. 당대 문단의 대표적 작가이자 문학 권력이었던 김동인과 이광수의 박화성에 대한 폄훼적 태도는 남성중심적인 문단이 여성작가들을 문단과 분리하고 차별했음을 보여주는 증거이다. 여성작가를 부르는 "여류", "규수"라는 명칭은 여성의 글쓰기를 문학성에 미달하는 것으로 낙인 찍고 배제하려는 의도를 담고 있다.

　이 글에서 흥미를 끄는 것은 남성중심적 평단의 여성작가에 대한 혐오 어린 시선에도 불구하고 당차게 문단의 거물들을 조롱하고 공격하는 박화성의 기개이다. 박화성은 문단의 억압적 권위를 비판하면서도 자신의 '저자성'을 드높이는 글쓰기 전략을 사용하고 있다. 거장들의 자신을 향한 비판을 소개하며 자신의 글을 졸작이라고 겸손해하면서도 그들의 오독을 꼬집고 "동배끼리의 비난"이라고 함으로써 그들의 비판을 여성이 가진 재능에 대한 남성의 질투 혹은 시샘이라고 조롱한 것이다. 이 같은 논조는 문단의 나이 어린 후배의 선배 작가들에 대한 오만한 태도로 비춰질 수 있을 것이다. 그러나 "네 까짓 게 무슨 여류작가냐?"는 조소가 "귓가에서 윙윙"거린다는 고백은 박화성의 반격이 처절한 사투임을 암시한다. 문단의 주변인으로서 여성작가가 글쓰기를 포기하지 않기 위해서는 사력을 다해 스스로를 방어하고 격려해야만 했던 것이다.

박화성은 이 글에서 남성과 다른 젠더로서 여성이 작가로서 겪는 실제적인 어려움 혹은 제약에 대해서도 이야기하고 있다. 양육 부담으로 글쓰기에 전념할 수 없으며 여행이 쉽지 않아 현실의 리얼리티를 움켜쥐기 어려웠다고 한 것이다. 이러한 고백은 버지니아 울프가 『자기만의 방』에서 영국 문학사에서 셰익스피어에 필적할 만한 여성작가가 나오지 못했던 것은 여성이 열등해서가 아니라 여성이 재능을 발전시킬 사회적, 경제적 토대가 부재했기 때문이라고 한 것을 연상시킨다. 여성작가는 자유로운 창조자이기 전에 가족적 의무를 짊어진 어머니이자 현실의 성적 제약을 받는 여성인 것이다. 여성작가는 도처에서 글쓰기를 불허하고 방해하는 장애물들을 만난다. 이렇게 보자면 여성이 글을 쓴다는 것은 그저 문학적 상상력의 유희가 아니라 가부장제 사회에 균열을 내고 여성해방의 지평을 넓히는 실존적이고도 정치적인 투쟁임을 알 수 있다.

1903년(1세) 전남 목포시 죽동 9번지에서 음력 4월 16일에 아버지 박운서(朴雲瑞)와 어머니 김운선(본명 김운봉(金雲奉), 후일 운선(雲仙)으로 개명)의 3남 2녀(일경(기화), 경애, 원경, 순경(제민), 경순(화성)) 중 막내딸로 태어나다. 아명 말재(末才), 본명 경순(景順). 문인사전 등 공식 기록에 출생연도가 지금까지 1904년으로 되어 있으나 실제 그의 출생연도는 1903년이다. 아버지 박운서는 소싯적에 서울에서 무슨 구실인가 했다는데 낙향해서 만혼을 하고 1902년에 목포로 와 선창에서 객주를 하여 돈을 잘 벌었다. 아호는 화성(花城), 소영(素影). 정명여학교 학적은 화재로 소실되어 남아 있지 않으나 남아 있는 사진 자료에는 박경순(朴景淳) 11세라고 표기되어 있다(『정명100년사』). 이때부터 어머니, 교회에 나가기 시작함.

1907년(4세) 찬미책과 성경을 줄줄 내리읽다. 부모님 세례받다. 이때 박화성도 젖세례를 받다. (교회는 목포 양동교회인 듯). 어머니 김운봉 씨, 목사가 지어준 김운선으로 이름을 바꾸다.

1908년(5세) 정월에 천자책을 떼다. 기독교 세례 받은 뒤 집에서 제사를 치우다. 큰오빠 일경(호적명, 起華) 결혼하다. 경애 언니를 따라 학당에 다니다. 시험을 보면 늘 '통'(만점)을 맞다.

1909년(6세) 교회와 학당에서 말재를 신동이라 하다. 교회 신문에 말재의 이야기가 크게 보도되다. 가장 따르던 원경 오빠 사망하다.

1910년(7세) 정명여학교에 3학년으로 입학하다. 말재에서 경순으로 승격하다. 언니 경애(敬愛)도 '景愛'였으나 김합라 선생이 '景'이 좋지 않다고 '敬'으로 고쳐 주었고 말재도 '敬順'으로 바꾸어주었다. 그러나 호적에는 여전히 '景順'으로 되어 있다. 이때부터 소설에 흥미를 갖고 소설 읽기에 밤을 새우다.

1911년(8세) 성적이 좋아 5학년으로 월반하다.

1912년(9세) 언니 경애 윤선을 타고 평양으로 가 숭의여학교에 입학하다.

1913년(10세) 신학제에 따라 고등과 3학년이 되다. 60칸짜리 큰 집을 지어 이사하다. 한 달 동안 중병을 앓다. 꿈에 이기풍 목사가 나타나 먹여주는 약을 먹고 낫는 체험을 하다. 두 달 보름 만에 회복하다.

1914년(11세) 목포 항구에 철도가 개통되다. 고등과 4학년이 되다. 그때까지 읽은 책이 100권은 넘었다. 처음으로 「유랑의 소녀」라는 제목의 소설을 쓰다. 자신의 아호를 박화성으로 짓다. 아버지의 축첩으로 상처를 받다.

1915년(12세) 목포 정명여학교를 졸업하다. 이때부터 노래를 짓고 시를 습작하기 시작하다. 보습과 입학하다.

1916년(13세) 보습과 졸업하고 서울 정신여학교 5학년으로 입학해 김말봉(소설가)과 우연히 한 반이었다. 편지를 검열하는 등 자유를 구속하는 정신여학교의 생활이 싫어 가을 학기에 숙명여학교로 가, 시험을 치르고 본과 2학년에 편입하다. 풍금실에서 김명순을 만나다.

1917년(14세) 숙명여자고등보통학교 3학년이 되다.(김명순은 졸업). 소설 쓸 결심을 하고 식물원에 가기도 하면서 모방소설 「식물원」을 쓰다. 시도 쓰다. 왕세자 전하를 모신 자리에서 풍금 연주를 하다.

1918년(15세) 3월 숙명여자고등보통학교 제9회 졸업. 음악학교에 진학한다면 교비생으로 해주겠다는 말이 있었으나 전문가로서의 음악가는 원치 않았기에 거절하다. 그렇다고 소설가나 시인이 되겠다는 생각도 없었고 우리나라 독립을 위해 큰 일꾼이 되겠다는 이상을 품다. 아버지와 약속한 다음 해의 도쿄 유학을 기다리며 일 년만 보통학교의 교원으로 일하기로 하다. 학교에 말해 천안 공립보통학교 교원으로 가다. 본가의 죽동 9번지 집이 팔리고 양동 126번지 작은 집으로 이사하다. 8개월 근무 후 아산 공립보통학교로 가다.

1919년(16세) 3월에 교원 사직하고 귀향하다. 아버지 사업의 재기가 어려워 일본 유학 약속이 지켜지기 어렵게 되다. 언니 경애 나주로 시집을 가다.

1920년(17세) 우울증을 달래러 언니와 형부가 교사로 나가고 있는 광주로 가다. 김필례 씨로부터 영어와 풍금의 개인교수를 받다. 몇 달 후 북문교회 유치원의 보모로 일하고 밤이면 부녀야학에서 가르치다.

1922년(19세) 영광중학원 교사로 부임하다. 시조시인 조운이 주도하는 '자유예원'에
글을 써 번번이 장원이 되다. 조운의 문학 지도를 받다. 조운으로부터 도
쿠토미 료카(德富蘆花, 1868~1927, 대표작 『불여귀』)의 동양미 넘치는
자연애를 담은 수필집 『자연과 인생』을 받아 읽고 처음으로 무한히 넓은
창공과 가슴이 태양처럼 툭 터져나가는 상쾌함과 신비로움을 감각하다.
소설작법, 희곡작법의 소책자와 일본 문인들의 작품과 서구 문호들의 방
대한 소설을 밤새워 읽다.

1923년(20세) 자유예원에서 장원한 수필 〈ㅎ표형께〉, 〈ㄱ선생께〉, 단편 「정월초하로」
를 『부인』에 싣다. 단편 「팔삭동」을 쓰다. 연희전문에서 내는 『학생계』
라는 교지에 시 「백합이 지기 전에」가 실리다. 김우진, 김준연, 박순천 등
의 도쿄 유학생 하기 순회강연에서, 채동선의 바이올린 연주에 풍금으로
반주하다.

1924년(21세) 단편 「추석 전야」를 쓰다. 조운이 계룡산에서 수양하고 있는 춘원 이광
수에게 가지고 가 전하다.

1925년(22세) 『조선문단』 1월호에 단편 「추석 전야」가 춘원의 추천으로 실려 문단에
등단하다. 3월에 신학제에 따라 숙명여고보 4학년에 편입하다. 춘원 선생
을 처음 만나다. 신경향파 작가 서해 최학송 만나다.

1926년(23세) 숙명여자고등보통학교를 최우등으로 졸업하다. 오빠 박제민, 노동조합
선동의 혐의로 검속되다. 오빠의 친구인 P씨(본명 미확인) 박화성의 일본
유학 학비 도와주다. 4월에 일본으로 건너가 니혼여자대학교 영문학부 1
학년에 입학하다.

1927년(24세) 여름방학에 오빠로부터 김국진 소개받다. 가을부터 보증인이 되어 있는
세이케 부인의 권유로 독서회에 나가다.

1928년(25세) 1월 21일 근우회 도쿄지부 창립대회에서 위원장이 되다. 삼 학년에 진급
만 하고 귀국하다. 학비 지원을 받던 P씨와 파혼을 한 까닭에 학업을 계
속하기 어려워지다. 장편 『백화』 쓰기 시작. 6월 24일 아침 김국진 체부
동 하숙으로 찾아오다. 6월 30일 오후 7시 Q라는 은사의 주례로 김국진
씨와 결혼하다. 참석인원은 20명. 어머니와 오빠에게도 비밀로 한 결혼.
결혼반지에 'Be Faithful L&I'(사랑과 이즘에 충실하자)고 새기다.

1929년(26세) 2월 숙명 4학년 때 학비를 지원해준 이윤영 씨를 찾아가 여비와 학비를 도움받다. 3월 말 도쿄로 가 혼고라는 동네의 2층 6첩 방에 들다. 김국진은 와세다대 정치경제과에 적을 두다. 5월 27일 오후 8시 15분 첫딸 승해(勝海) 출산. 음력 9월 아버지 박운서 사망하다.

1930년(27세) 오빠에게서 여비와 약간의 금액을 얻어 도쿄에서 하숙을 치다. 니혼여자대학교 영문학부 3년을 수료하다. 임신으로 다시 귀국하다.

1931년(28세) 3월 13일 목포에서 장남 승산(勝山) 출산. 보통학교 근처(북교초등학교)에 사글세 집을 얻어 생활. 1928년부터 쓰기 시작했던 『백화』 집필 수정 계속하다. 춘원이 목포에 와 『백화』 탈고를 알리다. 반전데이 삐라 사건으로 김국진 피포, 3년 언도를 받고 복역하다. 옥바라지를 시작하다.

1932년(29세) 1월 『동아일보』 신춘문예에 동화 「엿단지」가 필명 박세랑으로 당선되다. 5월에 중편 「하수도 공사」를 『동광』에 발표하고 6~11월 한국여성 최초의 장편소설인 『백화』를 『동아일보』에 연재하다. 10월 「떠나려가는 유서」를 『만국부인』에 발표하다. 『백화』가 창문사에서 간행되다.

1933년(30세) 1월 연작소설 「젊은 어머니」를 『신가정』에, 2월 콩트 「누가 옳은가」를 『신동아』에, 11월에 단편 「두 승객과 가방」을 『조선문학』에 발표하고, 8~12월에 중편 「비탈」을 『신가정』에 연재하다. 경주·부여 등 고도 답사, 기행문과 시조를 『조선일보』에 연재하다.

1934년(31세) 남편 김국진이 복역을 마치고 출옥하자, 팔봉 김기진 형제에게 부탁하여 간도 용정의 동흥중학교의 교원으로 가게 하다. 성해 이익상이 4배의 원고료를 줄 테니 『매일신보』에 글을 쓰라고 했으나 거절하다. 6월 희곡 「찾은 봄·잃은 봄」을 『신가정』에, 9월 단편 「홍수전후」를 『신가정』에, 7월 「논 갈 때」를 『문예창조』에, 10월에 「헐어진 청년회관」을 『청년문학』에, 11월 단편 「신혼여행」을 『조선일보』에 발표하다. 「헐어진 청년회관」이 검열에 걸려 발표되지 못하자 팔봉 김기진이 시 「헐어진 청년회관」을 써 발표하고 후일 원고를 돌려주어 해방 후 창작집에 실리다.

1935년(32세) 4월 1일부터 12월 4일까지 장편 『북국의 여명』을 『조선중앙일보』에 연재하다. 1월~3월 단편 「눈 오던 그 밤」을 『신가정』에, 2월 단편 「이발사」를 『신동아』에, 11월에 단편 「한귀」를 『조광』에, 단편 「중굿날」을 『호남평론』에 발표하다. 10월에 모교 동창의 집이자 천독근 씨의 집 방문. 그 후 편지가 오고 부부가 함께 오기도 하고 혼자 오기도 하는 등 왕래.

1936년(33세) 1월 단편 「불가사리」를 『신가정』에, 역시 1월에 단편 「고향 없는 사람들」을 『신동아』에 발표하다. 4월 연작소설 『파경』 1회분 『신가정』에 발표하다. 4월에 딸 승해 초등학교 입학하다. 7월에 용정에 있는 남편을 찾아가다. 6월에 단편 「춘소」를 『신동아』에 발표하고 역시 6월에 단편 「온천장의 봄」을 『중앙』에, 8월에 단편 「시들은 월계화」를 『조선문학』에 발표하다. 가족은 버려도 동지는 버릴 수 없다는 남편과 헤어질 결심을 하다. 천독근 역시 이혼 후 청혼. 소설가 강경애로부터 김국진에게 돌아오라는 권고의 편지 받다. 9월에 언니 박경애 사망하다.

1937년(34세) 일본 『개조(改造)』지에 단편 「한귀」 최재서 씨의 일역으로 실리다. 9월 단편 「호박」을 『여성』에 발표한 것을 끝으로 해방이 되기까지 일제의 우리말 말살 정책에 항거하여 각필(閣筆)하다.

1938년(35세) 3월 2일 승준 출생하다. 5월 14일 천독근과 혼인신고, 5월 22일에 결혼 예식 올리다. 8월 하순 김국진이 목포에 와서 승해와 승산 남매 데리고 용정으로 가다. 9월에 큰오빠 기화 별세하다. 장례 후 제주도에 가서 한 달간 지내다 오다. 아이들 다시 데려오기로 결심하다. 동기방학에 전진항에서 아이들을 데려온 김국진과 만나다. 아이들 목포 연동에서 외할머니와 함께 생활하다.

1939년(36세) 2월 23일 승세 출생하다. 여름에 시모, 겨울에 시부 사망하다.

1940년(37세) 목포에서 후진 지도.

1941년(38세) 6월 14일 승걸 출생하다, 12월 태평양전쟁 발발하다.

1942년(39세) 응하지 않으니 원고 청탁이 뜸해지다. 승해 중학교 입학. 천독근 씨가 도회의원, 부회의원, 상공회 의원, 섬유조합 이사, 전남도 이사장, 회사 사장을 겸하여 손님 치르기에 부엌에서 도마와 칼만 쥐고 살다시피 하다. 삼년상, 조석 삭망에 제사 때마다 음식 마련과 손님 치다꺼리에 겨를이 없이 지내다. 친정어머니, 젖세례까지 받은 네가 그렇게도 우상 섬기는 데에 얽매일 줄 몰랐다고 하다. 9월 28일에 오빠 박제민 사망하다. 오 남매 중 홀로 남다.

1943년(40세) 3월 승산 목포중학교 입학하다. 7월 11일 금강산 탐방하다. 10월 9일에 다시 금강산 추풍악을 여섯 살짜리 승준을 데리고 탐승하다.

1944년(41세) 5월 시동생 둘 결혼하고 함께 친영하다. 승준 국민학교 입학하다.

1945년(42세) 8월 15일 목포 자택에서 해방 맞다. 천독근을 친일파로 모는 분위기로 어수선한 가운데 12월엔 강도까지 들다. 목포고녀(현 목포여자중학교) 교가 작사(김순애 작곡)하다. 장녀 승해 이화여대 영문과 입학하다. 오랜 침묵 후 12월 수필 〈유달산에 올라〉를 『예술문화』에 발표하다.

1946년(43세) 1월 수필 〈눈보라〉를 『예술문화』, 2월 오빠 제민을 추모하는 수필 〈시풍 형께〉를 『예술문화』에 발표하다. 친일파로 몰려 수난 겪다. 6월 단편 「봄 안개」를 민성에 발표하다. 천독근 호열자로 와병 후 회복하다.

1947년(44세) 2월 조선문학가동맹 목포지부장에 뽑히다. 최영수, 백철, 김안서, 김송, 정비석 흑산도 갔다가 목포에 들러 박화성 자택에 방문하다. 단편 「파라솔」을 『호남평론』에 발표하다(미확인). 9월 승산 경기중학에 편입하다. 역시 9월 승걸 국민학교 입학하다. 11월에 2학년으로 월반하다. 첫 창작집 『고향 없는 사람들』을 중앙보급소에서 간행하다. 12월 31일 목포에서 『고향 없는 사람들』 출판기념회 열리다.

1948년(45세) 1월 정지용 목포에 와 만찬회 열다. 지역 문인들이 만당할 만큼 성황을 이루다. 4월 콩트 「검정 사포」를 『새한민보』에 발표하고, 7월 단편 「광풍 속에서」를 『서울신문』에 발표하다. 10월 제2창작집 『홍수전후』를 백양당에서 간행하다. 수필 〈목단꽃 그늘에서〉를 『호남문화』(미확인) 발표하다. 여순반란사건. 반민특위에서 천독근 조사 결과, 수사에서 제외되다. 서울 사간동에 집 마련해 승해, 승산이 각각 이대와 경기 중학을 통학하다.

1949년(46세) 11월 16일~17일 수필 〈고우사(故友思) 서해가 살았더라면〉을 『국도신문』에 발표하다. 승산이 서울대 문리대 영문과 진학하고, 승준, 승세, 승걸 모두 서울 수송국민학교로 전학하다. 제주 4·3 사태를 다룬 단편 「활화산」을 탈고, 보관 중 게재 전 소실되다.

1950년(47세) 승준이 경기중학에 입학하다. 1월 콩트 「거리의 교훈」을 『국도신문』에 발표하고, 단편 「진달래처럼」을 『부인경향』 창간호에 발표하다. 6·25 발발. 7월 24일 친구에게 들켜 나간 승산이 끝내 돌아오지 못함. 한성도

서에서 출간하기로 되어 있었던 『북국의 여명』 신문 스크랩, 회사의 철궤에서 집으로 가져와 다락에 두었다 잃어버리다(2003년 서정자에 의해 발굴 출간되다). 9월 3일 목포를 향해서 걸어서 가다. 헌병대와 CIC 등에 가서 조사를 받는 등 고역을 치렀으나 무사히 석방되다. 관상쟁이가 백일 기도를 하면 영험이 있으리라 해서 잃어버린 아들 승산을 위해 절에 가서 3·7 기도를 하다.

1951년(48세) 승세 중학에 입학하다. 단편 「형과 아우」를 『전남일보』에 게재하다(미확인).

1952년(49세) 승걸 국민학교 일등으로 졸업하고 4월에 중학 입학하다. 단편 「외투」(미확인)를 『호남신문』에 콩트 「파랑새」를 『주간시사』에 게재하다(미확인). 여름에 이동주, 서정주 등 문인들 목포 방문하다.

1953년(50세) 승준 고교 입학하다. 승해 목포여중 영어교사로 근무하다. 남편의 회사 운영 어려워지다.

1955년(52세) 사간동에서 팔판동 작은 전셋집으로 이사하다. 아이들 헌 스웨터를 고치면서 눈이 쑤시고 아플 때 또 뇌빈혈로 쓰러졌을 때는 죽음에 대한 공포를 느끼다. 전에도 이렇게 쓰러질 때 "걸작을 내지 못해서 어쩌나?" "어머니 앞에서 죽어서야…" "내 아들을 못 보고 죽어서야…" 이 세 가지 큰 숙제 때문에 눈을 감지 못하리라 했다. 9월 단편 「부덕」을 『새벽』에 발표하고 8월부터 1956년 4월까지 장편소설 『고개를 넘으면』을 『한국일보』에 연재하다. 이때에서야 서울 문우들과 교우 시작하다. 11월 5일 모친 김운선 씨 사망하다.

1956년(53세) 8월 단편 「원두막 풍경」을 『여성계』에 발표하다. 10월 3일 고향에서 『고개를 넘으면』 출판기념회 열리다. 30일에는 서울 동방살롱에서 출판기념회 열리고, 11월~1957년 9월 장편 『사랑』을 『한국일보』에 연재하다. 장편 『고개를 넘으면』을 동인문화사에서 간행하다. 딸 승해 손주현 씨와 약혼하다.

1957년(54세) 대학 동창회(니혼여자대학교)에서 출판기념회 열어주다. 2월 26일 승세가 맹장 수술을 해 목포에서 병간호하며 20일간 소설을 써 보내다. 4월 27일 딸 결혼하다. 이 무렵부터 천독근 와병. 5월 8일 권농동으로 이사하다. 남편의 신경질로 건넌방 구석에 숨어서 소설을 쓰며 눈물흘리다. "여자란 아내라거나 어미라거나 그런 책임만이라도 감당하기 어려운데 주제에 소설을 쓴다니 천만 부당하지 않으냐?"(『눈보라의 운하』 373면). 11월 장편 『사랑』 전(前)편을 동인문화사에서 간행하다. 단편 「나만이라도」를 『숙명』에 발표하다. 10월 3일 인의동으로 이사하다. 천독근 해남 대흥사, 삼각산 승가사에서 요양하다. 10월~1958년 5월 『벼랑에 피는 꽃』을 『연합신문』에 연재하다. 섣달 그믐 승세 『동아일보』 신춘 현상 문예에 당선작 없는 가작 당선 소식 오다.

1958년(55세) 1월 단편 「하늘이 보는 풍경」을 『조선일보』에 발표하다. 승걸 서울대 영문과 입학하다. 승준 『현대문학』에 평론 추천 완료 문단에 등단하다. 단편 「어머니와 아들」을 『여원』에, 단편 「딱한 사람들」을 『소설계』 창간호에 발표하다. 목포시 문화상을 수상하다. 4월~1959년 3월 장편 『바람뉘』를 『여원』에 연재하다. 6월~12월 장편 『내일의 태양』을 『경향신문』에 연재하다. 영화화 원작료로 정릉에 20평 집을 사서 이사하다. 연말에 장편 『사랑』 후편을 동인문화사에서 간행하다.

1959년(56세) 장편 『고개를 넘으면』이 영화화되어 개봉하다. 5월에 병석의 남편이 별세하다. 10월에 장편 집필을 위하여 유관순의 고향인 천안 지령리를 답사하다.

1960년(57세) 1~9월 유관순을 주인공으로 한 장편 『타오르는 별』을 『세계일보』에 연재하다. 2~9월 장편 『창공에 그리다』를 『한국일보』에 연재하다. 11월~1961년 7월 장편 『태양은 날로 새롭다』를 『동아일보』에 연재하다. 유관순 전기 『타오르는 별』 출간하다. 차남 승세가 이철진(연극인)과 결혼하다.

1961년(58세) 12월 단편 「청계도로」를 『여원』에, 「비 오는 저녁」(소설집 『잔영』에 수록)을 발표하다. 5·16 군사정변 발발하다. 이화여자대학교 제정 문학 선구 공로상을 받다. 한국문인협회 창립과 동시에 이사로 선임되다.

1962년(59세) 장편 『내일의 태양』이 영화화되어 개봉하다. 단편 「회심록」을 『국민저축』에, 11월에 「별의 오각은 제대로 탄다」를 『현대문학』에 발표하다. 장편 『가시밭을 달리다』를 『미의 생활』에 연재하다(미완). 교육제도 심의위원에 피촉되다. 7월~1963년 1월 장편『너와 나의 합창』을『서울신문』에 연재하다.

1963년(60세) 3~9월 장편『젊은 가로수』를『부산일보』에 연재하다. 국제펜클럽 한국 본부 중앙위원에 위촉되다. 4월~1964년 6월 자전적 장편『눈보라의 운하』를『여원』에 연재하다. 6월~1964년 2월 장편『거리에는 바람이』를 『전남일보』에 연재하다.

1964년(61세) 정릉의 진풍사를 떠나 하월곡동으로 이사하다. 회갑 기념으로『눈보라의 운하』를 여원사에서 간행하고 출판기념회를 열다. 가정법원 조정위원에 위촉되다. 오월문예상 심사위원에 위촉되다. 최정희와 공저로 여인 인물 전기『여류한국』을 어문각에서 간행하다. 7월에 한국여류문학인회가 창설되고 초대회장으로 선출되다.

1965년(62세) 장편전기『열매 익을 때까지』를 청구문화사에서, 장편『창공에 그리다』를 영창도서에서 간행하다. 5월 단편「원죄인」을『문예춘추』에, 7월에 단편「샌님 마님」을『현대문학』에, 11월에 단편「팔전구기」를『사상계』에 발표하다. 자유중국 부인 사작 협회 초청으로 대만을 방문, 각계를 시찰하고 강연, 좌담회 등을 갖다.

1966년(63세) 1월 단편「증언」을『현대문학』에,「어떤 모자」를『신동아』에 발표하다. 장편전기『새벽에 외치다』를 휘문출판사에서 간행하다. 6월에 한국 예술원 회원이 되다. 같은 달에 미국 뉴욕에서 열린 국제 펜클럽 세계연차대회(34차)에 한국 대표로 도미하여, 2개월간 각지 문화계를 시찰하다. 10월에 단편「증언」으로 제3회 한국문학상을 받다.

1967년(64세) 단편「애인과 친구」를『국세청』에 단편「잔영」을『신동아』에 발표하다.

1968년(65세) 제3창작집『잔영』을 휘문출판사에서 간행하다. 11월 단편「현대적」『여류문학』 창간호에 발표하다. 7월, 한일친화회의 초청으로 도일, 도쿄 오사카 교토 나라 등지를 시찰하고 문학강연, 좌담회 등을 갖다. 장남 승준, 작가 이규희와 결혼하다.

1969년(66세) 수상집『추억의 파문』을 한국문화사에서 간행하다. 중편『햇볕 나리는 뜨락』을『소년중앙』에, 5월 단편「이대」를『월간문학』에, 단편「비취와 밀화」를『여성동아』에 발표하다. 서울대병원에서 위암 수술을 받다. 10

월에 제1회 문화공보부 예술문화상 심사위원에 위촉되다. 11월에 「나와 『조선문단』 데뷔 시절」을 『대한일보』에 연재하다.

1970년(67세) 3월 단편 「성자와 큐피드」를 『신동아』에, 11월에 단편 「평행선」을 『월간문학』에 발표하다. 제15회 예술원 문학상을 수상하다. 서울시 문화상 심사위원에 위촉되다. 3남 승걸 서울대학교 영문과 교수로 부임하다. 10월에 3남 승걸 정혜원(상명여자대학교 국문과 교수)과 결혼하다.

1971년(68세) 11월 단편 「수의」를 『월간문학』에 발표하다.

1972년(69세) 장편 『고개를 넘으면』이 삼성출판사에서 간행되다. 장편 『내일의 태양』이 삼중당에서 간행되다.

1973년(70세) 단편 「어머니여 말하라」(이후 '휴화산'으로 개제)를 『한국문학』에 발표하다.

1974년(71세) 중편 「햇볕 나리는 뜨락」을 을유문화사에서 간행하다. 10월에 문화훈장을 받다(은관). 12월, 제2수필집 『순간과 영원 사이』를 중앙출판공사에서 간행하다.

1975년(72세) 모처럼 아들, 사위와 더불어 대천에 피서를 다녀와 9월 단편 「해변소묘」를 『신동아』에 발표하다.

1976년(73세) 1월 단편 「신록의 요람」을 『한국문학』에, 8월 단편 「어둠 속에서」를 『한국문학』에 발표하다.

1977년(74세) 제4창작집 『휴화산』을 창작과비평사에서 간행하다.

1978년(75세) 11월에 단편 「동해와 달맞이꽃」을 『한국문학』에 발표하다.

1979년(76세) 7월에 단편 「삼십사 년 전후」를 『한국문학』에 발표하다.
장편 『이브의 후예』 상·하를 미소출판국에서 간행하다.

1980년(77세) 단편 「명암」을 『쥬단학』에, 7월 단편 「여왕의 침실」을 『한국문학』에 발표하다.

1981년(78세) 1월에 단편 「신나게 좋은 일」을 『한국문학』에 11월에 단편 「아가야 너는 구름 속에」를 『한국문학』에 발표하다.

1982년(79세) 8월 단편 「미로」를 『한국문학』에 발표하다.

1983년(80세) 6월 단편 「이 포근한 달밤에」를 『한국문학』에 발표하다.

1984년(81세) 5월 단편 「마지막 편지」를 『한국문학』에 발표하다. 제24회 3·1문화상을 수상하다.

1985년(82세) 5월 단편 「달리는 아침에」를 『소설문학』에 발표하다.

1988년(85세) 1월 30일 까맣게 잊고 있던 암세포가 19년 만에 다시 췌장에 나타나 약 1개월간 와병 후, 새벽 6시에 영면하다.

1990년 8월 우리문학기림회에서 창작의 산실이었던 목포시 용당동 986번지에 '박화성 문학의 산실' 비를 건립하다.

1991년 1월 30일 우리나라 최초의 문학기념관인 '소영 박화성 문학기념관'이 목포에 세워지다. 작가의 문학작품과 생활유품 1,800여 점이 전시되다. 1월 30일 오후 7시 '박화성 문학기념관' 개관기념 '민족문학의 밤'이 민족문학 작가회의 주최로 목포에서 개최되다.

1992년 10월 9일 한국문인협회 목포지부와 소영 박화성 선생 기념사업추진위원회 공동주최로 제1회 소영 박화성 백일장이 목포 KBS홀에서 열리다. 이후 박화성 백일장 매년 개최돼 현재에 이르다.

1996년 9월 6일 한국문인협회와 SBS 공동으로 소영 박화성 문학기념관 앞 정원에 문학공로 표징석을 세움.

1996년 9월 6~7일 박화성 문학 재조명을 위한 세미나가 한국여성문학인회 주최(회장 추은희) 한국문화예술진흥원 후원으로 목포에서 열리다. 문학평론가 이명재 교수와 서정자 교수 발표.

2002년 10월 11일 예총 목포지부와 문인협회 목포지부 공동 주최로 '소영 박화성 문학의 발자취를 찾아서' 연구발표회가 목포에서 열리다. 차범석 한국예술원 회장과 서정자 교수 발표.

2003년 12월 장편 『북국의 여명』 서정자 편저로 푸른사상사에서 출간.

2004년 4월 16일 문학의 집·서울(이사장 김후란)에서 박화성 탄생 100주년 기념 문학과 음악의 밤 개최.

2004년 4월 29, 30일 민족문학작가회의(이사장 염무웅)와 대산문화재단(이사장 신창재) 주최로 박화성, 이태준, 계용묵 등 탄생 100주년을 기념하는 문학제 '어두운 시대의 빛과 꽃'이 세종문화회관 컨퍼런스 홀 등에서 열렸으며 (박화성 주제발표 문학평론가 김미현 교수) 박화성 작 「한귀」가 연극으로 공연되다.

2004년 5월 서정자 편저 『박화성 문학전집』 전 20권 푸른사상사에서 출간.

2004년 6월 한국소설가협회 주최(이사장 정연희) 박화성 탄생 100주년 기념 세미나, 서울 아카데미하우스에서 열리다. 주제 발표 문학평론가 임헌영 중앙대학교 교수, 서정자 초당대학교 교수.

2005년 목포예총 『박화성탄생100주년 기념문집 나의 삶과 문학의 궤적』 한라문화에서 출간하다.

2006년 6월 현립 니가타대학교 야마다요시코 교수 목포 방문. 서정자 교수와 유달산에서 박화성연구회 구성 발의.

2007년 10월 27일 목포시 주최 박화성연구회 주관으로 목포문학관 개관 기념 및 박화성연구회 창립 기념 제1회 박화성 학술대회 열다. 주제는 "박화성이라는 기점, 지역·여성·문학", 학술발표 및 문학기행. 이후 박화성연구회 연 1회 목포와 도쿄, 서울 등지에서 소영 박화성 문학페스티벌 개최하다.

2010년 박화성연구회 뉴스레터 제1호 발간, 2011년 제2호 발간하다.

2013년 11월 박화성연구회 학술대회 논문과 유가족의 글 모아 서정자 외 편저 『박화성, 한국문학사를 관통하다』 푸른사상사에서 출간하다.

2015년 10월 24~25일 박화성연구회 일본 도쿄에서 제9회 소영 박화성 문학페스티벌 개최하고 목포문학관에서 11월 10~22일 도쿄학술대회 및 학술답사 사진전 열다.

2020년 10월 현재까지 박화성연구회 제14회째 연 1회 소영 박화성 문학 학술대회와 페스티벌, 문학기행 개최하다. 제14회는 코로나19 사태로 화상회의로 열고, 김하림 교수가 시풍 박제민 선생(박화성 선생의 오빠)이 대한민국 건국훈장 애족장에 서훈 추서된 것을 보고하다. 박화성연구회 서정자·김은하·남은혜 공저로 박화성 문학 앤솔러지 『나는 여류작가다』(작품 해설 첨부) 출간하다.

1923	단편	「팔삭동」(미간행 일실)	자유예원	
(미확인)	시	「백합이 지기 전에」	『학생계』	
1923.3	단편	「정월 초하로」	『부인』	
1923.4	수필	「ㅎ ㅍ 형께」	『부인』	초기 발굴 자료.
1923.7	수필	「ㄱ 선생님께」	『부인』	초기 발굴 자료.
1925.1	단편	「추석 전야」	『조선문단』	
1925.5	시	「(소곡)유랑의 소녀」	『학지광』	
1932.1.5~10	동화	「엿단지」	『동아일보』 신춘문예 당선작	
1932.5.	중편	「하수도 공사」	『동광』	
1932.6.7~11.22	장편	『백화』	『동아일보』	
1932.10	단편	「떠나려가는 유서」	『만국부인』	
1933.2	콩트	「누가 옳은가」	『신동아』	
1933.1	(창간호) 연작소설	「젊은 어머니」(1회)	『신가정』	
1933.8~12	중편	「비탈」	『신가정』	
1933.11	단편	「두 승객과 가방」	『조선문학』	
1934.6	단편	「논 갈 때」	『문예창조』	
1934.7	희곡	「찾은 봄·잃은 봄」	『신가정』	
1934	창간호 단편	「헐어진 청년회관」	『청년문학』	
1934.9	단편	「홍수전후」	『신가정』(영인본 결본) 『삼천리』 1935.3에 재수록	
1934.11.6~21	단편	「신혼여행」	『조선일보』	
1935.1~3	단편	「눈 오던 그 밤」	『신가정』	
1935.2	단편	「이발사」	『신동아』	
1935.4~12	장편	『북국의 여명』	『조선중앙일보』	
1935.11	단편	「한귀」	『조광』	
1935.11	단편	「중굿날」	『호남평론』	
1936.1	단편	「불가사리」	『신가정』	
1936.1	단편	「고향 없는 사람들」	『신동아』	

1936.4	연작소설	「파경」(1회)	『신가정』
1936.6	단편	「춘소」	『신동아』
1936.6	단편	「온천장의 봄」	『중앙』
1936.8	단편	「시들은 월계화」	『조선문학』
1937.9	단편	「호박」	『여성』
1946.6	단편	「봄안개」	『민성』
1947	단편	「파라솔」	『호남평론』(미확인)
1948.4	콩트	「검정 사포」	『새한민보』
1948.7.17~23	단편	「광풍 속에서」	『서울신문』
1949	단편	「활화산」	게재 전 소실
1950.6	단편	「진달래처럼」	『부인경향』
1950.11	콩트	「거리의 교훈」	『국도신문』
1951	단편	「형과 아우」	『전남일보』(미확인)
1952	단편	「외투」	『호남신문』(미확인)
1952	콩트	「파랑새」	『주간시사』(미확인)
1955.8.9 ~56.4.23	장편	『고개를 넘으면』	『한국일보』
1955.9	단편	「부덕」	『새벽』
1956.10	단편	「원두막 풍경」	『여성계』
1956.11.25 ~57.9.15	장편	『사랑』	『한국일보』
1957.10.15 ~58.5.23	장편	『벼랑에 피는 꽃』	『연합신문』
1957.5.23	단편	「나만이라도」	『숙명』
1958.1.1	콩트	「하늘이 보는 풍경」	『조선일보』
1958	단편	「어머니와 아들」	『여원』(미확인)
1958.6.1~12.14	장편	『내일의 태양』	『경향신문』
1958	단편	「딱한 사람들」	(창작집『잔영』 수록)
1958.4~59.3	장편	『바람뉘』	『여원』
1960.2.7~9.30	장편	『창공에 그리다』	『한국일보』
19601.2~12.14	장편	『타오르는 별』	『세계일보』
1960.11~61.7	장편	『태양은 날로 새롭다』	『동아일보』
1961.12	단편	「청계도로」	『여원』
1961	단편	「비 오는 저녁」	(창작집『잔영』 수록)

1962	단편	「버림받은 마을」	『최고회의보』
1962	단편	「회심록」	『국민저축』(160매를 6개월간 연재, 미확인)
1962	장편	『가시밭을 달리다』	『미의 생활』(3회 연재 확인, 미완)
1962.11	단편	「별의 오각은 제대로 탄다」	『현대문학』
1962.7~63.1	장편	『너와 나의 합창』	『서울신문』
1963.3~9	장편	『젊은 가로수』	『부산일보』(『이브의 후예』로 개제 출간)
1963.6~64.2	장편	『거리에는 바람이』	『전남일보』 (단행본, 휘문출판사)
1963.4~64.6	장편	『눈보라의 운하』	『여원』
1964	인물열전	『여류한국』	어문각(최정희 공저)
1965.5	단편	「원죄인」	『문예춘추』
1965.7	단편	「샌님 마님」	『현대문학』
1965.11	단편	「팔전구기」	『사상계』
1965	장편	『열매 익을 때까지』	청구문화사
1966	장편	『새벽에 외치다』	휘문출판사
1966.1	단편	「증언(금례)」	『현대문학』
1966.7	단편	「어떤 모자」	『신동아』
1967	단편	「애인과 친구」	『국세』
1967.10	단편	「잔영」	『신동아』
1968.5.8	꽁트	「구름」	『경남일보』
1968.5.9	동화	「눈물」	『대한일보』
1968.11	단편	「현대적」	『여류문학』 창간호
1969	중편	「햇볕 나리는 뜨락」	『소년중앙』(국제펜클럽, 한국중편소설전집)
1969.5	단편	「삼대」	『월간문학』
1969.11	단편	「비취와 밀화」	『여성동아』
1970.3	단편	「성자와 큐피드」	『신동아』
1970.11	단편	「평행선」	『월간문학』
1971.11	단편	「수의」	『월간문학』
1971	단편	「오 공주」	(창작집 『휴화산』 수록)

1973.12	단편	「어머니여 말하라」 (「휴화산」으로 개제)	『한국문학』
1975.9	단편	「해변소묘」	『신동아』
1976.1	단편	「신록의 요람」	『한국문학』
1976.8	단편	「어둠 속에서」	『한국문학』
1978.11	단편	「동해와 달맞이꽃」	『한국문학』
1979.7	단편	「삼십사 년 전후」	『한국문학』
1980	콩트	「명암」	『쥬단학』
1980.7	단편	「여왕의 침실」	『한국문학』
1981.1	단편	「신나게 좋은 일」	『한국문학』
1981.11	단편	「아가야 너는 구름 속에」	『한국문학』
1982.8	단편	「미로」	『한국문학』
1983.6	단편	「이 포근한 달밤에」	『한국문학』
1984.5	단편	「마지막 편지」	『한국문학』
1985.5	단편	「달리는 아침에」	『소설문학』

장편 17편(미완 1편 · 전기소설 4편 포함)

중편 3편

단편 63편

연작소설 2회

여성인물열전 10편

콩트 7편

동화 2편

희곡 1편

총 105편

기타 수필 다수

전집

『박화성 문학전집』 전20권(푸른사상사, 2004)

단행본

『백화』(창문사, 1932)

『고향 없는 사람들』(중앙문화보급소, 1947)

『홍수전후』(백양당, 1948)

『고개를 넘으면』(동인문화사, 1956)

『사랑』 상・하(동인문화사, 1957)

『타오르는 별』(문림사, 1960)

『눈보라의 운하』(여원사, 1964)

『거리에는 바람이』(휘문출판사, 1964)

『여류한국』(어문각, 1964)

『열매 익을 때까지』(청구문화사, 1965)

『창공에 그리다』(영창도서, 1965)

『새벽에 외치다』(휘문출판사, 1966)

『잔영』(휘문출판사, 1968)

『추억의 파문』(한국문화사, 1969)

『내일의 태양』(삼중당, 1972)

『벼랑에 피는 꽃』(삼중당, 1972)

『햇볕 나리는 뜨락』(을유문화사, 1974)

『바람뉘』(을유문화사, 1974)

『순간과 영원 사이』(중앙출판공사, 1974)

『너와 나의 합창』(삼중당, 1976)

『휴화산』(창작과비평사, 1977)

『태양은 날로 새롭다』(삼성출판사, 1978)

『북국의 여명』(푸른사상사, 2003)

『나의 삶과 문학의 궤적』(한라문화, 2005)

1934년 덕흥서림판 『백화』 영인본(푸른사상사, 2007)

『고향 없는 사람들』(푸른사상사, 2008)

『홍수전후』(푸른사상사, 2009)

『박화성 단편집 : 큰글씨책』(지식을만드는지식, 2014)

『나는 ~~여류~~작가다』(푸른사상사, 2021)

박화성의 문학 지도[*]

서정자

세한루의 주인

목포의 용당동 박화성의 집 대청에는 세한루(歲寒樓)라는 현판이 걸려 있었다. 소전 손재형이 박화성에게 친필로 써서 보내준 이 액자는 박화성의 문학 일생을 함축하여 보여주는 듯하다. 추사 김정희의 〈세한도〉를 일본에서 한국으로 돌아오게 한 소전이 박화성에게 이 현판을 선물한 것은 깊은 뜻이 있는 것 같다. 박화성은 자서전에서 이 액자는 소전이 "세한 연후에야 송백의 절개를 아는 것이니 두 분은 세한의 송백이 되어야 합니다."라는 말과 함께 보내주었다고 쓰고 있다(전집 14권 328쪽). 작가는 여러 군데에서 자신이 세한루의 주인임을 강조하고 있다. 자서전 제목을『눈보라의 운하』라 하여 "나는 메마른 땅을 파고 물을 대야만 했다. 내 긴 뱃길을 위하여…. 그것은 물이 아니라 피와

---

* 박화성 문학에 대한 전반적인 소개를 위해『홍수전후』(2009)에 수록되었던 작품 해설을 재수록한다.

땀으로 이루어졌는지도 모르지만. 맑은 날씨와 따스한 햇볕은 언제나 내게 인색하였다. 비바람이 아니면 눈보라의 나날을 그래도 나는 오늘까지 나의 뱃길을 쉬지 않았다. 그만큼 나의 운하는 길고 먼 것이었다."라고 작가의 말에서 썼듯이 향년 85세, 60년 문학인생은 오로지 세한 연후에 송백의 절개를 알게 될 그날을 향하여 달려간 것이라 할 수 있다.

　우리 근대문학사의 여명기에 혜성과 같이 나타나 남성작가와 어깨를 겨루며 문제작을 연달아 내놓아 문단의 주목을 받았던 박화성, 백철이 기술한『신문학조사』에 동반자문학의 주요 작가로 뚜렷한 발자취를 인정받은 박화성, 그는 심한 추위 또는 겨울을 의미하는, 세한(歲寒)을 헤쳐 송백의 절개를 지켜 그의 문학을 이룩했건만 세한루 주인의 문학세계를 제대로 알아본 눈은 거의 없는 것 같다. 그 큰 이유의 하나로 필자는 그의 사상적 이력과 함께 그의 문학의 방대함을 손꼽는다. 60년 동안 이룩한 그의 문학을 이해하는 일은 실로 간단치 않다. 17편의 장편과 66편의 중·단편, 수백 편의 수필, 희곡, 콩트, 칼럼을 읽는 일도 엄청나거니와 이 문학을 낳은 시대와 삶을 재구성하는 일은 실로 면밀한 작업을 요한다. 박화성의 문학을 비평하기에 앞서 박화성의 문학을 이해하는 단계에도 이르지 못하고 있는 것이다. 지금까지 박화성의 문학 평가는 일제강점기의 작품에 국한하는 양상을 보여왔다. 그것도 장편은 거의 주목하지 않고, 단편 20여 편에 대한 언급과 비평이 대부분이었다. 그의 첫 장편『백화』는 이미 수차례 단행본으로 간행되어 있었으나 역사소설 양식이었기 때문에 식민지 현실인식을 중점으로 읽어온 박화성 연구에서 곧잘 외면되었고, 일제강점기에 쓴 또 하나의 장편『북국의 여명』은 신문 연재 이후 단행본으로 출간이 되지 않았기 때문에 작품을 대할 수 없는 한계로 그의 문학 논의에서 제외되었다.『박화성 문학전집』을 발간하면서 처음 발굴 간행된 장편『북국의 여명』(서정자 편,

푸른사상사, 2003)은 이제 박화성 문학을 이해하는 데 크게 도움이 될 중요한 작품이다.

박화성은 1925년 단편 「추석 전야」로 등단하여 1937년까지 12년간 항일 저항의식을 담은 작품 활동을 한 후 1955년에 작품 활동을 재개할 때까지 약 17년간 본격적 작품 활동을 하지 않거나, 하지 못하는 특이한 이력을 보인다. 일제 말 일어로 글을 쓰기를 거부한 기간과 해방공간에 그가 남긴 수편의 콩트와 소설은 그가 문단과 거리를 두고 겪어야 했던 피나는 시련을 말하고 있다. 수편에 불과하지만 해방공간의 그의 글을 다시 읽는 것과 한국전쟁 이후 분단시대에 그가 남긴 문학을 살피는 과정은 그가 어찌하여 스스로 세한루 주인이라 일컫기를 마다하지 않았는지 이해하는 과정이기도 하다. 삼성판 한국문학전집의 열 번째 안에 수록되어 있는 작가의 면면을 살펴보면 김동인, 염상섭, 박종화, 현진건, 나도향, 주요섭, 유진오, 채만식 중 누구도 박화성만큼 시대와 사상과 관련하여 시련을 겪는 문학적 생애를 살지 않았다. 민족의 구원을 위해 사회주의 사상을 현실인식과 미래지향의 비전으로 수용한 박화성에게 일제강점기는 물론 해방공간과 한국전쟁, 민족분단은 눈보라 바로 그것이었으며 세한(歲寒) 바로 그것이었다. 박화성은 신문 연재를 주로 한 1955년 이후 얼음과도 같이 경직된 반공 제일의의 시대에도 소설에 그의 비전인 역사의식을 담아냈다. 상징과 은유, 이중구조로 송백의 절개를 드러내 보인 박화성, 그는 다시 읽고 평가해 마땅할 한국근대문학사의 거목이다.

여성 · 민족 · 역사

박화성은 1903년 4월 16일(음력) 목포부 죽동 9번지에서 아버지 박운서, 어머니 김운선의 3남 2녀 5남매 중 막내로 태어났다. 아버지는 소싯적에 서울에서 지내다가 낙향하여 만혼을 하고 농사를 짓다가 목포에 왔는데 이때는 막내인 박화성을 낳기 1년 전인 1902년이었다. 목포는 1896년 개항을 한 뒤 외국인 거류지가 되었으며 차츰 일본의 식민지 거점도시가 되어갔다. 일본인 이민자가 늘어가고 일제의 보호와 특혜를 앞세운 식민지 경기가 활성화되면서 목포는 일본인 거리와 조선인 거리로 나뉘며 식민 자본주의의 실현 공간과도 같이 되었다. 이 신흥경기를 탄 박화성의 아버지는 선창에서 객주를 하여 돈을 잘 벌게 된다. 목포시 죽동 9번지의 조그마한 초가는 60간이 넘는 큰 집으로 신축되었고 자녀들은 평양으로 서울로 유학을 갔다. 박화성도 언니 경애처럼 공립학교가 아직 서기 전에 미국 남장로교단이 세운 목포 정명여학교를 졸업한 후 역시 서울로 유학을 간다. 정명여학교에서 외국인 선교사의 강압적 교육에 반발하기도 하지만 신앙심이 깊은 어머니의 자애로운 사랑 속에 자란 박화성은 평생 기독교를 신봉하였다. 교회 출석은 일 년에 한 번 하는 정도였으나 그의 일기를 보면 매일 자녀들을 위한 기도문이 빠지지 않았으며 집안에서는 제사 대신 추모예배를 드렸다.

신동이라고 목포의 화제가 되기도 하였던 박화성은 유복한 환경, 자애로운 부모와 형제들 속에서 행복한 어린 시절을 보냈다. 어머니가 소설 읽기를 좋아하여 집에 소설책이 많아 신구소설을 많이 읽은 박화성은 11세에 자신의 호를 '화성(꽃재)'이라 짓고 「유랑의 소녀」라는 소설을 쓰기도 한다. 정명여학교에서 월반에 월반을 거듭한 박화성은 1916년 13세에 서울로 유학, 1918년 15세에 숙명여자고등보통학교를 졸업하는데 풍금을 잘 친 박화성에게 학교에서는 음악학교로 진학하면 교비생으로 해주겠다고 하였으나 이를 거절한다. 박화성은 음악가가 되기를 원치 않았고, 그렇다고 소설가나 시인이 되겠다는 생각도 없었다. 우리나라 독립을 위해 큰 일꾼이 되겠다는 이상을 품었다. 박화성은 아버지와 약속한 내년의 일본 유학을 기다리며 아산과 천안에서 보통학교 교원으로 근무한다.

아버지가 약속한 일본 유학은 지켜지지 않았다. 이때부터 박화성에게 눈보라의 운하 역정은 시작된 것이다. 아버지가 축첩으로, 그것도 식모로 들어온 여자와 살림을 차리고 자식들의 만류도 듣지 않은 데 대한 충격과 그로 인해 집안 형편이 완전히 기울게 된 사건은 박화성의 삶에 지대한 영향을 끼치게 된다. 그것은 아버지 상실이요, 박화성 자신의 동일성 상실에 해당하는 엄청난 충격이었다. 이때부터 박화성은 아버지를 아버지라 부르지 않았다. 아버지가 떠나버린 빈 자리, 아버지의 부재는 박화성이 삶의 중요한 선택을 마주할 때마다 결정적 영향을 미치는 변수였다. 박화성은 자신이 아버지의 빈 자리를 대신하였으며 이로 말미암아 박화성이라는 작가는 탄생하게 된다.

아기 선생님으로 일 년간 교원 생활을 한 후 고향으로 돌아온 박화성은 양동 조그마한 초가집에서 어머니와 생활을 하다가 광주 언니 집으로 간다. 일본 유학의 꿈이 꺾인 데 대한 절망으로 우울증에 빠진 그는 광주에서 김필례 씨에게 영어와 풍금 개인교수를 받는다. 김필례 씨가 암시한 미국 유학의 약속 역시 좌절되고 유치원 보모, 부녀야학 교원 등으로 봉사하던 박화성은 영광중학원 교사로 초빙을 받아 간다. 영광에서 시조시인 조운을 만나 박화성은 어려서부터 보인 문학적 자질을 꽃피우게 되어 이로부터 3년간 본격적 문학 수업을 받게 된다. 조운으로부터 소설작법, 시작법, 희곡작법의 책자와 일본 문인들의 작품과 서구 문호들의 방대한 소설들을 빌려 밤새워 읽으며 글을 쓴다. 이때 쓴 글들이 『부인』이라는 잡지에 실렸고 연희전문에서 내는 『학생계』에 실렸으며 드디어 1925년 단편 「추석 전야」가 춘원 이광수 추천으로 『조선문단』 1월호에 실림으로써 작가로 등단하게 된다. 22세의 나이였고 조운의 주선이었다.

채만식, 한설야 등과 나란히 문단에 등단한 박화성은 신경향파의 문학이 등장하는 초기에 식민지 현실에 저항하는 경향소설을 써 등단하고 있는 점이 주목된다. 자신의 교사 월급으로 오빠 박제민의 일본 유학 학비를 지원한 그는 오빠가 와세다대학을 졸업하고 귀국함과 함께 만학(晩學)을 불사하고 자신의 일본 유학을 준비한다. 신학제에 따라 숙명여자고등보통학교 4학년에 편입하였으나 일본 유학 학비를 지원해주기로 한 오빠는 졸업식을 앞두고 노동조합 선동의 혐의로 구속되었다는 소식을 전해온다. 불령선인으로 지목받아 취직도 하지 못한 오빠였기에 숙명여자고등보통학교 4학년 수학도 학비 때문에 고통을 받은 박화성이었다. 숙명여자고등보통학교를 수석으로 졸업하고, 명문 니혼여대 영문과 입학시험에 합격한 그는 독지가 이윤영 씨, 또 오빠의 친구로부터 학비 지원을 받는 등 3학년 수료로 학업을 중단하기까지 경제적으로 적지 않은 고통을 겪었다.

일본에서 학업을 중단하고 귀국한 박화성은 목포에서 생활하면서 장편 『백화』를 탈고한다. 『백화』는 일본 유학기간 틈틈이 쓴 것이었으며 이광수의 추천으로 1932년 6월부터 11월까지 『동아일보』에 연재되는데 1932년은 박화성이 본격적 작품 활동을 시작한 역사적인 해이다. 남편 김국진이 반전데이 삐라 사건으로 체포되자 옥바라지를 하면서 경제적 어려움을 이기기 겸해 작품 활동을 시작한다. 1월엔 「엿단지」라는 동화를 『동아일보』 신춘문예에 응모하여 당선하였으며 5월에 『동광』에 중편 「하수도 공사」를 발표하였고 이어 6월에 장편 『백화』 연재가 시작된 것이다. 이어 그는 10월에 단편 「떠나려가는 유서」를 『만국부인』에 발표하였고, 연재가 끝난 장편 『백화』가 창문사에서 단행본으로 출간되기도 하였다. 작가로서 화려한 한 해를 보낸 것이다. 그러나 이미 두 아이의 어머니가 된 작가 박화성으로서는 가난과 싸우며 남편의 옥바라지를 해야 하는 힘들고 어려운 생활이었다. 장편 『백화』의 성공과 중편 「하수도 공사」에 대한 호평은 줄 이은 원고청탁으로 나타났다. 『조선일보』의 기행문 연재가 그 하나인데 장편 『백화』와 부여, 해서, 경주 기행문은 서로 이어서 읽으면 작가의 의식이 여성 · 민족 · 역사 세 가지로 초점화되어 있음을 알 수 있다. 기행을 하면서 작가는 민족과 민중에 대한 연민을 수시로 나타내면서 자신을 "폭풍을 가슴에 안은" 나그네라고 표현하여 혁명에의 의지에 불타고 있음을 드러냈다. 대체로 단편 「추석 전야」, 중편 「하수도 공사」, 「비탈」 등으로 박화성 문학의 사상성을 논의하여왔으나 장편 『백화』와 이어서 연재된 기행문을 읽어보면 당시 박화성이 여성과 민족 그리고 역사에 대하여 가지고 있었던 의식이 극명함을 알 수 있다. 단편 위주로 보았을 때 그의 작가의식이 사상성에 치우쳐 있었다면 장편과 기행문 등과 함께 읽으면 그가 민족에 대하여 가진 뜨거운 애정과 민중에 대한 연민과 역사에 대한 신뢰를 읽을 수 있는 것이다. 이러한 그의 의식의 형성 과정이 자세하게 나와 있는 작품이 1935년 4월부터 『조선중앙일보』에 연재한 장편 『북국의 여명』이다. 일제강점기 그가 쓴 작품은 위에 언급한 작품 외에 단편 「두 승객과 가방」(『조선문학』, 1933. 11.), 「논 갈 때」(『문예창조』, 1934. 6.), 「헐어진 청년회관」(『청년문학』, 1934), 「신혼여행」(『조선일보』, 1934. 11. 6.~21.), 「눈 오던 그 밤」(『신가정』, 1935. 1. 2.), 「이발사」(『신동아』, 1935. 2.), 「홍수전후」(『신가정』, 1935. 3.), 「한귀」(『조광』, 1935. 11.), 「중굿날」(『호남평론』, 1935. 11.), 「불가사리」(『신가정』, 1936. 1.), 「고향 없는 사람들」(『신동아』, 1936. 1.), 「춘소」(『신동아』, 1936. 6.), 「온천장의 봄」(『중앙』, 1936. 6.), 「시들은 월계화」(『조선문학』, 1936. 8.), 「호박」(『여성』, 1937. 9.)과 희곡 「찾은 봄 · 잃은 봄」(『신가정』, 1934. 7.), 연작소설 『젊은 어머니』, 『파경』 등이 있다. 목포에 살면서 중앙의 잡지나 신문에 발표한 그의 소설에는 목포를 비롯한 나주, 영산포, 송정리, 삼향, 임성과 그 외 여러 섬들이 작품의 배경으로 나온다. 유려한 문장과 치밀한 구성, 식민지 현실의 고발과 저항정신, 뚜렷한 미래지향적 비전은 지방의 작가이면서도 문단의 주목을 한 몸에 받기에 충분하였다.

「활화산」과 「휴화산」

해방공간에 박화성은 1946년 단편 「봄 안개」(『민성』, 1946. 6.), 콩트 「파라솔」(『호남평론』, 1947, 미확인), 콩트 「검정 사포」(『새한민보』, 1948. 4.), 단편 「광풍 속에서」(『서울신문』, 1948.7.17~23.), 단편 「활화산」(1949, 게재 전 소실), 단편 「진달래처럼」(『부인경향』, 1950. 창간호), 콩트 「거리의 교훈」(『국도신문』, 1950.1. 1.) 일곱 편을 썼고 한국전쟁 후에도 단편 「형과 아우」(『전남일보』, 1951, 미확인), 단편 「외투」(『호남신문』, 1952, 미확인), 콩트 「파랑새」(『주간시사』, 1952, 미확인)를 더해 모두 열 편의 작품을 썼다. 이들 작품이 거의 신문에 실리고 있어 미확인 작품도 콩트일 가능성이 많은데 확인한 박화성의 해방공간의 작품은 단편 「봄 안개」, 「광풍 속에서」, 「진달래처럼」 세 편과 콩트 「검정 사포」, 「거리의 교훈」이다. 여기에 소실된 「활화산」을 논의에 포함시킬 수 있다 하더라도 일제강점기 박화성의 작품 집필 분량과 비교해볼 때 일제 말 각필한 시기와 해방공간까지 17년 동안 박화성이 쓴 작품량은 매우 빈약한 것이다. 이는 곧 박화성이 작품을 쓰고 발표하는 데 어려움이 있었음을 방증한다.

해방이 되자 『민성』에 발표된 단편 「봄 안개」와 콩트 「검정 사포」는 박화성의 사상성이 건재함을 보여주었다. 문학가동맹 목포지부장을 맡기도 한 박화성은 남한 정부 수립 후 남쪽 '목포에 머물러 있기에' 문단으로부터 외면을 당한다.

그의 사상적 전력은 순수문학을 표방하는 우익문단으로부터 소외되었고 글을 쓸 기회가 주어져도 이를 거절하였다고 전해진다. 박화성 탄생 백주년을 맞아 그를 추모하는 자리에서 동향인 차범석 전 예술원회장이 증언해주지 않았으면 그의 문학에서 역사의식을 읽으려는 노력은 아직까지도 하지 않았을 것이다. 차범석 전 예술원회장의 증언에 의하면 『한국일보』의 장기영 회장이 '신분을 보장'함으로써 1955년 드디어 장편 『고개를 넘으면』을 연재할 수 있게 되었다는 것이다. 작가 박화성이 해방기에 작품 활동을 하기 어려웠던 사정이 그의 사상과 관련한 '문단 소외' 내지 '작가 자신의 거절' 때문이었다면 해방 후 그의 소설은 해방 전과 같은 시각으로 보아서는 안 될 것이다. 더구나 해방 전후 문학세계의 연결성과 관련, 그의 역사의식을 문제 삼을 때 분단과 냉전, 좌우 이데올로기가 극도로 첨예화된 시기에 작품 활동을 재개한 박화성의 소설에서 해방 전 동반자작가의 소설 창작 방법과 세계관을 기대한다는 것은 실로 어불성설이다.

그런 점에서 해방공간에 쓰인 단편 「진달래처럼」은 주목을 요한다. 표면 구조로 보면 사랑 이야기에 불과한 이 작품은 그러나 '진달래꽃'으로 상징한 사상성의 '잠복'을 은유한 소설이다. 자신의 사상과 역사의식을 표현하는 데 제약을 받게 되자 작가는 상징과 은유의 기법을 도입한 것이다. 또한 해방공간의 시기에 제주 4·3사태를 다룬 단편 「활화산」을 썼던 작가는 발표하지 못하고 가지고 있다가 원고를 소실하고 마는데 그 소설을 다시 쓴 것이 1973년 발표한 「휴화산」이다. 4·3사태를 소설화한 최초의 작가는 박화성이었다. 일제로부터 해방이 되었으나 역시 눈보라의 기간이었던 해방공간에서 그가 가진 보람이라면 1947년 중앙보급사에서 첫 창작집 『고향 없는 사람들』을 출간한 것과 1948년 백양당에서 제2창작집 『홍수전후』를 출간한 것이었다.

상징과 은유로 드러낸 역사의식

나고 자랐으며 생애의 대부분을 산 목포와 세한루를 떠나 1955년, 52세에 서울로 거주지를 옮긴 것은 소설 연재를 위한 것이기도 하였고, 남편 천독근의 사업이 기운 탓이기도 하였다. 다시 한 자루의 붓에 가족의 생계가 달린 삶이 시작된 것이다. 작품 활동 재개의 첫 작품『고개를 넘으면』(『한국일보』, 1955. 8.~1956. 4.)에서부터 작가는 상징과 은유를 구사하여 자신의 역사의식을 그린다.『고개를 넘으면』은 출생의 비밀 모티프를 통해 파행적 역사에 대한 작가의 비판을 은유한 것이다. 이러한 기법은 그의 문학을 통틀어 살피지 않으면 포착하기 어려운 것인데 아버지 찾기 플롯으로 전개되는『고개를 넘으면』은 애인이 오빠가 되고 오빠가 애인이 되는 전복적 구조로 흥미진진하게 엮어지지만 설희가 태어나자 양녀로 주어져 생부를 찾는 과정에서 온갖 수난을 겪는다거나, 아이를 갖고자 하는 설희의 양모 유금지가 아이를 갖지 못할 뿐 아니라 믿었던 첫사랑의 남자가 자기 아닌 다른 여성과의 사이에 아이를 낳고 그 아이를 자기에게 기르게 한 사실을 알게 된다는 등의 일견 대중소설의 흥미진진한 스토리는 실은 작가가 심혈을 기울여 역사의식을 은유한 소설인 것이다. 결론부터 말하자면 역사가 바람직한 방향으로 나아갈 때는 회임과 출산이 이루어지고 역사가 왜곡되거나 바람직한 방향으로 전개되고 있지 못하다고 여겨질 때면 불임이 되거나 자녀가 제3의 여성으로부터 태어나고 그로써 후계자를 삼는다. 이러한 회임과 출산의 모티프로써 역사의 방향을 보여주는 소설로 장편『벼랑에 피는 꽃』,『태양은 날로 새롭다』,『거리에는 바람이』와 단편「휴화산」이 있다.

또한『고개를 넘으면』의 성공에 힘입어 이어 집필하게 된 장편『사랑』(『한국일보』, 1956. 11.~1957. 9.)에도 작가의 역사의식은 뚜렷이 드러난다. 장편『사랑』에 실린 추석놀이 강강수월래의 매김소리는 작가의 역사의식을 그대로 드러내는 것이다. 서민들의 삶을 그대로 보여주는 나물노래, 즉 부녀들의 노동노래는 나물 이름에 운을 맞추어 수식하고 있는 명령형 동사, 받아라, 썰어라 등은 이 어휘의 역동성에서 노동을 실감할 수 있는 동시에 노래하는 주체의 신분이 곧 민중인 것을 절로 알게 하는 노래다. 노래하는 주체는 이어 '이 술래가 뉘 술랜가 마당 님 네 술래로다'라고 해서 자신의 예속된 신세를 한탄하고 '마당가의 봉선화는 날과 같이 속 비었네'라고 해서 자신이 봉선화처럼 속이 비었다, 또는 빈 것같이 보이지만 그렇지 않다는 자조(自嘲)를 내비친다. 그러고는 '동무 좋고 마당 좋아', '깊은 마당은 얕아지고', '얕은 마당은 깊어지고'라고 노래해서 동무들과 함께 평등사회를 꿈꾸고 있는 것으로 그 내용이 결코 심상치 않은 것이다. 이외에도 오막살이에 사는 빈민과 부자들의 대비로 계급의식을 드러내면서 그 수심의 극심한 대비와 차이를 보여 민중에 대한 애정, 계급에 대한 비판을 간접적으로 보이고 있다. 많은 민요 속에서 이렇듯 자신의 역사의식에 적절한 노래를 찾아 향토 내지는 국토에 애정 어린 묘사를 부여하면서 민족의식을 드러내고 민속과 민요를 통해 작가의 역사의식을 상징적으로 드러낸 작가는 이중구조를 통해서도 역사의식을 나타낸다. 소설의 겉 구조가 춤바람 난 유부녀의 불륜 이야기라면 속 구조는 고학생 이혁과 고학생회의 이야기로 무게 중심은 이 속 구조에 놓여 있다. 이처럼 이중구조를 통해 작가의 역사의식을 제시하는 방식은『너와 나의 합창』(『서울신문』, 1962. 7.~1963. 1.)에서 진현의 농촌운동으로 나타나고『거리에는 바람이』(『전남일보』, 1963. 6.~1964. 2.)에서는 윤태섭의 이상촌으로 나타난다.

한편『거리에는 바람이』의 경우, 소설의 겉 구조는 피난민 서윤주의 수난사이지만 속 구조는 한국전쟁으로부터 4·19까지 약 십 년을 서윤주라는 여성의 삶에 가탁하여 유린되고 왜곡된 우리나라의 파행적 역사를 고발하면서 4·19혁명으로 역사가 바로잡히게 된 것을 그리고 있다. 이『거리에는 바람이』는 작가가 '특히 고심하여 쓴 것'이라고 한 바 있는데 소설의 첫머리, 이종사촌인 동수에게 정조를 유린당한다는 설정부터가 상징적이다. 동족상잔의 한국전쟁을 빗댄 설정이요, 그로부터 십 년 후 4·19혁명의 현장에서 윤주와 인달이 만나는 장면은 잘못된 역사가 드디어 바로잡히게 되었다는 작가의 역사의식을 그린 것이다. 여기에서 소설 주인공이 소위 문제적 개인이나 전형적 인물인가 하는, 또는 역사를 변혁하는 운동과 연계되어 있지 못하다는 지적이 있을 수 있으나 그가 현실 묘사에 제한을 받을 수밖에 없었던 점을 감안한다면 소극적이고 계몽적 수준으로밖에 드러낼 수 없었던 작가의 사정을 우리는 이해하지 않으면 안 될 것이다.

박화성의 역사의식은 4·19혁명을 소설에 도입할 때 정면으로 드러나는데 『태양은 날로 새롭다』(『동아일보』, 1960.11~1961.7)가 그렇고 『거리에는 바람이』가 그렇다. 지금 여기의 현실이 부정되어야 할 어떤 것이고 바람직한 역사는 4·19혁명과 같이 부정과 부패에 정면으로 도전하며 잘못된 현실을 변혁할 수 있는 방향으로 나아가야 한다는 작가의식을 보이는 소설이다. 그러나 위 두 작품에 나타난 4·19혁명은 구체적으로 그려지지 않아 그의 역사의식은 적극적 의미에서 일제강점기의 그것과 반드시 일치한다고 말할 수는 없다. 다만 작품에서 보이듯이 빈민, 여성, 농민 등 피억압 계층에게 도덕성을 부여한다거나 부르주아 계층의 부도덕성을 강조하는 등의 맥락은 그의 역사의식이 일제강점기의 그것에 이어지고 있음을 나타낸다 하겠다. 그의 해방공간과 그 이후의 작품을 다시 보았을 때 드러나는 박화성의 역사의식은 실로 뚜렷하다. 식민지라는 제국주의의 횡포와 좌우 이데올로기의 대립과 동서 냉전, 그리고 분단이라는 시대적 갈등을 내화한 작가는 자신의 역사의식을 해방공간과 해방공간 이후의 소설에서 이처럼 꾸준히 소설화한 것이다.

그러나 박화성은 자신이 하고 싶은 말을 다 하지 못했다. 「휴화산」의 어머니 고정애는 혼령과 결혼을 했으나 임신을 하여 감옥에서 아들을 낳는다. 이 소설은 어머니 고정애의 남다른 일생을 그리는 구조인데 정작 우리가 궁금한 것은 고정애의 남편이자, 주인공 신현구의 아버지인 신재식의 삶이요, 행방불명 이후의 소식이다. 그러나 이 작품에서 핵심을 이루는 신재식의 삶은 고정애를 중심으로 펼쳐진 소설구조에 가려져 끝내 보이지 않고, 원제가 「어머니여 말하라」였던 것처럼 25년간 비밀에 부쳐졌던 아버지에 관련한 진실을 이제는 말하겠다고 하지만 소설은 이 대목에서 끝나고 있다. 그의 역사의식은 이 말해지지 않은 언어 속에 감추어진 채, 하나의 은유로 존재하며 그의 소설은 이 말해지지 않은 언어를 감추고, 글자 그대로 타락한 사회의 타락한 인간의 서사를 그 위에 겹쳐 쓰고 있다. 이 말해지지 않은 언어에 작가 박화성의 역사의식이, 소설에서 말하고자 한 작가의식이 담겨 있다. 그리고 말하고자 하여도 말하지 못한 거기에, 상징과 은유로만 써야 했던 그곳에 세한루 주인 박화성의 고뇌와 갈등이 녹아 있으며 그러므로 박화성 소설은 다시 보기를 통해 그의 문학 60년을 관통하는 송백의 절개를 찾아 이제 본격적인 발걸음을 내딛어야 한다고 본다.